影子少女

[美] 拉赫娜·玲子·里茹托 著

郭国良　周漪飒 译

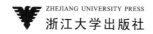

ZHEJIANG UNIVERSITY PRESS
浙江大学出版社

图书在版编目（CIP）数据

影子少女 /（美）拉赫娜·玲子·里茹托著；郭国
良，周漪飒译.—杭州：浙江大学出版社，2021.10
  书名原文：SHADOW CHILD
  ISBN 978-7-308-21199-4

  Ⅰ.①影… Ⅱ.①拉… ②郭… ③周… Ⅲ.①长篇小
说－美国－现代 Ⅳ.①I712.45

中国版本图书馆CIP数据核字（2021）第149951号

浙江省版权局著作权合同登记图字：11-2021-005号

影子少女

[美] 拉赫娜·玲子·里茹托 著

郭国良　周漪飒 译

出 品 方　木本水源
出版统筹　赵丽娟　杨 琴
监　　制　周燚鑫　沈明月
策　　划　张 琛
责任编辑　吴伟伟　宁 檬
责任校对　马一萍
特约编辑　刘小玖
装帧设计　唐 昊
出版发行　浙江大学出版社
　　　　　（杭州市天目山路148号　邮政编码 310007）
　　　　　（网址：http://www.zjupress.com）
排　　版　木本水源
印　　刷　三河市兴博印务有限公司
开　　本　710mm×1000mm 1/16
印　　张　20
字　　数　347千
版 印 次　2021年10月第1版　2021年10月第1次印刷
书　　号　ISBN 978-7-308-21199-4
定　　价　59.80元

如若你沉沉睡去，如若你悠悠梦里，如若那恍然梦中，是那绚烂天华、珍奇丽葩，你欢悦不已，将其采撷；如若你幻梦初醒、悟觉缥缈，却见鲜花掌中，它袅袅楚楚，亭亭依旧。

——塞缪尔·泰勒·柯勒律治

目 录

CONTENTS

替　身

DOUBLE TAKE

花

透过模糊不清的玻璃，我看见了那个人影，如水面的波纹一般。快到午夜了，在哈莱姆区的边缘地带，一个黑黝黝的人影，在透着微微亮光的大厅里游移。他出现那会儿，我已打开了公寓的外门，在门廊处站着。身后的街道，空空荡荡，只有人行道上偶然吹过来一只用过的咖啡杯，还有几张懒懒散散的旧报纸。脑海中那让我逃走的低语也没再作祟了——还没——尽管我那衣领之下奔流漫溢的冲动，是如此熟悉。

手中紧握着钥匙。我是个独居的女性。当他那闪烁的身影，触碰到厚重的铁门把手时，我别过了目光。

如果那时继续盯着他看的话，我应该能够回答出那些警察对我的盘问了：他多高？体重如何？穿什么衣服？但那时，我抽身躲了起来，靠着瓷砖墙面，心中自顾自地思忖着：我看不见你，你也看不见我。可就在此时，他的眼光移到了我的身上。

第二次了。

我突然隐约有种感觉：他是为了景而来的，虽然我无法自证，但心里有数。尽管当时我并没有意识到这一点。在我想来，和亲妹妹的最后一次见面已是很久以前的事情了，我几乎都忘记了我们彼此之间在对方身上留下的烙印。

景在楼上，她在等我；她特意为我而来，六年时光已经过去，太晚了。

趁这人犹疑不决，我溜进了屋子，冲过第二扇门，跑进了大厅；每走一步，我和他之间的空气及一切东西就好似膨胀一分。虽然他并未尾随我走过这大理石的地面，但我依然可以感觉到，他在背后望着我。现在回想起来，我已听不见任何声响，甚至连他身后的前门关闭时发出的咔嗒声，我都无法记起。当我回过神来，他已离开好久了，像一页消退的记忆，离我远去。

这故事，是何时开始的呢？如梦初醒的我又想起了大厅"之前"的安全问题；但事实上，这既不安全，也无"开始"。如果在景到我这儿之前，就有人告诉我说，我将会再一次任由景把我拖入记忆的泥潭中，那我肯定会觉得这个人简直比我更疯狂了；但是其中有我想要的答案，有我面对一切的勇气。继父亚尼曾告诉我们，若想寻得真相，必须追根溯源，回到本初。

景打电话说想过来看看我，我说我并不想见她；但当她不由分说地订好了航班时，我明白我必须坚守好自己的阵地，我必须得让她看到，我不再受她摆布、任她捉弄了。此地的生活完完全全属于我自己。她既然独占了我们的母亲、我们的小镇、我们在夏威夷的家，至少，她应当把纽约中这小块灰色天地留给我吧。

但景从来都听不进别人的话，我没有去机场接她，这是我仅能作出的抗议。在这个比她想象中还要大的城市里，我让她自己找出租车。我在物业管理员霍尔那儿给她留了把钥匙，然后在上西区 [1] 一个名叫卢西亚诺的意大利餐馆里待到很晚——我是店里的簿记员。我还记得，那是几年前，我每个下午都在这儿闲逛，根本不去什么美术工作室，我还是无法提笔创作，因为我唯一想要的，就是让自己消失于人前。餐馆的主人尼克，他就像领着一只迷路的小猫般，把我领进了店里，因此，我十分感激得到了这份工作，感激它让我能够沉浸于餐馆的繁忙和喧闹，完全湮灭于平淡无奇的日常之中，这难道不是身在纽约的好处吗？

那个晚上，我在店里逗留到很晚；整理完该月的发票和工资单后，我走出了那仅容得下一张桌子的小办公室，挤到厨房边的一张桌子后面，开始享用我的员工餐。通常，我都是在六点钟准时下班，把它们带回家吃。但是那一晚，当我吃完晚餐后，我决定帮服务员们端端盘子。起先，就是给饮料续杯，但当"服务员，结账！"这样的喊声此起彼伏，几乎成了背景音乐时，我不由得加

---

1 上西区：位于纽约曼哈顿的华尔街畔。

快了手脚。有些服务员虽向我投来疑惑的目光，但他们也没问我为什么还在这儿加班，我也没告诉他们一丁点儿关于景的事，甚至连如何开始这个话题都无法想象。对他们眼中偶然闪过的关怀火花，我以微笑回报。

九点过去了，十点也过去了，我也说不清自己是在尽力拖延这没有景参与的自由时光，还是只为与她见面做些准备而已。

为躲开妹妹，我勤勉地工作。离家5000英里，我才找到这个地方：一个没有人会注意到伤痕累累的我的地方。纽约人流密集，很少有人注意我，甚至连我的瞳孔的颜色——深棕色的右眼和黄褐色，或者说淡褐色的左眼，都无人留意。我顶着这副面容在纽约这座大城市，简直有如假大卫·鲍伊[2]，而在我们夏威夷的小镇里，只是个平常的混血儿罢了。我和景，在那座死水般停滞不动的小镇中，在那种族混杂的小社会里，既享有些身为混血儿的"秘密特权"，亦遭受着夹杂其中的诅咒和恶意。我们不像大都市里那些闪闪发光的女孩——她们有着白皙的皮肤、圆圆的眼睛、深巧克力色的头发，比哪个种族的人都要美丽。我们的诞生，便明显是个错误：一半日本血统，一半白人血统。我们是美夜·斯旺森的女儿，她是镇上的疯女人，会和幽灵说话的女人，总在公共场所精神崩溃。她的孩子，花，是个乖女孩，而景，是个反叛者。我们是完全相反的双生子，但同样被不知名的东西所侵扰。

但一天中可被浪费的时间总共也就那么多，待到接近午夜，我终于离开了餐馆。一般晚间早些时候，我喜欢走路回家，尤其是白天较长的时候，但我一直很害怕黑夜——现在比以往任何时候都怕——所以今晚，我坐了公交车。景的事情在我脑海中挥之不去，我都没怎么注意时间。过了这么多年她终于决定来这儿乞求我的原谅了吗？既然我们所爱的亲人已全部去世，她又有什么必须要和我说的事呢？可如果我连她在电话里的声音都忍受不了，我又该如何忍受她这样入侵我的屋子呢？曾经，我们是密不可分的，但如今我心里一半希望，我到家时，她并不在。

噢，景。要是她没决定来纽约，就好了。

---

2 大卫·鲍伊：英国摇滚歌手、演员。他14岁时曾发生一场意外，导致左眼括约肌损坏，使左眼瞳孔不再对光线产生反应，永远呈放大状态。双眼颜色也因此不同。

★ ★ ★

我把钥匙插进锁孔，听见门闩突然锁上，而不是打开的声音，我这才不得不承认，景此时正在我的公寓内。我能想象到当时的场景，在霍尔给她的一大串钥匙中摸索着，终于找到需要的那把，然后走进家中，任由门在她身后砰地关上。她不会再来重新把门锁好的——我们长大的那间屋子，甚至连钥匙都没有。门扉，就如同大衣，在夜晚和寒冷的日子里，需要它遮风挡雨，但是大部分时间，我们并不留意它。在夏威夷，我们用的是纱门，就是那种会发出砰砰声音的、容易磨损的东西，它会把飞虫拦在门外，而放进缕缕清风。但我们已不再是孩子了。

"景？"我叫道，一边将身后的门拉上，"你没有关门！"

话还未说出口，我便退缩了，我本该有个更恰当的开场白。我应该说："我回来啦。"虽然我此时已觉得，我的这一亩三分地反而更像我妹妹的地盘。"我到了"也许更合适？

我的公寓只能称得上是墙上的一个洞穴，就如一条装着低低天花板和狭窄门廊的铁路，朝着尽头的客厅和厨房延伸。沿着只有肩膀宽的走廊走下去，会经过洗手间，直至一个单人卧室；厨房里配备着与其大小相称的设备，四分之三的设施都排成直线，靠着墙，其间的空隙仅容蟑螂通过。大学第一年，和我同寝室的室友如流水的兵一般，换了一拨又一拨，这悲惨的一年结束后，学校终于允许我搬出校园。我选择这套公寓的原因和我后来接受这份工作的原因一样。因为这是一个临时的隐蔽住处，无人知晓。

过去五年来，除了管理员外，景是第一位踏进这儿的人。对这间屋子，我希望她别想太多，现在来看，她并没想太多。她把橡胶拖鞋踢在客厅中央，而不远处我的鞋正整整齐齐，在门口排成一列；我那蓝色的豆袋椅也已经被拖到了另一边，那是我离开学校后买的。景一定饿了，我的冰箱已被她扫荡过，一瓶打开了的橙汁稳稳当当地放在燃气灶灶台上，还有一些装着剩菜的饭盒放在了水槽边，剩菜已经被吃了一半。景还把我的备用钥匙占为了己有，我在她带来的亚尼的旧钥匙圈上认出了我的钥匙——这旧钥匙圈上带着个锈迹斑斑的手工制开罐器，她把这东西扔进了我的二手组合沙发里。

我还未看到她，她便已经取代了我，成为这儿的主人。她总觉得这世界属于她，想带走什么就能带走什么。我想，在某些方面，她没错。

"景！"

我是否期待她的回答？我听见卧室内的收音机播放起了约翰·丹佛[3]的歌曲，但这歌声的音量并没有盖过我叫她的声音。可能景只是在我的卧室里睡着了。我还没准备好跨过我最私密的空间去走近她。事实上，光是想到要看到她的脸，就叫我难以忍受。真想时间停止，把指针拨回到过去。

但是景就在此地，已不是那隐约潜在的幻觉了。我用脚将她的拖鞋挪到我的那排鞋边，走了六步到达灶台前。我摇了摇那瓶橙汁，还留了一大半呢，在把它放回冰箱之前，我还下意识地拧开盖子闻了闻。

我到水槽那儿把景留下的菜倒掉，又清洗了她留下来的脏叉子，这时我感受到了水龙头的振动。我仔细地俯耳倾听，在这3月下旬的凌晨，轻轻鸣咽着的散热器不知道应该将热气传给我，还是应该无力又断续地发出一种类似敲打的声音。

她在洗澡，难怪没有回答我。

洗手间的门关着，但卧室的门却是敞开的，在我的房间里，到处是她活动过的痕迹。床单皱了，被拉到了床的一个角落；她那印花的衬衣和蓝色的喇叭裤扔到了我的床上，裤子上还有一条细细的、有弹性的金色腰带；她的粗呢包是开着的，许多衣物乱七八糟地搭在包上。她好像在找什么东西似的。

DJ（流行音乐节目主持人）在这时开始播放音乐，我亦叠好了景的衣服，将它们放回了她的包里。就在我捡起她的一件衬衣时，一条项链掉到了床上，那是一块半个手指那么长的玉，串在一根绿色的、打了结的绳子上，看到这东西，我大吃一惊。亚尼曾告诉过我，景过得不错，她卖些珠宝首饰，但我设想的是她兜售锡制缅栀花形耳环给游客们的样子。这块玉，样式平常，却让我有种奇怪的熟悉感，亦有着某种特性。我在哪儿见过它呢？

我也不知道自己这样站了多久，直对着这块吊坠发呆。对了，还有母亲的

---

3 约翰·丹佛：美国乡村民谣歌手。

小皮盒。当然，妈妈在里面放了些纪念品，还有别的小玩意儿。那东西正摊在我的床上，翻倒着，景把它也带来了，就像我知道她会带来一般。我在她的一堆东西旁坐了下来，艰难地坐在床垫边沿，尽可能小心地不去碰妈妈的盒子，我还没准备好再去触碰它。

"我拿到了你的那份遗产。"景曾和我说。是在几周前的电话中吗？"我需要和你谈谈。"

我不想听到她的声音，因为那声音就是我的声音，我受不了和她争论。景对编故事信手拈来，她创造了她的幻想世界，重复诉说着她认为的真相，而这正是我最害怕她——我的亲妹妹——的地方。可是，需要？很久之前，她便已抄了捷径，那么现在，应当轮到我去争取我所需要的东西了吧，我最想要的，仅是在所谓的"一切"从指间溜走之前，能紧握住"事实"而已。

对于我的那份遗产，景比我更清楚。虽然我可以想象出一张长长的清单，上面印着妈妈留给我们的大大小小所有物什——各种各样的秘密、神出鬼没的幽灵、没有由来的疯狂，但是其中——在妈妈和亚尼于半年前去世时，他们也给我们留下了一份实实在在的财产。总的来说，正如亚尼曾说过的，只有一笔足够埋葬他们的小钱，再加上一栋房子，还有这个我不知如何是好的东西：妈妈的小皮盒。

妈妈指定我成为她的遗嘱执行人，这也不应该是什么值得惊奇的事，从我们有了各自的名字开始，我被叫作"Hana"，花朵的意思，我是她的好女儿——完美的乖乖女——这亦是我的人生定义。而景，是"Kei"[4]，是"害群之马"。她个性冲动，又具破坏力。我的妹妹，她极有魅力，却异常善妒，在我们还一起生活时，有三次，她在我身上弄出了鲜血和伤口。可无论景做了什么，妈妈总是偏向她、袒护她、支持她，而我被晾在一边，只得自谋出路。后来，我才迟迟反应过来，"会哭的孩子有奶吃"，坏女孩总能把房间内所有的好运都吸走。

当景告诉我她要来纽约时，我就知道她已去过银行，把我放在银行保险箱

---

4 "Hana" & "Kei"：书中主人公姐妹均为日裔混血儿。"Hana"写成日语假名，为"はな"，意为"花"；"Kei"为"けい"，这个发音在日语中有许多对应的词，但文中特指"景"，意为"影子"。

中的小皮盒取出来了，我也收到了提物单的确认书副本，她在上面签了我的名字。我那利落的字迹，在我们尚在少女时期时就被她模仿得惟妙惟肖。每当我想改改自己签名的样式时，她的模仿也如影随形。我一下就想到她在床头柜昏暗的台灯下弯着身子的样子，手指在纸张之间晃动而过。这突如其来的回忆让我吃了一惊——每张纸的两边都写得密密麻麻，全是我的名字。

我尽量让自己不再被她侵扰，但她那仿写的签名又潦草地附着于我的新生活中了。尘封的噩梦首先归来，它们萦绕着我，让我完全浸没在那沉寂无边的黑暗中。在深深的黑暗中我找不到自己，当手触碰着脸庞时，我甚至都看不见自己的手。这团包裹着我的梦魇让我疏离了我的大学室友。为了逃避噩梦，我跨越了大半疆土。它们在半夜尖叫而来，我只能开着灯睡觉。而早晨，我又踉踉跄跄地挪到镜子前，既期望又害怕见到镜中的那张脸，直到那镜子骤然破碎，其中的镜像消失。我开始失去知觉，嘴中令人不安地嘀咕起来，就像妈妈。有时，当我回过神来，便发现自己正在画些奇怪的图案，简直和梦游如出一辙。我无法控制镜子里那些我看不到的东西，就像我无法阻止那些噩梦，不能收回我的回忆一样。这些回忆就像我的大部分梦一样，空空荡荡。我的生命所依赖的那一刻，正是我的理智为我所阻止的那一刻。我能够看见自己，快乐万分，正站在岩穴的入口，被那些我认为是朋友的人包围着。然后，什么都没有，什么都没发生，除了景消失了，还有她男朋友埃迪的耳语，接着我在医院里醒来了，身上沾着干涸的血。

在这之后，我唯一的自我保护方式就是不带感情地生活，还把公寓中所有承载着回忆的东西都给清空。如此这般，景便消失了，我也不复存在。但无论我走到哪里，我都能看到她，还有我自己。

疲劳击倒了我。不知哪来的力气，我捡起妈妈的小皮盒，把它端端正正地放在了床头柜上。我太累了，几乎都感受不到自己手中正握着那块玉。我扯过那条我总放在床垫下的手缝被，紧紧裹在肩上，这条白色的手缝被上绣着朵朵小红花，假若能躲在这下面，蜷到天明就好了。我沿着几乎看不见的缝线，抚弄着花瓣，手指抚过花蕊，画出每一片深深浅浅的叶子，叶子呈螺旋状，自由地绽放。

这是我仅有的遗产，我唯一在乎的东西，但就算如此，景还是弄脏了它。

这是我母亲一针一线缝出来的，留给我的最后礼物。

但如今我却另有想法，景现在肯定在洗澡，自我进门以来，她也未无视我。我们还是有机会能重新开始的。我如今想着：也许我会那么小小地欢迎她一下，我们可以简简单单地做做伴。这样的愿望让我自己也暗自吃惊。但这是不可能的，这让我感到既欢喜，又悲伤。而这愿望，它仍在那，触手可及。

我从床上起来，轻轻地敲了敲卫生间的门。"景？"

此刻，我到家已经大概 40 分钟了，我妹妹她一直喜欢洗长长的热水澡，在母亲头脑清醒时，她俩常为这事吵架。她洗澡时，污水总是漫溢，厨房的水槽总是冲不下去水，母亲总得等她洗完澡才能洗碗，那些亚尼吃过的葡萄牙香肠上的橙色肉脂还留在水槽壁上，而且每天早上，景洗完了澡后，储水箱便空了。这种状况直到我们13岁时才得以解决。有一天景正在冲澡，母亲决定要搞卫生，她便把水调成了冷水，她本可以为景烧一些热水的——就是一点点热水，但是这足以让她明白自己的洗澡时间已经结束了。如今，我站在这纽约家中的卫生间门前，这突然涌来的记忆是如此有趣——我妹妹略显气急败坏地抗议着，而我却看见母亲脸上挂着的笑容。

我笑了笑，又更用力地敲了敲门，这算是个提醒，接着，我便打开了房门。

出乎意料，卫生间内并未开灯。我打开灯，可她洗澡时那氤氲成团的温暖水汽并没有窜出来和我打个正着，相反，卫生间里一片冰冷。

我眼前的，是拉上了的浴帘。

"你还好吗？"我问道，对景我已竭尽全力：用她所说的语言欢迎她——她在高中时都说洋泾浜语。我拉开了浴帘，想象着她那神采奕奕的脸庞，像星辰般在水汽后熠熠发光。所有我错过的征兆现在都在向我尖叫，但我什么都没看到。我确信她只是在洗掉头发上的泡沫。

或许是我的的确确看见了那些征兆，或许到那时候，当意识到景的沉默和漆黑的卫生间时，我便已经预料到自己将会看见什么。我很清楚，得拉开浴帘看看了。浴帘拉开——这眼前的一切，确确实实地发生了，千真万确。

我妹妹正一丝不挂地躺在浴缸里，忘记关上的水流从她的骨盆处向四周喷散，从乳房上滚落而下的水珠，一直流淌到腹部和大腿处。浴缸倒是很干净，没有一丝血迹。她整个人泡在三至五厘米深的水中，一只脚的脚后跟几乎堵住了排水孔，她的那只宽宽的、几乎成三角形的脚掌从脚踝开始，歪向一边，看上去与整副身体不协调了；手臂倒很"体面"地贴着臀部，手掌则是握着的，好像曾捏过什么一碰即碎的东西。

她的这副身体就如同我的，若我身上没有那些伤疤的话，这就是我的身体。景左胸的肋骨处，有一道发紫的乌青，使她看起来那么不自然地脆弱消瘦。虽然这并非刀伤，但我居然莫名地想到了切腹。她身上其他地方的肌肤都是柔软光滑的，淡淡的金色一直延伸到耻骨上，露出那长满阴毛的、三角形的阴部。她看起来很安详，除了喉咙下那残留的项链印子，还有深浅不一的、红蓝色的血痕。

脖颈之上是和我长得很像的一张脸，如今浮出了水面。她那散开的深色海藻一般的长发，在水中任意漂荡。一样的鹅蛋脸上有和我一样的、粗粗短短、毫不精致的鼻子。她双眼紧闭，你便看不到她那双眼睛——左眼是深棕色的，右眼则是黄褐色，长得和我一点不像，但她那饱满的、弓形的嘴唇，却和我长得很像。甚至，那指甲，我们在同一日学会咬它，又在同一日让它自然生长。虽然我们如今生活在两个不同的世界，但是我们又一齐开始咬起指甲来。

我妹妹和我非常相像，我们是同一人中分化出的两人，我们都经历了重重险阻，才活出了完整的、属于各自的人生。

有多少次，景巴不得我去死呢？她又用了多少方法试图来实现这个愿望呢？有那么一瞬间闪过，我害怕这躺在浴缸之中的是我的尸体，哗哗的流水从这上面冲刷而过。而我的灵魂，早已脱离身体，悬于半空，诉说着最后的告别。

但每当我挪动脚步，我便看见我的手不自觉地抬了起来。我的皮肤，苍白又冰冷，我捏紧了拳头，那咬过的指甲便戳入我的掌心。

我还活着，就站在此处。作为景的影子一般的生活，终于结束了。

1942 年

他们将轻装上阵。他告诉过她多少次了！他说他们必须赶紧出发，挤上火车，手里得紧紧攥着行囊。当他们到达洛杉矶，莉莲就得自己拿着手提箱了，因为他们还可能去更远的地方。如今，全世界都在打仗，唐纳德亦听到了些流言蜚语。谁知道他们是否能乘公交车呢？那些出租车们真的会拒载他们这样的乘客吗？

原本，他们只打算向东而去，横穿全美到纽约度蜜月，来一场长途旅行。但唐纳德收到了他母亲发回来的电报，他们便决定南下去找他的父母，莉莲从未见过这两位长辈。从唐纳德的神色里，莉莲感到他是担忧害怕的，电报上除了一行字以外，什么也没有。

"我结婚了。"他写道。

但他母亲只回复：回家。

他们的行囊中容不下那些易碎的瓷器。那个莉莲母亲给她的靛青糖罐小巧又轻便，送给唐纳德的母亲应该是件很好的礼物。他说，但这样就没地方放那床手工刺绣的棉被了。这不是一床真正的棉被，她抗议说，只是一张床罩里夹了一层薄棉絮。她母亲赶工数月才完成这床薄棉被，上面的图案是用串珠、金丝银线和缝帽针法制作的。图案是一个个涡纹状的茧，清一色的纯白，每一只茧中还藏着一株花，它们从中心斜斜地旋转开来，彼此之间就像一对依偎着的双胞胎，而且，没有两只茧是完全一样的。

"这是你的嫁妆。"当莉莲对这手工品发出惊叹时，她母亲微笑着说道。

　　他们如果带行李箱的话，任何大小合适的行李箱都能装下这床被褥，但他们并不打算拿行李箱去，至少不是现在。对于年轻的新娘而言，如今并不是安家的好时候。唐纳德认为财产只是身外之物，他相信她——他是这么告诉她的。他也允诺道，只要他们在一起，他就会照料她的一切。但他又相信战争确实发生了——每个人都在对珍珠港事件、外来入侵者、间谍网和"第五纵队"议论不休，这些都使莉莲心生忧惧。她的家在一个小镇上，既安全，又有父母的庇护。她在做什么呢？任由他将她带到了大城市。在那里，哪怕只是有人和她长着一张很像的脸，也会让她成为某种威胁。

　　莉莲的母亲看了看她的包裹，心中无法拂去悲伤，她已经为莉莲的出嫁准备了好几年了，她本想为女儿在自己周围的朋友内寻一桩婚事。

　　母亲把棉被放在腿上理平整，棉被没有打开过，依旧是叠好了的，她不愿把它放回莉莲的床上去。

　　"妈妈，我们很快就会回来的，然后和计划好的一样，我们就去纽约。唐纳德会完成自己的学业，我们便开始照顾自己的小家，我保证，我们一找到房子，就会立刻报平安，把发生的一切都告诉你。"

　　她已经22岁了，她母亲提醒自己。已经到了可以犯错误的年纪。

　　"如果他非得这么着急着走，那为什么不自己回去？"莉莲的母亲问道，她听见自己的声音在颤抖，并竭力等待它平复下来。这儿离洛杉矶可能仅有几小时的车程，可是却遥远如另一个世界。"那儿不安全。"

　　关于这个也没什么好说的。美国已对日本宣战，却很难知道究竟发生了什么，关于宵禁令和美国联邦调查局（FBI）突袭的流言并不能让人感到安慰。

　　可唐纳德的母亲生了病，他想回到他父母的身边，把和莉莲成婚的喜悦带给他们。如果洛杉矶真如唐纳德所说，对日裔极不友好，他们甚至会捎上他的父母一同东去。一个新来的媳妇会给她的公婆准备什么礼物呢？莉莲心想：一个家、一只伸出的手，还有一份嫁妆。她没有失去自己的母亲，她对自己说道，她又有了一个新妈妈。

　　她想象着，那是个大家庭，家人们都与她长得相似。

　　"嗯，是……"现在，母亲声音嘶哑，轻轻地哭泣着，但现在她也顾不得难堪了，说道："这床被子会给你带来好运的。"

"妈妈。"

婚礼结束后的头两周,她都盖着这床棉被睡觉,每晚都在唐纳德的臂弯中睡着。如果她能把这床棉被带上火车,她便会用它裹着自己,但如今她不想违抗自己的丈夫,为什么母亲就不能理解呢?为什么她要把这次分别搞得如此艰难呢?

这只是个短暂的分别,莉莲暗自纠正了自己。自从婴儿时期她被丢在教堂的石阶上,从小到大,这是她第一次离开母亲的视线超过一晚。

现在,她用手臂环绕着母亲。是养母,她又提醒自己。遇见唐纳德之前,她从未想过母亲和养母的分别。她母亲的金发里掺着些许银丝了,皮肤就像纸巾一样柔软。

"我才是自己的幸运符,您不是总这样告诉我吗?我才是那个带来好运的人。"

莉莲看着母亲畏畏缩缩的模样,她每说一个字,母亲便退却一分。

他们这简简单单的日子,是从何时开始被打破的呢?莉莲诧异。那天唐纳德第一次出现在小镇,他是个有着英俊脸庞的年轻人,那是和她相似的脸庞……他向她示爱,教她如何用筷子夹饭。她放下筷子,嘟囔着抗议说,餐具柜里有一抽屉上好的刀叉,为什么要用筷子呢?因为她试着夹起来的那口米饭连一只幼鸟都喂不饱。那段时间,母亲总会笑话着莉莲的心上人,他最后只得作罢,吃起她们为他准备的土豆。夜晚,唐纳德和莉莲在门廊并肩而坐,女孩指着闪耀的星辰,只听见年轻人在她耳边低语:"终有一日,我会带你亲眼看看整个世界、你真正的故乡、你的同胞。"

这听起来简直像个她用了一生去期盼的海誓山盟。她自幼生长于此,从未寻问自己的身世,而这段婚姻的到来,给了她足够的力量。她能成为自己想要成为的任何人。她哪都能去,她第一次感到,自己的人生是完整的。

是时候亲眼见见整个世界了。

莉莲的手最后一次抚过棉被的针脚:"妈妈,我们把这床东西放回床上去,然后去门外吧。"

母亲摇了摇头:"我们会把这床被子放进行李箱里,这样等你回来的时候就可以直接带走了。"

　　她们四只手一起拿起这床轻巧的被子，前前后后地推揉了一番，接着一起晃晃悠悠地把它放到了行李箱里。将被子塞进去时，两人的手还时不时碰在一起。完事以后，母亲站在那儿，显得有些失落。"我们去门口吧。"

　　莉莲和母亲来到门厅时，父亲和唐纳德已在那等着了。她最后望了望加利福尼亚的大草原，那交织起伏的绿色海洋中，若隐若现的，是那小小的白色教堂与白色房屋，这些都是属于她的。每逢周日做礼拜时，莉莲总喜欢唱那些悲伤的赞美诗，它们的旋律分外美丽。他们也没有邻居需要去道别。

　　母亲在门口徘徊许久，好像她一旦离开房子一步，便会消失。父亲拥抱着她，隐忍不言，身板僵硬，郑重得有些奇怪，把女儿交给了这位命中注定的年轻人。

　　"那都是他们乱说的，"父亲说了些话想使他们安心，"别去在意报纸上是怎么说的，他们很快就会明白你们不是他们在意的那群日本人。"

　　日本人。莉莲明白父亲的意思，但唐纳德听到这词时却明显有些畏缩，她亦察觉到自己也开始心虚起来。现在，她也成了日本人，连她的父亲都这样说。她一直是她自己，却不曾想到会成了一个敌国侨民。

　　唐纳德拾起包裹，感谢了莉莲父母的照料款待，郑重地对这对牧师夫妇行了礼，过了一会儿，当莉莲注意到唐纳德并不愿意称呼自己的父母为"父亲"和"母亲"时，她又想起了母亲的话，难道妈妈之前说的真的不对吗？他本可以独自一人踏上归程探望母亲的，行李还更轻便些呢。

　　但决定已下。母亲正抱着她，不舍的泪珠潸然而下，落到女儿漆黑的头发上。莉莲的眼泪亦在眼眶中打转，她眨巴下眼睛，眼泪就收回去了。这本该是个开心的日子，是她踏入成人世界的第一天。她紧抱着母亲，不愿先于母亲放手。就这样，直到唐纳德轻轻碰了碰她的胳膊，她们才缓缓松开。

　　"别把我们忘了。"母亲嗫嚅着低语，最后放开了手。母女俩四目相对。

　　父亲局促地拍了拍妻子的背。"你们会过得好的。"他又说了一遍，接着就话锋一转，朝莉莲说道，"不管是否发生战争，如果你不能凭自己的力量在这世间站稳脚跟，我们做父母的，就算不上尽了养育的责任。"他转向妻子，朝她露出一抹苍白的微笑，"对吧，孩子她妈？孩子长大了总要离开的，瞧，她已出落成一位健康美丽的女人了……"

　　"等等，"莉莲的母亲又说道，"捎上这个。"她松开手，掌心中是她那块卷起的、濡湿了的手帕，"看到了吗？光明和好运。你记得那歌儿是怎么唱的吗？'无论她去哪里，都会带来光明和好运。'这东西不会占太多地方的。"

莉莲看着这块帕子，一颗颗的小星星都是母亲一针一线自己织的。雪花形——正如唐纳德后来纠正她的那样，这图案衬极了东海岸那冬日仙境。她解开自己皮质手提箱的扣环，折了折手帕将它塞了进去。

做牧师的父亲揽住妻子的肩膀，母亲打起了精神，最后说道："不论你在世界的什么地方，就算你这一生都不再回来，向我保证你不会忘记，我们爱你。"

母亲的话语宛如当头一棒，使莉莲像一只受了惊的马儿。不再回来？怎么可能，他们过几周就回来了呀，母亲不也知道吗？莉莲本想出声反驳，但她一望见母亲的神情，就欲言又止。于是，她只得向母亲保证，一边离家走远，一边回头挥手告别。汽车已在等候。

花

　　只要是属于我心房内的空间，就决容不下今晚所发生的一切。它像万花筒，永远转动、没有休止。破碎的时间裂片，在往昔和现在之间回转，无论我多想尽快地集中精神，我都无法将这些时间碎片，像往常一样嵌入图片中去，将其还原。

　　发现景时，我做了什么呢？我在她身边跪了下来，我也记得自己喊了她的名字。当我俯身时，还能感受到那些飞溅在脸颊上的水花和浮动的昏暗光线。当我不知所措地思考着如何处理时，我看见了水珠不停落在睫毛上。我想那时，我的头发从浴缸边垂到了水里，蹭到了景的肋骨。我缓慢地动了动身子，双手不听使唤，它们似乎已不是我身体的一部分了，整个世界好像也停止了运转。

　　我伸出手去想要帮她，却碰到了景的脖颈，上面的脉搏让我依旧可以感受到她的心跳——相当清晰。谢天谢地！她还活着。指尖触过她身体上的瘀痕时，手却不自然地僵直起来，就这样，我的视线停留在景的身躯上，想要试着去了解这些丑陋的、残忍的血痕。我竖起大拇指将它们盖住。我直视着它们，这不可能。

　　怎么会有人伤害我的妹妹呢？

　　我感觉她的心在怦怦跳，似在我的太阳穴里打鼓，一首歌谣鬼使神差地在脑中响起——她离开了我，她还未离开；她离开了我，她还未离开；她离开了我……

　　"景，"我轻唤着她的名字。低头去看她时，我有些不知所措。她这般模样，这副与我坦诚相对的、成年了的身体冲刷洗净了她的所有，好像我们之间从未有这些年的岁月流经一般。可是不知怎的，去接受这真正的她却显得更加困难，而非简单。"是我，花，你能站起来吗？"

接着，我想着把她扶起来，这样她便不会溺水了，可如果她身上断了根肋骨又怎么能扶呢？若戳到她的肺部又怎么办呢？想毕，我刚伸出去的手又落了下来。我站了起来，又跪了下去，最后又站起来。我真是没用，想要给她调整一下角度都束手无策，我唯一能做的只有把水给关掉。

突然，我意识到自己的错误，便又把水打开了。

证据。我正在破坏现场，而当我去纠正错误，又把水打开，以图恢复原样时，我又一次破坏了现场，我惊慌失措，根本来不及细想，动作慌乱，乱了手脚。至此，提到证据，便意味着警方……警方？我撇下了任由水冲刷的景，拨通了 911 的电话。

世界终于恢复正常，时间开始流动，不一会儿，一个女人的声音在电话中响起，我告诉了她我公寓里发生的一切——我的妹妹失去了意识，我亦听到了她在与我通话时，一边打字的键盘声。

"她还有呼吸吗？"

"是。"

"流血了吗？"

"没有，我觉得没有……您不能派个人来看看吗？"

"他们已经在路上了，您别挂电话，告诉我，这事发生多久了？"

我知道她正试图帮助我，但要我回想此前我在餐馆里消磨时间，而任由景就这样遭人袭击便叫我难以容忍。"求求你……"我一边说，一边让脑海中那些即将脱口而出的话语就这般退去。

而电话中，依旧传来键盘声，"她最近有服用其他药物吗？"

我费了好几秒钟才明白过来她在问什么。"我觉得她被人袭击了……我不知道。"

"凶手还在吗？"

"我不知……不在。"凶手？我转了转身子，她的话似乎凭空在门厅处勾勒出一个憧憧的人影来。那个袭击景的人，此时就同我共处一室。

如果他还在此处，我是把他找出来更安全些，还是应该就这样让他藏着直到警方到来呢？我又在想些什么啊？门厅空荡荡的，哪儿还有什么人，此时此刻，我当然是孑然一人。我的公寓又这么小，每个房间之前我都去过了。

深呼吸，我告诉自己。

"求求你了，她是我妹妹。"我把电话筒放回听筒架上，接着便靠在墙上，感受着墙带来的依靠感。"她是我妹妹。"我自言自语，但无人聆听。

环视整个房间，我注意到有人已把我那沉重的窗帘推到了一旁，露出了这面巨大的、毫无生气的窗户，透过窗户，我可以清晰地看到窗外那高架地铁的轨道。如今是半夜时分，站台上悬挂着几盏零落的灯，灯光从玻璃纸灯罩上透出来，几乎空荡荡的站台就这般被笼罩在这亦昏亦明的灯光之中。在这闹市区的地铁站里，还未有人朝我这方向看过来。还未。

是景拉开的窗帘吗？是她拉开了窗帘暴露了房间，而有人正好朝这面看，然后将她视为目标？夜幕一降临，我这位于四楼的公寓俨然成了黑暗中的灯塔，在这来来往往的人群中，任何一人都可能从站台上直直地望向我的公寓。如果我的公寓就在他每日必经之路上，那他也许会定时看到我——比如任何一个工作日的晚上我在家洗碗读书时，身影在窗户之间来回地穿梭。

我急匆匆地拉上了窗帘，但已经晚了。他既然在这栋屋子——我的私密之地里待过，那他的痕迹会永远遗留于此，这是我无法消弭的。如此想来，这便不是我之前想象的那种私闯了。这不是一场我可以用我的双锁门避免的身体对抗。

这时，电话又响了，是那个凶手，我思忖道，一阵可怕的寒意爬上了脊背。从来没有人给我打过电话，我也仅为了用电和燃气服务而保存过一个电话号码。我接起电话，话筒中什么声音都没有，仅有一串遥远的电流声，像是从另一个世界打来的，一个极为奇怪的念头闪过我的脑海——这是母亲打来的电话。

母亲在这里，在电话中的某个地方，她会回到我身边，我想听她说话时句尾那上扬的语调，然后开始问我些什么，她会对我说什么呢？我等了她这么久。

"喂？"我陷入了沉默，妈妈两字就在舌尖，几乎脱口而出。

这时，电流声咔嗒一下断了，听筒那边传来一个中等音量的男声，他在对着楼内对讲机说话。

是警察。

我手忙脚乱地让他们进了屋，他们的鞋子重重地踏在房间地板上，手里拿着对讲机叽里呱啦地也不知在说些什么。有两个警察已在三楼待命，其余的则上楼了，当楼道里没人再上来时，我的公寓里已经聚集了六个警察。为避免碰到房间内的东西，他们只好在这狭小的空间中挤来挤去，接着，他们又分头行动——有两个警察循着水花声沿着过道走了进去，其余的要么爬上屋顶，要么去地下洗衣室寻找线索、目击者，甚至凶手。随着警察们的分散行动，我也松了一口气。这时候，唯一的一位女警察朝我走了过来，林奇警探——她的标牌上印着，林奇警探有一头短短的烫发，体重大约比我重 40 磅。

"您说英语吗？"

"是的。"

现在，我归她负责。女性，母语是英语。"您是……？"她问。

"花子[5]，花子·斯旺森。"

"您是那位报警的人吗？您看见发生了什么吗？谁是我们要找的人？"

她的问题又快又多，一个接着一个，我都来不及反应，也不知该点头还是摇头。当她弄清楚我是刚回到家发现景倒在浴室时，肯定觉得我万分无用，否则她也不会让我去走廊待着以免破坏犯罪现场。不过，远离了这群忙碌的警察，我也宽下心来，尽管林奇警探把我想成了一个什么都不懂的外国人，我也很感激她能让我在门外的大理石台阶上坐会儿。她拿出了自己的笔记本来问我些问题。我在发抖，只得双手交叉，抓住自己的胳膊肘，抱住自己。她又问了我的名字，还问了我这儿的地址、景的名字。

花子——我告诉她我名字的拼写，景子——我也拼写了景的名字，但我对接下来的问题便摸不着头脑了，我碰什么东西了吗？我走进房间时，有什么地方不对劲吗？谁知道景来了我这儿呢？

可没有东西是我没碰过的，我猛然想起，那些我收拾了的剩菜剩饭、整理好的景那堆散落的衣物……本来它们当中也许藏着什么决定性的线索，还有淋

---

5 花子是花的全名，日语假名写作"はなこ"，罗马音发音为"Hanako"；同样，景的全名为景子，日语假名写作"けいこ"，罗马音发音为"Keiko"。

浴器——我把可能沾在水龙头上的指纹全都抹去了。我那会儿浑浑噩噩的，当然会干出这些蠢事，但现在我可不能再放任自己荒唐下去了。不，我不断地念叨着，既对我自己，又对警探说。不，不，这声音几乎如魔咒一般在我脑海中萦绕，甚至还有了某种特定的曲调。

警察到后不久，救护车也到了。两位医务人员抬着担架跑上楼来，担架垂直悬挂在他们之间。担架的床单上横着两根黑色的皮带，这样当他们跑着将担架抬上楼梯时，背板就不会滑落。他们两人都带着不同尺寸的黑色袋子，这些设备都是为了景。

她为什么要来这里呢？林奇警探问道，我只好把注意力从这些医务人员身上挪了回来，却也不知该怎么回答她。这不是我这段时间一直害怕知道的事情吗？现在，如果我永远不能知道了，我该怎么办？

警探继续问，她吸毒吗？她可能是不小心滑倒在地的吗？

我想起她还未见过景，以及她身上的瘀痕。

"你确定她在这儿不认识别人？"她翻了翻自己的笔记本，"没有人想去伤害她？"

这时，又来了一位警察。

"我是塔珀，塔珀警探，"新来的警察自我介绍道，"她的手提包是哪个？她一定有个手提包吧——你说她刚下了飞机，不是吗？"

"我——"我试着想象妹妹的模样——在我心中她还是小时候的样子，会往自己的小口袋里塞那些她需要的小玩意儿，"她没有……我觉得她没带手提包这种东西。"

"她可是你的妹妹，不是吗？"他扬了扬眉毛，"我的意思是，她肯定有个小包吧，有张飞机票，你们女孩不是总带个小包装口红和口香糖吗？"

口香糖，我回想着，真是惭愧，景嚼口香糖吗？我的大脑出了什么问题？

"长官，在这！"另一个警官从门口探过身子来，"窗户。"

我又恍然失了神，很快地，我们又回到了房间里，我在浴室门口踱来踱去，其中一个警察指着消防通道边的窗台下面剥落的一些白色油漆。

"是你吗？"他问我。

"什么？"

"你开过窗户？"

"没有。"这是真的。

他去和探长们商量着，"可能是有人开过窗户。"

"有人？"我问。

"可能是附近有人入室盗窃，通常他们都拿些小东西——珠宝、现金——这些东西容易携带出去。这人是通过消防通道进屋的，你离开家的时候忘记关窗了？"

他真的觉得我是那种离家时不关门窗的人吗？还是他没有将我家周围的相对安全性和我门前的地脚螺栓联系起来？我公寓所在的这栋楼在一个僻静的小巷里，这条巷子只有十个街区那么长，巷子的另一边有一座神学院、一个公园和一栋教堂。相比身后那酒店饭馆鳞次栉比的大马路，它显得整洁而安静，又是那样不起眼，甚至连一部分住在上西区的居民都从不知道这条小路。但说来说去，这儿总归是纽约，没有什么是完全安全的。

"窗户外有围栏。"我指出来。

"也许这人把它打开了，然后，你懂的，浴室里就那样发生了一切。"

我泄了气，可以感受到，我的情况正在变得越来越糟糕，我用两只手撑着脑袋，好像这样自己就能稍微再振作些，集中精力想什么似的。这就是为什么现在这么多警察在这儿的原因，他们正准备追捕一个人……这个人袭击了一位女性，这个人就在我的住所附近徘徊。

就在我没接过话茬的空当儿，这位警官在窗台处朝我挥了挥手，告诉我窗户扇的确有被拉起来过，因为出现了一道新的裂缝。他把一支铅笔从裂缝中滑出去，又推了推防盗窗，他一推，便摇晃起来。"这应该是封上的，瞧这儿，看见这些薄片了吗？这是防止其他人闯进来的，老式的楼房都是这样，你大概不知道吧。"

"不知道。"一幅又一幅新的画面在我的脑海里层出不穷，我竭力想摆脱这些。我才想到，景如今遭受的一切，原本可能是会降临在我身上的。我的安全围栏……它怎么会被打开呢？我之前检查过，和家里其他门锁一样检查过，我到底检查过吗？

只是我想不起来了。

"入室抢劫。"稍微思考了一番，塔珀警探说道，"她的身上带了其他什么东西没有？像一些别人一直在找的东西？"

听他这么一说，我的眼光落到了妈妈的小皮盒上，这里面根本没什么值钱的东西，旁人肯定也毫无兴趣，除了伤痛的过去，里面也没有什么是特地为我留的，但我又不希望它被警察们翻来翻去，于是便摇了摇头，希望他们没有注意到我的犹豫。我一直晃着脑袋，自己都好像要晃晕过去了。

"没什么值钱的东西可真是够幸运的，只是你妹妹的手提袋呢？我也不指望你能描述一下它了吧？"

"是。我已经说了，那个手提袋的事我不知道。"我感到身心俱疲，好像快散了架，我和景分别这样久，我对于现在的她自然是一无所知的，但是关于这一点，警官们无须了解。

林奇警探解释道，今晚他们要搜查公寓内的指纹，因此我最好另寻个地方过夜。这时，景被医务人员推出了浴室，她躺在担架车上，脚先出来，再是身子。

"景！"我叫道，"天哪，谢天谢地！"

我希望她能回应我，我还想着医务人员已经把她弄醒了，他们有大把时间来把她唤醒。景被绑在担架上，身上盖了一层毯子，下面是计量表和监视器，湿湿的发辫堆在脑袋的一边，双眼紧闭着，戴着的氧气面罩把大部分的脸颊都遮盖住了。她的脖颈用什么东西支撑着。

景依旧昏迷，当然没有回应我。我转向林奇警探，"她会好起来吗？"我问，好像警察就能知道点什么似的，可林奇警探只是看着我，和她初到时一样，表情中流露着一份真实的同情。

我们朝边上挪了挪，在仪器发出的无线电电波声中，医务人员将景抬了下去。"我会送你去医院，在车上我们可以慢慢说。"

"医院。"我喃喃地重复道。自打我在重症监护室度过了我的18岁生日后，医院就从不是我乐意去的地方。

林奇警探慧眼如炬，注意到了我的神情变化，"或者……如果你想有个人能陪你，我可以把你送到你朋友家去，你想去哪儿呢？明天我们还要询问你些事情，所以希望今晚你能好好休息一下。"

没人，我没有朋友。林奇警探一定是又注意到了我难堪的神情。

"朋友？大学同学？老师？"

我摇摇头，就转身去找我自己的钱包。自从我不再去肖医生那儿后——她是位心理医生，当时亚尼非得要我去见她，否则就不为我交大学学费，唯一接触过我的人便是我的老板，但现在我不希望尼克来搅这蹚浑水。在我自己的血亲弃我而去后，我再次拥有了足够能维系这一生的"家人"。

我抓起毛衣和鞋子，心里希望林奇警探别再问我更多的事情，我就是如此孤独，但实际上，是我自愿将自己封闭起来。母亲死后，我还稍微放开自己去和店里的一些女服务生亲近，尤其是那些短期兼职的学生，因为我可以确定她们有一天会离开。我们之间的确有过短暂的快乐时光，但我们从未在工作以外的时间交往，或交换电话。这对我而言是种解脱。

当你孤单一人，不与任何人交心，那么任何人都无法伤你分毫。

可当然了，一个警探又哪能如此轻易就放弃呢？事实是，没有一个人会在子夜一点钟收留我，这样的事实毫无意义。我不准备解释为什么我从未真正有过朋友，读高中以前就是这样，后来就发生了那令我不堪回首的可怕事件。当我们走下楼梯向门厅走去时，林奇警探问道："你感觉怎么样？"

"我很好，谢谢。"

"我是说，你能想到是什么人可能做出这种事吗？有人对你有什么意见或者心怀恨意吗？"

"没有吧。"这样想想也是够令人吃惊的。

"比如说，和你同班的一个男生觉得你很古怪想找你的茬？又或者是哪个举止异常的家伙？"

"没，我……"自罗塞尔以后就再也没有什么男生了，我自己甚至都不能忍受和这副身体单独相处，更别说他人了。"没有人，男朋友，没有，没有朋友，我是说，我两年前就毕业了。"

"那么工作上呢？有什么奇怪的人物吗？"

"没有，"我打断了她，"我不工作。"

这个谎言脱口而出——我只是想堵住她的嘴。话音一落，我又心虚地看了看她，我之前已经告诉她我在一个餐馆工作了，而且每天歇业之前，必须在店里招待客人用餐。现在，我终于想到我在警方面前的这些说辞都是很容易被查证的。"我是说……那是个餐馆……算不上正式工作……我不会妨碍任何人升职的。大部分时间，我都在后面，和书本文件打交道，还有订货、排班这些……一天中的大部分时间，我都是一个人待着的。如果我愿意，有时会招待客人用餐，当然我几乎不干这事，真的……但今晚是个例外。没有人会一直……我是说，我甚至从来没有把一壶咖啡倒在别人的大腿上！"我絮絮叨叨地说着，只想让事实听起来不那么古怪而已。我一边说，一边把毛衣袖子拽到手腕，这样她便看不见我的皮肤了，这是个习惯性条件反射。心中盘踞着慌乱的恐惧感，也不知道是因为警探那满腹狐疑的表情，还是因为听到了警方的推论，所谓"我"差点儿成了凶手的目标。我该如何向她承认这些年我都故意以那种"隐形人"方式存活着呢？走在大街上都没人会对我吹口哨。

这下，我又想起了我们互为彼此的事，我和景就是以这种方式渐渐长大的。

"天哪，"我轻声喊出，望着四下无人的空寂门厅，"我知道是谁了，当我回到家时，我就那样径直地向他走去的。"

这明显是个收获，我稍稍兴奋起来，终于为自己高兴了一把，我还是能帮上点什么忙的。

林奇警探便拿起对讲机，准备和同事说说这个人的形貌特征。"他长什么样？"

"我……"

当时，虽然他就那样站在我的前方，但我却并不能清清楚楚地看到他的脸。我看着黑色大理石铺成的地面，头顶荧光灯照射出的光芒四下摇曳。颜色，我看见他穿了大概什么颜色的衣服了吗？"就是一般样式的衣服吧，大概他和我差不多高，也许再高一点儿吧，就是那种一般人的身高，也不是很胖，你知道的，嗯……就是正常体重。"

警官依旧在等待着什么。

"他……"我不能说我什么都不知道，一边回想着，一边又朝前厅走去，好像站在那儿就能让我回想起什么似的，"这就是我看见的他的样子，我知道就是这个人，他盯着我的眼神……好像我刚从死人堆里爬出来似的。"

"他长什么样？"她又问了我一遍。

"嗯……"我闭上眼睛，试图理清心绪，让这张脸清清楚楚地呈现在我的脑海中，可我又不知如何去描述他，即使我大概都记得，也不知道该怎么来形容，该怎么去描绘一只鼻子呢？更何况那是一只平凡无奇的鼻子。那一双既不斜视，又不凸出，更不是带着黑眼圈的眼睛，又该如何向他人描述呢？

我用力地回想，我觉得这个人我认识。他一直在我可触摸的圈子周围游弋。

沉默了片刻，我的手指压在了额头，终于吐出一个词儿来："白人？"

这个不确定的词填补了我们之间无语的空当。在我无知地破坏了犯罪现场后，这是我向她提供的唯一线索，但却不是她想要的。我努力回想，试图挤出更多线索，诸如那种警方想要的对罪犯形貌的描述，但我怎么都无法在她面前清清楚楚地拼凑出这人的样貌。仅凭我所说的这些，她根本不能在人群中将这人认出来——"也许……皮肤黝黑？"

"皮肤黝黑。"她跟着我念叨了一遍，好像根本不理解它的意思。既然这样，除了肯定这人不是那种金发碧眼的以外，我不能再多帮助她什么了。

她离开了我……汹涌而上的恐惧感再次扼住了我，我的视线转向林奇警探，希望她能给我些力量，在这些加剧的担忧情绪让我崩溃之前，将我拉回现实。我的内心纠缠着混沌的魔鬼，谁又知道我为什么非得把这些在她面前表现出来呢？

她神情复杂，意味深长，放下了对讲机。

1942 年

　　火车站台上的人并不是很多，莉莲朝两个教堂里认识的女人笑了笑，但她们转了个身就走了，唐纳德为她愤愤不平，"她们怎么能装作不认识你？"他说的没错，这个小镇，大约位于这几百英亩农田的中心节点处，而莉莲和唐纳德是镇子里仅有的日本人。在唐纳德到来之前，莉莲是那唯一的一个。那一天，一辆路过的大巴在教堂边抛锚了。因为一根损坏了的车轴，他留了下来，两个年轻人相遇相爱了。待到圣诞节，他便求了婚。唐纳德，他宛如一面明镜，映照出莉莲那与众不同的脸，让她开始意识到自己和周围人群的不同之处，甚至直至如今她都不习惯透过他的双眼看自己。

　　他们上了火车，把大包小包的东西堆在了脚边、放在了膝上。这时，一个售票员沿着过道走过来，热情洋溢地为乘客们检票。当他走到他们跟前时，颇为警觉地瞧了瞧他们。

　　"你们坐错方向了。"他说。

　　莉莲没反应过来他在说什么，他们的确没坐在乘客车厢里，而是坐在了守车[6]上，直到他又开口说道："车一旦开到限制区，你们可就回不来了。"

　　唐纳德眼中闪着光，他出口反驳："我们没事，谢谢你。"

　　这情景对莉莲来说亦是一种选择——该相信自己的丈夫还是相信一个陌生人呢？唐纳德则是别无选择，他要乘车赶回去"救"自己的父母。过去几周，

---

6 守车：列车末尾供列车职工使用的车厢。

他一直把"是我们正与他们作对"这句话挂在嘴边，莉莲也明白"我们"指谁，但对"他们"则心存疑惑。她是个地地道道的美国人，生在这里——出生没几天便被遗弃在养父母家的门阶上，又长在这里——这对善良的牧师夫妇收养了她；他们教她儿童音乐，她成了周日礼拜时唱诗班的领唱……这所有一切都证明她绝不会对周围任何人造成威胁。可如今，站台上那两个对她不理不睬的女人，已让她尝到了冷眼的滋味。回想过去在教堂集会时，她穿行其中，大家朝她微笑；如今，她想知道，那些记忆中的笑容是否和 12 月份以来面对的这些笑容一样，生分而疏远。

唐纳德那紧绷着的双唇告诉莉莲，他不愿再谈起之前那位检票员的警告，她只得转过头去，望向窗外，火车突突地前进着，车厢连带着乘客摇摇晃晃。几小时的颠簸之后，他们最终跨过了城界，莉莲晕车了，不自觉地感到一阵轻微的恶心。这时，两个穿制服的列车员过来让他们出示通行证，他们的笑容远远谈不上友善。

唐纳德装作听不懂他们的问题，就算他心里有数他们此行是需要通行证的，莉莲也十分肯定他会拒绝这样的要求。无论去哪儿，他们都需要通行证，这是政府专门用来区分他们与其他公民的。她丈夫是个理想主义者，却又十分固执，当莉莲流露出对两人的忧虑时，他总喜欢拿这个来嘲笑她。不知不觉地，她的手小心翼翼地放在了他的膝盖上。其中一个列车员刚把脑袋往门口伸了伸，又好像注意到了莉莲这个小动作，他不由得挖苦道，"把这帮日本人赶到一个地方去可真是容易"，说罢他们便走了，把两人晾在了原地。

窗外，顺着飞驰而过的火车，那斑驳的城市，在天幕之下，正徐徐露出它的轮廓。莉莲伸长了脖子，咬紧牙关，强忍着胃里的翻江倒海和上涌的酸意。

1942 年 1 月，他们抵达洛杉矶。

唐纳德的父母住在城市南边的一角，那是一间位于小商铺二楼的两室公寓。门厅台阶漂浮着大蒜气味，莉莲随后还嗅到了酱油和生姜的辛辣气味——这儿的气味虽不至于让人反胃，但也隐隐约约有些呛鼻。狭窄的过道通过一人都难，莉莲只得侧着身子把包裹提上楼梯，一面还得小心它们撞到自己的小腿。方才出火车站后，就是漫长的路途。她拖着行李，徒步而来，虽然唐纳德搭了把手，但她腿上早已是青一块紫一块的。如今终于抵达目的地，唐纳德突然精力旺盛起来，他三下五除二便蹿上了楼梯，迫不及待想去给父母一个惊喜，让长辈们瞧瞧他的新娘，而莉莲则疲惫不堪。她爬上台阶时，唐纳德已踏进了屋子，他的一只脚拖在后头，为她支住开着的房门，整个身体则陷在了母亲的怀抱中，那是个虚弱不已、声泪俱下的老妇人。另一位在卧室椅子上坐着的、等唐纳德脱身而出的，应该就是他的父亲——立石大人了，他表情扭曲，但当唐纳德走近向他鞠躬时，他还是点了点头。

莉莲进来时就没有那么令人欢喜了。唐纳德的父母用日语朝她打招呼，他们说得飞快，声音又含糊不清。来不及反应的她呆呆地怔在原地，她的脑中是空白一片，唐纳德之前教过她的正式用语已统统被她抛之一边了。她听不懂他们说的话，更不知道如何恰当地回应，当然，她还忘了鞠躬。

她更是惊讶地发现，唐纳德的父母居然不会说任何英语，他母亲说道："肚子见到你真高兴。"[7] 莉莲只得硬着头皮报以笑容。他们还说了些初次见面时的客套话，只是不时地被唐纳德母亲的咳嗽和鼻涕声打断。的确，这位老妇人已病得十分厉害了。

莉莲在门槛处踌躇，她进也不是、退也不是，不知如何是好，一心只想赶紧走开。最终，她走进房间，只好"坐"在唐纳德和他母亲坐着的长沙发的扶手上，臀部几乎悬空——她不敢坐下去，怕这是不合家庭规矩的。这个家根本不把她当回事。

唐纳德和他的父母究竟谈了多久呢？她也不清楚，他的母亲泪眼汪汪，手中比画来比画去，父亲则一副生气的样子，他们说的所有话语都像上下飞蹿的鸟儿一样包围着她。莉莲注意到，唐纳德的父母也没为他们准备吃的，甚至她想知道，唐纳德的父母究竟招不招待得起他们。最后，因为唐纳德一贯用来睡觉的窄窄小床容不下两人，他母亲只得在地上铺些寝具让他们睡，那张小床比莉莲自己家的衣柜大不了多少，她也没让唐纳德把他们的谈话内容告诉她。

她还没准备好知道这些。

---

7 此处原文为"Belly nice to see you"，正确应为"Very nice to see you"——见到你很高兴，"very"和"belly"发音类似，"belly"意为"腹部；肚子"。老妇人发音不准确。

★ ★ ★

那个检票员说的没错，这个国家的爱国热情已然高涨，并无形地压在那些看起来像外敌的人们身上，每隔几天，政府就会针对他们出台一些新的限令。就在莉莲和唐纳德前脚刚到洛杉矶，政府后脚便规定没有通行证的日裔美国人不能在超过洛杉矶五英里以外的地方活动，日落以后也不能在街上溜达。针对这些，唐纳德发怒了，他是合法公民，政府的这些措施无疑是违宪的，但就算这是真的，政府里那些人似乎对他们的权益也毫不在意……而这些对莉莲而言，已不是单纯的政治敏感问题那样简单了，不是因为他们被困于此的窘境，也不是因为他们不仅没有帮上父母一点忙，还成了父母的负担，更不是因为虽然每个新规都像份"惊喜"——他们来洛杉矶的时候已受到过旁人的警告。回想至今，她与唐纳德的初见仍犹然在目，那时，他获得了奖学金，正要去纽约的法律学院学习，因为汽车坏了的缘故，他逗留了一周，和她以及她的家人待在一起，接着只好打电话给学校的登记员，告诉他自己会迟些时间报到，而登记员却告诉了他一个坏消息——因为战争的影响，他的奖学金被取消了……唐纳德埋怨那根坏了的车轴，埋怨那将他抛弃在加利福尼亚的种族偏见，而莉莲却自责起来——如果唐纳德没有遇见她的话，他本可以换辆车到纽约去。每当唐纳德念念叨叨"违宪、违宪"，莉莲只觉得他话中有话——他在怨恨她摧毁了他的梦想。

唐纳德的父亲好像也这么认为。他是觉得儿子回来好，还是觉得他傻，莉莲不明白，但显而易见，立石大人并不满意自己的儿媳，也许是因为她不会说日语。立石大人经常抓着这个不放，对她口出恶言，而唐纳德的母亲还好，她会分开词句慢慢说，这样莉莲便能听懂意思。也许立石大人觉得是她让儿子分了心。也许他曾指望唐纳德在纽约成为一名律师，待事业有成后把他们也接到纽约去……这般令人措手不及的风暴里，他们阴差阳错的恋爱让事态乱上添乱。莉莲从未问过唐纳德的父母，他们是否为他物色过其他女孩，现在她总归能慢慢体会到"她的同胞"的含义，她也在想这个问题。

　　好的一面是，唐纳德的父母从未踏出过"小东京"[8]，因此旅行限令并没有怎么影响到她的日常生活。莉莲整日跟在婆婆身后，帮她搬运那些购买的食物，这位老妇人累了时，便让她靠在自己的身上。如果她懂日语的话，采购这事就能让她代办，婆婆也能稍微休息了。这位老妇人不像唐纳德的父亲，她似乎很喜欢和莉莲进行这种哑剧式的交流，她也教了她一些简单的单词——"请""谢谢""打扰了""别惹麻烦""对不起"……莉莲尽了力，但是遇到具体情境时，"打扰了""对不起"等又有了不同的表达需要学习。莉莲全力投入到自己的角色中：既为自己学了几个新单词开心，又很感激这位婆婆喜欢自己陪着她。唐纳德说她"活在气泡里"，但看见莉莲的鼓励让自己母亲振作了一些，心里也好受了一些，尤其那几日，老妇人肺部太虚弱已下不了床，莉莲还是陪在她身边，不离左右。

　　先是天，再是周，最后以月而计，时间飞驰而逝，莉莲也没有给自己的父母写过信，既没有时间，又没有多余的闲钱来购置文具和邮票这类东西，唐纳德父母的生活已十分贫困。不仅如此，如今，她在洛杉矶，遥远如身在他国，一道深渊立在现在和她过去那平静的生活之间，仅一封信又怎么去填补呢？况且，好久以来，她都没再用英语说几句话，她神思恍惚，总不知该写些什么，也可能是她不愿意承认她想说的话。她已然犯了错。

　　她厌倦了这些疏淡远离，这份身为外人的心酸。她想将时间拨回过去，远离这座城市，拭去自己的婚姻痕迹，没遇见唐纳德，再一次回到父母的庇佑下……但木已成舟。她用尽了自己的好运。她难道愿意拖着病恹恹的身躯，狼狈不堪地回到养父母家门前的台阶上，眼睁睁地让他们失望吗？孩子长大总得离家，她提醒自己，当她衣锦还乡时，她希望父母能为她而骄傲——那时的她将会是个完全自食其力的女人。而现在，时间顺着指尖一天天逝去，她却变得更像个小孩子——不能照顾自己而愈发依赖唐纳德和他的父母了。

　　回想那无比熟悉的田野，身在洛杉矶的她已无法回去——那股挫败感似有似无。因为她的婚姻、她对婆婆的责任、政府的禁令，她深陷在此，无法自拔。

　　接着，没过多久，唐纳德和莉莲又要离开了。

---

8 "小东京"：美国洛杉矶市的日本移民居住区。

4 月时，"小东京"区里各处的电线杆上都贴上了告示——所有"外国人和外侨"都得在六日内转移。作为一家人的代表，唐纳德不得不向民事控制站控诉，他指出，外侨也是美国公民的一部分，但很快他便不得不闭上了嘴巴，因为这样的言论会让他遭受牢狱之灾。他若被捕了的话，莉莲同他的父母就只得撇下他离开。没有人知道他们会被迁往哪里，他们为何会失去了家园，或将离开多久，他们只知道在哪儿集合出发，自己该带些什么——知道这些和什么都不知道又有何分别？每个人得捎上自己的床单被褥、衣物、碗碟、盛东西用的瓶瓶罐罐……但每个人也只能带上这些了。莉莲只带了她离开家那会儿带的东西，却没想到这些竟是她所有的财产。

眼下更大的问题是如何处理他们带不走的东西，仅是六天可不够把家里的一切都变卖了的，实际上，这是规定时间内根本不可能做到的事。每家每户都在贱卖各自的家当。街上四处贴着"大甩卖！"的标识，与此相争的就是写着"我是个美国人！"的抗议牌，这些都极大地满足了周围那群看热闹的人的心理。"小东京"区内的所有家庭和商铺都大开房门，任由那些大声嚷嚷着的、涨红了脸的男人们进进出出、搬着家具。虽然他们忙得满头大汗，但依旧拒绝了莉莲准备的茶水，唐纳德管他们叫"钻营家"。第一天，没有人来这儿买东西，第二天也是，恐慌情绪不由得蔓延开来，这一周里，彼此讨价还价的声音预示了唐纳德一家辛苦积攒的财产根本值不了多少钱。日子一天天过去，出价越来越低，到最后居然有人出来说愿意免费处理他家的东西，那语气颇带着几分洋洋得意和虚伪的同情。

那时，莉莲才感受到丈夫对财产的漠不关心。就在他们即将离开的前一天，莉莲和她婆婆正在前屋把剩下的东西分类，这位老妇人还是想带上自己心爱的物件，她不愿带那些床单被褥，在本该装床单被褥的空间塞下一本影集、一只茶杯和一座烛台。老妇人的一只行囊就那样被塞得满满当当的。莉莲想趁着婆婆没注意，摸出烛台放在一旁。这时屋里却走进了一个男人。他拿出一个五分镍币丢给唐纳德，让唐纳德同意他把一切能装的都扔进一个箱子里带走。唐纳德拒绝后，男人便改了口。

"十美元卖不卖？"

"买什么？你想要什么？"

"所有，整个屋子。"

他说话的时候，抬起眼睛朝莉莲冷冷地笑了一下，好像她也是这笔交易中的一部分。莉莲则别过了眼睛，他那双贪婪的蓝眼睛简直令她作呕。这些人究竟哪儿不对了？他们原来可都是邻居，居然这般任人肆意宰割？只可怜老人平白地受此浩劫。她想对他尖叫，但唐纳德将她推到一旁，护在了她身前，就在他转身去催促那个男人时，莉莲和婆婆钻到了卧室里。她们俩就待在那儿，听着那此起彼落的大嗓门，威胁报警的争吵……再没过多久就是稀里哗啦的碰撞声。莉莲听着这些，只得屏息，她沉默无言，任由痛苦刺穿胸腔。屋外传来唐纳德装碗碟的声音，他正把家里所有的易碎品都收集出来，她知道，这是他们带不走的。他会把它们带到哪儿去卖了吗？他装满了整整一箱子吗？

她知道自己该推门出去帮丈夫的忙，但唐纳德脸上的暴怒却让她犹豫了，她本就整日感到胃部不适，这下又增加了呕吐感。而虚弱的婆婆紧紧抓着莉莲的手臂，于是她只得留在卧室里陪她，让唐纳德负责收拾家里的一切。终于，不再有那些"钻营家"的动静了，莉莲想象着他们背着那装满东西的大麻袋走了，麻袋摇摇晃晃，在天幕下渐行渐远。

莉莲和她婆婆依旧待在卧室里，直到听见玻璃灯摔碎的声音，有人把它从窗户丢了下去，在楼下的大街上摔得四分五裂，莉莲吃惊地踮起脚尖，直到听见唐纳德对着客厅窗户狠狠发出的咒骂声，他把那些木窗棂上残留的玻璃碎片都砸了个粉碎。她从那震耳欲聋的碎裂声中听出，唐纳德又把玻璃酒杯扔下去了，而且从声音可辨别出他摔的是哪只杯子。面对这一切，她已然麻木，而这根本不该是她面对苦痛时应有的回应，唐纳德过去的话语飘飘忽忽地传到耳畔：你的世界，莉莲，是时候该瞧瞧你真正的世界了。她身旁的老妇人悲哀地哭泣起来。莉莲一边紧紧地抱着她，一边听着丈夫把各种各样的瓷器摔到楼下……一件接着一件，它们落到了两层楼外的街道上。

她不必担心，根本不会留下什么值钱的东西，就像唐纳德之前允诺过的一般，他处理了一切。当窗外不再传来东西被摔碎的声音时，他便开始扔那些家里剩下的杂物。莉莲听见水声哗哗地冲在门板上，还有唐纳德跌跌撞撞地碰到家具上的声响，她心如刀绞。在他那歇斯底里的嘶吼中，尽是陷入泥淖般的绝望。她久久地枯坐，一言不发地抱着他母亲。当唐纳德离开很久之后，她们才打开房门，如今，带上那些剩下的东西已非常简单了，但收拾起来却很困难，因为眼前的地板上是散落一地的玻璃碴子和泼溅出来的食物，没穿鞋子的话，难以落脚。

花

去医院的路上我们一言未发，路程本身也十分短暂。我想象着医院中那些警报是为景响起的，急诊医生匆忙地跟着救护车鱼贯而入，可景不行了，她走了，没等我。我被安全带束在林奇警探警车的后座上。事已至今，我的选择余地越来越小了，已没办法去改变什么。我一直在屏着气，也许是空调打得太高，又或者是那层竖在前后座中间的隔离网将我和警察们彻底隔开，氧气都似乎无法进入我的肺里。

警车在亮着灯的急救室门前停了下来，我却没有挪动半步。林奇警探又问我是否真的找不到人来陪我，又说如果我明天没和她联系，她就会来这儿找我。这听起来像个威胁。急救室的推拉门前聚集着一群家属，他们在这昏黄无力的灯光下百无聊赖地抽烟。我望着警官，又看向他们，眼神最后停留在警官那头烫发间露出的灰色发根上，灯光斜斜地照着她的脸，鼻翼间已布满岁月的痕迹，眼袋亦看得分外清楚。依然……我希望她能抱住我，这么多年来，我没再和其他人进行过身体接触，甚至隔着警车的隔离网，我都感到一股将自己投入她怀抱的冲动漫溢而出。我心神不宁，只想蜷缩着，找回过去的安全感。

我的绝望竟如此深不可测。

打开车门，只觉那空气寒冷凛冽。待在家属等待区时，我又感觉到了医院那令人无比熟悉的气息——高处冷漠刻薄，中间空荡虚无，下方陈腐发酸。我甚至还能分辨出自动贩卖机开开关关的声音。电视装得离天花板很近，那些肥皂剧演员们聒噪不休，等待区中那些忧心忡忡、伤心欲绝的家属们也不能让他们闭嘴。

景就在里面，在那扇标着"家属勿进"的、紧锁着的门后的某个地方。分诊护士将妹妹的入院表格递给我，但我现在连握笔的力气都没有了。周围尽是患者，他们要么咳嗽着，要么流着血，迫不及待地在护士面前争抢，让自己的病势看起来比别人都严重些。我把表格放在膝上，等待着，椅子上还有几张填了一半的保险单，不停颤抖的双腿反复将我游离的思绪拽回分诊室的窗前。

景她醒了吗？她一直在找我吗？有人告诉她姐姐在这儿吗？

我从护士那儿也得不到任何消息。"我们现在也不知道，他们正在手术，我们会尽全力抢救她的。"护士也有话要问我，那是一堆我回答不了的问题，最后，她们只得说："请交给医生吧。"

"她死了吗？"透过分诊室那厚厚的、布满刮痕的玻璃，我问那个护士。那时候她都看倦了我的脸，可能和我一样一直都很清醒。我的忧虑仿佛化作尖锐的颤音，让我心烦意乱。我又抬高了声音，问："她死了吗？"我只想让她感到诧异，心中无名的火在燃烧，我只想将它宣泄出来。这寒意料峭的凌晨原只属于小偷和睡梦，而我们却待在医院里，这大概是我们现在心中所想的吧！我们为什么见不到想见的人呢？

我的话微微激起了些骚动，但很快又平静了，他们大概把我当成了她的病人，我可真希望我是。我是双胞胎中安静听话的那个，是个守护者，我绝不会大吵大闹。而景，她在我们那一起度过的孩童时光中，却一直是个叛逆者，绝不循规蹈矩——在她的世界里，麻烦和困难就如同大海，她在其中来去自如。我们一直为我这胆大妄为的妹妹担心，甚至担心她某一天会因为什么而死去，可她却总显得比任何降临在她身上的灾难都更强大。现在，她的脆弱突然暴露无遗，这让我措手不及。这发生的一切，都让我想起太多过去的事情。

★ ★ ★

我曾经失忆过。那个夜晚，我被带进岩穴的那个时候，我的记忆如此浑浊不清、斑斑驳驳。但我记得景，还有她的男朋友埃迪。我记得我站在黑暗中，张开嘴巴。我记得自己拉着罗塞尔的手。我只听到一个声音，埃迪的。他满是怒气地低声说道："景是对的，我们不是你的朋友。"说罢，他便关掉手电筒，黑暗淹没了我。接下来，我就只记得自己在急诊室里醒来，我甚至都无法告诉肖医生，我是如何到那儿去的。

我是自己从岩穴里走出来的吗？我是自己走到了大路上拦了一辆过路的车吗？我不知道自己是如何获救的，这片记忆空白是景后来为我填上的。

我还是不清楚后来我又昏迷了多久。我脑中只印着亚尼坐在我病床边折叠椅上的模样——他弯着腰，耸着背，脑袋放在手上，好像做好了被打的准备。我在等我的血液重新在体内流动，摆脱这严重的感染。只有亚尼陪着我，只有亚尼。

我的母亲没来医院看过我。除了两个局促的警察以外，没人来探望过我。他们站在离我病床较远的安全区，问了一些我回答不了的问题。我究竟怎么申诉埃迪对我所做的事的？我确定自己没弄错吗？我就不会是自己转了个身、径直地走进岩穴里去的吗？

我说的和他说的正好相反，也和我妹妹以及那帮"朋友们"说的相反。警察根本没兴趣听我说下去，没有人站在我这边。有个警察还时不时提醒我，埃迪和雷伊可都是行事端正的男孩，是我的朋友。不然我为什么要和他们在一道？我就不能好好想想，然后放弃这个案子吗？

亚尼什么都没说，只是看着我。

我母亲也不在场。

一个母亲怎能这样抛下她的孩子呢？这是个难以用语言解释的问题。那么一个妹妹又怎能这样污蔑她的姐姐呢？妈妈总把景看得比我重。那时，景在学校极有人气，又永远那般自信外向，而我这才开始意识到我那毁了的身体在她看来是多么令人厌恶——我是妈妈最不愿见到的梦魇，我受不了她见到我时退缩的样子。

可每一天，我还是期盼着与她们相见——妈妈和景，然而却终究没能将她们盼来。这时候，我便怪罪起亚尼来，他分明见到了我摔得稀烂的膝盖、那些发炎疼痛的疙瘩、肿胀的小圆丘，对他来说，好像就是眼前一盘掺着煤渣的生鱼片似的。他也分明见到了我的双腿——肿成砖红色的小腿。我的手臂也伤得很严重——手肘肿成了两倍大，前臂上被划了一条大口子，渗着体液。面对亚尼的问题，我还是那般充耳不闻：这是怎么回事，花？是什么样的魔鬼才会干出这种事？我将所有的一切全化为满腔的暴怒，保持沉默是唯一能逼景前来探望我的方式。当然，仅仅保持沉默是不够的。所有我做的一切都远远不够。

六年的时光逝如流水，景和我终于在医院相聚，现在，我成了那个可以抛下一切逃走的人。我往嘴里塞了些膨化食品，肾上腺素隐了下去，身上突然犯起恶心感，这时候护士终于朝我走来。

"斯旺森小姐？"

手术结束了，景被转到了重症监护室。

重症监护室里人满为患，却没有一丁点儿生命的迹象。里面没有门，没有电视，卫生间在穿过那锁着的门的走廊尽头。病患们仿佛丧失了生活能力，就算在白天也不关灯。每日每夜，他们依靠科技存活。窗帘一直是拉开着的，方便值班的护士照看，如若有人情况危急，便能及早应对。八张床围着护士站摆成一个半圆形，每张床上都躺着一个生命垂危的病人，那些数不清的机器插管好像正一滴滴地滤去他的生命，而不是尽力地维持。凭着景那头密若黑藻的长发，我一眼就认出了她。

我去见了医生，景的外伤并不是那么严重——头上肿了个包，就是脚踝扭得厉害些，还有所谓肋骨软骨错位，就是说有一根肋骨离开了原来的位置——但她的大脑里却有什么地方出了问题，因为到现在，她都没恢复意识。通过那团缠在她身上的、很像她那股未散开的发辫的电线，我也看得出医生们的担忧。神经科医生对我说了一堆冗长的描述，好让我相信他们施行了许多手术。小脑梗死、动脉瘤、水肿、大出血、颅内压增高……这些都是昏迷的原因和症状。是这些嘟嘟作响的仪器，是这些连接着显示屏的、带着闪烁跳灯的电线让我听不明白医生的话吗？我注意到医务人员为她穿上了袜子，她的鼻子里也插着一根细管，我却看不到她那撑在支架上的、盖着毛毯的脖子，景的脸颊犹如覆着一层细细的白雪——这是她那薄薄的皮肤现在的颜色。

她被勒住了。当我问医生们关于景脖子上瘀青的情况时，他们这般告诉我："大脑缺氧，进而造成了大脑损伤，虽然现在我们没法判断出她当时是否无法吸入氧气，或者这种状况持续了多长时间。她的右太阳穴后面有一块血肿，但幸运的是没什么危害。该患者并无明显的内肿胀区域，也就是说你妹妹的生殖器也没有什么损伤或者有什么迹象……也就是说，没有受过性侵害。我们也排除了是药物原因导致的昏迷……"

说来说去，就是他们这帮医生也不清楚为什么景到现在都没醒。

在医生无法解释的"未知"清单上，还包括"希望"。景没有被强奸，任何时候都有可能醒来，我们能做的仅有等待，有一句话怎么说来着，时间会抚平一切伤痛。但我可以确信的是，这开始的 24 小时是生死攸关的。

退一步说，起先的 48 小时尤为重要。

我站在重症监护室病床旁的床帘内，打量着我的妹妹。景的意识尚沉没在身体深处，徒留一具安详的空壳，脸颊的全部棱角都明晰地呈现出来。我能看见她身躯的轮廓，我知道，如果我再看得仔细些就会发现，她的肋骨突起，就像搁在心脏上的一块垫脚石。这时的她被分成了两部分，她的肉体，和我别无二致的肉体，已经被人侵犯了，袭击了，但她的人格和内核却藏在我触及不到的地方。

我一定在那站了挺久，有人从自助餐厅给我拿来了一把椅子，我坐在椅子边缘，和景的病床保持了一段距离。护士每隔 45 分钟就会来一次，她们来检查仪器，捏捏景腹部柔软的皮肤看看她有没有反应，每个人都会重复既定的动作——无论谁来巡视，都会拉开窗帘，看看她的资料表，"花子·斯旺森？"她们问我，好像除了我还可能是别人，然后打开手电照照景的瞳孔，便又去忙别的了。我不声不响地看着她们进行例行工作，心中只留着关于"第一个 24 小时"的时间概念——如今，这已过去一大半了。她们一走，我便观察起景前臂上那由于静脉输液而显得愈来愈大的瘀青，这是我把握时间的计时器……我什么都做不了，更别提帮上什么忙了。

或许我可以想些别的，比如亚尼那时问我的问题，是什么样的魔鬼才会干出这种事？这个问题依旧在我心里回响。可是如今这样看着景，看着她的容颜、她的轮廓——她圆润的颧骨、轮廓温和的矮矮鼻尖——她看起来一点儿也不像个魔鬼。

我又能和往常一样呼吸了。

景是我的妹妹。在我多年来一直保护自己免受她的伤害后，只是在短短一瞬，这样的想法便遍流全身，我站起来朝她的床挪了挪位置，靠近她的脸颊，鼻子抵着鼻子，然后我们深棕色的眼眸对着深棕色的眼眸——如果她能睁开眼睛的话。

"景？"我问道，声音小得让人听不见，接着，我唤道："Koko？"

这是我们小时候互相称呼对方的昵称，是选自我俩名字那短促的尾音，妈妈叫我们"花"和"景"，乖乖女和小淘气。它就如一个姗姗来迟的邀请，让我到往事中去寻找失落的她。

我多少年没有这样叫过她了。

"花子·斯旺森？"此时，我背后又突然响起一个声音，我猛然从景的身边弹开，走进来的护士从插槽中取出了表格，"生日是？"

"1947 年 4 月 1 日。"我咕哝道。

她瞄了一眼表格，点了点头，又说道："现在她可看不见你。"

我听出这是她对我的些许责怪，便又向后动了动身子，给她腾出位置工作。单从病人外表来说——为病人整理本也是护士职责的一部分——景的头发已然干了，卷在那儿，像个粗糙的圆环，还有一缕头发落在了一边，像一根毛躁的绳子——这仅是头发，无关她的大脑、肋骨甚至脚踝，但这就不是她们的分内之事了吗？

我看着护士检查监视器，"你有梳子吗？"

"梳子？"她反问了一句，一边往表格上填写数据，"没有，我们没有这种东西。"

也许你应该回家自己拿个过来。我等着她说这话。

"在阿姆斯特丹有个熟食店。"

我点点头，但没动。

护士走后，我把椅子移到了房间的另一边，靠着景的脑袋，手指作梳状，轻轻穿过她的发丝，理顺发结，就像母亲在我们小时候做的那样。母亲教过我，该从发梢梳起，便不会弄伤头皮。就在我这样做时，感觉母亲那轻飘虚幻的手，从我的发间轻搔而过。每次梳大约一英寸，她说，多一分都会让这些缠在一块的头发打结，要按顺序来，发梢一发根，或者梳过一圈发梢后，再往上梳一英寸。

有那么一刹那，景好像皱了皱眉，这让她额头的皮肤稍微绷紧了些。

对不起。我在心里对她说。

　　我记得小时候，景在妈妈的手指下就一直是这样的不安分，就像她生命中的其他东西一般——她会扭来扭去，把事情搞得一团糟，但妈妈这时就会哼起歌谣来，不一会儿景便不再闹腾了。妈妈为这首小曲填了些词，就像什么"光自侧边来，照耀着两个小女孩"。我唱着这歌，虽然我已记不大清楚这曲调到底是什么样的了。

　　"两个小女孩，"我对景说，"你还记得吗？"

　　我想象她能听到我的歌，还有我们的母亲也能听见。

　　两个小女孩。

花与景

　　两个小女孩。那是两个玲珑剔透的小女孩，穿着一样的白色棉质连衣裙——4T[9] 的尺寸，简单的样式。你一定记得，那时的我们是什么模样的吧。我们穿着 A 字形的、褶边绣满细细蕾丝的裙子，里面是长袖的衬衣，白色棉质短裤遮盖着双腿，足袋[10] 也套在脚上。

　　纯白而安静。

　　那顶带沿的宽帽系在我们纤细白净的脖颈上。手套也是不可缺少的，我们那每一根脆弱的手指都包在妈妈为我们做的手套里，像极了一枚枚小茧，可我们嫌它们累赘，丢在了一旁。我们要从这堆东西里摆脱出来，手套妨碍了我们的行动。

　　另一边，有几缕阳光。

　　你记得吗？

　　耳朵里能听见从妈妈身边溜走时对方急促的呼吸声。树叶缝隙间洒下丝丝光线——那是棵高高的夹竹桃树，美丽的明绿色宛若一片生机盎然的原野。妈妈不让我们来这里，她警告说，别碰那些树汁，它们会毒死你的。但我们想窥探邻居家的孩子，就非得摘掉一些遮挡的叶片。

---

9 4T：通常指 4 岁的宝宝穿的衣服尺寸。

10 足袋：脚拇指与其余 4 指分开的日本式厚底短袜。

那个男孩就在夹竹桃树的另一侧，他光着上身，穿着不到膝盖的牛仔短裤，我们瞧见了他那深色的乳头和结实的皮肤。他蹲在那儿，屁股悬在脚踝处，赤脚着地，微微前倾，身上还脏兮兮的，连那沿着脚趾的、积成 U 形的灰尘，我们都看得分外清楚。

我们只看见这个男孩，不知道他的双胞胎弟弟在哪儿。

还有个女孩，也是独自一人，她比这个男孩年纪稍小些，看起来和我们差不多高，却和男孩一样生得圆润。她也一样光着脚，有一头和男孩一样的粗绳般浓密的红发，皮肤一样是树木的颜色。

我们从树叶间悄悄窥探着他们。烈日炎炎，炙烤着他们。

女孩蹲在男孩旁边，两人都抱着膝盖。男孩用手指擦了擦膝盖，接着把一些又小又黑的什么东西放进了嘴里。

"呃！真恶心！你把它吃了！你把你的痂扒下来吃了！"

男孩看着她。

"你不能吃痂！"

"那又怎样？我可看见你吃了鼻涕。"

"我才没有。"

"你吃了，吃了。辛蒂抠抠鼻子吃了鼻涕，"男孩唱道，"吃鼻涕的花畑。"

"我才没吃。"女孩站起来，犹豫地离开了他，接着，她看到了我们。

"呃！"她指着我们，"偷窥狂！这帮偷窥的女孩！"

我俩一直等着他们来发现我们呢。我俩等着的时候，大腿贴着大腿，可以感受到我们大腿之间的热度。他们发现了我们，真刺激，就好像我们也被人偷窥了一样。

我们与这女孩面面相觑，双方都一下子跑开了。

他们走开了，只剩下我们，我们试着说这个新词，花畑。小山丘上嵌着一排低低的石墙，我们就在这上面跳来跳去。山丘陡峭，矮石墙立在了边缘，我们便不会落入下面的溪流中去。

这面矮矮的石墙，大约只有三块石头叠起来那么高、两块石头那样宽。这些都是火山岩，其中掺杂了许多纺锤形的小贝壳，上面还铺着灰塌塌的青苔，贝壳会刮到我们的衣裳。

停滞的湿热的空气包裹着我们，尤其腋下，汗津津。

我们蹲下，脚掌着地，呈一个 V 字形张开，大脚趾弯曲着。洁白的脚趾，穿着妈妈做的足袋。手指想干什么就能干什么。我们扯下自己的袜筒，让它们挂在腿上，这样，我们的屁股就能像那个男孩一样耷拉下来，然后，我们跳起来，一开始只是一种尝试。我们那四只洁白的膝盖，一会儿直起，一会儿又弯曲。

"花畑，对吗？"当时就是这样，我们问的所有问题都以语气助词结尾。

我们敢吗？

我们朝陡坡下望去，心里估算着这一跳的高度，又望向家里的房子。妈妈正在屋里睡觉。花畑，说对了。我们兴奋地跳起来，一次比一次快，一次比一次高，直到差不多站在那儿。我们又蹲下，又站起，我们互相确认对方——我们准备好了吗？——流下的汗珠挠着我们的脖颈和脸颊，我们开心地大笑，直到其中一个人的白色长围巾松开了，飘走了，它绑着的帽子也落下飘走了，在静止的空气里往远处滚去。还戴着帽子的脑袋随着上上下下蹦跳，而另一个解放了的脑袋，享受着微风的吹拂。

是去追帽子的时候了。

"Koko！"

我们一起为寻这帽子蹦跳着远去，挥舞着手臂，在这片空气中卷起腿狂奔，想要前往那未知的世界探险，裙摆下鼓起凉爽的风。我们摔倒在溪流边，那儿茂盛的狼尾草搔着我们的腿。我们在草地上尽情地跑跳，匍匐爬行，在附近寻找一棵黄槿树庇荫，膝盖碾碎了那些枯萎了的黄色花朵。我们迅速抓了抓头皮上已经干了的汗，换掉了帽子。从孩子们家里的后院围栏里吹来一阵臭气，那是粪便和肥料在太阳下曝晒的气味，我们张大嘴吸气，把肺塞得满满。如今，我们心跳平缓，这条裙子早就被铁熨斗烫坏了，一阵妈妈常用的肥皂气味升腾起来。

我们躺在草地上，手指与青草相交，好像在妈妈的怀抱里，回想着刚才那短暂的飞行。

"花畑。"

花

　　我没离开，景也没醒。护士们每次进来检查时，望着在塑料椅上硬撑的我，都微微皱了皱眉。林奇警探之前给我留了号码，我给她打了电话，又发了短信告诉她我在哪里。她肯定对我有什么看法，把我当作不友善的人还是一位尽心尽职的姐姐，我就不知道了。至少现在在医院里，我和景都很安全，袭击她的歹徒不会来这儿。

　　医务人员为景添加了机器和更多的管子，但景还是没什么反应。我疲惫不堪，心跳几乎都慢了半拍。虽然房间里没有窗子，但时钟却告诉我，我在这儿待得太久了，已经到了第二日的夜晚了。我能想象窗外皎白的月亮，不可思议的血红云朵从这片城市上方的昏暗天空中飘过，我无处可去、无人可依、无路可退，只希望工作人员能够稍稍同情我一些，并让我待到明天早晨。我能感觉到袭来的睡意和无数的梦，以及前方等着的危险，虽然不是时时有，但纠缠不清的梦魇比我醒着的时候更严重。

　　为了让自己能够保持清醒，我去了二楼的自助餐厅，那儿的食物甚至比自动贩卖机里的更难吃，也许还更没什么营养。可我显然饿极了，心想，一个面包圈怎么能做得这么烂？外头一片漆黑，店面肯定都打烊了。我从服务台上抓起一只纸杯，水是免费供应的，我已经脱水了。往里面放满冰块后，我拿着它回到了景的床边。

　　一直以来，景就是我那令人出乎意料的镜子——在你自己还来不及构建自己模样的时候，镜上就已映照出你的身影。在你还未想起你是谁时，就已在镜中那些分裂的瞬间里遇到了未成形的自己。我站在她身边，想从久坐的痉挛和抽筋中挣扎出来。我从杯子里取出一枚冰块放在了景的胸口，我此时的心情就像在浴室发现她时那样，惊恐万分，仿佛身心分离了，我鬼使神差地把手指放在了她脖颈的瘀青上，期待她能稍微颤动一下。冰块隔在我们之间，我想去感受她现在的感受，可她依旧是没有反应。从恐惧和痛苦中解脱出来，又是什么样的感觉呢？我摆弄着冰块，任由它在她锁骨的凹陷处旋转，直到冰块的棱角融化，我对唤醒她这事失去了信心。随后，我拿走冰块，放到了我自己的嘴唇上。

冰块变得柔软，却依旧让我一下子感到疼痛，我闭上眼睛，让舌头追寻嘴中这冰块，从下巴到喉咙，一直等它变得更温暖些。我们小时候经常对妈妈做这事，在她"躺着的日子"里，她一面抱怨浑身发冷，却一面发烧到翌日早晨。现在我想：冰块是不是也发烧了？我好像正和这冰块一同滑动着，它慢慢变小，露出温柔的形状来，心灵则如握拳紧闭，抵御着我定会发现的危险。

我小心翼翼地让冰块在我那空荡的喉咙口打转，细细感受着气管的起伏，又拿出来，放在手臂上，让它从我那宽宽的袖间、那凹凸不平的伤疤间一滑而下。我的伤口早已愈合，却留下一手长长的粉色瘢痕，就如附着身体的丑陋爬虫一般。我膝盖上尽是弯曲畸形的小疤瘤。我拨弄冰块时非常小心，尽量不去看它们，我甚至看都不用看，沿着手臂、背脊的每个疤痕，都好像是昨日才落下的新伤。它们对寒冷早就不那么敏感。只有弯起肘部时，才会稍稍疼那么一下，但这疼痛感还未来得及激起水花，便就销声匿迹了。

冰块滴着水珠，只有一半还存留着原本的形状，我又将它放在景的嘴唇上。就那样放着，直至冰块融成凉水，从她嘴唇的缝隙间流下。最后，冰消气化，什么都不曾留下。

★ ★ ★

当景和我还是小女孩的时候，我们的世界仅有包括妈妈在内的三个人。我们住在远离大街的一栋不起眼的小房子里，周围是属于我们的小小农园。这座小房子方方正正，从中间分成了两部分：一边是厨房和客厅，另一边是两个相邻的卧室，还有一个卫生间，空间太小，门都只能往外、朝着客厅的方向打开。

我们的农园亦只有房子的两倍大。这是块贫瘠的土地，朝着两边延伸，较为平坦的一边连接着海洋，而陡峭的一边是沿着农田流动的小溪。因为我们的小房子建在小山坡上，前门便挨着下面的平地，顺着平地的一条短短小径上来，便能到前门我们那堆满鞋子的地方。房子的其他部分则悬浮在桩子上，离那涓涓而下的溪流还颇有一些距离。

我们最喜欢房子外面围着的一圈长廊，还带着顶棚。这对我们家这样的房子来说可是稀奇的配备，这只是个寻常女工的家，它的大多数地方都和附近宿舍区的聚集棚屋没什么两样，都有着能发出刺耳声音的木板、板条墙壁、不带衬里的锡制屋顶。那时，我们经常在外廊蹲着，透过围栏的板条间那宽宽的缝隙，去瞧那些缀着累累硕果的果树，我们曾经跳上跳下的火山岩矮墙，还有种着蔬菜的三层长梯田。在我们农园最遥远的角落里，那棵枝繁叶茂的老黄槿树下，是妈妈的花园。

虽然我记不得那些太过久远的事情，但我记得那一个个夜晚：当我们从睡梦中醒来，却望见窗外妈妈在月下独耕的身影。那时我们年纪尚小，还和妈妈一起睡，每当觉得身边空空如也，凉意漫来，我和景便会惊醒。我们爬下床，走到门廊，妈妈就在那里，她的背后是如梦似幻的满天繁星。她跪坐在西蓝花田旁刚垦完的土沟边，看起来是那般渺小，没入无声的大地中去，几乎都要与它融为一体，先是头，再是肩膀。唯有无尽漆黑的、创伤遍布的大地在等待着她。那要将她吞噬殆尽的世界，像一泓深不可测的湖泊深潭，哪儿还寻得着她存在过的痕迹呢？

"人人都会消失，女儿们。"这不过是另一种消失的方式。没有被她一直提防的陌生人穷追不舍，却被选择逼得毫无退路。视线内只能望见她一小部分的身体了，鬼鬼祟祟的黑暗蹑手蹑脚地抱住了她，在某个瞬间，她被带走了。

那就是妈妈躺着的日子。她从未这样骤然垮下，她也从未撒下任何东西，她的手指也从未触碰到施了魔法的缝针。她把手中正在做着的活计放置一边，她的动作越来越慢，直到最后，她无法再做任何动作。我们之前在长椅上放了一条毛毯，现在准备把它铺在妈妈身下的地板上，但在她突然倒下的时候，我们都没来得及去拿它。

接着就是她一睡不醒的漫漫长日。

如今回想起来，我还记得些什么呢？那幅图景真是再熟悉不过了，三个纯白的人影俯卧在地上：中间的女人高一些，她不曾向两边侧过身子，而她的两旁蜷缩着两个小女孩。她们三个人，有着一样漆黑的头发、漆黑的眼睫毛，容颜也是如此相像，虽然景和我的脸上还有一些婴儿肥。妈妈的呼吸缓慢而微弱，潮湿的皮肤上发着红红的皮疹，只有时不时的吞咽声是规律的，甚至比心跳更为连贯。我能感觉到，血液的流动声在她耳膜下作响。她一昏睡就总是口渴，我们便用蛋黄酱罐子在卫生间为她接了满满一罐水，用一根软管喂她喝水。我们为她找来冰块，她可以稍稍舔舐它们，当她烧得太厉害时，我们就用冰块遍抚她的皮肤。

"别张嘴，"妈妈经常警告道，她双眸紧闭，我们也不知道她究竟在和谁说话，"别咽下去，他们都死了，都堆在河里，他们还在喝水，但是他们都死了。"

她梦呓过后会沉默一会儿，接着又说道："啊，你不能保护，对吗？不要与过去为敌，也不要和将走之人计较。"

伴随着她血液流动的嗡鸣声，她的话音在我耳畔回荡不绝。

那些妈妈口中的、河流中的死人，大抵是她不可揣测的炼狱，我把听见的图景画了出来，那些身负罪孽的人们沉沦命运却毫不知情。那些所谓罪过，在妈妈的世界中，是如此狡黠刁钻、难以辨别，善行未必有好报相随，更不会为你带来庇佑。纵横驰骋在这广大无垠、冷漠无情的世界，就算是最谨小慎微、最思虑周到的决定，都可能将你引上歧途。现在，我在猜，妈妈的人生是否就是如此。她一个单身母亲，带着两个身世不明的私生女儿，定是她让之前的家庭蒙羞而被赶了出来吧？她还经受了什么呢？在我们面前，她从未谈起过自己的身世。我知道她在加利福尼亚长大，我也从不敢问她为何会辗转到夏威夷，她是和我们的亲生父亲一起来的吗？他是否已离开很久了呢？凭着孩子特有的第六感，我觉得是我们让她成了家庭的耻辱，这可真叫我害怕。如果我当时想到这个，我一定会去问个清楚，可当这种问题浮现在脑海中时已是好久之后了。那时再去问就都太迟了。

那段日子里，我们都还太年幼，不懂生活的艰辛，没心没肺地生活着，但我们知道有一样东西，可以把妈妈从那令她奄奄一息的长眠和心中的鬼怪中解救出来，那便是故事。

"妈妈？"一般都是景先提出讲故事的要求。她扬起脑袋，抬起眼睛，"请说说莉莲的故事，好吗？"[11]

有时，光是莉莲这个名字，便足以叫妈妈动动身子了。

"妈妈？莉莲和镜子？月亮和莉莲，好吗？"

妈妈的双眼依旧紧闭，不曾闪动一下，面部也没有任何迹象表示她听见了我们的呼唤。

而景不依不饶地继续请求，"拜托？"

她这拖长了的、唱歌似的声音倒成了个契机，它奏效了。

"从前，"妈妈开始讲了，"有个地方，住着一对牧师夫妇，因为一些缘故，他们这辈子都不会有自己的孩子。他们就这样，两人相依为命，孤独地生活着。他们有个空空的小教堂，日子过得也很清贫。"她闭着双眼，用一种几近呓语的语气叙述着，这些说出来的话，都好像是某个遥远之处的回忆，缓慢自如地逐一显现。

景笑了，她喜欢别人听她的话，以上这些仅是一大段故事的开头，也就是莉莲出现的那一段。"乖女孩，"景说着，伸出她那小小的、软软的手，放在妈妈的胸口以表夸奖，"好棒，妈妈好棒。"

妈妈有发觉景对她的夸奖吗？也许吧，她继续道："接着有一天，牧师的妻子打开了自家的房门，她发现了什么呢——"

"一个大大的桃子，里面是一个小女孩，"好像妈妈真的在问她似的，景回答道，"她有一头漆黑的长头发，黑夜般的眼睛——"

"一个美丽的小女孩。"妈妈附和道。桃子则来自另外一个故事。

妈妈的话语宛若一阵清风，将我们带进了另一个世界，我们对这故事已经耳熟于心了。莉莲就像个天赐的宝贝，带着奇幻的魔力——她一来到这个家庭，一切好事即接踵而至。食物出现在牧师家的台阶上，周围农场的住户们也开始去教堂了。为了保护她，牧师夫妇从不许她离开家或教堂，但她有爱她的家人陪伴，这又有什么关系呢？当妈妈讲到，牧师的妻子为莉莲做漂亮的衣裳，在夜晚教她唱歌时，她也会轻轻哼起那些歌谣来，微弱的歌声包裹着我们三个人。

---

11 "请"和"好吗"在原文都是日语表述。

莉莲在教堂里唱歌——妈妈又讲道——这歌声吸引了许多新成员来参加集会，于是牧师的妻子决定新开一所学校。这时，她愈发微弱的声音就只剩下一串嗫嚅，但没关系，我们知道，莉莲还会再出现的。

对我们来说，故事里有些令我们安下心来的东西。景喜欢莉莲拥有的力量——她生得健康又有天赋，是她的到来拯救了牧师和他的妻子。而我为这孤儿的境遇感动，为她找到家人而松一口气。虽然妈妈，她嘴上从未提起，但她好像总觉得教堂是一座避难所似的。

只要故事结束，妈妈便又会陷入睡眠，她的呼吸，依旧是那般微弱、那般清浅，但我们没去向别人求救。在妈妈失去意识后，我们甚至都懒得安静下来，因为在她自己醒来之前，她一直是无意识的，听不见我们吵闹。

于是，我们就在她面前争吵。

"哎，"景说，"桃子男孩，可以吗？"她正等着妈妈醒来后给我们讲另一个故事，这故事是说一个桃子的，还有一个男孩，他神通广大，懒一点也不打紧。"哎，"她压低声音想说服我，"肚脐眼，可以吗？"这是相同故事的另一个版本——一个没有肚脐眼的小女孩从怪物手中解救了小镇。

我摇摇头。

景转向我，对我施展了她的魔力，现在是我选故事了，"大山，"她耳语道。我们彼此相望，这个故事则是关于三个强壮的女人，妈妈总说，这故事也是关于一对双胞胎的。

我想着这对双胞胎和她们的母亲，她们住在一座无人问津的高高山里，她们三个人之间那牢不可破的羁绊，这也是她们留下来的东西，她们可以选择是否把这个分给别人。这个故事可不及莉莲的那般精彩，但妈妈讲它的次数也太少了，最后，我决定选这个。

"Koko，完美。"我说着，然后偎依着妈妈落下的汗水。

回首过去，我不禁对这两个女孩产生好奇。好奇我们之间只有一个名字，只使用属于我们那缺失了动词、又造作地加上尾音的语言，拖尾处，我们的语调总是轻轻上扬，仿佛一首过去的老歌。在这一页页频频闪烁、粼粼泛光的记忆中，这种夜晚是这样"完美"——我的手掌下，躺着睡着的妈妈，而妹妹贴着我的脸，朝我呼着气。

但那时的我真的是觉得"完美"吗？"完美"是因为我们那嘤嘤嘤呀呀的、明显破碎的语言，还是我真实的经历？为什么我们从不害怕，万一妈妈真的虚弱得昏死过去怎么办？为什么我们不向隔壁的原田老夫妇家求救呢？甚至我们都不知道妈妈究竟哪儿生了病，我仍然可以望见她那仿佛凝结了的粉白色的皮肤，以及头发间的汗。可那段时日，我们又知道些什么？我们只知道我们三个人在一起，便已足够，妈妈总会起来，她恢复时，我们便能倾听她的故事与心跳。

实际而言，"完美"这个词，真的是一个正确的词语吗？

我一定打了个盹儿，因为我惊醒后发觉那些之前弄来的冰块都已融化了。景的身体僵在那儿，摆成大咧咧的样子，依旧纹丝不动。

她的眼皮冷不防地睁开了。

我头脑混乱地从椅子上跳起来，她现在完完全全躺在与之前不同的地方，她怎么会动呢？显而易见，她现在也看不见我，就在我盯着她时，她又动了一下，她的腿猛然曲起，一下又恢复原状，这真是可怕，简直像一个木偶。

我想，她正在和那人搏斗，那个袭击她的歹徒。

我跑出门去呼救，又跑回她身边，跑向床帘，最后在老位置停下来。响起的铃声招来一群我没见过的医生，她那原本一点声响都没有的病床前响起别人说话的声音，这些人隔在我们中间，或轻戳她，或拉扯她，或用心肺复苏，或呼唤着她。

"花子？能听见我说话吗？"

"眨眨你的眼睛，"他们说，"弯弯手指。"

我往后退了几步。医生们正在她周围忙作一团，放松她的四肢，试图让她有些反应。直到这一刻，我才发现自己还没从根本上接受景受了重伤的事实，我总是希望她能在某一时刻睁开眼睛朝我微笑，说道，这只是个玩笑。她总有办法从生活的许多困难挫折中抽身的，好像总有用不完的运气。六年前，景让我伤透了心，让我那原本正常的生活再与我无缘，我从未想过她现在会像我一样害怕。

医生们的呼喊再次响起，"花子"，他们之前已经这样叫过她了。

我又朝后边挪了几步，退到了床帘外边，不再去看这些。当里边的一堆声音消退以后，我便知道了现在的情况，显然，不论他们怎么做，景都不会有任何反应。无功而返的医生们渐渐散去，只有一小圈人还留在她的床边，待到最后一位护士准备离开时，我终于忍不住问道："她醒了吗？"

她摇摇头，对着我吐出两个新词："痉挛，非反应性和感知性反应。你应该回家休息休息了。"

"我必须在这儿。"

她看向我的眼睛："那么回去洗个澡？你的时间很充足。"

"也许吧。"我结束了对话——关于洗澡和时间的，但我也会说些别的东西，只要她赶快离开，因为我想留在这儿看看刚刚才知道的新东西。

她没再说话，拍了拍我的肩膀，好像我是一根她要依仗的拐杖一般，然后走了，又只剩下我一个人。我走向景的病床，他们在她那曾痉挛的眼睛上贴了柔软的衬垫让它们闭上，这下，我更加认不出她了，除了她袖口的标牌，不过那是我不曾想瞥一眼的东西。

那儿写着：花子·斯旺森。

不知道为什么，在所有关于景的文件和反复出现的问题中，她都不用自己的名字，总是用我的。直到那时我才想起，当时是我自己给了分诊护士我的医疗保险卡，也难怪他们会把她认作是我了。这没关系，没关系，没关系，我一遍遍说服着自己，虽然已经泛起了些许愧疚感。对着我孪生妹妹这副赤裸着的、半死不活的身躯，我还能做什么呢？何况这时她又没有钱包，更没有自己的保险卡？就算如此，当他们拿起表格读她的名字时，"花子·斯旺森"这个名字好像从来就未属于过我，这个事实让我心中感到一阵寒意。

这是景，是景，是景，单调的低语似在耳边响起。

她就是了。

花与景

清风自远来，尔颊可知温？

它轻柔若羽毛，凉爽甚平时，在你的肩头翩翩打转。

妈妈醒了，打开了房门。

亚尼来了。

我们五岁了，纯白的衣裙映着浅金的日光。

按我们母亲的意思，白色是唯一安全的颜色。

"Koko，是吗？"我们中的一个开口问道，又在对方脸上寻求答案。我们从未如此靠近地见过夏威夷本地的白人，没有一个人像他这般高。

我们牵着手，看向妈妈。

她也没料到他会来。

那时，我们依旧还是Koko，只有我们，其他什么人都没有，没有花，没有景，更没有什么别的东西。我们能够回到那时去，回到那个我们想成为谁就能成为谁的日子去，我们心心相印，之间不需要言语，对方就算一言不发亦能知道彼此心里在想些什么，当然，这方法并不适用于妈妈。她身体虚弱，我们和她需要语言沟通，但我们是爱着她的，我们爱这三个人时光，以及妈妈生病时，我们照料她的日子。

亚尼驱车来到时，我们三个人正坐在厨房的桌前，把一摞摞的旧报纸撕成又长又细的纸条，原田先生需要这些东西来捆扎他的鲜花。他是我们家的房东，岁数已经大了，他的妻子原田太太也比其他女士对我们更友善热情些，她来的时候总是给我们带些不知道能否食用的糖果。但撕报纸肯定是好活计，我们喜欢这个工作。如果我们正着撕，报纸就会变成直直的细条，报纸上原来印着的人物也能从头至脚完整地保留下来。记得我们的手指头是怎样很快地就变黑了的吗？我们是怎样避免它碰到我们的白色裙子的？我们做完了活，就会跳到循环使用的麻袋里，用脚和身体的重量把这些碎纸条踩实，接着就会去卫生间沐浴。我们三个人，两个小女孩和她们的妈妈，挤在我们那小小浴桶中，在彼此那略苍白的皮肤上互相擦肥皂，我们粗短的小手、妈妈纤细的手……你还记得我们怎样看着工作留下的污渍随着水流冲走的吗？

正当我们撕了一半报纸时，听见了屋外汽车引擎的声音。之前原田老先生从屋顶摔下，肩膀受伤，这声音肯定不是他的车发出的，他已经大约六周没再来过了，这中间我们更没见过其他人，妈妈则去镇上跑了六趟，她把为我们买的绿色牛油果用报纸包好，小心地放在麻袋里，一只用手拎着，一只背在背上。她每次去之前，都会围着房子画一个圈，这个圈好像有什么魔力，就像魔法般不声不响却能保护我们的安全，她说，这个圈能把死亡挡在外头。妈妈会带回来大米，特殊的日子里还会有几块豆腐。有时她会搭车去，但只搭我们本族人的车。她告诫道："外头的世界里有许多坏人。"妈妈一直谨慎地保护着我们，但我们那时尚不明白"本族人"是什么意思。

但这一天的引擎声中明显带着些别的意思，妈妈不曾停下手中的工作，但她的动静随着声音越来越轻了。我们看得出来，她非常紧张，眼睛一动不动。妈妈的这个本事总是让我们很佩服，她就算人在那儿，亦能悄无声息地消失。

可能这人迷了路，他四处转来转去，只得回到有人住的地方。我们听到车门砰的一声关上，一个人踏上我家门前的台阶，直到这时，妈妈才停下活计来。

妈妈站在这个陌生男人面前，垂下来的、沾着黑黑油渍的手指就像两颗挂在枝头的水果，她穿着湖绿的衬衣、松松垮垮的裤子，柔软的发辫沿着脊柱垂落而下。下午三四点的阳光笼罩着她的身躯，她看起来是这般温柔、这般楚楚可怜，又像是饱经风霜。

我们不是最喜欢那段时光中的她吗？那时，她不曾离开家。

妈妈环视整间屋子，我们的目光也跟着她转。我们看见厨房桌上的那堆碎报纸条三三两两地散落下来，可以看见家中的物品是多么紧密地陈列着，它们的尺寸又是如何骤然缩小的。矮沙发轻推着男人的小腿，他离我们、离家中的全部，仅有三步之遥，包括妈妈。

她看起来小鸟依人，男子一手就可以将她揽在肩下。

"女孩们，这位是斯旺森先生。"

我们就像对着原田夫妇那般低下头，眼睛盯着他以防他走动，心中推敲着他会往哪边迈开脚步，或者撞到什么东西。

"斯旺森先生来这做……"

妈妈牵起话头，三个人等着他填上这后半句，他却兴致盎然地叫出了声，接着说道："我只是路过这儿，这周我没在镇上看到你，所以……我觉得我应该来打个招呼。"

"噢，好吧，请坐，请坐，"妈妈招待道，并未解释他说的话。"需要我给您拿些什么吃的吗？如果您要留下来。"

"你家有 RC 吗？"他问道，瞥到了我俩满是惊讶的脸，以为发生了什么事儿呢，便补充说道："这是一种汽水，没关系，什么都行。"

你也肯定记得吧，在他之前，我们家从未有生人停留过，除了时不时来拜访的原田老夫妇。你看见他们了吗？他们轻手轻脚地走上台阶，咚咚咚，咚咚咚，听见声音的妈妈便飞奔出去招呼他们，"您一定累了吧，来，请进吧，这些报纸一定很重，您能来真是太客气了。"她这般说道。

原田老先生则摇摇头，抬起手，"没关系。"他说，他只是来为我们送这些报纸的，或者来找找还有没有剩下的碎报纸条能让他带回去打包运送他的红掌花。我们用这些碎纸条来养家，每袋满满的碎纸条都是这座房子的一块木板、一颗钉子、一根铰链，可以让它变成我们家里的东西。

原田太太从不和妈妈说话，也不对她笑，不过她有时也会来我们家走动。原田夫妇在我们家做客时，既不吃东西，也不喝我们招待的茶水。妈妈往前走一走，原田太太就退后一点儿。她总是看着地板，避免与妈妈眼光交接，好像地板有多么重要。只有妈妈叫我们过去的时候，原田太太才会展开些笑颜。接着，她和蔼可亲地望着我们，像要把我们吸进去似的，手掩着嘴，或是拨弄颈间的玉坠。她对我们的疼爱没法用语言描述。我们看着她，一直记着她的模样。她希望我们叫她什么来着？苏琪婶婶？可是我们从未这样喊过她，我们只是鞠躬，鞠躬，他们每次都没待片刻就走了。

亚尼和妈妈站得太近了。在她衬衫的浅绿之中，她的双手和头发就那般垂着，也没走动，我们三个正等他收回关于什么"RC"的要求，然后转身离开我们的屋子。但他没走，妈妈便往厨房里走去，她步伐轻快地走开了，好像改变了主意。可她扔下了我俩，让两个小女孩和这个陌生男人待在一块。

我们也往后跑去，两人爬上一张藤椅，我们赤着脚，先是脚趾触到椅面，再是脚跟，先是右脚爬上，再是左脚。我们挤在椅子上等着妈妈回来。

亚尼坐在门沿边的矮沙发上，他弓着背，压低身子，膝盖都几乎要够到他的肩膀了。他飞快地退到墙边，又坐了下去，身体不如之前那样压得低。他那长长的手臂舒展在垫子上。

"Koko，对吗？"

原田夫妇每次因为一些小差事来找我们时，都会把鞋脱在门口，而这个男人却一点都没准备脱下他工装靴的意思，他的靴子奇形怪状的，一只是正常的，但另一只的鞋跟却更粗更高一些，就像一块石头般搁在地上，还满是乱七八糟的折痕，折痕的凹槽里还尽是木屑。虽然他的靴子看起来是如此奇特，不过，我们当时可没盯着他的鞋看。

我们看他的头发，丝绸般的金发中还夹着几根银色的卷发，让他看起来比实际年龄大了几岁。我们在看他的皮肤，皮肤也是金色的，还长着小尘粒似的雀斑，尤其是在他的鼻子和颧骨上，额头上也有一些。我们也在他的裤子和袜子周围瞄来瞄去。他衣物下的一些皮肤都被太阳晒伤了。

难怪妈妈总告诫我们说，只有穿白色的衣物才能避免这些。

亚尼朝我们耸耸肩，挤出一个微笑来，他眼旁和嘴边的皱纹先弯后直，额头上也露出了皱纹，弯起嘴的时候露出了一口白色的牙齿。我们想看他的皮肤裂开，像妈妈故事中的那样，一片片剥落下来。"那么，"他朝我们叫道，"你们叫什么名字？"见我们起先没理他，他突然蹲下身子，曲起膝盖，做出和我们一般高的样子，"我是亚尼。"

"Koko，"我们惴惴地说道。

"景，"这时妈妈回来了，"还有花。"

亚尼咧开嘴笑了，他站了起来，这时的他又一下子变回大人了。"谁是谁呢？"他问妈妈。我们眼睛睁得大大地等她回答，但她却没说话。只有很偶尔的时候，当我们不能用"两个女孩"来统称的时候，她才会这样叫我们。妈妈高兴时，她会喊那个表现好的乖女孩"花"。但她生气时，那个惹了祸的女孩就会被叫作"景"。

妈妈手中拿着一个圆圆的扇形餐盘，手臂下夹着一张小小的折叠桌。我们过去帮她的忙，亚尼也行动起来，他拍拍手脚，站起了身，接住了托盘的一角。

"不，不——"但太晚了，不稳的餐盘晃晃荡荡，当亚尼最后用手掌托住了餐盘时，妈妈顺其自然地让他接了过去，而亚尼却好像刚从空气中接过一个梦。

我们展开折叠桌后，亚尼放下托盘，那上面盛着茶水，一只高玻璃杯里倒了果汁。两只浅口小碗，一只里面是那种平淡无奇的水煮花生，另一只装满了带着点点芝麻的棕色花朵型饼干。还有几包米纸袋装着的薄片，托盘里面还准备了一只更小的碟子，那是用来装那些剥下来的花生壳的。

这些吃的，这么多零食，可是我们之前从未看见过的。

"这周我没在镇上看到你。"

他把东西放好，一只手拿起高玻璃杯，另一只手在杯下托着。他在桌子和矮沙发之间踱步，又转了个身，估量着其中的距离，随后在屋子中间端正地坐了下来。我们依旧坐在椅子上，妈妈坐在他旁边，他也没有再挪动身体挤出更多空间来。妈妈在微笑。

"她们说什么语言？"他朝我们点点头，"她们说英语吗？"

"嗯？"妈妈移了移身子，想找个合适的地方坐，最后坐在了靠边沿的地方，"是的，说英语。"

"噢，有些音听起来像日语，我还以为——"

妈妈摇了摇头："我和你说过，我是加利福尼亚来的，是个正宗的美国人。"

亚尼觉得她很有趣："她们在学校也这样讲话吗？"

不管学校是什么样子，我们之前都没去上过学。我们看着亚尼掰那些花朵型饼干，将它们一个个送进了嘴，饼干屑落回盘子里。他说话一直都这样粗声粗气，时不时还发出几声大笑。他说我们看起来这么小小的，就像鸟儿。"你们怎么不吃饼干？"他问，"把自己喂胖些。"他的手一刻不闲，从零食摸到矮沙发的背面，再搭在膝盖上，甚至还放在了脑袋上。妈妈则微笑着点着头，默许他说话，她的眼光一直在他身上。

"我刚来这儿的时候,本来是在 C.布鲁厄那里找了份差事,但是我受不了他那儿的等级制,"亚尼滔滔不绝,"我之前在珍珠城就一直是做这行的,也就是战争还没过去的时候,我们都一样是普通人,对不?我们是士兵还是别的什么都没关系,是夏威夷白人还是中国人……这种都应该和工作无关。"

听到这话,我们瞧见妈妈的身体缩了缩,在亚尼说出这番评论以前,她则是安心放松的。现在,她望向别处,不再看他了,她的下一个问题语气平平,好像都不期待他回答:"你之前是个士兵吗?"

"不是,"一开始他稍微顿住了,"我尝试入伍,可惜我的腿还有……好吧,不管怎么说,我来这儿是参加民兵的,但是我只为自己做事,大部分都是关于电气,我可是个技术很好的电工。事无巨细,只要大家需要都能打电话给我,或去一趟比亚特丽丝的店,我得了消息就会直接去他们家,我就每天四处游走,修理那些他们甚至还没发现坏了的地方。"

最后,他终于停下,我们也呼了一口气,他可真能说,我们心里暗自佩服道。

妈妈也呼了一口气:"比亚特丽丝,对,我们总在同一个时间在那儿见面,不是很巧吗?"

亚尼的脸庞泛红了:"我为你设定了闹钟。"

妈妈过了一会儿才反应过来,亚尼的玻璃杯空了,"花?"

她需要我们中有个人过去帮忙,那个能干的人。但是现在轮到谁当花了?

我们分开了。你记得当时我们是如何分开的吗?我们中的一个从椅子上滑了下来,现在我们是花和 Koko,这比成为景和 Koko 好太多了。

"花,"妈妈把手放在那个孩子的肩膀上,"冰柜里还有些'激情橙'。"

"如果你有冰块的话,请给我加一点儿。"

我们不喜欢这个让妈妈忘了事的男人,也不喜欢什么"激情橙"果汁。这个男人总爱四处游走,他自己说的,他还总是直接去别人家,这难道就是他为什么冒失闯入我们家的理由?他就是来看我们桌上这堆碎报纸条的?他是来打量这些碎屑和我们那没有整理的床铺的吗?不,我们的床铺已经理过了,但是他现在却认识了我们。当他坐下的时候,我们看见,他的眼光穿过卧室的门口,望着里面妈妈那钩边的床单。

其他人也会脸红吗?

一个女孩坐在客厅的椅子上，另一个女孩走到了冰柜处，"激情橙？"加了冰块的果汁？头痛的时候，我们把冰块放在额头上，感受着点滴凉意沁入身体。天气炎热的时节，我们则将它托在掌心吸吮解暑。还有妈妈倒下的时候，我们也会用到冰块。

亚尼身上有晒伤的痕迹，又是个大嗓门，还有奇怪的习惯，他走了的话我们肯定都会很开心的。

当然了……我们的确知道当个偷窥者是多么有趣，当人们以为没人在而把东西落在那儿时，我们能顺手牵羊，就像我们从夹竹桃树间偷看的那两个孩子一样，那两个挖鼻子的胖淘气鬼，他们会吃绿色叶子和嚼得动的石块。我们喜欢看他们赤着脚从屋里进进出出，穿过门口碰得屏风砰砰响，他们走进屋子，甚至都不会去拍拍脚上的灰尘。如果亚尼闯进的是那间屋子，他就会看见那串从门口延伸到卫生间的长长脚印——在冰柜前踌躇旋转，跌滑到那未洗过的床单上。我们也是偷窥者——就像亚尼——他可以带我们一起去偷看，让我们一起披上亡命之徒的外衣。我们会看见那两个孩子和我们一样，两个人睡在一张床上吗？我们会看到他们衣柜外头垂下的衣服吗？还有他们散落一地的、玩过的小玩意儿？那些木偶、瓶盖、豆袋和弹珠……

男孩的弹珠，大小不一、五颜六色，七零八落地掉落到地上，发出咔嗒咔嗒的声响，弹起，又落下，有时朝我们的方向滚来，停下，多近啊！离我们那长满夹竹桃的篱笆仅咫尺之遥。这些弹珠如同星星，如同饱满的果实，如同妈妈在滚烫的咸汤里下的饺子，如同我们嘴里吧唧吧唧的荸荠。

噢，我们想要这些弹珠。

"花！"

我们现在是花和Koko，花正在厨房里。没过多久，妈妈再次呼唤，只不过她这一次叫的不是厨房里的那个孩子，而是朝仍坐在客厅椅子上的Koko张开了双臂，让她过去。她应该知道谁才是花，但她并未在意这个。

不。

在这充满了恶作剧和弹珠幻想的白日梦里，我们再一次感到茫然。妈妈不应该这样啊！她一直是那么耐心，从不曾忘记我们各自在哪儿，也从不曾在我们中已经有一个是"花"时，把另一个也当成了"花"。但现在，Koko正从沙发上站起来，走向她，我们俩都迷惑不解。

果汁也没那么重要。妈妈端起空碗，将冰柜的门重重地关上。两个小女孩都跑回到她身边，并排坐下。在一起的时候，我们就是Koko。Koko有四只手臂，二十根手指，两颗心脏。

妈妈朝我们微微一笑："去拿些花生来。"她需要更多零食招待亚尼。这是他的缺点——他喜欢狼吞虎咽——尽管幻想中刚刚他陪我们一起去了那个孩子家，但我们还是希望他赶紧离开。

亚尼笑道："究竟哪个是花？"

听了他的问题，妈妈张大眼睛，她望向站在一起的我们："这有什么关系？"

"恶作剧吗？"他一边问，一边向后靠了靠身子，妈妈的注意力又回到了他身上，"你很幸运，她俩有很多不同的地方，很容易辨别。"

妈妈边笑着边转身离开了。她被困在了一张我们看不见的网中。在亚尼进这屋子前，我们是密不可分的三个人，在那儿撕报纸。现在，只剩下了我们两个——两个小女孩——拿着一只空空的碗，要去装些花生。如今，妈妈不见了，在她原来坐着的位置，留着一个问题： 现在，谁是花？

花

　　那个躺在床上的女孩才是花子·斯旺森。我还在努力地想弄明白这发生的一切，突然林奇警探出现了。我隐约听见了她沉重的脚步声，还有别在腰间的手铐、锁链和钥匙相互碰撞叮当作响的动静，大概是她来了。现在离景刚才痉挛没过去多久，她就这样走进了病房，她发现我比想象的更虚弱。尽管如此，有人需要我这点还是令我很高兴，趁这个机会我可以离开妹妹一会儿，好让自己理清一下头绪。

　　警探需要采集指纹，并把我的指纹和在我公寓找到的样本做比对。我朝景那躺在床上的身体快速而局促地点了点头，以示短暂的告别，然后坐上警车，跟着她去警察局。窗外，纽约这座城市就像一锅乱炖的浓汤，引诱着我——四处弥漫着厨房和汽车尾气的气味。朝你袭来的滚滚热浪转瞬间又被一阵反向的寒流带走。正午的阳光让我吃了一惊，我早已丧失了对时间的感知，景究竟在气息凝滞的无菌重症监护室里躺了多久了呢？如果她在医生预设的期限内还是没有醒来，那又该怎么办呢？警车一会儿就到了，我来不及想清楚这些。林奇警探所属的警局就在离我公寓几个街区的东北处。我办完事后，用不了几分钟就能走回家了。

　　林奇警探先把我带到了接待处。就在我们等着指纹比对的结果时，她复查了我的供词，又问我是否还有什么需要修改或补充的。

　　该怎么开始呢，我思忖着，如果我告诉他们我之前把家里收拾过又会怎么样呢——我叠好了衣服，清理了厨房——或者告诉他们关于妈妈的那个小皮盒的事？他们在我房间里找到这个盒子了吗？但它究竟有多重要呢？我无法想象，那些被我省略了的细节到底有多重要，又究竟是什么样的野兽，才能在袭击了他人之后，还若无其事地把没吃完的剩菜都吃掉呢？

但是现在想这些一点用都没有。为什么我不曾让景告诉我，究竟是什么魔鬼跟随她前来？为什么她会把它们带到我家？

林奇警探正等着我在供词上签名，我又怎么下得了笔呢？我该用哪个名字签名？我寻不着一点头绪，因为她一直叫我斯旺森小姐。

我提笔踌躇时，心头又冷不丁地浮闪出门厅那个男人的身影，他是谁，他会回来找我吗？为什么他的眼睛，那双我只能感受却无法直视的眼睛，这般让我难以呼吸？

"那个男人呢？"我问，"你们……他已经……？"我很难问他们是否已经有了线索，因为我感觉到"没有"这个回答显然让我更难接受，"也许我能帮上些什么？如果你们这儿有素描师，我保证能还原出他的样子。"

"现在这儿没有素描师，但你如果能提供……嗯……更多的细节描述，我们会看看下一步能做什么。"

她说得很客气，只不过是在搪塞我，无非是在说我提供的那些线索与浪费时间无异。我知道她并不相信我，因为我说他是个白人，还有，如果他是从窗户进入我家的，他又为什么要从大门出去呢？也许对警方来说，寻找一个与受害者毫无关系的陌生人，这样的工作是非常繁重的。

他们不想知道这些。就像当年夏威夷那两个过来询问我关于埃迪和他朋友情况的警察一样，他们也不想知道。他们都不在乎，也不允许我那饱受惊吓的直觉提供什么有用的线索来改变这个事实。由于这样，我的证词报废了，事情也就再没什么进展。

"如果这件事确实是冲我来的，又会怎么样？"我一边问她，一边潦草地签了名，其实签哪个名字都无所谓，我们在高中的时候就经常这样做，我们签一个花体，它看起来既像 H 又像 K。"我是说，如果附近果真有个我不认识但一直盯梢我的人？你不是也说抢劫案大多是周围的人做的，对吗？也许我能找出那个人的照片？那个我不曾注意但一直潜藏在我身边的人。"

这是我能想出的最后一招。在确认我目击过的这个男人的身份之前，我是不会任由自己离开此处的，林奇警探显然对这个人一点兴趣都没有，我就要让她瞧瞧不同的可能性。

她居然同意了，我很吃惊。为了这么个微不足道的理由，她居然同意让我看那些附近居民的肖像照。她把我送到了楼上的一个凹室里，这是宽敞的走廊一侧凸出的一块区域，凹室的两边各有一扇门。我身后那排靠墙摆放的档案柜就像长得参差不齐的怪牙，架子上的一些书和文件夹东倒西歪地叠放着，甚至我周围的那几张桌子，要么撞在一起，要么分得很远，像陈年游戏里那些未翻过来的牌一样。我坐在一张桌前，翻阅着一堆乱七八糟的活页册，上面尽是些暴力罪犯的照片。我几乎无法呼吸。

若在我还没有心理准备时，这个扼住我妹妹脖子的男人的脸就牵起了我的回忆的话，我又该怎么办呢？肖医生不再在这儿保护我了，而我却想念她，想念她那爽朗的笑声，这笑声曾这般感染着我，让我相信自己的情况的确在日渐好转。我想念她和我玩的小游戏，她的妙语连珠。她在能用比喻就把问题说清楚的情况下，决不用那些讳莫如深的医疗术语。她也解释了我所有表现出来的癫疯症状——从我脑中萦绕不绝的歌声到缺失的记忆，这些都是那场岩穴事件的劫难之后，身体为让我保持清醒而做出的防御机制。当我做好面对过去的准备时，便会重拾记忆，但如果记忆来得太快，则会引起我再一次的崩溃。所以最重要的是别强迫自己。

但我就在这儿，强迫自己。我就在这儿，摇摇欲坠，宛如置身于火山口的边缘。袭击景的歹徒好像就在我身后，他威胁我说，如若我转身，他就让我粉身碎骨。如若我认出他来……我感到自己几近崩溃。

深呼吸，我对自己说。

够了。现在可是白天，我周围又有那么多警察，有什么可怕的。我快速翻开了红色的封面，一页页看下去。

每页有二十张小肖像照，每一排有十只眼睛。如果碰到两页连在一起时，就是八十只。漆黑几乎是每一双眼睛仅有的色彩，但除此之外，他们却长得各不相同、年龄也不一样——粗脖子、长脖子，头发浓密、光头……戴眼镜，有伤疤，肌肉紧实，头发斑白，胡子拉碴，缺牙……这堆文件里包含了几百人的资料，甚至几千人，每个人都用一幅目视前方的、阴沉的照片代表自己。起先，我想好好琢磨每个人的模样，就算我知道我在门厅里看见的那个人，皮肤并不是这般黝黑，身材也不是这般肥胖，更不会如此年轻。他们看起来都像是我的邻居，像那个报摊男孩，甚至像我公寓边上教堂的保安，当然他们也可能就是。在活页册里，他们看起来都胖了一圈，而且渺如尘埃、平淡无奇，但我现在意识到了些别的事。那些大街上和我擦肩而过的男人中，任何人任何时候，都可能摘下他们那副正常人的面具，然后下巴微微上扬，摆出一副肖像照中那种目中无人的姿势，证明他完全可以将我打倒。

四处都是紧盯着猎物的捕食者，任何人都能犯下这件事——任何人都可能犯下这件事——而最糟糕的是，他还流窜在外，还能继续伤害他人。

事实是，我花了几个小时在凹室里看这些人脸，细细斟酌每一双眼睛，却……认不出一个。有时，我看着一个人，觉得我认出了他，一阵战栗激流全身，但是警官过来一瞧，我又犹豫地说道："也许，我也不确定，可我觉得这个嘴巴很像。"他轻捻照片，反过来看了看背面，让我接着往下看。我照做了，但我也偷瞄了一眼照片背面，雷蒙·维拉斯奎兹，出生于1969年，偷车贼。好像是长得太黑了点儿，我也不得不承认，才意识到这个男人，几乎还算是个男孩，过去两年都应该在蹲监狱。

当第二遍浏览这些活页册时，我想试点新方法。我翻动着活页，然后随意地打乱活页的顺序，将它们并排放在一块儿，这样我就能从不同的角度来打量袭击景的歹徒，就和我第一次看到那个男人那样，也不带什么目的性。我让自己的视线变得模糊，这样每一页都没有特别关注的焦点，希望用这样的方法能让他凸显出来。这是我之前一贯用的技巧，用来捕捉我从未见过的东西的图像。

人人都会消失，母亲这般告诉我们。我们还是小女孩的时候，就学会了听到人的脚步声就躲藏起来，坚决不离开自己的同类，从来不轻易相信别人。那时，妈妈曾把我和景推到床下藏起来，她的眼神灼热而疯狂，确信某人将会前来偷走我们，她这般失魂落魄。我想象那些盘踞在她心中的幽灵的样子，它们之前真的现形将我们抓走过吗？即使尚在年幼，我都明白过来，除非弄清楚我们一直在躲避的是什么，否则这世间就没有保护她或我们的周全办法。

所以我将那些纠缠不休的怪物画了出来，如此我们便能从中解脱。我看不见究竟是何物折磨着她，因此我也闭上了眼睛，让心中显现的模样顺着蜡笔的线条倾泻纸上。我画了妈妈的梦魇，闭着眼睛画，一遍又一遍地画，直到它们那化为灰烬的脸庞变得和我一样，什么也看不见，直到这些赤红色的僵尸，伸出手臂，手臂上的皮肤片片剥落，在我面前一并消失。这样，一旦我将它们身上的危险去除，就将它们锁进纸板箱里，压上盖子，并挂上一把小小的锡锁，藏在床底下。妈妈的情绪发作日渐消退，关于怪物的涂鸦也渐渐减少了，待到我们去上学前班时，我就把这堆东西忘了。

我不画画已经很久了，但我还是希望能运用之前的绘画技巧让这个门厅里的男人的样子在我的记忆中浮现出来——先是鼻子、颧骨、额头，最后是眼睛，镌刻于心中的所有陌生人的脸纷纷消散，而他的脸则凸显出来，这样我便能把他看清楚了。但在一整个下午看完了18本活页册后，唯有一个事实是清晰的——警察并不相信我。就这样，几小时的无用功过后，我也犹豫起来，甚至开始怀疑起自己。

继续待在这儿也无事可做，我已逗留得太久了。我走过走廊，想找个卫生间方便，往脸上泼水提提神。和往常一样，我小心地别过视线，不去看那镜子。

我在水槽里弄湿双手，然后背着镜子转过身去，用手指把油腻腻的头发扎成马尾辫。自从离开夏威夷来这里求学后，我根本没与镜中的自己对视过几次，而每次对视都不太愉快。在眼睛下面，是深青色的、疲惫不堪的眼袋，在经历了纽约漫漫冬日的苍白的脸上，它日益清晰。我的脸则大抵是浮肿的。毫无疑问，我与景容颜相似，如果在我脸上放上个氧气面罩，那我们真是一模一样了，但是我们两人又像极了我们的母亲，那是浸透在骨子里的相像。在医院中看着景的脸，我也在她的脸上看到了勇气与决绝，这一点我们也很像。那些纠缠不清的鬼魂消失之前，它们一直追逐着母亲的视线，从来没有停止过。

我乘着一座旧电梯下楼回到接待处，心神恍惚，那儿有个我没见过的、年纪更轻的夜班人员。林奇警探不在，好像没有人来关心我是谁或者将要去哪里。我一路走过，穿过第一道玻璃门，走下台阶，到了外门边。

接着事情就发生了。

黑夜沉沉，玻璃门外是一片幽冥岑寂的世界，身后警察厅的反射光，将眼前的街道尽数抹去。我在门前驻足，假若将这扇门敞开的话，它似乎能将任何东西，都呈现在我眼前。我僵住了，打转而落的枯叶和我的恐惧一起拂过全身，它刺伤我的内耳、我的双膝、我的脚背，拂擦我身上所有原本被保护起来的柔软区域，在这之前，我觉得这些地方从不可能被他物触碰到。

我的黑暗恐惧症复发了。初到纽约时，除了电灯一直亮着的地方，其他地方都让我觉得不安。我感到胆怯，像走进电梯，走夜路，尤其是和男人独处……身处这些不确定的场合之中，我都会觉得岌岌可危，身体会不自然地僵滞。我管这叫"晕头"，尽管一切时空都似乎一如既往地正常向前，我却觉得有一种超自然的力量将我缚在一个地方。恐慌症，肖医生这样称呼道，这是她难得几次提起的医疗术语，紧张性麻痹，这是精神防御机制中的正常部分，但她保证这是创伤后的常见反应。

但这是那时的事情，这么长时间了，我已不再会在每一个拐角处都身体僵滞了。直至最后，我都记不起我上次无法动弹是什么时候了。现在，站在这另一个前厅里，我和之前如出一辙，无法抬起脚向前滑上一步，也不能前倾身子强逼自己离去。我的身体和心灵好像是两个截然不同的生物，在同一人格里共存，彼此理解不了为何对方不能去回应。现在的我无法像几个小时前那样走到大街上去，这不禁让我觉得之前的自如行动看起来是多么难以置信。

走呀！走呀！走呀！我不断暗示自己前进。

可一点用都没有。警局一向是我认为的最安全的地方之一，可现在这个安全的、实际存在的地方却让我觉得我的境况岌岌可危。我无法向身前这乌漆墨黑的夜里再跨上一步。

我的脑海里又响起了一个新的声音，"别放手"，仿若幽魂不散般的熟悉，实际上那是我自己的声音，我六年前的声音，它年少轻狂又青涩。有什么东西在我脑中抽紧，又倏忽松开，是罗塞尔，我的初恋，也是唯一一任男朋友，他在我的裙子上别上了一朵花。我们十指相扣，他的手柔软，略微汗津津的。我们都去参加了舞会，至少他们是这样告诉我的。虽然我都快高中毕业了，但那是我有生以来的第一支舞，所有的一切都是我梦寐以求的，所有的一切，包括这句话："答应我，你绝不会松开我的手。"

那时的我们都太年少。

如此这般，我的心又将我蒙蔽，它让我兜兜转转，把我送回那岩穴之夜。

我在那里，正要搭上小汽车。我闭上双眼，抵抗记忆上涌的洪流。不要去想我的那条裙子，黄色的、款式简单的裙子，妈妈和我仅花了一个下午就缝好了它。不要去想裙子那柔软的棉质贴着肩的触感。不要去想埃迪、米茜，和景的那一伙朋友。不要去想罗塞尔。我的心怦怦直跳，声音大得似要爆开。

不。

我大口地喘息着，才意识到自己方才一直憋着气，一睁开眼睛，就好像会被带回家中。

我浑身颤抖，不只是害怕黑暗，更害怕那形貌可怕的怪物，若我好好看看自己的话，就会发现我自己即是那怪物本身。这是在那岩穴里发生的事，那个疯狂之夜，理智离我远去。

我变得巨大怪异，荒谬又畸形。

我倒退着，上了警察局的楼梯，像猎物悄悄从捕食者的魔爪下溜走一般，背脊一下撞到了里面的那扇门，我又转过身来。这时，在主桌前坐着的警察警惕地抬头看了看，我突然又一下跑回接待处，他并没有认出我是刚刚走出去的人。

"有什么可以帮您的吗——"

屋里其他地方的几个警察也陆续朝我走来。

"如果你能……我刚才就在这里，在看那些肖像照。我需要……"我顿了顿，努力表达着自己的意思，"我是目击者，我需要车载我回家。"

他花了一段时间才理清我在说什么，脸上的表情告诉我他之前见过许多我这样的人，有稀奇古怪要求的人，"是林奇警探带我来的，"我对他解释道，"她说她会在这里的……"

"是住在克莱蒙特大街吗？那儿离这儿就几个街区远，我们可不提供打车服务。"

我能说我的脚踝已经无力走不动路了吗？我的鞋坏了？我从头到脚已经虚弱得不像话了，只得说谎试试："我想回医院，那远多了。""医院？"我看着他，他正试图判断我是否是个病人。

这全部都是景的错，我心想。她毁了我、抛弃了我，又强迫我不得不摸索新的方式生存——这些我都如她所愿地做到了。自从我离开家，我不得不对所有一切制定一丝不苟的计划——每个决定我都会再三权衡，直到确认它不会有一丁点的危险才会付诸实施。这么些年，我住在光亮之中，却在远离人群的地方生活。稍微带些压力与恐慌的事情，我都要谨慎绕过。最重要的是，我把我的过去严实地掩藏在彬彬有礼的面纱下。我的那堆伤痛本已开始愈合，可景又过来把它给揭开。现在，警察将我围住，他们看着我，好像我的身上渗着脓液，好像我的病势是那般危急，甚至会感染他人。

"没关系，我只是……如果你们能帮我叫辆出租车，我就会回家。"

警官望着我，好像准备告诉我他并不是个秘书，但他的态度缓和了下来，也许是刚才我坚持时，他望见了我眼中的那般刺人的挣扎。这儿等下有辆警车要朝那个方向过去，他告诉我，如果我能等上几分钟的话，他们会顺便把我带回家。

家，我心中默念着。要是我有一个就好了。我从故乡夏威夷逃到了这里，我的避风港早已在那过去的时光里破散而不复存在。世界上再没我的容身之处了，我无法脱身。几分钟后，当警察将我送回公寓时，我仍可以感觉到景挟带来的危险，依然沉重而巨大，将我深深压进了汽车的坐垫之中。

家，痛不堪忍。但这位于四楼的那间公寓，是我在此茫茫世界中，唯一的一方天地。

1942—1943 年

曼扎纳[12]。这就是他们将要被送去的地方，从字面义来看，是"苹果园"的意思，但此地仅是一片荒芜的平原。这是一个真正的沙漠，之前洛杉矶已抽走了这里所有的水，现在这块地方就只是个排满用防水纸糊的营房外墙的"城市"，这些营房好像匆忙地被排成一行，笔直方正。它们是最先被赶来的日裔美国人为后来的一万多人建造的。人们都挤在这些没有隔墙的、仅有建筑骨架的简陋房子中，三四个家庭安排在一块。莉莲几乎分不清他们，但是她发觉，自己和这伙人也是没有多大区别的。

他们在发下来的稻草袋上睡觉，必须排队上公共厕所，也必须站成一排，于规定的30分钟内在食堂里吃完饭。沙尘暴吹过地上的木板，穿进门缝和墙壁，没几分钟便在毛毯上留下一层和莉莲指甲一般厚的灰尘。人们习惯了随身携带护目镜，以防在室外突然遇上沙尘暴。

他们一家到达曼扎纳的时候，莉莲已经有了两个月的身孕了，在火车上不时孕吐，而她婆婆更是每况愈下。这位老妇人突然开始咯血了，这不仅是灰尘的原因，更因为他们从未体验过这般极端粗暴的气候：中午是火辣辣的炙烤，而落日后没多久则变得寒意刺骨。晚上睡觉时，他们不得不把床都推到一起，互相依偎保暖，不让自己发抖，但这也没什么用。莉莲还得在相互盖着的毯子

---

12 曼扎纳集中营是美国十大集中营之一。

间弄出一条缝来，以便自己孕吐时能够下床吐在外边的篮子里。

莉莲的大部分时间都花在往返于医院的路上，这座辖区医院没有建外墙，甚至有一段时间都没有屋顶，里面的工作人员大部分也都是志愿者，医生们只能自己准备那些基础的医疗用具。他们诊断出唐纳德的母亲患了肺结核，这个诊断能让她有资格转去正式医院，但结果却不尽人意。也许是沙尘的缘故，他们说，也许是天气的原因。在长达七个月的检查以后，他们便对唐纳德母亲不管不问了。唐纳德的母亲一直说自己已时日无多。在从医院回她们那所小屋的路上，她一边念叨着，一边把沉重的身子靠向莉莲，她死撑着只为看着自己的孙子出生。唐纳德的母亲说她知道这是个男孩，因为她抵着莉莲的肚子，朝腹中的胎儿说过悄悄话，所以这小家伙肯定认识她的，她也听到了他的回应。她一边说，一边抬起手在莉莲腹部紧实的皮肤上画着圈圈，"教他说日语。"她逗笑着，不过这仅是个善意的玩笑话。

这个小婴儿在两名女性之间搭起了一座桥，也是这整个家庭的新起点。虽身在营地，但她们彼此拥有、彼此依靠。与此同时，男人们却一直忙碌着。

男人们被分配了工作，他们得管理营地，甚至搭建新的营房。虽然他们没什么报酬，但这些敌侨们至少有事可做。在那些曾在日本待过的人，像唐纳德和他的父母，和那些甚至看都不曾看过一眼日本的人之间，产生了一种人为的联系。晚间的时候，他们开始集会，争斗在两派人之间爆发，一派是第二代移居美国的日本人，就是像唐纳德这样，生在美国，却去日本受过教育，虽然唐纳德小时候只去了一两年，连记忆都是朦胧的。另一派则是"忠诚"的"美国人"，就是美国土生土长的日裔，他们内部结成了联盟。对于这些事，莉莲几乎不知道，就是双方讨论着讨论着最后争吵起来。唐纳德保护着她，莉莲也从不多嘴多舌，她也没有什么能在她耳旁吹风的朋友。唐纳德告诉她，是因为有人偷走了政府送来的食物，但却没人知道该去指责谁。那些肉食品去哪儿了呢？还有那些糖？

唐纳德变得更加愤世嫉俗，但莉莲只是麻木不仁。

暴动是在12月份开始的，起先莉莲试着对这些事视而不见。她想，现在最好在营房里把脑袋低低埋着，这些事对她而言也并不能带来什么新鲜劲。她的养父母把她教导得谦逊有礼，是个标准的牧师家出身的女儿。一天晚上，当莉莲和唐纳德的父母待在营房里时，窗户外边一直有人的喊叫声，大部分自然是英语的，因为这里禁止说日语，但莉莲搞不懂出了什么问题。从喊叫的语调来听，是有什么"狗"。莉莲知道周围没有发生火灾，也没有他们必须应对的紧急情况，这样他们三个人在营房里就是安全的。当这帮人穿过营房区向食堂走去时，嘈杂声渐渐小了。

接着他们便听见了枪声。

莉莲并不在窗前，但她还是不自觉地闪避了一下。唐纳德，她想起她的丈夫，觉得忧惧又害怕，他在哪里？周末时，他通常和他那伙同是第二代日裔的朋友们一起打牌。唐纳德的母亲不安地抓着自己的毛毯，而他父亲却坚持说没什么好担心的。肯定是这场暴乱把正在食堂里打牌的唐纳德给堵住了，他也不想从这么一群家伙中间穿过。

几个小时后，唐纳德从门外溜进了屋子，他衣衫不整，一副如履薄冰的模样，却证实了自己父亲说得没错。莉莲没问他看见了什么，她想等到早晨再去搞明白这到底是怎么回事。现在唐纳德应该休息了。长夜漫漫，但没有一个人能真正睡着。唐纳德的身体像一块冰，在莉莲身旁纹丝不动，整个营房的气氛似乎也静止冻结了一般。只有莉莲辗转反侧，她肚里的宝宝轻轻踢着她，规律得像一个小小的节拍器，踢着子宫壁上绷紧的脐带。

黎明之前她肯定是睡着了，肚子里一阵强烈的收缩感又让她惊醒。她痛苦地呻吟着，半醒间探出手去摸索唐纳德，但是他却将她的手放了回来。唐纳德从毯子的缝隙间起身，匆匆穿上了他那件厚重的短呢大衣去了趟厕所。她婆婆也一定难受极了吧。这位老妇人在她丈夫身边轻轻啜泣，头一回，她的丈夫居然没有为她虚弱的身体感到懊恼，唐纳德支撑着自己在床上坐起来，让她靠着他就这般哭泣着。莉莲后腰部传来持续不断的阵痛，她吃惊不已，也来不及细想为什么大家都醒着。她把针织帽戴上，盖住耳朵，缩在一旁，任由阵阵痉挛感流遍她的全身。天还未亮，外面依旧是漆黑一片，亦带着夜的寒气，显然还不是引起大家注意的时候。她的胳膊抱着肚子，大口地喘着气，想知道在她被送去医院之前还要挨多久这样的苦楚。她想妈妈了，希望能躺在妈妈的臂弯里，希望能感受到她那温暖的手掌，在她的皮肤上抚摸，但她的命运已和唐纳德一家密不可分，没有人会来救她，她只能自己用手抚摸腹部，独自慰藉。

　　她等了一整个上午，才后知后觉地发现，唐纳德暂时不会再回来了。立石大人对他妻子表现出不同寻常的关心，他们也不再有兴致去做任何事，甚至到食堂吃饭都索然无味。他们谁都没瞧上莉莲一眼，尽管她还躺在床上忍受着腹部那猛烈的痛感，这痛感的频率虽然不高，但就和平时的呼吸一样持续着。睡在他们边上的邻居已经离开了一整天，屋里一片寂静。莉莲竭力不发出声音，但就在她喘息之间，在无声无息中，她想起了夜阑人静时，唐纳德和他父亲在偷偷说着些什么，老人斟酌再三，又给了他回应。

　　宪兵来检查时，莉莲只能用仅有的那点力气勉强地坐了起来，她腹部周围那条绷紧了的脐带缠住了她的躯干，疼痛蔓延开来，猛然冲击着她的骨盆底部，一点一点渗透到骨骼里去。宪兵告诉他们，有个告密者报告说看见了其中一个煽动暴乱的人在天黑以后钻进了他们的屋子，现在，莉莲终于弄懂了整件事的来龙去脉。但立石大人站了起来，沉默了一会儿，不卑不亢地伸出手腕，被戴上了手铐。

　　唐纳德还是没回来。

　　营房的门在唐纳德的父亲被带走后就关上了，莉莲没有感到如释重负，而是羞耻难当。这事哪有一点值得骄傲之处呢？可就在这一瞬间，那即将分娩的疼痛再一次将她袭倒。她听见外头的吵嚷声，抬头看去，希望是唐纳德，但只看见那对邻居夫妇，他们在宪兵走后没多久就回来了。

　　她的丈夫去哪儿了呢？为什么唐纳德竟让他们带走他的父亲？莉莲无暇考虑——分娩的痛感已经蔓延全身，从股骨上端直到大腿，现在只有她和她的婆婆被孤零零地扔在一旁，这位老妇人一边抽搐，一边咳嗽。越哭就疼得越厉害，她婆婆说，莉莲意识到婆婆大限将至。正当她想支起自己的身子来给唐纳德母亲些许安慰时，身体深处却传来一阵砰砰作响的爆裂之感，紧接着一股热流在大腿之间涌出。她尖叫出声，引来了邻居，他们将这两个哭泣着的虚弱的妇人揽在怀里，也不知道用了什么办法，将她们快速送去了医院。

　　这一晚，唐纳德依旧没回来，他母亲死了，在临时搭建的病房里，他母亲被自己的鲜血呛得喘不过气来，哭着要见她唯一的儿子。几个小时后，在病房的另一方，莉莲的孩子呱呱坠地了，但唐纳德还是不见人影。她明白，他不可能在厕所里躲上一整天的。坐在那半吊子马桶上——那种在烂木头椅子上开个洞，专门给他们这些日裔用的马桶——和别人并排地这么坐着，他难以忍受。但她也不会再问自己的丈夫的下落。当他的母亲死去，父亲被抓，只剩妻子独自一人艰难地将他们的儿子带到这世间的时候，他究竟躲在哪里。

她不会问，因为没有答案。

这场骚乱过后，营地又平静下来。逮捕是对是错，无法定论，这取决于你和谁说话。几个煽动者要么被逮捕，要么被转移，气氛似乎总算明朗了几分。有那么几周，戒严令尽可能地不让他们出门，他们也不敢大声说话，只得窃窃私语，好像巡逻兵会从墙洞里听到些什么，然后把他们抓到监狱里去似的。就在莉莲出院时，唐纳德在一个新腾出来的分区等着她。现在，只有他们两人和儿子相依为命了。

莉莲可以在小俊身边躺上一天，她的儿子是个天赐的奇迹。她会用脸颊轻蹭他的肌肤，给他喂奶，轻拍他的背部和腹部让他打嗝，对着他唱歌。当他要哭喊时，她赶忙把他从唐纳德身边抱走。现在，她对她丈夫更没什么可说的了。随着时间过去，她也愈发没有兴趣听他那堆毫无悔意的借口。而唐纳德则心事重重，他比之前更显得粗暴、易怒，但最主要的是，他对照顾这个小婴儿束手无策。他的儿子还没有长出头发，胖乎乎的，让人想拧拧他。莉莲也和以前不一样了，他抱怨说，她现在对穿衣服和下床这些事都没什么兴趣了。起初一周，他还迁就她，每天都从食堂给她带饭菜回来，作为回报，莉莲对他经常从营房里偷溜出去"透气"的行为也不闻不问——而这已经日益成为他的习惯。

莉莲为她的婆婆哀悼，她的离去让她少了一个做伴的人。但她如今又有了小俊，他那对小小的、贝壳般的耳朵可以聆听她的所有秘密，莉莲对着它们说着悄悄话，关于那些她原本只说与父母听的欢乐与忧惧。如果她现在有勇气写封家书的话，她便会把这些一一付诸纸上。她是多么想念自己的母亲，如果小俊在家里出生的话，母亲又会给她多少益言良方呢？莉莲的脑海中无数次构想着，若把小俊出生的消息告诉自己的养父母，会是怎样一副光景？那是一封快乐的家书，能将他们从这里解救出去，小俊就出生在这样一个气候极端恶劣的地方。那也是一封通知书，宣告着她人生中的第一个成就——她成了一个母亲了，一个成功的、生下了自己孩子的母亲。

但她永远不会写这些。

一个月又过去了，她与唐纳德之间的隔阂依旧没有化解，那是一堵厚厚的墙，一切都已无须再去言说，而且这堵墙也让她变得与外隔绝。不过他们之间也不是完全不说话，比如，唐纳德追查到自己的父亲现被关押在司法部管理的监狱里，每当立石大人来信时，他都一定会告诉她，尽管那些信到他们手上时已被涂改得面目全非了。

同时，小俊的到来给了莉莲些许借口，可以避免谈论唐纳德父亲被带走的那一晚的事，而且他还是个孩子，莉莲还要学着怎样去做一位母亲。诊所的志愿护士给了她一些有用的建议，莉莲也在观察中学到了许多，例如她默默地学着那些食堂里的年轻母亲是如何哺育她们的孩子，是怎样唱着摇篮曲，在那营房中小小的私人空间里，又是如何安抚那些哇哇大哭的婴儿的。她们似乎都是这样自然而然地就知道该去做什么。莉莲也不想去问她们，怕她一开口，她们就会觉得奇怪。

每一天每一夜，她都是如此想念自己的母亲，她第一次想准确地知道，自己被抛弃在养父母家门口的台阶上时，到底多大了。莉莲现在终于意识到，如果当初她再迟几周出现在养父母的家门口，那母亲将会错过自己多少人生啊。小俊每一次微笑，每一次号啕大哭，一抽一抽地踢脚，甚至闭上眼睛的模样，睡着时撅着的嘴，都是这样分外珍贵。她应该和母亲在一起的，与她一起分享这些时光；她母亲也应该同她在一起，教她如何让一个婴儿平静地度过夜晚。她的父母总是让她相信自己有足够能力做到一切，同时自己又是福星高照的。但如今她的幸运都已用尽，即使她时常会想自己的幸运是不是通过子宫都传给小俊了。也许小俊现在才是带来幸运的那个人。

当小俊两个月大时，当局对集中营内的所有被拘留者进行了一项忠诚度调查，命令他们坚决放弃对日本天皇的忠诚，并且无偿服兵役。莉莲自然是发自内心地回答了"是"，她一直，且从来都是一个美国好女孩。

但是对其他人而言，答案就不是那样显而易见了。这项调查把被拘留者又分成了两个阵营，暴乱的气息再次蠢蠢欲动。有人认为这个问题是个陷阱，如果你之前就不知道什么天皇的话，你又如何"放弃"得了所谓的忠诚呢？这些问题是故意设计出来让他们承认自己是敌国间谍的吗？对一些人来说，接受这个调查就已是受辱，一个国家如何能剥夺了他们的公民权利，又强迫他们签下为国而战的协议，并很可能他们就为此在战场上当了炮灰？这样谁又来照顾他们留在营地中的男女老少呢？这件事绝不像表面那么简单，对莉莲来说更是复杂，因为她瞥到唐纳德回答"否"，两次。

这还不是最坏的地方。一些回答"否"的人要再次被隔离，他们将要被送到另一个营地去。唐纳德熬夜到很晚，写那些信，质疑这次调查的合法性，虽然莉莲也不知道他能把信寄给谁。有一天，他带了个好消息回来：有一艘瑞典交换船，格里普什姆号，要载一些外交官、商人和几百名"幸运儿"回日本，而立石大人想了办法，让他们都在乘客名单之列。虽然他现在因为与他毫无干系的暴乱事件被拘留在某处，她的这位公公对日本大使馆还是有些许影响力的，他让全家都被贴上"不忠诚"的标签，这样他们便可以被"遣返"回日本。

唐纳德欣喜若狂，他写的那些信也奏效了，他父亲不知道用了什么样的恩惠换取到自己家剩下这些人的苟延残喘，同时骗来了他们的自由，莉莲却惊愕万分。她怎么能和他的家庭一起被送去日本呢？即使这也是"她的"家庭，但这件事却毫无疑问是违背她的意志的，她怎么能被"送回"日本这个她连去都不曾去过的地方呢？

一切都是错的。她嫁给唐纳德时，无论唐纳德认为她属于哪个世界，他都错了。她是个美国人，是那对牧师夫妇的女儿，加利福尼亚才是她的故乡。小俊这时已经九个月大了，他是在营地里生下来的，但他也是美国公民，他甚至都不在那艘船的名单上，他应该能够留在这里的。

接着，她意识到唐纳德刚才告诉了她什么："你把那些信寄给你的父亲了？"

是她的丈夫，和他的父亲，一起谋划将她带到那个陌生国度里去。不管用什么样的方式，她都要留在这里，于是她去找了营地的管理官，申请留在美国，并恢复她应有的公民权利。

管理官并不认识她，他怎么会认识她呢？但是她也争取了几分钟，她向其中一个长官提到，自己的儿子是他接管曼扎纳后第一个在营地中出生的孩子，不过她没有说自己的婆婆似乎也是第一个死亡的人——假若不把那两个被戴着防毒面具的宪兵从后面开枪打死的男人算在内的话，她当然也知道他不会把他们算在内的。莉莲一向觉得引起别人注意是很奇怪的事，但是她现在是为小俊发声，只要能留在美国，即便穷尽一切手段，她也不会觉得羞耻。

她是在乘客名单里的，管理官指出，就算她的孩子不在，她也在。如果她的丈夫是个日本人的话，这孩子难道就不是日本人了？如果他不算，难道他不是属于她丈夫的吗？如果他能和自己的同族人一起在日本长大，岂不是更好？不管莉莲怎么说，管理官都表示，除非有人能担保她与小俊不会成为美国的累赘，否则他就不能答应她的要求。

累赘？她问道，她是个美国人。可回想起来，自己的声音却是如此刺耳。他只喜欢那些听话的日本人，他们的记录里没有一丝瑕疵，而她却嫁进了一个污点累累的家庭。

莉莲保证自己能找到个担保人，她的养父母一定会对她伸出援手的。他们是她的救命稻草、唯一的希望。她和小俊都没有出生证明，甚至她连结婚证都没有，这只能让她牢牢地处在唐纳德家的控制下无法脱身。她口授了一份电报，这是一封关于他们外孙出生的仓促的电报，与她一直想象的宣告书大不相同。但是，根本没有回音。

当唐纳德听说了她的请愿，他砰的一声摔上了营房的门，用力到连门都摔裂了。

"你的脑筋出了什么问题，女人？"他叫道，"这就是美国！"

他一点儿都不在乎，一点儿都不在乎自己的儿子正在哭泣，也不在乎自己的声音如何穿过那条将他们和别人的区域分离开的布条，传到别人的耳朵中去的。难道莉莲没有注意到那些将他们包围其中的、带刺的铁丝网和机关枪吗？他们早就没有家了，他的父亲也被关在监狱里。她难道不记得发生暴乱的那一夜，他肿着眼睛，涕泪横流，跟跟跄跄地跑回家中，差一点被宪兵捉住的事了吗？所有抗议者只想知道自己的食物去了哪儿，他们手无寸铁，只是质问，而现在美国却想把他扔到前线去，任由他做德国佬的枪下亡灵。

莉莲一语不发，一动未动地坐在他跟前，盯着他那唾沫横飞的模样。她只是心里祈祷，他不要在她抱着小俊的时候打她。唐纳德发作完后，又再次摔门扬长而去，一夜都没有回来，孤零零的莉莲留在营房里，努力修理那扇摔裂的门，但她却无法对他的问题视而不见。

她怎么会希望留在这里呢？她怎么敢偷走他的儿子？

日子一天天过去，她的养父母那里一点消息都没有，唐纳德似乎觉得自己赢了。莉莲乞求再三，才让营地的管理官允许自己再发一份电报，这次的电报上标着"加急"，她无法想象自己的养父母竟会抛弃她。日本人，她想道，他们现在把她想成了怎样的一个日本人？应该不会是这样，但如今她被那带刺的铁丝网和机关枪包围着，她又怎么能肯定呢？她想起她的母亲，以及她那床亲手缝的、还在那片农田中等她回去的棉被，她应该带上它的，就算没地方放她的大衣和第二双鞋，也应该带着它。她应该做那件心里一直偷偷想做的事：坐火车时将它包在自己身上。"向我保证你不会忘记。"她母亲曾说道，可她现在一定觉得自己的女儿食了言。

就算你永远不会回来。

第二封电报也没有消息，那个管理官这般告诉她，他还给了她一个锡铁盒子。莉莲起先觉得他是因为没能改变她的境况而有些负罪感，而现在怀疑起他是否真正将她的电报发了出去。她看着他的脸，想着自己能在这张脸上找到些许悲伤，但是她无法辨别，他究竟是为她感到难过，还是为他撒过的谎言而愧疚。也许这表情和她没什么关系，也许当他看着她的时候，只是看到了他要除掉的、来自敌国的外族人，而不是一个带着无辜孩子的绝望母亲。无论事实如何，责怪他也改变不了结果，责怪她的丈夫也一样，他只会因为自己的胜利而得意扬扬，却聪明地没在她面前表现出来。

这一切都太晚了，时日不多，她等不及回信了。

她小心地收拾着自己的行李，以备万一——万一突然就有消息了呢？她和小俊的东西在一个包里，唐纳德的则放在另一个包。但如今，这也没什么用了。早晨，莉莲、唐纳德和小俊就要和一小撮"特殊人群"离开营地了，他们将登上火车，横穿整个国家。在那里，他们会一起登上瑞典的那艘"恩惠船"——格里普什姆号，前往日本。唐纳德没有为他不在场的父亲打包带上行李——他说，在他们到达那边之前，无论他为父亲带上什么，父亲都将继续被关押着，根本用不上。他把日本想象成一个富饶之地，在那里，他的家族拥有财产和人脉。

莉莲只为立石大人带上那个锡铁盒子，里面装着他妻子的骨灰，她看到他那堆涂改得乱七八糟的信件，读到其中的几页，便足以猜想到他还不知道这位老妇人已经去世了，那么他知道自己已经有一个孙子了吗？

锡铁盒子很轻巧，盖子又盖得紧紧的。这盒子本是莉莲准备留给自己母亲的，但她欠自己婆婆的已经太多，为了带上这个盒子她又得少带些衣服。之前，她已经将她的夏装放在一边，腾出些空位放小俊的衣裳，虽然他也会很快长大，这些衣服很快就会不再合适。只有这一季——就这一季的衣裳，已是她能为他们母子俩应付的所有。

回溯她那过去的童年，只给她留下了那个靛青的糖罐，这糖罐她可不愿意送给唐纳德的母亲，以及那块母亲刺绣的带有雪花图案的手帕——她将再也见不到雪，以后也永远不会看见。还有她的丈夫——为了他，她抛弃了自己的家。她望向他的眼眸，希望他能懂她。

但，这似乎都是好久之前的事了。

花

    我们五岁了。两个小女孩坐在沙发上，正为亚尼前一天晚上特意给我们带来的纸娃娃剪花样。这是个下午，低垂的天幕不安分地躁动着，没有要下雨的迹象，但是空气中迷漫着的一层淡淡的湿气依旧包裹着我们，甚至家中也因此较为潮湿。我的腿藏在裙子下边，景的却伸展着，她正试着去剪一些雪花图案。

    所谓落雪，是亚尼为我们讲述的景象，雪花，是我们从未见过的东西。妈妈不喜欢雪，也理解不了为何我们这样大惊小怪，但是景却为他的描述深深着迷：雪，脆若缝针，均如涟漪，短暂如斯，眨眼即逝。

    "女孩们，"妈妈站在她卧室的门前，穿着她耕作时穿的衣裳——一件长袖衬衫，一条翻过来穿的、发白的棉布做的宽松裤子，一双斜纹粗棉布做的足袋，"是时候去给豌豆搭架了。"

    我们之前一起在那小小农园里种了豌豆，现在每天都去照看它，看着它那明亮的绿意，一点一点伸长卷曲。妈妈现在是向我们递出了邀请，而不是要求，但我看着景悄悄把剪刀藏在鞋盒底下，禁不住想，比起去搭豌豆架，我们还是更喜欢和妈妈一起待在屋里。这时候，我们的世界依旧只有我们三个人，亚尼在晚上过来时，妈妈便有了不同以往的生活轨迹，甚至现在只有我们三个人时，妈妈的思绪都会走神，不知会漫游到哪里去。

    景把我们落在地上的碎纸片扫到一边，我去卧室拿来了我们的"园丁装"。景的目光透过窗外落到浮游天穹的朵朵云彩上，它们仿佛厚厚的棉絮。

    "我们一定要戴帽子吗？"我们的帽子是露兜树叶做的，我们把这些叶子撕成条状、加以软化，但是它们依旧硬硬的，搔着我们的脑壳。

妈妈又回到了她屋里，从抽屉中拿出一面小手镜，对着它照了照，抚了抚头发，她的头发扎得松松的，环成了一个简单的小髻。自从亚尼出现后，妈妈就开始这样打扮自己了。她允许自己重回青春。如今，她站在衣柜前研究，翻出一顶深蓝色的帽子戴上，布制的圆帽盖紧紧罩着她的头，帽上还有一圈窄窄的、上翘的帽檐。接着，她招呼我们赶快出去。

"我们先去施肥吧。"

每周一次，妈妈会挪开屋边那只大缸的圆木盖，用她的铁铲搅拌其中的肥料。其中不仅是粪便，虽然的确有辆卡车每年都会送这东西过来，但这是妈妈的独家秘方：这口有条纹的隐蔽大缸里装满了堆肥、石灰和海藻的混合物。随着时间的过去，这口缸里的肥料也一年比一年丰富，远比它的原料好上许多。待到春季，它就会变得像一块湿蛋糕，碾碎在我的手指间。

妈妈拿来个金属桶，装了满满一桶肥料，手臂下夹着一捆扎起来的、剥了皮的树枝。她的农园在那有三条曲线的梯田里。现在，她走在那低矮火山岩墙的上边——这堵墙把这块梯田禁锢在了这里，又如同两块田地之间的一条小路。景和我高兴地跟在她身后，时不时蹿进那些种着蔬菜的农田里检查是否有蚜虫或白蛾。当我们到了那片挨着农园边缘的豌豆田时，妈妈弯下腰去仔细瞧瞧它们，那些豌豆苗几乎长得和手指一般长了。

"你们中的哪个会来帮我搭架子？"

其实比起这个，我倒宁愿选择在妈妈搭完架后把那堆黑乎乎的肥料施到作物上的这个活计，但我妹妹一动未动，我便举起了手。

"啊，花，"妈妈说，"真乖。"她开始教我如何把树枝架搭起来，然后把两根手指放在植茎和树枝之间，便于将植茎和树枝分开，再把豌豆的卷须绕在树枝上，这样，卷须便能依附着树枝生长了。可我心不在焉，我知道，当妈妈吩咐我这些重要的事时，我应该打起精神，但是我只沉浸在自己的名字中，任由这些话语一只耳朵进一只耳朵出。

亚尼来之前，我们仅是"两个女孩"，他总是取笑妈妈分不清我们，但是我们三个人相依为伴，她又为什么非得分清我们呢？现在，妈妈就开始分开来叫我们了——她管我们叫"景"和"花"——不过不是经常，但的确是有些区别的了，通常是她准备严厉批评或者大加表扬某人时。

我妹妹听见妈妈叫了"花"这个名字，她虽没有说话，但是从那僵着的肩膀来看，她心里是起了波澜的。我知道我应该向她跑去，提醒她我们是Koko，但我没有这么做。

妈妈的手一下伸进了桶中的那堆混合物里，那好像是我的手似的，我可以感受到那堆冰凉的、碾碎了的东西附在她光滑的手掌上，有一种天鹅绒般的触感。我们在耕作的时候从不戴手套，妈妈说，戴手套容易碰坏东西，事后，一小把燕麦粉就能让我们的手变得比戴了手套还干净。

我学着妈妈的样子开始搭架，我搭的架子不如妈妈那般整齐，速度也只有她的一半。景把我们中间的地面踩平，把桶放在那儿，以免它翻倒。我每搭完一只架子，她便会挨着植株的边缘，浇上一圈大约一英寸厚的肥料。泥土又稠又厚，树枝很难插进去，因此我做得更慢了，但是我却十分开心。

我是花。

"女孩们，你们做得怎么样？"妈妈又从另一头开始劳作，现在，我们已经为一半幼嫩的豌豆苗搭好了架子，"你们换换？"

我点了点头，只要妈妈让我做的事，我都会去做。我把树枝递给了我的妹妹，我们只带了一个桶，是我们和妈妈共用的。不过，她现在准备先休息，看着我们做活，景挑出一根树枝，而我则在她搭完架后撒肥料。

"轻一点，别撒太多。"

我一面用拇指摩擦着手指，一面关注着妈妈的眼神，就算在最小的团块落下来之前，我都要好好检查一番。这回做对了，妈妈的微笑让我心领神会。我又这样做了一次，我居然能用这么一小点肥料浇出一个大小和高度都刚好的小圈，我惊讶不已。

"Koko！"一声提醒，是景发出的，"我们是Koko！"

我低下头看那株我刚刚浇上肥料的植茎，发现那里并没有安上树枝。有四株搭好了架的豌豆苗正等着我，可这株却不在其中。景夸张地叹了口气，以此来突显我的过错。

这一周，我和景相处得一直都不是很好，但也没对彼此发火，只是我们之间不像以前那般心有灵犀了，尤其当妈妈不在的时候。妈妈是我们唯一指望能解开我们心结、能把我们拉拢到一起的人。我们想她，非常想。

景在为我前面已经施好肥的两株豌豆搭架，我只剩两株豌豆要施肥了。妈妈的进度现在和我差不多了，她不像我这样翻转手掌手心朝下地撒肥料，而是捧着肥料，用拇指筛一下，再让它们从手指缝里一点点地流下去，我也学着她的样，手心向上，抬头一瞧，她又朝我扬起了"好女孩"的笑容。

接下来的一会儿，我们又回到了过去的韵律之中——这缓如溪流、纯如流水的韵律，在这为我们放哨的岩石间永远地流淌，它从同一瞬间回归，也在同一瞬间起航。接着，声音改变了，失去了尾音，我知道景已经结束了她那份差事，正在望着我。她看着我们，看着我和母亲，接着，两道相同的"生命瀑布"从我们的手中倾泻而下。

妈妈示意景过去帮帮忙，我便拎起桶挪了挪位。

这时，我们的默契再次错位。

也许是我没能把桶挪到我身后足够远的地方，也许有一块凸起的石头藏在草皮底下，又也许我忘记交代了这儿有一座小土丘，不管是什么缘故，景伸出手时，桶被碰翻了。

我赶忙伸出手去接住它，妈妈亦是。

"啊，好痛！"景摇晃着脑袋，她用一只手遮着眼睛，鼻子到颧骨之间留下一条黑黑的污渍，"啊！好痛！眼睛！眼睛！"

妈妈拉下景的手，防止她把更多的灰尘和污物揉到眼里去："让我看看，别动，让我看看。"

景把妈妈推向一边，眼睛紧紧闭着。她的嘴唇不知所措地颤动着，人呆愣在原地，好像这是有人故意对她使坏——就是我们三个人其中一个做的——如今，她甚至连妈妈都不信任了。

"我看看，把眼睛睁开。你不把眼睛睁开我怎么看呢？"

妈妈这套安抚没什么用。最后，她松开了景的手，一只拇指放在景的上眼皮，一只拇指放在眼皮下方，轻轻地掰开了她的眼皮。

"啊！啊！更痛了！"

景这份焦急当然传给了妈妈，她快速用而力地在裤子上擦了擦手——妈妈的双手现在远谈不上干净，但水龙头在屋旁，也就是农园的另一边。她又擦了一把，这次是擦在她的衬衫上，接着，把手伸向了景。

"啊！妈妈。"景一面大哭，一面摇头。她的手也无处安放似的哆嗦着，人也上蹿下跳，一下都不曾停下来。

"嘘，嘘，花。"妈妈抬高了音量，盖过了景的声音，"嘘，花子，没事的。"

就这样，妈妈用我的名字安慰着景，在这一刻之前，我都是和她们在一起的——在景躁动嘈杂的动静里，我只得用表面上的平静去拯救妹妹。现在，妈妈用脸轻轻蹭着景的眼睛，试着去把那些夹在她眼睑和眼皮中的污物弄出来，我却发现自己一点都不想待在她们身边。景依旧不安分地扭动着，按捺着自己的性子——似乎丝毫没听见妈妈的呼唤，但我却真真切切地听到了"花"这个名字，它进入我的耳朵，流到我的脚趾。我只得认为，景的那股开了水闸似的眼泪也是因为这个名字，我一想到她平时脸上总挂着的傻笑，就断定了这是一个小小的诡计——是她自己把脏东西弄到了眼睛里的，这是她的密谋，她把妈妈刚刚给予我的名字和其中的爱意，又夺了回去。

"嘘，嘘。"妈妈说道，但是景依然闹腾着，妈妈的一只手扶着景的后脑，另一只手则放到了她的肩膀上。

妈妈这般钳住了景，她可算安分了下来。妈妈张开嘴唇，覆在景的眼睛上，然后用舌头，轻轻地把景眼中的污物舔了出来。

景也吃了一惊，她猝然一颤，另一只睁着的眼睛盯着妈妈的头发，妈妈紧抓着她，景却突然放松下来——她闭上了眼睛，也将我拒之门外。为了集中精力，妈妈也把眼睛合上了，她的嘴唇拂过景的鼻子，掠过她的脸颊，像滑滑的液蜡，形成一片密不可破的封层，即便在她的舌头寻觅着娇嫩眼球时，这封层都不曾被打破。我可以望见她的嘴唇滑过了景的脸颊。她在吃景，她就像蜜蜂和蝴蝶，探出触须，以金缕梅为食。

我想起了那个吻，那个深夜里的、家门口的吻。亚尼正准备离开。景在熟睡，但我却爬下了床偷偷看着他们，是亚尼和我的母亲，他们的影子在门口相偎相依，却没有碰到彼此。

亚尼弯下腰，头一下子靠近妈妈。我希望她闪躲，但她并未，她挺起身板、踮起脚尖，扬起脸迎向他，接着，便是一个轻轻的吻。这比她给我们的晚安之吻可要长久多了，又带着几分奇异的情感。她身躯的其余部分是静止的——不再抚头发，也不再低语那些愿望——好像一个吻便已足够。他们的嘴唇紧贴在一起，这般温柔绵长，让我觉得好像他们已经完全忘记了自己的身体，妈妈和亚尼就此消失了，仅留皮肤和骨头一起挂在那儿，就像下雨时门边挂钩上备用的外套一般。我居然是这般想她，就算她近在咫尺，我亦感受到了这股浓浓的思念。不一会儿，他们分开了，妈妈慢慢站住了脚，一寸、一寸，缓缓露出了亚尼的脸——他的表情很模糊，却扬着充满希望的微笑。

第二天早晨，无论我多么仔细打量她，妈妈和平时都没什么差别。

但如今，妈妈的嘴唇覆在景的脸颊上，她们的脸庞贴在一起，让我感到阵阵寒意，如同寒气袭来使原本亲密的两人骤然分开。景用着我的名字。妈妈把它给了她，又把那原属于我的怀抱也一丝不差地给了她——那里的空间恰到好处，那宽度可以容纳我的手腕、我那穿着拖鞋的脚的弧线。妈妈那亲吻着她的嘴唇也应是给我的。我能感受到她的气息掠过我的额头，我的血液涌了上来。她的舌面粗糙又坚硬，在我眼眸中那些不惹眼的小缝隙上觅索，在我那已激荡而出的思绪里，又搅出了一汪水花。

她放开了景，景脏脏的眼眶周边留着一圈干净的唇印，那是妈妈留下的，睫毛上濡着唾液。景投到她的怀抱里，妈妈就这般用手臂拥抱着她。我看着那个唇印圈不断旋转着，在景另外半边满是污垢的脸颊映衬下，显得纯洁极了，接着渐渐风干。魂不守舍的我这才缩回现实，在此之前，我从未质疑过什么。

我哭起来，我想要我的妈妈像对待景一样把我放进嘴中，一样治愈我，但她惊讶地转过头来时，我竟不知道说什么好。

"我眼睛里有脏东西。"我说。

妈妈细瞧着我，那张我期待已久的嘴唇张开了，牙齿也动了动，有那么一瞬间，我相信她会那么做的。

这时，景又号哭起来，妈妈又转回了身、背靠着我，她抱着我那梨花带雨的妹妹，贴着她的发丝耳语道，"花子，"我听见她说，以及，"听话。"

我那时候肯定消失了。

景的眼泪多久才止住呢？时间长到我甚至都记不得妈妈再次回过头来时说的话指的是什么意思。"小学人精，"她这样叫我，但神情却很和蔼，"来吧女孩们，我们把工作做完。"

我们摆正了桶，妈妈铲起撒出的肥料，又开始为豌豆苗撒肥。我们还未脱离她的魔咒，我是多么希望她能改变主意，向我伸出手来，把我揽入怀中。那是我的名字，我想去提醒她，你之前说我才是花子，但是妈妈的心思现在只在豌豆上。最后，我们毫无秩序地完成了农活，妈妈和景是同步的，她们心意相通，而我只是个泄了气的活塞。

我尽力了。

回想起来，每年妈妈都会给我和景一人一小把花种，我们可以在花园的任何地方把它种下。我绕着屋子播下种子，待到花朵绽放时，屋子周围的一圈都是五彩缤纷的。而景却像妈妈故事中的莉莲那样，在牧师妻子的纵容下，她随性漫游、旋转嬉戏，她每年一次这样挥洒着孩童的纯真和热烈，以保佑她在这一年剩下的时光里依旧能具有美好的品行。大家都知道，景会把一整把花种都撒在一个脚印中。一次，她还把一小撮旱金莲的花种随便地扔进了种着西红柿的地方，她坚信它们会生根发芽，而令我惊讶的是，它们居然真的抽出了芽。

现在我才发觉，景不是唯一一个闭着眼就能变出花团锦簇的花园的人。妈妈也相信有时眼睛会欺骗我们：她用脚沾着煤渣，在路面上踩出了一道排水沟，即使在雨水最盛的时节，沟中的水也不会满溢。她用肌肤的触感为兰花找到通风良好的小洞。这种信任从何而来，它们不需要检验、不需要实践，甚至也不需要考虑最后的结果。

她们为何如此相似，而我是什么时候开始显得和她们格格不入的？

她们才是同类，我那时候就知道。我在右边，而妈妈和景在左边。她们的纽带是这样紧密，这纽带在景眼眶周围那干净皮肤的斑点上，在妈妈唇边沾上的污泥里。这就是她们给彼此的礼物：柔软肿胀的皮肤、覆压而上的嘴唇、茫然无措的眼睛、呼出氤氲水汽的嘴巴、恬淡宠溺的微笑。宁静环绕着两人，她们是这样和谐如一，我不忍再看上一眼。

这竟是我们三个人相依中最后的平静时光，虽然我们那时并没意识到。在最后的时光中，我们给豌豆苗搭了架，施了肥。我盯着我手上那些黑黢黢的污泥，希望自己有勇气把它们弄到眼睛里去。可我退缩了，眼睁睁看着妈妈和妹妹完成了农作。

她们到最后都没回头来看我一眼。

花与景

这就是我俩分裂的开始。你记得吗？你不会想记得的，你不想，为什么你必须记着呢？但你仍然需要记得。

看，那就是我们。这天经历了农园的事件。

吃过晚饭后，妈妈让我们在她卧室里继续完成我们白天做的娃娃。那是我们：两个小女孩，雪花，和两只纸娃娃。这两只娃娃都像奶油那样白，是我们从厚纸上剪下来的。亚尼把它们送给了我们，妈妈也把那装满了缝纫用品的鞋盒拿了出来供我们使用。我们有丝带、纽扣、碎布头、糨糊和一把剪刀。这时，一个女孩正试着从布头上剪出一片雪花来，但是剪刀老在手中打滑，另一个女孩在丝带、纽扣、碎布头里忙活来忙活去，等着用那把剪刀。

"剪刀呢？"

折，滑，剪。手中的剪刀咔嚓咔嚓，又一片雪花报废。亚尼说："雪花的这些尖角不容易剪好。"又一个角被剪掉了。

亚尼说："每一片雪花，都是云的种子。"雪花的每一个尖角都是彼此的镜子。我们又拣了一块碎布头重新来过，我们总得剪一片像样的雪花出来。

我们就是成双成对的，要么是两人，要么什么都不是。"我们"是什么感觉？已经很难记得。就像妈妈一直告诉我们的那样：四只小手，四只眼睛，两颗心脏。可其中有一只眼睛在农园里拥有了妈妈太多的爱，这就是一连串麻烦的根源。

我们是正用着剪刀的女孩，我们是等着用剪刀的女孩。可那个正等着用剪刀的女孩，此前在农园中却不曾被妈妈拥抱过——我们就叫她 Koko 吧，即使我们两人都是 Koko——她已经等得不耐烦了，那堆没有剪过的丝带和那串没上过糨糊的纽扣下，还躺着她一丝不挂的娃娃。Koko 的手在盒子里鼓捣来鼓捣去，告诉你她已经等急了，她正想找些她觉得你想要的东西来交换你手中那把珍贵的剪刀。

看，那就是我们，我们乱作一团，却没见着妈妈的身影。她本该在这里帮我们的，只要她笑一笑，Koko 的怒气就烟消云散。她应该抚摸着我们拿着剪刀的手，带我们剪出雪花的尖角。可她没有，她和亚尼正在客厅里谈笑，那里原本是我们的领地。每次晚餐过后，他俩各自坐在矮沙发的两边，但没多久，两个人就悄悄地挤坐到沙发中间了。我们是现在才发觉他代替了我们的位置，还是在他初入我们家时就已感觉到了？举个例子，当亚尼为我们家的晚餐带来肉食时，我们是否有注意到他的心思？今天的晚餐是一条灰色的小鲷鱼，妈妈最爱吃这个，这可是她亲口说的。

"这是乔治·达西瓦出海捕来的，"把鱼给妈妈的时候，他这样说道，忘了她不喜欢洋泾浜语，"他炉子坏了喊我去修。"

亚尼说他帮乔治·达西瓦修好了炉子，他就给了他这条鱼做报酬。

现在这些都是后话了，就算客厅的房门虚掩着，但是他可是个大嗓门，亚尼的那堆故事又长又多又吊人胃口，妈妈是唯一一个还能听得津津有味的人。我们可以听见她的动静，她追逐着他的话头，她的笑容表示她在一遍一遍地回味着亚尼的故事。

我们每次一竖起耳朵听亚尼说话，手中的剪刀就会打滑，我们就又得从头开始。

"剪刀！"Koko 终于发话，她的声音盖过了门外飘过来的妈妈的笑声，Koko 觉得应该轮到她用剪刀了。

现在，看着 Koko 从我们之前小心叠放的碎布堆里抓起一块布头，看着她找到了那些别针把它们全撒在了地上。那几乎要成形的雪花正在剪刀的刀锋间一扭一扭，只要再多剪一刀就完成了。

但是 Koko 耐心全失，她把她的娃娃从那堆纽扣和丝带中拽了出来，狠狠地撕掉了它的头，然后把头扔向你。她又从娃娃的身体上撕下两条手臂朝你扔来，一条接着一条。那两条胳膊落在剪刀上，这片雪花又白剪了，这是她的错。

Koko 的纸娃娃的脑袋扔到了你的大腿上。为什么她会把自己的娃娃毁了呢？客厅里，亚尼又开始了另一个故事，但 Koko 现在却来抢你的娃娃，你把娃娃夹在膝盖中间，怕她毁了它。

Koko 的手又伸进了鞋盒里，她怒目圆睁，手指张开像花朵开放，手掌间有一颗苍白的珍珠扣。

我们一起看向了它。

"死鱼眼。"她嘘声说。

直到这时，你才明白哪儿出了问题吗？

吃晚饭的时候，我们看妈妈挑起了鲷鱼的头，看她挖出鱼脸上那块柔软的肉送进嘴巴，她咀嚼着，双颊凹陷，嘴唇贪婪，鲷鱼那半透明的、大理石般的眼睛消失了。

"死鱼眼，死鱼眼，死鱼眼，死鱼——"Koko 哼着的小调成了房间中唯一的声音。

Koko 善于观察，她能把发生的所有事情都一一描述出来，她这会就这么做了。我们三个人从农园里回来，妈妈的手来回抚摸你的头，你们同心一体，心意相通。但 Koko 却把这些看在眼里，她的眼神狂热贪婪，那是你从未见过的。

"不是的，"你抗议道，可 Koko 一直在嘲笑着。在她眼里，你就是那个被撕裂吃掉的东西，你被抛弃了，只有剩下的骨头是干净的。但你们还是原来的你们，不是吗？她为什么这么尖刻？

"死鱼眼。"这词从 Koko 嘴里说出来真够脏的。

"不！"你必须阻止她露出现在这副表情。

这时，剪刀脱手而出，它没打中 Koko，却砸中了妈妈床边的桌子。

Koko 跑去捡起剪刀，她顿住了，她正瞧着妈妈放在那儿的一个相框，里面是张黑白照，里面站着个孩子，她精瘦的腿从短裤下露出来，但看上去好像足以支撑整个身体，让她站得笔直，她的手伸向照片之外的某个人，好像正要别人把她举起来。她脸颊的轮廓清晰，但容颜熠熠发光，她的短发如同直升机一般在头上旋转。

Koko 看着这张照片，你们之前谁都没有过多地注意到它，你们也很少进妈妈的房间。但现在你们都能感受到这似从照片里洋溢出来的笑容，好像这笑容的力量就能将她举起。她的身子是倾斜着的，好像不能在动和静中找到一个平衡。但你很肯定，在下一个无法捕捉的瞬间，她就会安安全全、欣喜万分地投入母亲的臂弯里。

你看着 Koko，她想到自己不是照片中这个孩子。接着她望向你，她记得妈妈是怎样抱着你的，是怎样看着你的眼睛的。

她把相框扔向了你的头。

相框越升越高，在空中划出一道弧线。它砸到了你的锁骨，玻璃磕在地板四散，声音响亮、尖锐又混乱。客厅里，妈妈的声音戛然而止。我们引起了她的注意，她来了。这仅仅几秒，你知道，现在轮到 Koko 被责备了。

你看着 Koko，她嫉妒得心都要跳出来了。

轮到 Koko 成为景。

你的手拾起一枚玻璃碎片，向那张照片狠狠打去，照片上孩子的脑袋和身体骤然分离。妈妈在哪儿呢？为什么她不在这儿阻止我们？玻璃碎片又让孩子的身体分崩离析。那个破碎的脑袋飘来飘去，最后落到了 Koko 那纸娃娃身体的边上。你身上自然也是划出了伤口。这些全是 Koko 的错，她这样伤透了我们的心，死鱼眼，她这样叫你，现在她该为此付出代价。你握紧拳头想去遮住流落的鲜血。

门被打开了。

妈妈终于来了。

妈妈几乎崩溃了，无法站立，她怔怔地看着空空的相框和毁了的照片。亚尼在她身旁，问这是谁干的。

可我们都没站出来。

我们见过母亲晕倒，见过母亲蹒跚摇晃，但她垮下时总会对我们微笑，好像允诺她定会回到我们身旁。她总是整个人突然间就垮了，但从来不像现在这般缓缓沉落，一根骨头接着一根骨头，一片皮肤接着一片皮肤，好像她的五脏六腑早已千疮百孔。亚尼环着妈妈的腰，但她的姿态很奇怪，头歪向一边。

走呀，Koko，你无声地催促她，Koko 也明白该轮到她了，但她为什么不动？往前走，亚尼和妈妈正看着我们。

她现在随时都可能向前走去。

就在你等着她去承担责任时，一道鲜红的伤口在你的指间裂开，伤口在皮肤褶皱中颜色变得更深。你看着血污在你紧握的小拇指的螺纹中汇聚，直到它滴落下来——成了一大颗暗红色的泪滴。

接着，所有的一切都变了。

妈妈看见了你手上的血，认定了我俩中是谁犯的错。"景——"她开始道，然后，一切就这样发生了。在那坚定利落的动作中，她站在那儿，扬起手重重地掌了你一记耳光。

你记得吗？妈妈甚至连Koko都没看上一眼。她打的是你。

妈妈打你的时候，你看看你自己吧。她曲着腿，弯着脊背，这股力量将你打翻在地。你吓得哭不出来了，这怎么可能呢？

你摸着自己火辣辣的脸颊，手上沾着的血迹又抹到了脸上，你的眼中除了妈妈，别无其他。她直直地扑在了满地的玻璃碴子里，跪在那些散落的尖利碎片上，她哭着，爬着去寻找她那珍贵相片的碎片。虽然她小心地避免自己被碎片划伤，但她的膝盖还是流出了血，身边的亚尼试着劝她，让她别为这堆烂摊子烦心，事后我们会打扫干净的。但她听不进去。

"妈妈？"这是你的声音。她已经崩溃了。什么事都错得离谱。Koko还坐在那儿，她像个没事人似的，一切不关她的事，又好像她不在那儿。

"景，"你听见这个名字，是亚尼在叫你，他看着你，"你还好吗？"

景不应该成为人类，她是一场转眼即逝的风暴，是木柴炉里燃着的一团火，甚至在梦魔如潮退去后的黑夜，她是号哭的妖灵。景是怒火，是气压。她是即将冲出汽水瓶的压力。但她不是汽水本身，更不是作为容器的瓶子。

她不应该是你。

Koko先把相框扔向了你，她才是始作俑者，撕了照片应该只会让她的惩罚更严重一些。妈妈跪在玻璃碴子上，膝盖上摊着照片的碎片。她那近来凹陷的脸颊间又现出了熟悉的浮肿，她的双眼像深不可测的漩涡，将她的脸拉了进去，只剩下两个暗沉沉、黑黢黢的洞。她的灵魂已经离开了躯体，去到了那幽灵之地。

鲜血从你的手腕上流出来。"你！"你冲向Koko，"是你！"你的手碰到了她的脸，她的肩膀。你推搡她，抓挠她，想用妈妈打你的方式打她，这样你们便又是一起的了，但她却往后躲了躲。她现在身上也沾着血了，她脸上的细小血滴在她的裙子上滑过一条弧线。你把你的血擦在她胳膊上，这样亚尼看见就不会觉得你和她有什么不同，那么这一切也就都是她的错了。Koko 扯烂了娃娃，扔了那张照片，然后就轮到你向亚尼解释了，但这时你听见了 Koko 的声音。

"别来弄我，景，"她说，就算你已经没再碰她了，"你把我弄伤了。"

不再是两个女孩，Koko 自此以后就不见了，甚至连亚尼都发觉到这件事。

"噢，天啊，美夜。"亚尼说道，但他没看向妈妈。她还是那样一点动静都没有，他不曾发觉她身下快成了个小血泊，也不曾发觉她正失去意识，他更不知道接下来会有几天——甚至很多天——他会怀疑她是否还会醒来。那段日子，她都会躺在床上，一动不动，灰白的脸上渗出了汗珠。他会知道这是妈妈体质的原因，但是他会知道那些纠缠着妈妈的鬼魂吗？他会知道她看到了别人看不到的东西，去了别人去不了的地方？

但亚尼那会还不知道这些。现在，是你吸引了他所有的注意力，你把你自己和你姐姐弄得一团糟，你的血蹭得你俩身上到处都是，你的手掌中血越积越多。"让我看看你的手，小公主，"他说着，一边伸着手挨向了你，你好像就是一只小小的野兽，"景子，景子？看着我。"

你没把手朝他伸去，但也没有拒绝他，他是这样一个人——他能把你从一堆碎玻璃碴中抱起来，为你叫一个医生。在一条沉睡的长蛇一样的白线缝合在你手掌上那开裂的鲜红伤口时，他也是那个允许你用手指抓他大腿的人。

亚尼把你抱起来，因为你光着脚丫，他又发觉他是现在唯一穿着鞋的人，"在原地待着，"他一面告诫着花和妈妈，一面转过身去背对着她们，"你俩没事，我一会儿会回来。"

在亚尼的肩头，你望着你那原地不动的姐姐，按照亚尼的吩咐，她会在那儿等多久呢，她穿着那条被割得破烂的裙子，静默地宛若一尊雕像。就在没多久之前，你们两个还在做着对方模样的纸娃娃，但是她现在是花了，以后永远都是。她不仅让你背了黑锅，还用了你的名字。

这就是景诞生的故事，这就是亚尼为何娶了妈妈，这就是他为何取代了你

在她床边的位置——仅是因为你的错。从那时开始,两个女孩便分化为两个有
独立人格的个体,什么事都做得出来。所剩的,只有一地碎片,随风而逝。

花

　　公寓内的电灯开关上，被撒过了一层黑色的细粉，它沾到了我的手指，当我力图用拇指擦掉它时，就紧紧粘到了我手指上。我跨过门扉，走进客厅，左手拿着警方封门的黄色胶带，啪的一声把插销插上了。

　　我回到家了。天花板上光秃秃的灯泡亮了，我所有的注意力都集中在了这间屋子里。但我看见的一切让我只想转过身去，远远逃开。

　　我家的每面墙上，都覆盖着一层相同的黑粉末。在那几近灰褐色的墙画上留下长长的画痕。不同的地方花纹不一，有网状线，有圆圈。有的地方有一大团，有的地方则模糊浅淡，看不出形状。每扇同人一般高的房门上，都一样沾上了黑粉，看上去很脏。警察甚至把冰箱里的橙汁瓶子都拿了出来，连那上面都抹了几处黑粉。我站在这儿都能闻到冰箱里散发出来的馊味。黑粉还落在我那不曾用过的唱机转盘上，连架子上那两只陶碗也没能幸免。我那几件大学时代留下来的小家具也被拖到了不同位置，乱七八糟地摆放着。蓝色的豆袋椅被扔在了地板中间。

　　花的家！花的家！花的家！我脑海中回荡着这个声音，但我不能辨认这是问候还是嘲弄。

　　"我回家了，"我大声说道，甚至连能坐下的地方都没找到，又接着说道，"我是花。"

　　沉默是唯一的回应。

　　我朝客厅深处走去，打开了每一盏落地灯，甚至厨房柜下的灯也毫不例外。我打开了走廊灯，让灯光照亮我脚下的路。警察把我的卧室也彻彻底底地检查过一番，四处留着那同样的黑粉末。我又看见粘着粉末的墙、橱柜的门、我放在床头柜上的小玩意。防盗窗的把手——现在，它扣得好好的。

当我鼓起勇气向狭小的卫生间瞄上几眼时，眼睛所见到的一切尽是灰色，马桶盖的边缘也是如此。我的眼光朝地面游去，望向了那八角形的、硬币大小的瓷砖，我突然觉得害怕，害怕自己会发现关于凶手鞋子的线索。

他一定穿着网球鞋，这是我现在想到的，那天晚上我在门厅里并未听见他的脚步声，但我看见了那双鞋——一双发旧的白鞋，一只鞋上的帆布从橡胶鞋头上延伸过去的地方有一道轻微的裂口，就像亚尼过去穿的那种，他一直想把这种鞋扔掉。我想象着，我能想出他这双脚，当时停在哪里。他勒住景的时候就站在这儿吗？

瞬间闪过的思绪让我震惊万分，旁人一眼就能看出我的震惊。我已在震惊中生活了六年。我就站在这离我妹妹被人袭击的浴缸仅有几英寸之遥的地方，我那可怜的大脑又如何让我接受这个事实呢？又一层黑色的粉末从塑料浴帘上抖落了下来，但我能清楚地看到我妹妹躺在里头的轮廓，景肩膀处落的粉末最浓最黑，在接近排水孔的地方渐渐变成模糊的细流，就像一个儿童科学项目中的磁石屑。我用手指摸了摸浴缸的边缘，想要擦去还留在那儿的一小点粉末。

我本以为手指会在这块地方留下一个清晰的干净弧线，可没承想却蹭出了道黑色的痕迹，在瓷面上拖着长尾。

我一下子反应过来，我又试了一次。这次我把卫生纸揉成了一团去擦。我打开水龙头，可水龙头上原本撒着的很多的粉末又沾到了我的手上，我本能地把它们擦在裤子上，可意识到自己又做错了。现在我碰过的东西全是黑乎乎的。

这只是采集指纹用的粉末罢了，警察天天都在用，但现在总要有个方法把它们全给弄干净，我要么把它们点燃，要么把它们溶解。浴缸内一旦接满了水，这些粉末就会浮在水面上，在某个充满希望的时刻，它们看上去就像一层覆盖在表面的薄膜。接着，水缓缓排干，这些粉末又会汇聚成一条漆黑的溪流，盘踞在纯白的瓷面上。

连这些粉末都看不起我。

我转向水槽，深呼吸，先把肥皂上的粉末洗干净，然后揩干净药柜。很久之前，我用黑色胶带把它封了起来，这样便不会在打开柜门时看到镜子里自己的脸。我没戴橡胶手套，在清理手指上的脏污之前，我就先一一清洗了搪瓷盆、旋钮和水龙头。料理完这些后，我的皮肤还泛着隐约的灰色，但没弄到我的衣服上。

我试着去回想妈妈清洗东西时的秘诀——在温水里放一把苏打。我卷起袖管，戴上橡胶手套，这手套一贯是我用来保护自己脆弱的皮肤的。我在卫生间里摆弄来摆弄去，只是在"测验"这些粉末，但我现在决定把它从我的生活中抹去。我拿起那堆洗过的、折好的抹布，向前门走去。

擦着擦着，手上这块抹布很快就变黑了。我把它扔进那泛着泡沫的水中冲洗，但这水也变得灰蒙蒙的，我只好把水倒掉，重新开始。我不会重新把脏了的抹布洗一遍了，而是用完一块就换新的抹布。我每用抹布擦过粉末，那些粉末就被抹布拖成了一道刮痕，继续附着在墙面上。我还弄破了油画上的蜘蛛网——这个蜘蛛网我之前都没有注意到过。油画上的人看上去就很憔悴。正当我准备继续进行时，发觉手中的抹布却不太管用，它居然连一些明显的污渍都擦不干净了。是我同它们作对吗？我在和他作对，不管他是谁，想想，这些都是他手指在这儿留下的痕迹吗？

我重重地靠在墙上，想得到些支撑。我握着抹布，脏水从我的手套上、手肘处流了下来，我费尽力气擦洗，但徒劳无功。

透过窗户，我看见那些来往于闹市的人汇聚在站台上，我比平时更用力地拉上了窗帘，我想着他们中的任何一人会往这里窥探。他会往这儿窥探？真是受不了。我淹没在这辖区里的成千上万只眼睛中，幻想再次袭上心头，那个潜在的凶手，他的身影遍地都是，同时又无处可寻。

你当时在干什么？林奇警探之前问我。

我试着去还原这个画面：景正站着淋浴，她满头是洗发水的泡沫，正想把它们冲干净。如果她正站在花洒下，那她就听不见入侵者闯进来的动静。

待在那，景。

这个男人目前不会回来寻仇，我这样一遍遍告诉自己。如果歹徒就是那个我在门厅中擦肩而过的人，他肯定知道当时的我正向他走去。警察现在还对此持怀疑态度，但我承担不起这样的后果了，我一定要让自己提供的信息准确无误，如果我错了，便失去了警方的庇护。袭击景的真正歹徒会认出我，我乘电梯时或者在别的什么地方，他可能就在我的身边，想想他对景做了什么吧。真是如此，我将永远无法得知真相。

警察在我屋里这样彻底地撒过一层粉，也没采集到属于外人的完整指纹。他们需要那一枚黑色螺纹，可是，我公寓中千千万万枚指纹碎片堆积如山，根本没办法将这些指纹分清楚。

我让它们在屋里待了太久。

他的影子又鬼使神差地占据了我的脑海。时间消逝，他就在那儿。我扔下了抹布回到我初次发现景的拖鞋的地方，是他把它们踢到了房间中间的吗？

我不敢想，不敢想，不敢想。

噢，天哪，我肯定是疯了，不然我怎么会通过他的眼睛看到景呢？我们还是两个小不点的时候，就玩过互换身份的游戏，但现在一切都不同于往日了。这两天多来，我都没怎么好好睡觉，我既是我俩，又谁都不是，就像我们母亲有时候看起来似在两个世界穿梭来往：现世和死后的世界。我现在看到景洗完澡走出卫生间和我打招呼，或者，也许那就是她，她的身影浮游在浴缸和水槽之间，神情好像很迷茫。她也许帮助了一个自称是我邻居的人；她也许假装是我，并觉得好玩。但她肯定不是那个因将要见到她而显得震惊不安的人，也不是那个赤身裸体躺在浴缸的人。她都不知道要做什么。

她那会儿一定拼命挣扎，脚踝都扭伤了。不知道什么缘故，他还殴打了她的肋部，打出了一块乌青。但她又是怎么重新去淋浴的呢？他是想把她溺死还是去救她的？我为什么看不到更多？太多的东西挡向我们之间——我再也窥视不了她的世界了。

大脑的暂时性缺氧造成的此类无意识昏迷并不常见，医生如是告诉我。所以，并不是他那扼住她脖颈的手让她到现在都没有醒来，她身上没有生殖器擦伤和性侵害的迹象。

我拿起水桶，将里边的水倒尽，水溅到墙上，激起一圈白色泡沫，缓缓流下的水滴显得虚弱无力，黯淡无光。我现在仍然能感受到他的存在，他只是藏在某个我触及不到的地方，他在"那儿"，我抡起空桶朝他扔去，但桶只是在地面上弹了弹，又滚回了我的脚边。

　　我抓起一罐阿贾克斯洗衣粉，脱手时，一团云雾从里面喷出来，它们碰到了湿湿的墙壁，便瞬间绽成蓝色的颗粒。

　　我把这罐子也扔了。

　　然后我走近厨房的水槽，把放在水槽下的东西统统扔了出来，什么玻璃清洁剂、洗碗皂、洗涤剂。我扔飞它们，也不开封，就这样把它们扔出去，有时我用手臂的力量把它们直直地投掷出去，有时又用两只手将它们从地板上兜起来、再往上抛。

　　我又打开了冰箱，里边那为数不多的食物在我眼中发着光。

　　我的手碰到一瓶牛奶，便毫不犹豫地抓起了它。我扔了这发酸的饮料，抓起那上了蜡的硬质包装盒，扬起手臂，瞄准了景和那个男人。如若我能正中这团空气，就能重塑过去那难以回首的一切。发酵的橙汁被我从瓶中泼了出来，全部打中那个男人的脸，而卫生间里的景着实让他吃了一惊。就在他伸出手去抓她的脖子时，意大利通心粉、宽面条、接二连三的食物打得他的手缩了回去。我现在多么希望——我的希望就像那一大块卤汁面条——如果他当时在门厅里朝我走来，我就能把钥匙塞进他眼睛。我打爆了他的头，我高兴极了，西红柿在墙上撞得稀烂，肉末堆成一团，面条向下滑动。可接着，景的脑袋却裂开了，还有我的，我看见我妹妹又缩在浴缸里，她深深地蜷缩着身躯，好像缩回到自己的身体里。周围的空气凛冽，她透明的幻影若隐若现，是这样令人难以置信，却愈变愈大。我打开了一加仑酱油，又把它扔了出去，深褐色的液体在空中甩起一段抛物线，溅在这里又溅在那里，一次又一次。

　　我恣意抛扔着我拥有的一切，不久，便所剩全无。

　　待到这一切都结束的时候，我空坐在地板中央，衣裳湿透，肌肤又湿又冷，可以说就像是我们母亲曾经说的那样——冰冷彻骨。我可以听见她那含糊不清的声音，她躺在我们身侧的油毡上，嘴里咕哝着"冰冷彻骨"，尽管她的身体热得令人害怕。

　　如今这个房间乱作一团，比我的情况还要糟糕，至少从表面上看是这样的。你只能从这摊脏污狼藉中爬出来，因为没有人能再把它弄干净，你只能摆脱它们，打包自己的行李，彻底地逃开。

　　也许我会这样做的，我想，就这样逃开，对我而言，这已不是第一次了。

我抖掉了手上沾着的食物，任由地上的空瓶空罐、包装盒袋滚落一地，还有地上那些水坑，我也不想再去理会。我走向卧室，像母亲过去那般浑身颤抖，就算开着灯，也没有丝毫好转。我的发梢散发着酱油和牛奶的气味，衬衫好像被染了色，还有各种各样的不同的味道，印着的污渍暗得像血，正沁入布料的织纹里。

　　脱了衣服，我就会望见自己的伤疤。穿着它，疯狂又会在我周身作茧。现在，景就在这儿，我再也不能关灯，我又能做些什么呢？我已几近崩溃的边缘，无法做出任何决定。我的身体颤抖着，胃里翻江倒海，我甚至都没有勇气哭出来。

　　妈妈，我在心中祈求着，帮帮我吧，我等着她的回应，却杳然无声。

　　我一倒头栽在了床上。

1943 年

日出时分，他们都会被遣到甲板上做早操，这本是对男人们的硬性规定，但唐纳德坚持要莉莲也参加。

"呼吸点新鲜空气对你有好处。"他催促她爬上狭窄楼梯到甲板上时，会这样告诉她。

这些遣返者一边受着训练，一边唱着军歌，还不时发出精神饱满的喊叫和咕哝。唐纳德总是盯着靠近前排的某个地方，莉莲明白，他急切地想向他人展示自己的健壮和力量，以及随时愿意为天皇慷慨赴死、带回荣光的忠诚和决心。

风浪吹拂着这艘大船，掀起一股呛人的、散发着海盐味的水雾，有时这气流强得足以撞击地平线，这水雾是来自大海日日不变的问候。莉莲没有同丈夫进行那毫无意义的争执，而是站在太阳初升时的长长的阴影下发抖，这时的阳光还未强烈到能将影子拂去，襁褓绑在身上，她用身体护着在其中熟睡的小俊。她和立石大人是多么奇怪的一对啊，她站在场地边上想着，她的胸前绑着她的儿子，而她那跛着脚的、依旧傲慢跛扈的公公胸前绑着他妻子的骨灰罐，罐子外头还包着几码皱巴巴的黄布。他们全都对日本翘首以盼。

浮在莉莲耳畔的尽是些她听不懂的语言，大多是日语，当船只从里约热内卢和蒙得维的亚载上更多遣返者时，会夹进一些西班牙语和葡萄牙语。其中还有一些之前同立石大人一起被关押在犹他州军事拘留营的外籍日本人，三教九流，形形色色，操着不同的语言。现在船只上已经有超过 1300 名乘客了，还包括几位要人。而立石大人只是众多骨瘦如柴又体弱多病的孤老头中的一个。

"他们看起来和我们真像啊！"她初次望见这些外国人时，轻声对唐纳德说。

他朝她微笑，但这笑容却不带温度，他歪着脑袋，好像惊讶于她的无知："那你觉得他们像谁？"至少他没加上一句：傻女孩。

虽然船上人很拥挤，但条件还不错。老弱妇孺都有更大的住宿舱格，食物也充足，虽然唐纳德说这没什么好稀奇的。永不休止的光芒汇成一股洪流，在纯白的甲板上粼粼发光，确保船侧和船尾印着的大写的"外交船"三个字在晚上依旧清晰可辨。莉莲刻意与船上的其他女人保持了距离，因为她心里清楚，她是唯一一个不情愿待在这船上的女人。就像还在营地中那样，莉莲成天只和小俊做伴，他现在稍稍长大了，面对莉莲，他可以咯咯回应或发出笑声，她试着教他探寻这世界的奇景。他们一起站在甲板上，数着海浪那白色的波冠，或寻觅着流云的形状，偶尔他们还会发现另一艘在远处航行的船，她想知道这是哪国的船。是敌、是友——但谁又能分清敌友的区别呢？夜晚，莉莲举着小俊，让他透过客房的玻璃舷窗看那浩瀚天空、深邃苍穹，那是高悬天际的漫漫星辰，那些认得出的星星，他们指认着它们的名字。

除此之外，只有那广阔无垠的地平线围绕着他们。她不知道也猜不透那等着他们母子二人的未来究竟会是怎样。

几周过去了，他们沿南美洲的海岸南下，穿过辽阔的大西洋，绕过非洲的顶端，向印度进发。在这里，没有繁重的劳务，没有必须排队的要求，没有扫荡过空旷平原的沙尘暴，她渐渐恢复了健康。

这都是她之前想尽力摆脱的，唐纳德禁不住提醒道。这是艘豪华巨轮，上面有一层又一层的甲板，甲板上铺着光滑的地板，巨轮上有取之不尽的供应品——看看那堆在舞会区的箱子，里头尽是食物和药品的包裹，多得难以储存。如今，他们否极泰来，时运正在改变。他们已经逃离了那个"两面"的投机之地，在日本的生活会像他允诺的那般充裕美好。

莉莲想，但愿他是对的，她知道她不该说出她的疑虑。每当船只在一个陌生国家的码头停下，她都非常渴望地想将这海岸尽收眼底，她想象着她和小俊可以从船上消失，在这些地方重新开始生活，他们将隐姓埋名地融入当地的村镇中，容颜和肤色将不会定义他们是怎样的人。也许唐纳德察觉到了她这些愿望，或只是警惕她有像在营地中那样逃跑的打算，所以每当船靠岸停泊时，他总会把一只手放在小俊身上——动作是轻柔的，但其中的意思毋庸置疑。

最终他们到达印度的果阿，在那儿他们将换乘另一艘日本轮船——帝亚丸号，完成最后一段航程。在两艘船靠在一起时，胜利的歌声从格里普什姆号上爆发而出，这艘来自日本的应许之船就在拉紧了的系泊绳的另一头，它浸在海水中的船身正汹涌地颠簸着。但却不止莉莲一人朝船投去了不安的目光。格里普什姆号停靠了两日，这两日里，外交官们清点着换乘的人，他们点了一遍又一遍，好像这样做他们就能神奇地把实际人数和数字对上，又能对那个在离开南非不久后就失足落水的人作出解释似的。与此同时，高温酷暑没完没了，热浪滚滚而来。

换乘终于开始，这是莉莲一个月以来第一次走下船，她踉踉跄跄，脚掌无法适应坚实的地面。就当她在唐纳德身边跌倒时，她再一次涌出了一种要消失在人群里的冲动。有那么一瞬间，她细想着自己朝着这堆自由的陌生人打手势请求帮助的样子，但她走不了，因为唐纳德正抱着小俊。就算她有机会改变方向，她的身影能在来往的人流中悄无声息地退去，能奔过拥挤的土地和铁路，永远地消失在印度，她也不愿抛下她的儿子。然而，当他们更仔细地看了看这艘换乘的船时，这种愿望不免得更加强烈了：帝亚丸号上的条件甚至比那拘留营还要差，船上又脏又乱、食物短缺，甚至每人的饮用水都规定了份额，而且一天只派发两次。

她曾有过逃走的机会的，可惜这些机会都被她抛在其他国家的海岸上了。

他们终于在离开纽约的两个月后到达横滨，但莉莲什么都感觉不到。这些遣返者们都被按照男女分开，以待检疫。他们带走了她的儿子，他属于唐纳德。因为小俊的离开，莉莲紧揪着心，好像那是她最后的一口气。她每天就这样过日子，别人对她说什么，她都听不懂，这里的语言听起来多么不一样，一齐汇在耳边就如一句陌生的惊呼，啊！噢！嗯！她懒得去理解，也不在乎能不能融入，她只想小俊回来——她只属于他。她知道那些朝她问话的人想知道什么——她要去哪儿？是谁资助她的？她会成为国家的累赘吗？这些问题在过去也似被提起过。莉莲陷入回忆，它们从拘留营管理官那张紧绷的、扁平的嘴里蹦出来，她曾经对答案了然于心，但现在却有了不同的回答。

她又麻木机械地度过了三天，呼吸，再不就是坐着、蹲着或躺在席子上，同那些没洗漱过的女人挨得很近。三天后，她被放了出来，她吃了一惊——唐纳德就在船舱门口等她。他在，谢天谢地，他在。他粗暴地抱住了她，好像这都是她的错——她花了这么久才到他身边。她感受到，他的衣衫周围有那么一圈稀薄却强烈的恐惧气息。她望着他时已疲惫虚脱，而他却显得生龙活虎，还到这儿来救她，她突然觉得，也许现在的一切已经算得上是最好了。从离开农场的那一刻开始，她和唐纳德携手走进多灾多难的梦魇，如今，他依旧在，依旧在她身旁。现在这股席卷全身的庆幸感觉，是出于爱，还是解脱？还是那即将开始的、与过去完全不同的生活？莉莲抓住了丈夫的手。

她环顾四周，这是一片她不曾去想象过的新世界。在她看来，那些日本公民也并不是那么富裕。那些新到来的，就算经过瑞典船和帝亚丸号上一个月的生活后，还是那样胖胖的，好像是她所见过的人中最健康的一批。同莉莲一起被释放的女人们痛哭流涕，岸上那些瘦小的、穿着睡衣般衣服的真正日本人则观望着她们。

她的同族，营地管理官曾说。

"在哪里呢？"她内心做出了决定，"我们的那些家人？"喜欢也好，不喜欢也罢，她现在总归是他们家的一员了。她知道立石一家来自一个叫广岛的地方，这个城市拥有许多拱廊，还有河流蜿蜒而过，它们低矮、闲散却绿意盎然。这是个天鹅出没的地方，唐纳德这样告诉她。

"在这里。"他温柔地回答道，莉莲知道他已听清自己的屈服，他一面伏在他们的行李上，指向她的公公。小俊则站在老人身边的一堆污泥里，他穿着袜子，靠着一只硬边包袋。这就是一切了，背负着过去的记忆，太多，或者太少，都让人难以想象。

前往广岛还需要一天，她还要再乘火车。除此之外，她什么都不知道。

小俊松开握着行李的手，向上伸了伸手臂想去够她，一边大咧咧地笑着。一道风干的食物痕迹还留在他的脸上，让他的脸颊起了褶子。他的手掌更是布满脏污，像一幅地图。这是她的家，她这般告诉自己，依旧为小俊眼中那天真无邪的光芒而心怀感激，至少现在，他们中的一个是离不开她的。小俊在哪儿，她的家便在哪儿。她伸出手去，抱起了自己的儿子。

海　浪

WAVES

花

第二天早晨，我还在沉沉地睡着，电话铃突然响起，突兀的铃声直刺我的脑袋，我一定是抓起了话筒，就好像它是个耳塞——能为我隔绝一切声音。

"花子？是你吗？发生什么事了？"

是尼克，他话语中显露着担忧。我头脑一片混沌，慌乱地回想我现在究竟在何处。家——显然是，身上盖着被子，整个人横在床上侧躺着。我的那堆脏衣服堆在地板上，但我还是能在我的皮肤上闻到一股洗衣粉和牛奶发酸发馊的味道。

"花子！警察现在在店里，他们在确认你的不在场证明。你有不在场证明吗？！"

"尼克，没事，"但当然不可能没事，"我没事，那……不是我。"

我的老板尼克，是卢西亚诺餐厅创始人的儿子，还是我所知道的其中一个最能开枝散叶的大家庭的家长。他不会懂我和景之间存在的那段隔阂，我也不知道该如何向他解释，因此我在他面前从未提到过景。但现在，我不仅得把景是我妹妹的事告诉他，还要把她来了纽约如今待在医院的来龙去脉说给他听。我含糊其词，说大约是强盗入室抢劫，我不想让他担心我在这个事件里要承担什么责任，我更不想难堪地让他去医院瞧瞧他能帮上什么忙。这就是为一个"祖父"辈的人工作的问题所在了：相比于做生意，尼克更适合处理家庭事务，这也是我最初决定为他工作的原因。

我还在上大学时，每周日都会来卢西亚诺吃饭，这个餐馆是上西区那几个旧世界式的、洞穴般的餐厅之一，永远不会风靡流行受人追捧。我不爱交际，从不与人交流，但尼克却注意到了我这个常客。临近大学毕业，我周日去吃饭的时候，他来到了我的桌前。

"您在这吃得还好吧，小姐？"他问道，除了这句话不再有别的了。

那时候，我刚从肖医生那儿回来，我的心理治疗也在那日宣布告终。虽然我和她交往了四年之久，我却一直在对她撒些小谎：像我准备在开学典礼上结交些朋友……多说些这样的话，她就会觉得我的情况正在变好。当然，当她提出结束我的治疗时，心里突然产生的落寞感让我大吃一惊。我当着尼克的面哭了起来，但他却给了我一份整理文书的工作，附带监督他"诚实对待生活"。我大学的专业是数学，如果记账不完全是摆弄微分方程的话，帮助他人理清生活、预见未来也挺有吸引力的。此外，和尼克相处让我觉得很舒服，他从不问我是否在等什么人，也从未对我身上的伤疤好奇。为他工作就意味着我不需经过什么面试，也不用为我那遮得严实的皮肤做解释，我也没有什么雄心壮志——我一人躲在后勤办公室算算钱就可以了。

但现在，在我听完尼克对景早日康复的祝愿，挂掉了电话时，我感受到了什么别的东西，他让我想起了亚尼，他们都忙于解救他人。我现在想知道，在这个世界上保持一颗自信的心是什么感觉，而你只是希望自己能和他们一样。

昨日夜里，那上涌的肾上腺素让我对公寓发起了猛攻，最后，以我浑身颤抖，止不住地朝马桶呕吐而宣告失败。苦涩的胆汁灼烧着我的喉咙，提醒着我已两天没有进食过任何东西了。既然我现在醒来，我得往那空荡荡的胃里塞些食物进去，还需要洗个热水澡，但首先，我要了解景如今的情况。我躺在床上，按着景的入院通知上的号码给重症监护室打去了电话，一阵短暂的等待之后，他们让我和医生谈谈。

他们还是找不到景昏迷不醒的原因，医生这般告诉我，喜忧参半，好消息是她可以靠自己呼吸和吞咽了，而坏消息就是不能靠自己呼吸吞咽的病人们大有人在，因此他们得为她换个病房、把她的重症监护室床位挪给这些病人。我们至今已观察了 56 个小时，她从没有意识复苏的苗头，这样的话，完全康复的机会就少了。如果把景安排到专门医治大脑创伤的诊所大概会更好一些。如果她接下来的一天里还是毫无苏醒的迹象，那么医院将在我同意的情况下，将她转送至埃克特创伤中心。

这次转送意味着要走一些新的程序，而这些新程序又代表着承认和改正我们名字混淆的错误。我不知道这次治疗将会花去多少钱，但我知道这是我负担不起的，但花子·斯旺森的医疗保险却能够承担。我启程来纽约之前，亚尼为我这残破的身躯备置了一份高级的保险，而我妹妹在那时已经加入了医疗保险系统。他曾说，你这个人既无法过得太好，又不会活得长久。说起来还挺讽刺的，妈妈还在世时，曾以我的名字成设立了一笔小小的基金——"花儿基金"，她的律师是这样叫的，这笔基金在她和亚尼死后依旧为我的保险买单，我完全有理由相信她也对景做了同样的事。我们是一个家庭，完全能共享这笔钱，既然如此的话，用哪张卡、哪个名字又有什么关系？但我并未想得太多，因为以上这些都是我在为自己的行为找借口。如果我试着通过官方规定来解释这个事，最后却行不通，我就不能靠我的保险来维持她的生命了，我只得说我在急诊室受了惊吓，搞混了。

我告诉医生，我很快就会去医院签署授权协议书。接着，我做了一件事，这件事是我离家来到纽约后的整整六年都不愿去做的。

我给家里打了电话。

那是我家，我们的家，我妈妈的家，现在却是景的家。

父母死后，我把这座房产给了景，我知道她现在肯定住在那里，但直到我看到她留着亚尼的钥匙环，我才猜到她八成也留着原来的电话号码。钥匙环握在我的手中，这些年，这串号码从未进入过我的脑海。我的心怦怦直跳，手指在拨号盘上打转，如今的夏威夷应当正好是黎明时分。如果景有个男朋友，或者她和什么人住在一起的话，电话肯定是会有人接的，但我又该如何朝一个陌生人吐露这里发生的事呢？更坏的情况是景现在和我曾经认识的人住在一块，我不得不对他说这里发生的种种——这是我难以面对的。有谁现在可能会在想念她？这类问题我更不愿意细想，我也不知道万一这个人听罢后准备来纽约探望她该怎么办。其实，我现在也搞不清我最害怕什么：是害怕自己又被卷入景的生活，还是不知如何组织语言来解释景的昏迷？是害怕面对什么别的东西，还是那种我不曾拥有的能与他人相濡以沫、亲密为伴的生活？没有人爱过我，没有人想来触碰我，就算我那般赤身裸体地站在自己面前，我自己都嫌弃那丑陌尴尬、斑驳遍身的躯体。

　　拨打了许久，电话里尽是忙音，我终于意识到电话那头没有人，这才安下心地把话筒附在耳边。我听着这颤音，那是宛如母亲哄孩子入睡的摇篮曲。随着快速跳动的心脏渐渐缓慢恢复到正常频率，我展开了无边无际的幻想，这些从我那门口小桌上的旧座机里滚落出来的嘟嘟声，在灰色油毡地砖上弥漫而过，钻进每个房间里检查生活情况。我伴随着声音闪回到过去——我回到家中，跳上那床一般的矮沙发，甚至那褪了色的靠垫都在我眼前成形，它的上面是一团被太阳晒得不均匀的木槿花图案。家的呼唤将我拖到了深处，就像拍岸的碎浪，有那么一刻，我竟分不清该往哪儿走，而前方，一片茫然。

　　我又想拨打电话，这次是给妈妈的律师，或者原田老先生，这样我便能轻而易举地要到景的医疗保险信息，然后将这所有的困难快刀斩乱麻地处理掉。但我的手却犹犹豫豫的，悬在电话上边。

　　如果景永远都苏醒不过来该怎么办？

　　为何不用景的逝去埋葬我的生命，将这个在纽约苟活的"花子"给杀死？这既是解脱又是补偿。况且，我从未见过自己的出生证明，并没有证据证明我究竟是哪个女孩。

　　夏威夷的生活可能再次属于我，我想，我有景的钥匙。我也知道她住在哪儿，我研究过她的伤痕，也清楚知道回家之前，一道新的伤口愈合需要等多久。当然，我永远不会这么做。满脑子幻想，我并未接着打电话。我不想从他们的声音中听到，我没有读完大学这件事已经众人皆知。在和肖医生最后一次见面后，我就放弃了学业，之后所有的考试我统统都没参加过。我只是想那么伪装一小会儿，好像我能摆脱过去重新开始。但事与愿违，我想要的生活已经遗落在遥远的过去，它究竟还是太远、太远了，往事不可追，我再也不能重回那里。整个社区的人都联合起来排斥我，我没有办法回家。

　　　　★ ★ ★

　　亚尼和妈妈去世了。那是在我所谓的大学毕业典礼的一年零几个月后，那时，我真正长大成人的第一个夏日已尽，秋意蔓延。景是他们葬礼上的焦点，当我走进礼堂时，她正站在两副棺椁之间，转身扑向那些碰巧站在她身旁吊唁的人的怀抱。

她穿着深蓝色的衣裳，显得我的一身黑色格格不入。她那慵懒优雅的体态和衣着——那是件无袖的连衣裙——好像是对我的羞辱。我穿着一件纽约买的套装，密不透风地盖住了我脖子到手肘的皮肤和伤疤。我坐在礼堂的后面，如果有我父母的朋友来参加葬礼的话，那是个适合哀悼的地方。接着，我吃了一惊：景的朋友们也来了，他们就在那瞻仰死者的地方几乎将她团团围住。她最好的朋友米茜，还有埃迪，怀了孕的莎琳，他们在一块，依旧是那被选中的四个人，如果我还对岩穴中发生的一切保有任何异议，那就是我一厢情愿的想法。他们还混在一起，还是镇上的甜心。埃迪看起来不那么神经大条，至少他聪明地离我远远的。

我当然知道这场葬礼不会如我所想的那般冷清，我也确信会有哀悼者过来找我说说话。当然，倒是没有什么别的亲戚，但亚尼有许多朋友，这弥补了没什么亲戚的缺憾。岛上所有来这儿的人都是为了亚尼。

景打电话告诉我这只是场车祸，他们半夜在莫纳克亚山的山顶找到了汽车。我妹妹对撒谎一直很在行，她还经常自欺欺人，但显然，说谎还未是她最花心思的地方。我也不知道该去想些什么，妈妈确实是会离开家到别的什么地方去的，但火山顶明显不在她会去的地点之中，尤其是当一场反常的早雪覆盖了整个山峰，她更不会选择这样的地方。但直到我赶到那儿才听到了关于自杀的流言，因为他俩的尸体是在离汽车很远的地方被发现的。

没有人会把这些事直接告诉我，但我更愿意相信那些"小道消息"，这令我想起了以前那段时间，当从街上走过，大家都在背后嚼妈妈的舌根，不想听到都难。

"如果他们只待在车里，就好了，对吗？"

"但你得想想谁会在雪地里睡觉？"

亚尼的棺木盖着，但妈妈的是打开的。她已经 50 岁了，但看起来比那天的景都还要年轻。死亡让她的肌肤变成了半透明，在阳光下一丝皱纹都没有。还小的时候，我曾告诉母亲，她的双眸就像波纹熔岩，那时我匮乏的语言也无法形容它，但现在却能够了。她的眼眸中倒映着她的生命，漆黑如墨，甚至略带银色的光泽。它们旋转着，布满脆弱的裂缝和边缘。当她闭上眼睛，就成了一个亡灵，我可以这么说吗？

一个阴影中的孩子。

也许就是我恍惚中看见了这个东西，让我急忙走出了礼堂。影之孩子，就是我妹妹名字的含义。或许那时还有别的什么原因让我早早离场。但我的确记得有人接近了我，葬礼上，他朝我走来。

那时，我正朝妈妈告别，他便走了过来，"花，"他叫我，用那种确信我会欢迎他的语调说道。我能听到他的声音，不是那种上扬的、提问般的语调，而是低沉的，好像要说："终于。"

我缓缓抬起双眼，打起精神，做好准备，听他想要说些什么，他原先那柔软蓬乱、沾了铜色的刘海中几绺垂到额前的卷发，如今已经被剪短了，露出了比从前更为饱满的额头。可现在，关于他的一切事情都不是那么真切——他有温柔的嘴唇、下垂的眼睛。我记得我当时还想，他虽然这样年轻，但却不知为什么给人一种失败丧气的感觉。他是来参加葬礼的，随后又说了些什么，并伸出了手。

我在他面前摇摇晃晃。这一天背负着太大的压力，还忍受着天气的炎热，以及饥饿——我离开纽约后就没吃什么东西，显得无精打采。我双腿一软，差点倒了下去，还记得我当时对罗塞尔伸出手来还是心怀感恩的，但一个想法却突然冒出：他根本不想要我。罗塞尔也一样离开了我。

他说了什么呢，我现在想起来了，他说对不起。也许这是他说的话，真是厚颜无耻，我感觉更加无力。我对他燃起了汹涌澎湃的怒火，最后不可遏制地殃及妈妈身上。她知道自己大限将至，却不给我个告别的机会，甚至连和我说一句再见都不愿意。我一把推开了罗塞尔，俯在棺木前低头看着她，她是个在我回家之前就结束自己生命的女人，一句解释，一句告诫，都没有留下。

我看到了那床棉被。妈妈躺在上面、裹在里面。它的底边是白色的，有图案的红白两色的角被折起来，放在她交叉着的双手里。我起先注意到的是它的针脚，小巧玲珑、织缝密致，她一定花了很多时间。我用手指探了探她的这个作品，发现了一道又粗又直、与图案不符的线条，是一个竖着的字母，用红线绣在白底上边。我把她的一根手指拿开，看到一个"H"被小心地压在手下，我又挪开了她的一根手指，又出现一个"A"。

这是我的棉被，我感到身子一阵寒战。我从未这样好好看过它。妈妈是瞒着我秘密缝的，以庆祝我成了高中的优秀毕业生。可在岩穴事件过后，我想她肯定也把这床东西扔了。我靠向棺材，松开妈妈交叉着的手，凑近再去确认一下。

她死了，双手比我想象的要沉重，还沁着冰凉的触感。我想把它们往下推到她的腹部，这样围着她肩膀的被子就好拉出来了，可它们毫无反应地耷拉了下来。我拖曳着棉被，它并不大，也没有塞满棉絮，并不厚实，但妈妈身体的重量却把棉被压在了原位。当我使点劲拉时，妈妈的裙子顺带着被拖拉了上来，还沾到了口红。我发现我甚至拉得更用力了，她的身体被卷了起来，好像睡觉翻身一样。她的臀部将棉被卡住，她身下三分之二的棺材都合上了。痛苦吞没了我所有的一切。我母亲去世了，她的身体就像我的身体那样被抛弃了，这时我终于用双手把被子扯了出来。我把它揉成一团，将它像个婴儿般抱在胸前，眼睛则盯着眼前的烂摊子：她的手不知放在哪儿了，头发无助而混乱地飘在身边，她的脸被口红弄花了。

我反应过来时，第一个听到的声音就是景的尖叫，她向我奔过来。

她看上去趾高气扬，又面露嫌恶，"你——"她张口说道，我知道她要说什么，可她却没把话说完。我开始以为她会冲过来推搡我，但她却只是把我推开了，跑向了妈妈。她重新整理了她的仪容，理顺了她的头发。景在哭泣，我们都看着死去的妈妈，我离景很近，能感受到她身上的怒火。

"疯了吗？"我替她说完了她本想说的，不过我一点都不在乎，这床棉被是我的东西，直到那时我才意识到景准备火化它。"疯了就是疯了，"这真是毫无意义的陈词滥调，我之前肯定在校园里不知听过几百遍了，趁着这句话还未完全在我心中荡漾开时，我急忙刹住了它。疯了又怎么样呢？"疯狂"可不是一种诊断，肖医生告诉我，它也不会传染。但显而易见，这是个谎言。

"疯了就是疯了，疯了就是疯了……"我听见我的声音在礼堂中回荡，当时的我可能几乎叫出了声。我抱着这床被子，让它贴着我的腹部，好像我正把自己肚腹打开把被子给填进去。我不准它就这样被火化，也没人敢就这样鲁莽地冲上来从我手中把它给抢走。礼堂里还有什么别的声音也一同在尖叫着，你怎么敢把它偷走？你一直就是个小偷，你把我的所有都偷走了。随后，就有人把我带离了礼堂，到了门口的台阶上，是原田先生——我们之前的邻居，这个可怜的、困惑不已的老头，他在几个小时前才刚刚把我从机场接回来，还有妈妈的律师。我告诉他们我准备走了，律师说什么我都不在意，原田先生看上去很虚弱，似乎想要说话，不过这也无关紧要。我无法忍受再去听旁人一个个地解释，更已厌倦他们人人都为景找借口开脱。这是我的被子，不是妈妈的，她不能把它带去另一个世界。我还活着，还没死，我才是遗嘱的执行人，我想带走什么就能带走什么——我要这床棉被和一半妈妈留下的、为数不多的钱。我把房子留给了景，是为了告诉她我能抛下过去的一切。在律师的办公室里，我把我带来的所有东西都一股脑儿地从粗呢子包里倒了出来，然后把棉被塞了进去。粗呢子包里还有些空间，但我倒出来的东西没有一样值得我留下。最后，我把这些扔下的东西都留在了律师办公室的地板上。

不到六小时，我就到达了火奴鲁鲁机场，但直到 DC-8 降落地面、在跑道上滑行，直到压缩空气充盈着机舱，吹起我那火热的后背上黏着的衬衫，我才感觉得到一丁点空间得以喘息。我满腔的怒火终于平息，只留下空虚又令人作呕的躯壳。我的眼神掠过洛杉矶机场的报摊，报纸越来越厚，满是关于世界的新闻。到纽约后，《纽约时报》的 A 版才很少提到环太平洋地区的事情。没人盯着我看，我终于不用提心吊胆。

我离开时无人阻止。

我归来时无人期待。

景

你记得吗？妈妈叫你"小陀螺"，因为你没有闲下来的时候，一直动来动去。

你是景。

你是那个坏孩子，那个自私鬼，那个闯祸精，连安稳坐着都做不到。这都是你所想的，还是他们说的？有时，你的一个躯体就像共存着两人，一半在看另一半表演。你既是讲故事的人，又是聆听故事的人。你既是观众，又在舞台上演出。

如今，你是个哑巴，你说不了话。在他们把你调到 B 班之前，你和花经常换衣服穿。课间休息时，你们一同坐在校园里，对孩子们的那些愚蠢游戏视而不见，"买一送一啦！""看她那个傻样，总是自言自语，哈哈！"你们踏进小学的校门时，已不再是 Koko，但彼此依旧存有联系。每当一个光着脚的、牙齿上有白色热斑的孩子试着掰手指做数学题，你们俩都知道何时该闭上眼睛，他的左眼是棕色的，和景一样，她的左边就是我的右边，我的右手就是用来写字的手，所以这必然是……

可那就是小学。现在你又分到了 B 班。你一个人孤零零地留在这里，为了保护自己，你必须逃跑。你跑得很快，男孩们追不上你而觉得了然无趣。这游戏就是去捉你，捉到你的人就能把你摔到草地上欺负你。你觉得这应该就是所谓的"压榨霸凌"，皮肤之间散发着难闻的气味。你一直翻滚，就算停下来后也无法支起身子。后来，他们把矛头指向了一个新来的女孩，他们朝她扔石头，当她想要逃脱时，他们又将她打倒在地，课间休息的时间变得愈发黑暗了。

他们不会放过你，于是就开始伏击。他们最喜欢的游戏是对人吐口水。他们把你围在中间，就像围着一只狗，然后依次开始对你吐口水。你反击，你回以颜色，但他们还是把你摔到地上，用膝盖抵着你的手臂，让你不能用脚把他们踹走。呼吸也很困难，他们酝酿着嘴里的唾液，一张张脸在你头顶悬浮，口水从嘴中流下来。他们希望你害怕地蠕动身子，闭上眼睛，转过头去，但你却睁着眼睛、直勾勾地盯着他们，这是唯一报复他们的方式。小水珠般的口水缓缓坠下，拉着长长的丝，就如阴天中的蜘蛛丝。他们坚持地越久，那群看热闹的小混混就起哄得越厉害。只有那个让口水低到几乎砸到你脸颊，然后又能突然吸回嘴里去的男孩，才是游戏最后的胜者。

参加这"比赛"的许多人都输了。

莉莲的父亲说过，不要逃避。你将这个故事牢牢地记在心中。他说，土狼来这儿只是为了掳几只鸡去，它们不会追逐人类，哪怕只是个孩子。如果她能静静地站着，看着它的眼睛，一切就安然无恙。但莉莲却害怕极了，家似乎是那样遥远，她想起了上次在鸡舍里望见的喷溅着的血花和内脏，因此，她没有选择保护自己，而是撒腿就跑，朝家冲去。

她并未看见土狼拔起腿一路追来，只看到了窗上映着的父亲的脸，还有他举起的枪管。那一夜，他训斥了她，不是因为她没有按他的教导去做，也不是因为她害母亲十分担心，而是那只动物，因为她而惨死枪下。

有因就有果，莉莲的父亲这般对她说，就算她不是那个该承受这一切的人。有时候，面对问题时，总想着逃避，让自己置身事外，反而会让他人处于险境。但妈妈没有注意到的是，如果没有莉莲吸引了土狼的注意，那么那几只鸡就会遭殃。当你必须要做选择时，你又会怎么做呢？你问她，如果你必须在生命之间做出选择——土狼、鸡、你和花——你怎么知道自己该拯救哪条生命呢？

妈妈沉默了。

现在，你撒开腿，在校园里狂奔，你不想成为那个被他们强迫在碎瓶子上爬行，并且被送去医院的男孩，也不愿成为那个被绑在树上的女孩，但你的奔跑却不是为了逃命。正如莉莲引诱土狼去追她而救了满窝的鸡，你亦在吸引混混们的注意。你能承受他们朝你吐口水，如果你受不了，他们便会将一切恶毒通过把戏转移到花的身上。你们团结一致，他们就不能把你们怎么样，但是花，她一个人，就像那鸡舍中的鸡一般无助又虚弱。

　　他们打电话给亚尼，当课间休息的场面无法控制时，亚尼总会过来收拾烂摊子。当你发上沾着污垢、鼻涕和口水，在上课铃响前没法把它们弄干净时，或者，当校园里其他孩子，为他的所见所闻而担心，便把老师从咖啡屋里拖出来，让他看看事态有多么严重时，亚尼总会过来。有时，混混们就简简单单地甩上一句"开个玩笑"，就能万事大吉。有时，你的脸颊因愤怒和泪水而涨得通红，你狠狠地朝他们吐口水，你知道如果你没击中目标会发生什么。有段时日，亚尼必须去学校把你接出来，他工作时你就坐在他的车上，"我想我们最好别让你妈妈知道，"他说，"没必要告诉她。"而你比他更清楚如果你让妈妈焦虑烦忧的后果。相比花，妈妈更担心你，因此亚尼替你保密，确保她永远不会知道。但今天校园里的争斗却不只是出于平常的百无聊赖和男孩们过于旺盛的精力。亚尼在校长室里待了很久，走出来时眼中依旧盈着一股悲伤。他什么都没说，但你知道他正蓄势待发，所以他把你带来了这里。这是一块新形成的熔岩区。

　　沙滩椅在平板床后边懒洋洋地待着，这就是亚尼起先的描述。沿路停了50辆车，男人们在车子间挤来挤去，手里拿着普利莫和奥利的饮料罐头，穿着睡衣的孩子们坐在他们肩头，好像有人太矮了，看不到这场好戏似的。

　　黑夜在他们面前拉开了序幕，火红的岩浆如羽毛般四面飞散，在甘蔗地里起舞，橙红的火星在空中穿行。它们闪耀着、忽明忽暗地摇曳，接着翻滚而下，甚至能在你耳中沸腾。亚尼对妈妈说："来吧，美夜，这美极了，是绝妙的好戏。"

　　你还记得火山爆发的瞬间。亚尼拿来一张报纸上的照片——地面裂开了四英尺宽、两英里长的口子。

　　"你能想象吗？"他逗妈妈说，搂着她的腰，"我会在你掉下去前拉住你的。"

　　花低下头去继续完成她手中的针线活，你也感到这气氛的诡异。亚尼看着妈妈的感觉，就如你忍着牙疼咀嚼食物。妈妈抬抬手把他轰到一边。她不是个适合看这种爆炸景观的人，但他还是在她周围扮傻，他伸展自己的腿脚，以证明他的确能把她救上来，当他那长长的胳膊想把她揽入怀中时，妈妈的笑容却是谨慎又明亮的。你知道妈妈爱他是因为他身上从未发生过什么坏事，但世上没有什么不可能。

如今，你身旁的番木瓜正一个个地爆裂，就像扎破的水泡。

它们渗出的液体，像极了水泡。它们的气味浓郁，塞住了你的鼻子。你可以看见它们烤焦的躯体正躺在煤渣里。

仅有的两座熔浆之泉藏在煤灰堆成的山脊后面，它们又矮又邋遢泥泞。熔浆飞溅而出，接着在半空中黯淡下去，就像逆生长的蝴蝶，它们耀眼绚烂地飞行，又趁着一息尚存，急匆匆地蜕化为蛹。消灭了养鱼塘、老剧院，还吞噬了雪佛兰加油站和几乎所有房子。

这场来自大自然的夜晚的奇观和大部分火山爆发不一样，它们都是缓慢又无法预测的。这就是生活的事实，命运的转折。你无法阻止，却容易逃脱。

"这儿。"

亚尼说道，他给了你一根意大利烤肠。你们并排坐在他那福特平板货车的挂车侧壁，望着不远处的新熔岩区，耳边是消防员们的懒散笑声，他们正沿路而下。你们继续等待，期待其中一座剩下的房屋开始燃烧。

他们的声音飘忽不定、互相重叠，正谈论着一次夏威夷式烤野猪宴。

"嘿，伙计，阿尔弗雷德，他有点儿小气，对吗？他从不喜欢买坚果的，所以我就去问他，'这只猪，你是在哪儿搞到的？是你打猎射来的还是买来的？'"

"开玩笑吧，射来一头猪？阿尔弗雷德从不——"

"是真的，所以呢，我就去问了，'阿尔弗雷德，这头猪是你打猎射来的还是怎么来的？'接着阿尔弗雷德说，'不是，这猪可来得容易，比打猎得来容易多了，有头猪跑丢了，你相不相信——这头猪居然迷了路跑到你家院子里来了？'"

"那么，"亚尼一边说，一边把眼睛投向远方，好像这能帮他跟上那群消防员的故事，"想聊聊吗？"

他知道这场争斗中肯定是拳脚相加，但你不明白他还知道些什么。你摇摇头，不能把事情的起因告诉他——是关于妈妈的，他们说她是一头哑巴牛，她的孩子都是在牲畜船上的牛粪堆里生的。他们哞哞叫着，学着牛起伏着身子。他们一边摇晃着肚子、摆动着屁股，一边朝你走来。接着，他们又把你按住，开始舔你，就像清理一头小牛。牛崽子，他们这样叫你，他们张开腿，你感到他们裤子里的什么东西正撞着你。两头瘦骨嶙峋的牛崽子，浑身是血，身上还满是牛粪。

"你妈妈是个幸存者，景。"

你一定知道他正试着安慰你，但你只感觉到一阵强烈的羞耻感。你的愤怒为你的拳头注入了力量，打到他们身上是多么畅快，就算你也被回以一拳，也是值得的。现在，愤怒又熊熊燃烧起来，它在亚尼身边潜没，直击它真正的目标。

为什么妈妈就不能像普通人那样正常地生活呢？

"你不能就这样让他们靠近你，小景，"亚尼告诉你，"这都取决于你怎么看它。"他指向远处那橙色的火泉，"就像女神之血，对吗？这声音……就像佩蕾[13]的心跳，这是她的诞生。在这次诞生中，形成了火山岩；这是场转化，是从其他东西中转化而来的，你必须得记得，世间万物都在不断转化之中。"

当他说到诞生一词时，你又退缩了一下，但周围的空气里的确弥漫着生命的气息。有什么东西真真切切地存在着，它正在化形，这是一种亘古不变的、黑暗而质朴的力量。

你不是唯一一个这样想的人，在煤渣堆的背风处，有人供奉着鲜花和罐头食品。人们陆续不断地前来感谢火山女神，感谢她为人类开辟出新的土地。

"你总是那么神秘，"亚尼说道，"如火山一般，我不知道当你准备开口说话时，会掀起怎样的风暴。"

如火山一般。这是他说的，你想问他这是什么意思，妈妈之前才像一座火山呢。她发病时，浑身透着粉色和潮红，肯定是体内的什么东西在燃烧着。她命若悬丝，不堪一击。你曾觉得是你把她逼得太紧，就这样弄垮了她。如果是这样的话，你的掌心里就要永远带着这沉甸甸的罪恶感。虽然亚尼的出现把她救了回来，但罪恶感依旧如故。或许，比起被人欺凌或忍受孤独，正因为那罪恶感，景才成为景。

当然，你还是什么话都没说。就算已经和妈妈结婚七年多了，亚尼还是最初那个入侵者。你咬了一口意大利烤肠，把它递了回去，手在裤子上蹭蹭，说

---

13 佩蕾：夏威夷古老传说中的火山女神。

道："谢谢。"

亚尼知道你肯定会把烤肠还给他，他笑了笑，手伸进了口袋，掏出几个硬币来。他扬起眉毛，"嘿，这是今年的硬币，"他这话不是对某个人说的，接着他跳下平板车，"来吧，小景，我知道我们该怎么办。"

他朝那几个消防员走去，你则不情愿地跟在后面。那儿有三个人：一个身材魁梧、留着一把白色的小山羊胡，他正靠着保险杠；两个略显年轻些的消防员则在中间打手势，他们都晒得黝黑，好像在漆黑熔岩的原野间闲逛对他们来说是很正常的事。

妈妈从不与当地人交往，从不参加女士社团，也从不和旁人在沙滩上吃午餐。洋泾浜语和本地那带着调儿的口音有时会让她畏惧交流。就像她所说的一样，她只和她自己、我们的同类交谈，她也刻意远离那些日裔美国人。也许她不喜欢这个群体，也不喜欢和陌生人打交道吧，花也是如此。可这种孤立对你在学校和他人相处并没有益处。什么事都靠自己，你就不需要和他人接触。但亚尼却不一样，他觉得每个人都是他的朋友。

"那么，"亚尼问道，他正用着那不地道的洋泾浜语搭话，"你们忙吗？"

他的语调听起来不对，又或是他的表情——当他想指出什么东西时，总会情不自禁地扬起下巴。既然你上了学，你总该能听懂的，对于夏威夷本地人的语言，他好像说得不怎么好，但如果他声音够大，还是能把问题表述清楚的。

但是那年纪大一些的消防员好像并没注意到亚尼是个外地人，他伸出手来和亚尼握手以示诚心的欢迎，他们又碰了碰肩膀，他那硬邦邦的帽子几乎要从后脑勺掉下来了。"嗯，伙计，"他说，"你在这干吗？不上班？"他又朝那两个年轻的消防员介绍了亚尼。亚尼朝最后那个人打了个招呼，好像彼此认识。站在三个人之间，亚尼的皮肤显得红红的，耳朵后面皮肤又很白。不管怎样，三个人都待他很好，当亚尼跑回他的卡车时，他们甚至对你也投以微笑，他们一边互相开着对方的玩笑，一边对自己工作的地方指指点点。空气中飘浮着什么，那是亚尼驱动起来的欢乐气息。

当他回来时，手里拿着一根大约六英尺长的铁管。"这是1960年的熔岩，小景。"他没头没尾地说着，没有解释什么。最后，你头顶上传来他的声音："嘿！到了，伙计。"

亚尼牵着你的手，把你拉向熔岩边缘。你感受着他那粗糙的手掌在你手中摩挲，你一边觉得你已经是个大孩子，不适合再这样被牵着了；一边又觉得，有人领着你的感觉可真好。你觉得他不会让你受伤。熔岩在马路的不远处流动，宛若一只沉眠的巨兽，在你脚踝边喘息。你们之间仅隔着一箭之地，你可以看见那些地壳上的裂缝，深橙色的涌流就潜伏在那下方。熔岩是个活生生的魔术师。

亚尼用铁管轻轻敲了敲地面，"用力点，"消防员们怂恿道，"打破它。"亚尼把铁管举过头顶，像使长矛一样把它插进了岩石。地面裂开了，铁管的末端沉浸在那发光的熔岩中，最后带出了一块暗橙色的团块，就像一块柔软的面团。

这真是令人惊喜欲狂，搞得别人也迫不及待地想试试。亚尼实在太棒了，引得其中一个消防员激动地将你抱了起来。当你意识到自己被抱起来时，他已经把你放下来了，但欢乐和温暖依旧久久萦绕着你。你发现自己的嘴角正挂着微笑，你的周围还留着一圈热浪的余波。爆裂的番木瓜、硫黄、人身上的麝香味，都形成了一股回旋的气流。亚尼晃了晃铁管，那熔岩团就掉到地上，摔成了几小块，有几个略大一些。他朝最近的团块抛下一个 25 美分的硬币，消防员们都拥到他身边，把自己的硬币也逐一投下，直到硬币把所有外露的熔岩都盖住了。他们用木棍和石块继续把硬币按压到熔岩中去，由于高温，硬币的边缘很快便熔化卷曲了。你身边放着一根软水管，那个戴着安全帽的人拿起软管，水朝硬币喷去，团块发出扑闪扑闪、忽明忽暗的颜色。

"哇！1960 年，上边印着，"亚尼想去捡，但是硬币实在太烫了，"混账！"他跳起来，大笑着，25 美分硬币冒出来的热气把他烫伤了，消防员把软管朝向亚尼，往他的手指上喷着冷水，接着又重新对着硬币，"我真傻，"亚尼说道，但他却手舞足蹈起来，他晃着他的手，躲避着飞溅的岩浆火星，消防员们都哈哈大笑，你也跟着笑。

那个带着软管的伙计去拿水桶了，你正蹲在那团包裹着硬币的似乎有些柔软的岩浆旁。如果你触碰它，你想象着，那金属就会如巧克力一般融化在你的食指尖上。液态的岩浆，可以转化为任意形状的岩石。你把手掌曲成杯状，那道好多年前玻璃划破的伤痕也曲成了褶皱。岩浆会如何将它融化？你想象着，它们流下来，让你的手可以完全张开，遮住那条疤痕。

现在是 1960 年，你想道。这是个转折点，在这一年里，那些沉睡之物将会苏醒，并爆发出来，生活将浴火重生。

那个抱过你的伙计带来一把铲子，他等着你站起来，这样他就能把硬币铲进桶里冷却。你站起来让了位，他的神情变得专注。他朝你笑——那微笑如他的脸颊一样沧桑，你也报以微笑。他的眼周有模糊的皱纹，头发像刚割过的草一般竖着。你眼澈心澄，忽然就了解了他的一切：磨损的靴子，粗短的、布满老茧的手指，方方的指甲，他的心脏在他喉咙的凹陷处跳动。

"我喜欢尝试。"他说着，从口袋里掏出一小把硬币。

亚尼点了点头，把铁管递给了你："你先上，小景，轮到你了。"

花

　　埃克特创伤中心是一栋红砖砌成的古老建筑。从外观上看，像极了天主教神学学校。走进这座建筑，能看见光亮平坦的墙壁，并非我想象中那种百年以上的纽约老建筑才有的，既松垮下垂、又涂满油漆的墙面。还好，我之前所有的担心都是多余的，办理景的转院手续仅需要身份证和保险卡的复印件就可以了。从现在开始，我们都是花子·斯旺森。更值得庆幸的是，自从我登记了我妹妹的住院信息后，没人再向我要过我的身份证。

　　我乘电梯上了三楼。在电梯里一路升上来，我发现这栋房子还是有些年头的，大厅里还铺着地砖，而不是候诊室里的那种地毯，因而药品和便盆更可能会洒出来，但对景而言，感觉应该是个不错的地方。

　　她一个人躺在床上，不再有那些显而易见的束缚，没有眼罩，除了鼻子里的导管和喂食管。床垫两旁的护栏都竖了起来。景的房间不大——这张床和一旁的一把躺椅几乎就把房间填满了——和中心的其他地方一样，房间很亮堂，这让人心安。有一面墙整个就是一扇由三块玻璃组成的落地窗。

　　窗台上放着个小手动曲柄，我想得让她呼吸些新鲜空气，于是就把它套在了窗框上的一个旋钮上，宽宽的窗格就这样简单地摇开了。这时，一阵凉爽的春风围着它绕转了几圈，就吹进房间里来了。在创伤中心主楼后的回廊里，簇簇青草探出绿意，春日初醒了。

　　纽约的青草总让我想起故乡，我之所以选择这个城市，是因为它能让我尽情迷失自己，但我没想到这些摩天大楼真的能与天齐高，为逐渐失去活力的夏日再添一份酷暑，或是抽打着永恒吹拂的二月之风，让风从钢筋水泥组成的峡谷中穿行而过。而我向往的城镇，是有那菩提和棕榈树遮阴蔽日，河流舒缓流淌的地方，是那微笑着的宽阔海湾的颤抖嘴唇。曼哈顿傲慢且自负，让每一寸土地都成了混凝土，甚至还波及周边的水域。而截然不同的是，我童年的家园却承受了大海、岛屿的放纵和溺爱。还记得满潮时，潮水吞没了市中心，我们便在山上又将它重建，沿着海岸线留下了一条绿色的长舌，那儿改造成了棒球场、足球场和乐队表演的音乐台，还盛放着不堪回首的记忆。

景病房窗下的草丛像几个圆盘，围绕着几棵依旧光秃秃的树，树的枝杈向外垂下，还被那宽敞悠闲的、供轮椅使用的柏油通道打断。但这些草丛就在咫尺，这是唯一让我想起家的东西。

我把那万物初生的气息吸进了肺里。

布莉·谢立丹医生是位矮小苗条的女士——面容干净，头发浓密，还有一双与米色套装相称的眼睛。她初次经过景的病房时，正在去别处的路上。我看着她的侧影疾掠而过，实际上，我正试着站在窗前躲避开她，但不一会儿，她的脸庞又出现在门口。

"噢，你在这儿。"她说，承认我和景长得很相像。接着她走向了病床。

"嗨，花子，还是我，布莉，我看见你姐姐在这儿。"她的元音发音显得很懒散，几乎都被省略，空位填上的是那错了位的"嗯"和"啊"音，听着不是特别清楚，我也分辨不出是哪里的口音。她伸出她那温柔的手放在了景的肩膀上。

"叫我布莉，"她说，伸出另一只手和我相握。她外套上的工作牌写着：神经康复。"我来自悉尼，到这儿都十年了，但是人们还是问我关于口音的事。"

"叫我……斯旺森小姐，"直到她拉长了脸，我才发现自己有多么无礼，但我还是勉强应付道，"就是个玩笑，之前在医院大家都是这样叫我的，你可以叫我……Koko。"

"Koko，"布莉朝我浅浅地笑了一下，她正站在景的臀部边上，接着指示我也到她身边去，她把右手放在我妹妹的胸腔上，"我们现在要翻动她的身体，让她保持侧卧。"我之前见过重症监护室的工作人员为景翻身换位、调整姿势以免她生褥疮，但他们从未让我去帮忙，不像布莉这般招呼我。

"扶起来，没事的，"布莉说，"我们开始吧。"

我们帮她调好姿势，我还觉得有些尴尬，但是布莉却做了一件之前的医护人员从未在景的治疗中做的事情：她试着去引导她的身体动作，布莉一边说着，一边帮景抬起胳膊、伸展身躯、回转，这动作和景以前游泳时像极了，但布莉是怎么看出来景之前是个游泳运动员呢？

我一直小心地按着景的身体，不让她受伤，以配合布莉的治疗。突然，景的身体中漫起一股与之前不同的温热，这比我之前见过的那些反射性痉挛更让人紧张。她被点燃了，就那么一刹那，我的确感受到"她"就在此处。但接下来，她却在我的触摸下熄灭僵硬，她猛然弓了弓身子，弯起身体往后仰。她这次出现的肌肉收缩让我吃了一惊。

是我弄痛她了吗？她能从我的触碰中认出我吗？

我颤抖着。

布莉开始为景的四肢按摩，以缓和肌肉轻微的痉挛，"放轻松些，花子，没必要觉得害怕。"她说。景是听了她的声音才安静下来的吗？她的眼中空无一物，瞳孔又是那样漆黑，虽然睁着眼睛，但什么都看不见。我愈发剧烈的心跳好似充满了整个房间。

花子。布莉一直念叨着。我母亲甚至不喜欢这个名字，也很少这样叫它。

"是花，"我说道，竭力不让自己的声音颤动，"她更喜欢这个称呼。"

布莉又拿起景的手，开始活动她的手腕，好像这段对话没发生过。

我想到景挣扎着从我身边逃开。如果她并不希望我在这里会怎么样呢？

我忆起我感受到她身体中的那股幻影般的痛楚。如果真是如此？

过去已逝，它纵然负了我们太多，以致让我们无力面对，但如若景真的能够醒来，一场对彼此和过去的宽恕又算得了什么？

眼泪情不自禁地盈满眼眶。这次是真正的泪水，我都不知该如何止住。我的眼泪已经干枯许久了，甚至妈妈和亚尼死时，我都一滴未掉。

布莉在一旁踟蹰，她的头发落到了肩上，微妙的神情似从鼻尖扩散开来。光影变幻，她的身躯好似在伸展、变厚，在自己影子的映衬下发着光。我的心紧揪着，我强迫自己闭上眼睛，清楚地明白，如果我任由眼泪流淌，不加振作，大概连布莉都不能让我重新振奋起来。

"这也许是一种行为反射或者体内的冲力，"布莉轻声说，"但她可能也在努力让自己保持平衡。我们很快就会知晓的，对吗，花，你会展现给我们看？"

整个下午，布莉·谢立丹都在教我关于我妹妹身体的知识，我们从最柔软的部位开始，脚底、大腿内侧、腋窝、手、嘴唇。

"你这样设想一下，"她说，"你正站在花的身边，但她唯一感知你在这里的方式就是通过她的五感，因此，有两种情况会发生：要么她的意识仍在，但她的感官却没有给她传递信息；要么她接到了信息，却没有回应。你需要给她一些她能辨认出的东西：比如你们童年时记忆深刻的气味，比如说她喜欢的食物或最喜爱的气味，这些东西都能为她的生命暗中指明方向，引领她走上苏醒的路。只要她具有活下去的意识，我们就都不能让她一个人孤独地受困于黑暗之中。"

孤独地受困于黑暗之中，我不闭上眼睛也能想象得出来："如果没有这种意识呢？"

"关于你妹妹，你知道，这是个奇怪的病例。我们认为她之前可能曾经缺氧，即使时间并不长，但她的症状更符合昏迷或紧张症，症状的原因多种多样，甚至可能是心因性的。"

布莉的解释听起来比那些重症监护室的医生说的话更像英语，更能让人听懂，听起来感觉更符合景的情况。"心因性的？这样的话，她这是装出来的？"

"啊"布莉停住了，"大脑会自我保护，尤其是遭受创伤的情况下，更有可能的是，原因不止一个，潜在的失衡或是旧时受的伤，都会加剧病情，你上一次和她说话时她感觉怎么样？她心烦意乱吗？对健康是否有所抱怨？她看起来怎么样？"

我没回答，甚至都无法开口解释我为何回答不了，"那她会康复吗？"

布莉看上去很疲倦，虽然现在正值正午。"我也不清楚，我希望她的意识正在恢复吧，我们可以对她进行一周的强化治疗，接着重新诊断，效果如何都取决于你愿意花多少时间。之前有病人的确恢复了意识，因为他们感受到他们的家人在场，他们发誓。"

这一天我都陪着景，观察着布莉的例行工作：她为病人打针、开灯，在铃声响时又要奔到病人的房间去。治疗的空当里，我注视着妹妹的脸，在心中那看不见的绘纸上勾勒出她的形象，过去的记忆从脑中的储存仓库翻翻而出，我们剪了几缕碎发修饰我们的脸，但景的头发在阳光下红得很明显。她的手指比我更粗糙，脚底因为赤脚而生茧。但我现在关注的是她的脸，我睡觉时，我的上嘴唇和她一样颤动吗？我意识到我再也无法明白自己到底长什么样了，更不知道别人眼中的我是什么样子。

布莉让我和景说说话，我也不知如何向她解释我根本就没什么话和景好说，能把她带回来的不是我。我们之间的纽带早已断裂，断了又断，好多次了，只剩下一些碎片。但我突然想起妈妈的小皮盒，这东西是景带来的，我不确信自己是否有勇气去面对那汹涌而出的回忆。但我知道，假如回忆对景的苏醒有帮助的话，那么我就能在其中找到答案。

那天晚上，我回到家，公寓里依旧隐隐弥漫着酱油和洗衣粉的气味。在景转院那天，我已经认真清理了屋子。我没有太多家具，墙壁也光秃秃的，这让清理工作变得更容易了些，但墙上的油漆依旧沾着暗渍。我在窗上挂起一条晾衣绳，晾上了抹布、衣物和床单，虽然它们现在已经干了，但我还是让它们晒在那儿，这样我便看上去有了两层窗帘，任何人都不能从地铁站上清楚看见我移动的身影。

白天，在埃克特创伤中心时，我觉得自己就像一个布满裂纹的玻璃杯，等待着某刻骤然碎裂，但在那儿至少有什么东西能分散我的注意力。可现在，夜晚静静地在我面前铺开，它的每一分钟似乎都在向妈妈的小皮盒席卷。这个时间段我一般都在做什么？大部分夜晚，我都把员工餐带回家来吃，然后翻开图书馆借来的书，遨游其中。我依着繁复的图样钩织手帕，然后又拆解开、重新开始，如此循环不断。钩织能让我接近艺术表达，还记得我在高中时的第一幅、也是唯一的一幅画作引起了错误的反响。尽管我曾把这件事告诉过我的心理医生，但自打那之后的六年以来，我甚至都不再提笔涂鸦。

这个小皮盒是我们童年中很熟悉的东西，它已经很破旧了，这是个上面有两个松松的皮搭扣的皮盒，里面装满了妈妈的秘密和宝藏。妈妈当时把它放在一个临时的松木架子上，这个架子也被她当作衣橱使用。我们够不着那个盒子，但它总是从架子边缘突出来，因此我们总能看到这个盒子。现在，它就在这儿，在我的床头柜上，正对我翘首以盼。

我母亲就是一个错综的谜团，而这些也正是令我害怕的。我并不是怕盒子会揭开那些谜底——她的病，她被人抛弃，也许还有她的死亡——而是怕连盒子也无法揭开这一切的谜底。为什么妈妈要让我这个不受她待见的女儿，成为遗嘱执行人呢？什么东西竟然如此重要，值得景带着这个我不放在心上的、抛在脑后的小盒子，不惜跨越大半个世界也非得来找到我？然而，也许景才是对的。一阵漫溢而出的冲动让现在的我突然想知道，对我母亲来说我究竟是怎样的存在。她为我留下了什么？花身上的哪些东西值得她珍视？

我解开皮盒的搭扣，准备迎接妈妈。

里边的东西比我想象的要少。没有扎着丝带的信件，没有她临终时倾泻纸上的遗言，倒是有一块带有污迹的，我认不出形状的钩边手帕，一个小笔记本。我翻了翻，看到了亚尼那瘦长的笔迹，于是就将它放在了一旁，准备稍后再看。笔记本里夹着几张照片，其中两张照片毫无意义，又似乎年代久远，上面是混凝土桥和水塔，我之前从未见过。其中一张的背面，还被某人用铅笔写着"广岛"，但是没有日期，也没有解释为什么我那地道的美国妈妈会珍惜这样的东西。还夹着一张剪报，是从《先驱报》上剪下来的，它报道了海啸过后的余波。我想起了它刊出的那个早晨，亚尼一看见我就把它蹑手蹑脚地藏了起来。

剩下的大部分东西都让我大失所望，这些都是亚尼一向很看重的东西，而不是妈妈会珍视的护身符什么的。像那丢进过熔岩中的 25 美分硬币，这是景有一次在学校闯了祸后，亚尼带她去看火山爆发弄的。一个手雕的木制溜溜球，我不记得这东西了，被一块带字的羊皮纸包着，还有景的游泳奖牌。都是些旧东西，好像时间驻足在了我们的高中年华，我也分辨不出这些东西究竟是故意准备的还是多年积累的。

皮盒里竟没有关于妈妈的任何东西。没有出生证明，没有结婚证，没有家庭信息表，没有履历和证书。妈妈竟像她告诉我们的那般，是从月亮上掉下来的，或者出生在一个芦苇篮子里，被海浪冲到了岸边，这种解释在许多时候竟都是说得通的。关于我们的生父呢，我们更是知之甚少、毫无头绪，小时候我们也从未想念过他，甚至亚尼一出现，就似乎让我们觉得家里的男人是多余的。

没有一张妈妈的相片，甚至她儿时的照片也没有，更别提她的家人或我的父亲了。只有一张我和景的合照。

一对孪生子。

两个小女孩，穿着差不多的衣裳，模样可爱、相互衬托，甚至额前的卷发都绕向不同的方向。我们那蓝色的伴娘小裙在灰暗的天幕下醒目极了，浅蓝的半长头纱又从帽子上垂了下来。这天是妈妈和亚尼的婚礼，下着小雨，他们只好在屋檐下进行宣誓。整个仪式很短暂，原本是打算在花园举行的，可这天的天色似乎看起来比平日更为阴沉。我记得妈妈拄着拐杖，穿着一身雪白的婚纱，这婚纱是原田太太给她做的，她正望着苍穹里聚集的云朵。她虽然瘦弱，但容颜明丽动人。这天，适逢她身体稍稍好转了一些，几周来第一次能走下床。

"真幸运啊，"妈妈说，"下雨了。"

她似乎对所谓好运感到惶恐。

这张照片是我之前从未见过的。景和我，不自然地肩并着肩，就像两个吊着的、失魂落魄的木偶，我们柔软的手指伸向对方，好像是有人让我们摆成这样的姿势似的——牵着手，宝贝，不对，景，另一只手，女孩们，换一边，这样就能把绑带遮在身后了，对，就这样。亚尼很可能说过这些话，他总是坚定地认为，他的新家中的每一个成员都应当和睦相处。

当然，在那段时间里，我们还不是很了解他，在景弄坏她的照片后，她的身体又垮下来了，再次从床上起身时，就变成了一个新娘。这期间，亚尼和原田太太不让我们接近她。"这里不是小女孩待的地方，别担心，"他总是这样告诉我们，他也不想想是谁在他来之前一直照顾她的。透过门槛，我们看见她在床上那样安静地睡着，毯子紧贴着她那苍白的、宛如天堂鸟的双手。

如若非要让我直面这些童年中的创伤，那么我希望那些妈妈视若珍宝的物件能伴我左右。但当我看到了盒子里屈指可数的几枚物件时，我却感到更加孤独。这些东西之中，只有这最后一样还稍稍能证明我母亲曾经对我的爱。我也把它留到了最后，因为我知道这是什么。

她把它放进了一个平整的信封里。这是她最珍贵的财宝了，这张照片记录的是我正蹒跚学步的模样，可景妒火中烧把它毁了。这张照片虽然之前成了碎片，但妈妈还是把它保留了下来，这是她爱过我的证明。我打开信封，倒出这些碎片，翻来覆去地把它们拼到一起，这样我便能第一次完整地看清它，但现实又和我想象的不同了，就算我照着碎片边上留下的、撕裂时的白色边线拼起了它，我依旧分辨不清我的脸。我把碎片放到一本书的封面上，端到灯下仔细地端详，可这不对劲感更强烈了，照片上孩子的两个眼珠都是黑色的，身穿的是白色衣服而不是裙子。

　　情况不对。

　　在看清这照片的一瞬间，我期望着自己能发自心底地感受那些爱与欢乐，希望它们如烙印一般印上我身。我试着去辨认孩子那伸过来的手指，但这孩子的脸颊并不像我记忆的那样，那也不是我的脸。照片上的是我——曾经景和我都对此深信不疑，可他不是。

　　照片上是个年幼的男孩。

1944—1945 年

梦醒夜更凉。莉莲惊慌地伸出手去摸索，还好小俊还躺在她身旁熟睡着。他的双臂向两旁张开，好像在床垫上守护着自己的领地。有时，他会侧着身子，脑袋顶着她的身体，那两岁半的小脚踹着唐纳德的肋骨。他以这样的睡姿入睡的次数越来越频繁，她猜想，是否小俊这样的躁动不安代表着她与她丈夫之间那宽阔的鸿沟，或是儿子潜意识中，只希望母亲一人陪着他？

是否他长大了，感觉到父母之间正渐行渐远呢？他会懂吗？他马上要离开她了，这重要吗？

唐纳德打算连夜带着小俊逃走。征兵的通告终于找上门来了，如果翌日早晨，唐纳德再不去报到，宪兵就会来找他，这次的宪兵可不是他父亲能够摆平的。如果他能逃过这一劫，今夜是逃跑的最后机会。

她把小俊拉近了些。他初来日本时还不到一岁，现在个头比起在横滨上岸那会也大不了多少。这场战争没给他们的生活带来任何益处，对一个成长中的男孩更是如此，莉莲尽可能地以母乳喂养小俊，但他已经长大断奶了。所有12岁以下的适龄儿童都被疏散去了乡下，那儿可能比较安全，学校和老师亦搬去了别的地方。相比他们，小俊年纪太小，不能同去；但随着食物减少，莉莲也将被征去服劳役，小俊又因为太年幼而没法留下来。

她望见一根小小的蜡烛在主屋那片黑暗中曼妙地起舞，微弱的火苗让床榻显得更冷了。唐纳德醒着，她的心沉了下去，她听着他发出的窸窸窣窣的动静——他正在他们那少得可怜的财产中翻找着，把那些稍微值钱的小东西统统都塞进了衣服。她知道她也应该起床去帮他，但她没有，她把嘴唇压在小俊的耳朵上，为他唱了一支他喜欢的、关于红羽鸟的歌。她望见他的笑容了吗？在这冰凉如水、一片漆黑的夜间。虽然小俊长得这样瘦弱，但他总是快快乐乐的，还乐于助人，这与母亲的歌声有着不可思议的联系。没有她他该怎么办？除了这个问题以外，还有个小问题：他们该如何活到第二天？

日本不是她丈夫想象中的避难所。莉莲从横滨西行而来，便已初尝了它的滋味：沿路尽是贫瘠荒芜的农田，要不就是漫长无际、什么都没有的土地。当他们最终抵达位于广岛县的一个村落里的家时——这地方在城市的北部，从城区过去还得一小时，他们已成了一队颓丧的流浪者：一个跛脚的老人，一个年幼的孩子，一个不会说"自家"语言、每句话都得问丈夫的女人。莉莲和一群陌生人住在一栋带着斜墙的房子里，屋顶还是茅草铺的，天气寒冷时，大家只能靠着中间凹陷处的暖炉取暖，全家人都围着它吃饭，夜里则把床垫铺在暖炉上睡觉。住在这里和营地中不同，什么东西闻上去都是烟熏味的，也没有通电，食物更是少之又少。

从1943年年底开始，国外对日本的封锁更为严密，日本的进口被严重限制了。虽然那时人们还没开始挨饿，还没到吃蚱蜢和米糠的时候，但主食已由大米转为大麦。随后，男人们被征兵上前线，农田里便只剩下了女人在耕种，她们甚至都没有办法在种植的季节里得到种子。为了避免挨饿，农村里的人都向城市涌去，因为城市中还有食物和工厂。莉莲和唐纳德愕然地度过了起先的几个月，终于弄懂了如何利用家里周围的土地过日。但马上和大部分人做了同样的决定，他们用自己家的土地与唐纳德的堂兄弟换取了城里的一块弹丸之地，城里对于立石大人看病来说也更方便些。一家人挤在小小的城市公寓里，日子过得还算安稳，但好景不长，这样的日子还不到一年就到头了：一位年轻母亲，照顾着她那嗷嗷待哺的儿子和年老体衰的公公，还有那神出鬼没的、经常见不到影子的丈夫。她丈夫在野外工作时不慎掉进了山洞，脚踝严重扭伤，不得不当着众人的面使用拐杖。

不久，莉莲和其他一群会说英语的女性被征募，为军方翻译同盟国的通讯资料。她们在一座豪华城堡的地下室中工作，这项工作保密系数极高，她也不能告诉丈夫具体的地址。为此，唐纳德竟似乎还奇怪地怨恨起她来。他并非对日本或天皇的胜利失去了热情，而是因为她有了庇护，这项工作能保证她的安全。

1945 年初，日本军队已接近弹尽粮绝，能派上战场的士兵也所剩无几。军方动员儿童从军已有一段时间，因此当他们开始彻查百姓的背景，征募青少年和老人时，莉莲并不觉得奇怪，他们当然也发现了唐纳德和他那假装受伤的腿。他已经瞒过军方一年了，这也太巧了，他觉得，竟在她刚开始工作后就被发现了。肯定是她不经意间让监事发现了他并不是真的残疾，他坚持这样认为，尽管她一而再地保证她并没有。

莉莲瞠目结舌，完全想不到她丈夫竟然会这样认为，他竟然觉得她会故意泄露这件事。比起要她向他承认，她更清楚地知道，如果丈夫被征兵送去战场，他的生命也就只剩那么短短几天了。只要身上绑着手榴弹、冲向坦克，一切就都会结束的。她被强制征募，也用自己的方式进行了回击。她抗议说自己几乎不会说日语，更别说写了，最后他们威胁要以她不爱国的行为逮捕她时，她就只得屈服了。她与其他说英语的翻译几乎是被囚禁在这城堡的地下土牢里的，那些住得比较远的姑娘也按规定住在附近的宿舍中，不许擅自离开。

他把这一切归咎于她，两人却并未发生争吵。他的沉默如他所愿的那样沉重而猛烈，但比起他嘴里说出的话来，沉默反倒让她好受得多。

莉莲抱着熟睡的儿子从床上起身，她保持着沉默，从唐纳德手中接过蜡烛放在桌上。她公公正在距离她一个身位的地方睡觉，儿子靠着她的膝盖，她无言地坐在地上，帮唐纳德把几枚硬币缝进衣襟和衬里。比起她和立石大人，他更需要这些钱。现在，她一天只吃一餐，军队也不例外，她已不记得他多少次喋喋不休地说起，她正吃着全日本最好的食物。

家人都同意唐纳德的出逃，他带着小俊离开这座城市。一想到她要和她儿子分开一天或者一周，她就觉得天旋地转，更别说几个月，但莉莲没有别的选择。同盟国已开始轰炸大城市——东京、神户——那些房屋就如脆弱的火柴般一触即燃，人们尽被烧成灰烬鬼魂，大家都知道轰炸广岛只是时间问题。青少年被动员去拆除房屋、建造防火线，但似乎没人觉得这些做法能派上用场。最后，那些更小的孩子们都涌入农村里去了。

莉莲不能带着小俊全身而退，她一旦离开，很快便会引起军方的警惕，但军方后天才会来找唐纳德。如果被半路拦住，他就会说自己妻子突然死了，他要把孩子带给其他亲戚抚养，不久便会回来。军方自然是不希望他身边跟着个拖油瓶的，他带着个孩子，只会给他们的工作带来更多拖累，他们也必须把孩子托给别人。如果他们引起军方怀疑，就会有相关人员来询问莉莲，那也已经是好几天以后的事了，她只需要装聋作哑，为自己那将为天皇光荣献身的丈夫深感自豪就行了。

与此同时，她要继续待在城里照顾病重的立石大人。这位老人现在对他俩已口不择言，他愈觉无助，脾气便愈暴躁，莉莲也变得恼怒起来。她知道唐纳德没错，她已不能再照顾小俊和她公公，每天还得上班。她思来想去，这已是目前对小俊来说最好的处理方法了。她也明白，如果站在唐纳德的立场上，她也会和唐纳德做出同样的事，如若她和小俊成功逃脱、得到自由——这是她目前正尽力去实现的——那一切都是值得的。再者，她再也无法强忍那从喉咙深处升起的对战争、对分离、对死亡的酸涩恐惧。

★ ★ ★

自从离开农场后，除了她儿子以外，能为莉莲的生活带来一丝难得的光亮的便是原田花子。花子出生在夏威夷，是莉莲的翻译同事，她们相互为伴，以求有个照应。起先，因为莉莲的日语结巴破碎，花子的英语又带着很重的洋泾浜口音让人听不懂，莉莲对她敬而远之，并不想掺和进这鲁莽女孩也许会惹出的事端中去，但她却发现花子有个神奇的特质——什么事她都能逃过一劫。士兵、女学生甚至中校军官都爱听她讲故事。花子和莉莲不同，她对所有人都没有秘密，说话从没有丝毫隐瞒。不到几个月，她们便熟络起来了，莉莲每天早晨都期盼着能听见花子的声音：那夏威夷洋泾浜语中带有的虚张声势和轻快活泼，还有她的大笑，她初次听到时，便肯定花子会因为这笑声被赶走或进监狱。这时，花子比任何人都能让莉莲感觉到安全。

她们负责的这块工作是在主城堡靠北的一座豪宅中进行的。翻译们得破解翻译同盟军的短波无线电通信，所有译员都是第二代日裔美籍的女孩：这些女孩都是美国人，只是来日本探亲，又碰上战争，迫不得已被困在这里的。几个年纪最小的才 13 岁。"待在这儿总比出去拆房子或建造防火线好。"花子说，好像还有什么选择摆在她们面前似的。

她们的工作就是听和写，工作期间一般不允许说话，也不准她们议论美国，因为这是敌国，也不能谈论在这里的生活。走在街上，男孩们会朝她们丢石头，因为她们是美国人。她们一直以来就没得到过命运的垂青，这一下更是几乎失去了所有。但她们绝对不能提的就是日本要战败的事实：他们已失去了塞班岛、菲律宾群岛和硫磺岛，有报道称冲绳的钢锯岭之战或许也会败北。值夜班时，同盟军播报了这群"小日本"是如何屠杀自己的平民而不是让他们被带走的，妇女和儿童正排队走向悬崖，这无疑是一种宣传手段，但空气中的死亡气息却是毋庸置疑的，她们好像都排着队正往悬崖走去，恐惧令这幅画面不断在眼前闪现。"在日本南方，士兵们把手榴弹发给市民，让他们自行了断"，广播中这样说，但莉莲听到城堡中的士兵都嘀咕说："这都是胡说八道，制造炸弹的铅早就没有了，手榴弹也没剩多少了。"

但女孩们可以谈谈夏威夷，就算日本轰炸了那里，但那地方并不算真正的美国。夏威夷漂浮在两个世界之间，又不属于其中任何一个。夏威夷岛上的小女孩们，花子说，光着脚丫到处跑来跑去，还追逐着家边溪流中的蝌蚪。那里也有盛开的樱花，就像日本，孩子们会包饭团带到学校作为午餐。在炎热的周日下午，还有红豆刨冰吃。在夏威夷，没有战争，没有流动的营地，每个人的身心都有归宿。

花子就是花子，她被允许和大家说夏威夷的故事，大家的心中此时只期盼着有一个平安的家园。她告诉大伙，她是在一个甘蔗种植园中长大的，她有八个兄弟姐妹，但全家人都在她出生不久后回到日本，只有她一人留在夏威夷，留在她的苏琪婶婶身边——苏琪婶婶有一座自己的房子，但没有孩子。花子来日本只是为了探望她病重的祖母，她的婶婶也让她来对祖母表示慰问，她要把苏琪婶婶结婚时得到的一个玉坠子还给祖母，然后就回夏威夷。

花子在日本有这么多亲戚，但她战争开始时为何独自生活在广岛，独自在学校教女孩英语课，这些原因谁也不清楚。也没有一个女孩问起过她的故事。她戴在脖颈处的那个坠子显然就是她故事里提到的玉坠，当空袭警报响起，她总是不由自主地去抚摸它。大家知道在那和平温暖的地方住着一位苏琪婶婶和乔叔叔就足够了，那个地方没有囚犯、没有仪式性的自杀，在那里，人们亦能如亲人般互相拥抱。这就足够了，在那甚至连广播播报员都还没起来工作的清晨里，能听见花子轻快的声音就已足够。在这日渐笼罩的阴霾之中，她是大家唯一的避难所。

"苏琪婶婶和乔叔叔可喜欢孩子了。"花子对莉莲说，这个地方一定也是小俊的天堂。

她们所要做的一切就是平安无事地熬到战争结束。如今，在摇荡着痛苦的黑夜里，莉莲在蜡烛的火苗旁一针一线，将几个硬币缝进丈夫的旧大衣的下摆中，莉莲暗自下定了决心：她和小俊非得活下去不可。

如果她能做到，花子就会带他们回家。

花

果然，一打开盒子，我的梦魇就随之开始。我的手上出现了景的伤疤，我的脸分裂成两个。这都是照片引起的，我知道，这照片之中弥漫的，尽是绵延不绝的悲伤，身体中处处渗着抽动的疼痛，甚至我碰到的一切东西都蒙上了痛楚的意味。我从来不是被爱的那个，我为什么曾经会觉得我是呢？可这霎时的爱的缺失仅是令我困扰的一部分。现在我终于知道妈妈还牵挂着另一个孩子，可我完全不知道他是谁。我把碎片从信封中倒出，把它们摊放在一个广告牌上用胶水粘好，我小心地拼凑着，尽量减小边缘磨损的白线部分，如此一来就能好好看清他。这是一个我从未想问的问题的答案。

如果我弄错了会怎么样？我想，如果追着我母亲的并非鬼魂，而是真实的人类呢？就像这个男孩，如果他失踪了怎么办？这黑白照片上的男孩虽然自己站着，但看起来却十分虚弱。手腕和脚踝处瘦得都能看见骨骼的轮廓。他的头发漆黑浓密，像装着一撮尖草的漏斗从头顶上耷拉下来。他的一身衣服都是白色的，这是一套长长的、鼓起的水手服，带着深色的装饰。这照片是一张偷拍的快照，是在某个温暖的地方，或至少是个暖和的季节里拍的，因为我看见了他的膝盖和垂下的手臂都是赤裸的。他并没有动，但头发在脑袋上打转。

这孩子是谁？

"看你的头发，"一次，妈妈躺着的时候曾经说道，不过不是对我们，"就像天空上的直升机。"

说起来很奇怪，头发怎么会像直升机呢？那时的我还是个小小的女孩，只得在心里想象猜测着：它是在盘旋，还是就停留在风中？她说话的时候，语调显得很明朗，宛如蒲公英般在风中浮动摇曳，而不像军事航母上停着的螺旋桨那样轰鸣，那些舰载机有时会从母舰起飞，飞行到靠近火山口的地方。在发着烧的妈妈的梦中，长着这样高耸的头发的鬼怪，又会是什么样子的？

现在，我知道了，但更多的疑问却接二连三地出现。一种怀疑在我心里产生，这股新情绪与我原有的记忆并驾齐驱。无论他是谁，这男孩都是个谜，这个谜将颠覆我曾经的认知，对我和景过去和未来的全部思考。

就在那一天，我知道了景名字的含义，那是个周末的下午，她翘了妈妈给我们报的缝纫班跑出去了，只有我一个人留在教室里。那一年我俩都过得并不怎么快活，正值中间学校[14]的第一年，新上任的校长把我和景分开了——景被安插到了成绩平平的B班，景聪明伶俐，其实他根本没有理由这样做。于是她就显得不那么开心了，为了表示不满，她开始罢工翘课。那些学校活动，只要能不去参加，她都不去。

在景最后一次上缝纫班的那天，我们正学着如何裁剪花样，我们要制作一件款式简单的、带飞镖图案的上衣，这可比妈妈让我们穿的所有衣服都合适多了。把原料都准备好放在一块，用别针把衣服别起来，测量了各个部位的尺寸后，我们就在那儿裁剪花样。这时，岛小姐发现景的花样剪斜了，就把它拿起来给同学看，防止大家再犯景的差错，然后又帮她纠正过来，可她却发现景的测量数据都是准确无误的。这是由于景会不知不觉把东西剪歪，而并非她的裁剪技巧有什么问题。

我和景做的花样比班上大部分女孩的都更大一些。现在，家里有了亚尼支撑，食物不再那么短缺。或许是我们那结实健壮的白种人生父的基因使然，我和景的个头长得飞快，到12岁时，我们已和妈妈差不多高了，但是胸部还尚在发育。那段时间，我们觉得自己像个巨人——虽然如今我们站着大概也就五英尺六英寸，胸、臀、腿、脚都很匀称，坦率地说，个头还是挺矮小的。还记得当时坐下时，我始终纠结于我的大腿会不会碰到，甚至粘到一起。我知道，如果再直起身子，我的其中一个肩膀就显得更高，我的臀部也会像岛小姐演的

---

14 中间学校：指小学和初中之间的过渡班。

哑剧里那个"小茶壶"一样翘起来，我甚至能听到观众爆发出的欢乐的喊声："虎背熊腰！"已到了课间休息时间，其他女孩们都聚在一块，我不能过去和景做伴。

那时，我和景仍是姐妹，就算不是真正的朋友，也是团结的家人，如果她直接下定决心不去上课，我也会跟着不去。她却反其道而行，编排了一系列的恶作剧——像是把晾着的一排衣服扔到地上，或砸坏水槽里的盘子——这样，她就被赶了出去，不用非得去上课了。每次景一闯祸，我就能看见妈妈脸上霎时积聚的沉郁，而我夹在中间，尽我所能去缓和她们的关系。当景不叠自己的衣服时，我会替她把她的衣服叠好，然后和妈妈说，我们没必要再一起做家务——我用这样的方式假装自己是景。当我找景讲道理，她就管我叫"假正经"，还让我"少装模作样"，这种粗话肯定是她在 B 班学会的。她对"害群之马"的身份不以为耻，反倒以为荣，一下就能把所有事颠倒。

那天，是景第一次逃缝纫班的课，我一个人来上岛小姐的课。这天我们学的是针绣，也难怪景翘课，她肯定觉得无聊至极，她对缝纫仅有的兴趣就是学习如何把店里买来的衣服弄得像手工做的一样。岛小姐让我们设计家族纹章，日本家庭才会有家族纹章，班上大部分孩子都多多少少有一点日本血统。岛小姐则是一位年轻的日裔美籍女性，是最近刚从美国本土来的。"咔咚 [15] 脑袋"，一些孩子这样叫她，这是句俚语，意思是如果你击打她那颗美国本土人脑袋，那颗脑袋就会发出空空的声响。妈妈不太理会岛小姐，她一直管他们这类人叫"日本式的人"，且刻意避免与他们有所接触，这也是种奇怪的偏见，因为妈妈自己本身也是个日裔美国人。当时夏威夷岛上的人们也相处得挺奇怪的，一方面，大家生活和和气气，但另一方面，不同种族之间有差别，甚至在同种族内也会有嫌隙。一些人是土生土长的夏威夷本地人，一些是从美国本土来的，还有一些神秘的外来者，他们从原籍国漂洋过海，和我们一点儿也不像。不过，大家通常都觉得美国本土的人是最优秀的，因为他们受过良好的教育，有文化，因此除了我们母亲以外，所有的母亲都很敬重岛小姐，忽略了她那来自敌国的、不那么体面的背景。但女孩们却不一样，她们在背后取笑她的白人口音。

---

15 Katonk 用来形容在美国本土出生的日裔美国人。

没人想做什么家族纹章，大部分孩子甚至连家里是否有纹章都不知道。岛小姐加以解释，她说，家族纹章应该都是圆形的，这可能和武士刀护手的形状有关系。那时的我依旧把自己想象成一个艺术家，已抛弃了幼时画的那些充满孩子气的怪物，愿意以画笔捕捉真实的物体。既然我现在更倾向画那些我看见的东西，就有些小小的控制权了。我握着画笔，总是从左下角开始，往一个方向画过去，这样就不会把纸张蹭脏。如果我手感不对，思路在这过程中卡住了，不能满意地以画笔复制我的所见时，我就无法完成画作。其他人一般会跳过这个卡住的部分，先画其他地方，过一会儿再回过头来处理，而我却不愿花很多时间去完成这幅画的百分之九十，而留下一个未完成的鼻子。如果这幅画最终不尽完美，那么就让它如同废纸一张好了。

但对针绣来说，做到如此精密是不可能的。我绞尽脑汁想创造一些比平时所画的画更抽象的图案。那是三个相互联结的圆圈组成的三和弦，我尽力用绣针为图案绣出黑灰渐变的感觉。

有个女孩坚持说自己家的家族纹章是一枚银杏叶，她拒绝了岛小姐的建议——她应该把这枚叶子放在一个圆圈里——也许把银杏叶套进圆圈就已经很难了，在一个矩形网格里绣上曲线就更不大可能。当我们都完成作业，岛小姐正费劲地试图让我们的尝试与我们最初的想法相匹配时。她向我走来。

"这是什么？"称赞了我那精致的针法后，她问我。每当班上有人做对了什么事，她都显得非常热情，她这会正准备对我大加表扬一番。

"我们，"我极小声地说道，"还有妈妈。"

上方的圆圈代表妈妈，我和景则是下边两个稍小的圆圈。我依旧能从针脚间看见我们那垂落而下的黑色发丝，还有肩膀和地板的痕迹。亚尼到来之前，妈妈昏厥时会在高烧中喃喃着讲述我们的故事，即使这时光已一去不返，但它们依旧是我生命的一部分，大概是因为我比较孤独吧。

"看起来真像'奇奇'。"那个银杏女孩对她的朋友咕哝着。

"什么？"

女孩又清楚地重复了一遍。从脸上的红晕和笑声中，就算一个本土人都应该知道这女孩在说什么，但是岛小姐还是又问了一遍。

"奇奇是什么？"

在周围窃笑声的煽动下，银杏女孩把一只手曲成杯状，放在自己并不存在的胸脯下面，装成把它们举起来托住下巴的样子，"你知道的，长得很大，哞哞！"

"女人可不是母牛，凯蒂。"岛小姐呵斥，可我接着就发现她心里已把"奇奇"和"母牛"联系了起来。她无助地朝我眨了眨眼睛。

别逃避。

这个古老的故事是关于莉莲的，仅是我和景清晰记得的一个小片段。莉莲在草原上遇见的，究竟是一只土狼还是一只危险的狗？妈妈通过这个故事，告诫我们必须听话，否则外头那虎视眈眈的险恶世界，就会把我们吞噬殆尽。

就算我假装什么都没听见，我的脸颊还是烫得如同火烧一样。我的双臂在胸前微微一缩，我马上就13岁了，当场死去都比受这种嘲笑容易得多。

谁还记得后面发生了什么呢？时光被困在那里了。不知何时，其他女孩都回了家，只剩我和岛小姐在教室等待亚尼把我接回去。往常，我都很享受这段时间，能和岛小姐聊聊针线活的小技巧，甚至还有意把这段时间延长。但那一天，我感觉我的胸口就是大家开火的靶心，孩子们平时说的有关岛小姐的坏话一下子全部转移到了我身上。

我站在门口，眼神刻意从岛小姐身上避开，朝其他女孩无声地示意道——我不想要这个女人对我的同情心，也不想和她交朋友。这件事已经过去太久了。

"肯定过得很辛苦，"岛小姐在我背后说，"我是说你的母亲，挨过战争是件很不容易的事，有时候人们……嗯，总是会留下些伤痛。"

我耸了耸肩，一开始并不知道她在说什么，但我至少知道她是指刚才那帮女孩对我的嘲笑。她话里有话，指的不只是妈妈被人叫作"富贵花夫人"[16]那件事，这是妈妈的绰号，因为她去镇上时，总穿着这件外翻着这个商标的米袋做的衣服。这时，如果我转过头去，岛小姐就会告诉我——什么伤痛？什么战争？这些和哞哞叫的母牛又有什么关系？所以我僵着身子靠在一边，看着门外的景色。我屏住呼吸，直到头昏眼花。

岛小姐继续说下去。

16　富贵花是美国常见的大米品牌，其外包装袋上画有一个女人头像。

"你做的这个三联画纹章很可爱，你很有天赋，不仅是手工方面，还有点儿艺术眼光，你说这是代表你和你妹妹还有你母亲的？"我点了点头，但还是看向外边，她建议我绣上我们的名字，可以用日本汉字绣，这样图画就显得齐整一些。

家族纹章上该不该绣上名字倒无关紧要，岛小姐不懂日本汉字，于是她便拿起一本白色平装书，这本书上记录着日本人的名字和名字的含义，是她特意为了这节课带来的，她想再一次试试表现得像一个"真正的日本人"。她翻动着书页，扶了扶黑框眼镜，我这才想起，她那时候应该比现在的我更年轻，这样的话，要宽恕她就容易多了。她坐下来，把另一只凳子移到她身边，我只得顺从她的意思坐到她边上，打开了那本书。

Hana，她快速读着，就是"花"的意思。

以及 Kei——她在那一页做了标记，但仍旧盯着，好像把它读出来要下定决心似的，阴影，Keiko，就是"影之孩子"。

这个信息令我印象深刻，以至这么多年来一直在我头脑中萦绕不去，虽然我已很难忆起当时究竟是一种怎样的感觉。先是承认，后是解脱，这两个词接连而来。我从没想过名字会有含义，令我欣慰的是，我名字的含义也非常简单，光是漂亮就足够了。但在那令人心驰神往的停顿过后，景的名字，就如同一个最终的答案。

岛小姐解释道，也许是因为景是在我之后生出来的。她说她读过一些案例，有的母亲在生双胞胎时，第二个孩子会先生下来，医生都对此惊讶不已。她告诉我说，在许多文化里，双胞胎通常是受上天赐福或者诅咒的象征，甚至有时双胞胎一出生其中一个就会被杀死。人们认为他们能操纵风雨雷电等天气现象。甚至有神话说，当双胞胎中的一个孩子死了，家人如何为他做一尊小小雕塑，以便他的灵魂能够栖息其中，不再去侵占那个活着的孩子的身体。

留在我脑海中的是——景是我的影子，是我的复制品，我则是最初的那个。

当我告诉景她名字的含义时，所有的一切都改变了。我们用来区分彼此的所有标签都消失了。她可能是个坏孩子。从名字和本性来说，可能很坏。因此为何不去接纳它呢？

岛小姐这般解释景的名字，而我是个傻瓜传声筒。可事实却是，景才是选择接受这个名字的人。她名字有别的什么含义都没有关系，她就是我的影子。
这是我俩都背负的诅咒，至此，最糟糕的厄运还未到来。

景

醒来吧，景，我们必须重新经历这一切吗？好吧，那么，这儿阳光灿烂，你看见了吗？那么多光线正穿过你的眼皮。

还有温暖。

午餐过后是午休时间。天空一如既往地像个洁白的枕头一般柔软，淅淅沥沥的小雨像模糊不清的珠帘。你正待在大厅，花吃坏了肚子先回家了。她在生日这天逃了课，这是妈妈绝对不允许的。可花很虚弱，她一贯是最遵守规则的人，只有规则本身不太合理，她才会逾越。她也相信，表现得像个乖乖女是保护妈妈最好的方式。

你很担心她缺课，但她对其他不对劲的事并未吐露半分。即使在深夜，在那黑暗之中，你们两个也不能说什么。但你记得，花一直怕黑，因此当你俩逐渐长大而挤不下一张床时，你发明了一种每晚的例行活动——"黑夜悄悄话"。这样，她有你的声音陪伴，就能安心地入睡。最近，你用一种新的方式逗弄她——故意颠倒字母顺序和使用日语中的俳句。昨天晚上，你送了她一份生日礼物：你把所有副总统的名字全部倒背一遍。可花给你的礼物更深刻，你的名字。

你是影之孩子。

在这个名字里，你能感受到有什么东西屏息潜伏着。新的土地正在形成，亚尼说。你体内有那股将万物化形的力量，影子可随心所欲，想成为什么便成为什么：或长如路途，或利若刀锋。它瞬息万变，蕴藏无限可能。

所谓影子，决不会受任何约束。它不可能总居于某处，亦不会停滞，它永不孤独，永远不会出现能投射它的东西。

你是个复制品，从不是什么真正存在的实物，花这样指出，影子只能紧随人后。

你听出她声音中的意味，她没有盼着你能高兴。可你知道，万物流转，皆决定于光。只有偶尔，才由影子引导。

你在学校的走廊里慢吞吞地走着，还在为这事费神，当你意识到自己走得太慢时，望见了那群男孩。他们在厕所外头，就站在你和院子之间。

影子化形，你提醒自己，接着这帮男孩就朝你走来。

这一次，他们会成群结队地把你拉进厕所，把你的头往马桶里按。他们离开时，你得花剩下的午休时间，把头发弄干。接着，你就会用一沓又一沓的纸巾，堵上男厕的每一个马桶，然后把水槽的塞子拔掉，听着水流不止。你几乎能看见那些气得横眉竖眼的老师们强迫这帮混混用整个下午来清理这些从厕所漫溢到走廊里的水。你十分期待明天的场景，校长把每一个八年级的男孩从手工艺课里拽出来，去疏通厕所、拖地板、擦洗墙壁。但你亦十分清楚，从这天开始，这帮混混就会打心眼里认为你是个难以处理的大麻烦，你身后的影子也会告诉你，他们不会再来打扰你或花。

放学后，回家的路上，你经过树下，同米茜一行人擦肩而过，他们总待在那里，就算下雨天也是如此。米茜跷着腿站在这伙人前头，嘴里嚼着一片草叶。她是他们的女王，她那光滑柔顺的焦糖色头发，总是从耳后滑落。瞳孔在五官的衬托下愈发乌黑。米茜有一种温柔成熟的气质，她是那清晨含苞待放的玫瑰花蕾。和她擦身而过时，甚至一些混混和老师都会悄声屏息。她不是那种开口就是俏皮话，或脸上总挂着"看着我"微笑的女孩。当她淹没在人群中，她的心思早已超脱于此，不知到何方去了。

你熟知这些，是因为你从远处仔细地观察过。但今天，你可以靠近一点，因为有什么事正在发生。那帮人中有一个女孩显得心烦意乱，她叫莎琳·周[17]，米茜正靠着她，手放在莎琳的肩膀上。你放慢脚步，走近他们，听见莎琳正在谈论她那被海啸卷走的外祖母，那件事就发生在 14 年前的今天，你们都还没

---

17 莎琳为华裔背景。

出生。

　　你也见过海啸来袭。三年前的一天，浪潮几乎卷到三英尺高。而莎琳正说着的那场，是滚滚而来、铺天盖地的——一群孩子和教室被卷入大海，一部分城镇毁于一旦——那是你的生命还未开启时的事。你试着想象，水如何会拥有如此不可一世的力量呢！现在，几声警报响起，但这只是测试，没人会逃到建筑物外边。

　　当你避过他们的方向时，米茜朝你眨了眨眼睛，但莎琳继续诉说着她的故事。"我外祖母的车被浪潮掀起，"她说道，"翻滚着，在被卷进大海前，把一栋房屋的屋顶砸了个粉碎。"她的外祖母不能从车上钻出来自救，她打不开车门，她就那样困在车里，随着翻滚的汽车旋转着，好像在一个滚筒洗衣机里胡乱搅动。浪潮退去后，人们找到了车，它的残骸被一棵棕榈树的树干包裹着，里面空空如也。最后，人们这样告诉她：她的外祖母被海浪吸到海底去了。

　　这是谎言，你们所有人都分辨得出，这位外祖母永远地消失了，没有人知道她在车里究竟经历了什么。但这是个善意的谎言，米茜流出了眼泪，你亦从她的眼泪中体会出善意的同情。

　　你在他们的小圈边缘站着，踌躇着，这块地方不属于你，他们也不是你的朋友，你没有朋友，"愚人节傻瓜！"你等着他们朝你喊叫、唏嘘着把你赶走。

　　可他们并未这样做，他们只是继续聊着，好像根本没看见你。这个故事也在继续，它充满魔力，让你欲罢不能。当其他女孩等待着米茜发出指令时，米茜却伸出手去抱住了莎琳。

　　让我给你讲个故事吧，这个故事是关于五个中国兄弟的。你当然记得这个故事的"妈妈版本"的，对吗？其中一个兄长能气吞大海，当他张开大口，能将海洋尽数吞进，裸露的海底露出跳跃的鱼虾，令他的弟弟们眼花缭乱，他们雀跃着跳下去拾捡鱼虾。待到那个兄长挥了挥手，让弟弟们回来，可弟弟们却不听指挥，越跑越远，兄长一直挥着手，直到他身心交瘁，无法再坚持含住海水时，一切便都结束。这一切与1946年的愚人节发生的海啸是多么相像：起先的两股浪潮，把岸边的海水往海中推去，海滩的水都快被排干了，这和故事的情节别无二致。这时，有23位学生跑到滩涂上去捡那些搁浅的鱼虾。接着，第三个浪头涌过来，它排山倒海，毁天灭地，将孩子们拖入了海中。

　　他们究竟做了什么竟遭遇这样的命运？世间从不乏幸运之人的故事流传。平时总搭乘某班公交车的人，正巧在公交车发生车祸的那天没有搭车，因为他那天生了病，或者起晚了，因而逃过一劫。那么那些不幸的人该怎么办呢？难道他们不存在吗？有的人由于一些因缘际会而出现在错误的位置，命运本不该就这样把他带走的，这类人又该怎么办？假如一个不幸的孩子想要回来，又该怎么办？假如她那飘游的灵魂竭尽全力了，可她母亲的子宫里已经住着一个小女孩了，她便不得不因此一分为二吗？

　　就在这刹那，在校园，你却领悟到佩蕾女神想要告诉你的真谛：你乃逝者之女，你是来自那可怖浪潮的灵魂。否则你为什么会恰巧在他们死后的一周年出生呢？在1947年的愚人节，你呱呱坠地。你的诞生该如何解释？你和花，都是彼此的另一半，前世肯定是两个互不相干的人。花已投胎转世到妈妈的腹中，接下来应轮到你了，你们俩的灵魂最终的归宿就是争执不休。

　　你正好13岁了，别忘了。这个年纪的女孩不是都幻想自己是被现在的家庭收养，而亲生父母是异国的国王和王后吗？你想，你是一个被那浪潮卷走的孩子，你如此迫切地想要重回人间，这样急促的愿望就使你的灵魂钻进了一个女子的身体里，她是众多怀孕女子中唯一会刚好在你死后的一周年生产的母亲，这个女子就是你现在的母亲。这一切有多么牵强？你再想想，如今，你终于找到一个能使你摆脱现世那些"坏蛋、愚蠢、爱耍小聪明、自私自利、爱惹麻烦"等粗俗不堪绰号的方法。莽莽世界，茫茫人间，定有另一个家庭正等着你的到来，你可有勇气再去一试？

　　毕竟你是景。你是那天马行空、满脑袋幻想的故事叙述家。趁着这崭新的历险故事徐徐铺开，去寻找你那真正的家吧。为了这个愿望，你得再次沉入海中。为此，你必须学会游泳。

　　　　★ ★ ★

　　在你13岁生日的时候，妈妈做蛋糕的手艺已经非常棒了。这是一个三层的魔鬼蛋糕，淋着一层粗糙不平的巧克力奶霜。蜡烛在上面燃烧着，15支小火苗一闪一闪，一支代表一年，多出来的两支代表正在长大的你们两个人。花喜出望外。

生日歌毕，亚尼说："许个愿吧。"

在生日这天，我们可以许一个愿望。在这一天，你可以拥有一切。你要开口许那些能实现的愿望，愿望才能实现，这是诀窍所在。

在距那大海啸发生 14 周年的时候，你的眼前是闪着烛光的蛋糕，你思考再三，小心认真地许愿道：

"游泳课。"

这时，妈妈的脸颊间闪过一丝担忧的神色，这是许多年后我们那年迈的母亲才会露出的神色。那害怕的表情就如在说"姑娘们！别跑太远"，这种表情总会在夜晚引出一个故事，而在这个故事中，一切事情都水到渠成。你能感到，她的手指正像以前一样摩挲过你的发间，是如此温柔，还散发着晚餐后的肥皂气味。时间不经意地溜走了，如果你还能像个孩子般地把头枕在她的膝上，你都愿意开心地放弃这生日愿望。

"这主意真棒，美夜，对吗？"

每个人都看向亚尼。

"这很简单，每个人都会游泳，我会教她的。"

你想看看妈妈的脸，你瞥到她的脸上浮现出了旧时生活的影子，你是多么想回到过去。那时，没有亚尼，没有他搞来的发明，也没有他的笑声。接着，妈妈微微晃了晃身子，你才想起她有多么憎恶水，想起她梦魇中那堆尸如山的河流。你害怕她会倒下，害怕她又会消失在身体里，害怕她接连好多天都会像你们小时候那样一蹶不振。这又是你的错吗？你已经如往常一般准备好去扶住她，在她倒地时躺在她身边，而亚尼还在滔滔不绝。

"游泳真是小儿科，"他说，"简单又安全。"

像往常一样，就在他差点在你们之间跳起来的时候，他的手碰到了妈妈。他让妈妈别心烦，一切都会变好的，而妈妈也就相信了他。真的吗？她会问，你这样觉得？妈妈一问，亚尼就会继续说他是怎么怎么做的，她便附耳倾听。

可这么一来，你就失去了她。

"她想出去做点什么不是挺好的吗？"

"不是我，"花说，"我才不会到水里去。"

妈妈和以往不同了，她凝望着你。她的脸颊上是一副从未有过的表情：你是谁，为什么缠着我？

"安全。"你重复道。闪烁的蜡烛这时在奶霜上留下了凹陷的小坑。

"许个愿吧。"妈妈说道。她看着蛋糕。

花

在这三天里，我好似成了埃克特创伤中心的密友。病房护士都熟知了我喜欢吃什么口味的百吉饼，还知道我被奶油奶酪噎住过。我也一样知道了他们中的某人总爱把那些塑料袋包着的黑白曲奇当早餐。我和布莉·谢立丹的关系融洽得近似友谊——她就时常坦率地告诉我，我看起来气色很糟糕。除此之外，她还给我起了个绰号，从我们认识的第一天起——"去睡会儿吧，可可·香奈儿[18]。"——这句话就成了她四点下班时和我的告别。

Koko，我是Koko。景是花，而除了待在埃克特，在别的时间里，我也是花。虽然在想象中同时成为两个人很奇怪，特别是这两个人还都在同一个地方，但这比看上去更有可能。这样，要记住"我是谁"居然特别费劲和艰难。

我专心致志地投入到景的刺激疗法中，以此作为回报。我把我的每一分每一秒都用在做这件事上。照顾"花"能让我擅长的一项技巧派上用场，就这样，我付出的努力越多，结果就越好，我费的时间越多，就能得到越多回报。

景的生物钟已被完全重置，但它依然在走动。布莉让我给她讲更多的床边故事，唱她最爱的歌，或者试试不同的香气。番木瓜和夏威夷四弦琴的音乐本就难寻，更别提在纽约这座不眠之城里了，可我接受了挑战。

我翻动着亚尼的笔记本，想找些灵感。可本子上也几乎没写几个字，大部分页面是空白的，剩下的少许也写了些要做的和要买的东西，但景和我，对那

---

18 "可可·香奈儿"写作"Coco Chanel"，"Coco"和"Koko"发音一样。

些"马达启动继电器"和"进水阀"又懂什么呢？还有那些我们能辨认出的条目更有趣，像什么"打电话给托雷斯：游泳"。还有些笔记是我们大概 12 岁时，亚尼带着景去看火山爆发后记下的，这给了我些许主意，让我能把握住回忆中那些"似曾相识"的感觉——硫黄的气味、臭鸡蛋的气味，也许还能把那昔日火山带到景的面前。可我努力后，景还是没有反应，但她似乎不再剧烈地抽动了，有时我觉得我能感受到她正在等待着什么，我希望这是因为她感觉到了家的温馨。接下来，我就准备去找些浮石，它们互相刮动的质感就像我们过去赤脚走过的海滩上的那些熔岩。

如果景醒了——无论何时——我都希望这是我努力的结果。我希望是我带来的某种气味、某种声音或某种感觉从中起了作用，而非那些标准化的刺激疗法，像用闪光、冰块和针刺戳身体部位等方法，虽然这些方法我们每天依旧在交替使用。

每当我看着妹妹的脸，记忆的闸门就会打开。而当我抚摸她时，记忆又好像躲藏到景的身体里去似的。只有妹妹才能帮我重温记忆。又或者，这些记忆正被我们最喜欢的气味和声音驱动着，因为我所记忆起来的大部分时光远比我之前料想的要温暖得多。亚尼出现前，即使我俩是一对聒噪不已的野心家，我们做的事也不带一点恶意。其实，除了那次的照片事件插曲，直到上中间学校，我们才真正分离。

那是 5 月的一个周日下午，对镇上的其他居民来说，这是个应该在公园里打棒球、在沙滩吃午餐的日子。可对我们家而言，周末下午是专属于景的游泳课。大部分学游泳的人都在泳池里上课，但景并不想去泳池，因为她不希望有学校里的孩子看着她在泳池里扑腾，于是她就说服了托雷斯先生，把我们都带到了海滩来。我知道景是害羞，因为夏威夷其他的孩子大约都是在蹒跚学步中学会游泳的，只有我们的妈妈会特意让我们来上游泳课。妈妈非常讨厌水这种东西，我也一样。它又冷又咸，会钻进我的鼻孔，每当我要探出头呼吸时，海浪又直拍我的脸颊，让我灌入一大口海水。我借口说我"不方便"，就坐到海滩上去了，那帮年纪稍大的女孩总用这个出奇好用的借口逃体育课，也没人特意来告诉我这个理由不能每周都用。我总不愿意和景做一样的事，这一点令妈妈很担心，但亚尼总插嘴做她的发言人，站在了我这一边，"她们现在都长大了，美夜，为什么不让她们自己做决定呢？"

景在游泳，我则在阴凉处看书。

如果我们那时候有一台收音机，也许妈妈和亚尼就会听见播音员在讨论着海啸预报，但直到亚尼笑闹着把我丢在海滩上，去小岛的另一边为他的一个朋友盖新屋顶时，景和我才听到了关于海啸的只言片语。某人的叔叔听到了些什么，这般一来二去，流言就成了事实，但我们在学校里学过，如果真的要发生什么危险，我们会听见三声警报，第一声代表预警，第二声是让我们按着既定的逃生路线抓紧撤退，响起第三声时，是海啸即将席卷陆地。我们的家建在离海岸很远的高地上，非常安全，所以我们也不需要什么逃生路线。大概这才是那些窸窣的传言——海啸、海啸——那么令人兴奋的原因。甚至连我都忍不住朝远方的海天相接处频频望去，如果我是第一个目睹那遮天蔽日的水之墙的人，那我一定是一位大英雄。

通常，景会练习上一个小时的划水动作，之后，她就坐在阳光下，直到她那修剪过的手指变得光滑，头发也重新开始飘散，这时，亚尼就来接我们了。不过那天，亚尼不在家，我们本来要去坐小船的。我以为我们会和往常一样先来个太阳浴，于是当景从海里走回来的时候我还是在看书。她朝我慢慢走来，水滴顺着她身体形成的曲线滴落——胸部和臀部隐约发育着——正闪闪地发着光。她在伸手可及的棕榈树的阴影边缘处停下，用她的脑袋示意我到她身边去。

"喂，你应该来玩玩，这水好极了。"

换作其他星期天，她也许会大喊，"喂，傻帽！"或者"喂，那个人！"她喊得响亮，沙滩上其他人都会朝她笑起来。她也和别人保持一些距离，出于一些原因，12英尺对她来说是最舒服的。我们读中间学校时，这段距离并非那么显眼。但我们和亚尼、妈妈去到别处时，景表现得就像一只流浪狗，不愿离食物太远，没有东西吃时就东窜西窜，不知道会跑到哪儿去。这可让妈妈大伤脑筋，她总用手指指着景，让她靠近些，但亚尼总是乐呵呵地笑着，当景意识到自己看起来有多可笑时，这种笑声才让她凑过去一点儿。

我没理她。景在一条毛巾上躺下，伸展了双腿，然后拍了拍身边的地面。

我也感受到了，这一天有点不对劲。我抖掉了毛巾，在她示意的地方坐下，在她旁边伸开了双腿，耀眼的阳光让我们的皮肤热意涌动，柔软的汗毛几乎都要掉落下来。我们比想象中更接近同一种颜色，同一个个体分成的两个，亚尼之前这样拿我们说笑。如果你眯着眼，可能分辨不出我们谁是谁。

"我们可不能错过这个。"

景说的是预报里说的可能发生的海啸。"也许妈妈会让我们去周家。"我说，我想到从我们邻居家的门廊可以清晰地看到海岸线。周太太就住在我们家附近，是妈妈为数不多的会去拜访的邻居，两家人会交换些牛油果油和番石榴蛋糕。

景叹了口气，被她那自然而然产生的巨大奢望鼓舞着："我要待在这儿，它就要发生了，它是来接我的。"

"接？什么意思？什么东西来接？"

接下来有片刻的沉默，景是在想着如何把她要说的话表述清楚，但或者又觉得憋在心里比说出来更好："你难道从没想过为什么我们会长成这样？会像两个人吗？"

"我们本就是两个人。"

"不，我是说我们中的一个人看起来就像是两个人组合的，就像半个人加半个人。镇上可没别人像我们一样拥有不同颜色的眼睛了，这肯定意味着什么。"

"什么？"

景抓住我的胳膊，好像这样她就能把她的想法灌输给我："是你告诉了我有关我名字的含义，你们这些人都应该明白。我回来了！那些亡灵，你知道它们每年都会在死的那一天回来。也许原来只有一个女孩，可是却有两个灵魂争夺着这具肉体，我们争抢得太厉害了，因此就分裂成了两人。又或者……或者我们两人都回来了，所以我——这就是我们，我们就是那些因海啸遇难的孩子中的两个，可我们命不该绝，懂了吗？那件事是个意外，我们本不该就那么死了，所以当有机会的时候，我们就回来寻找真正的家人。我终于想通了，你懂的，但问题是——我们该如何找到他们？我们该怎么回到我们原来的家庭去？如果今天会发生一场海啸，我们也许就会得到答案。"

我认真打量着她，看着她那狂野的眼睛，无法抑制的抽搐。学校里的孩子都管景叫"野人"，尤其当她从课间休息回到教室，头上还带着几根青草时，我现在觉得这绰号取得对极了。虽然自从妈妈嫁给亚尼之后，景的行为举止都变得很正常，但大家都心里清楚她疯了。如果说疯狂不如虱子那般容易捕捉，不管其他孩子在操场上说了什么，我都明白她可能会在某个瞬间突然发作。景正望着远处的地平线，她的眼睛因为海水而透着红，但其他方面都很正常。她的脸上也没有"我明白了"的表情，也没评判我是否上了当。其中还有别的什么东西在起作用，一种温暖的感觉仍让我觉得惊讶：虽然她的幻想荒唐又可笑，我却沉溺其中。

尽管景满脑子里是关于逃走的想象，我却关注一个同样诱人的东西："我们"这个词。我当然记得她刚刚就把这词翻来覆去地挂在嘴边，还用那个幻想的故事把我哄得心服口服，但愿望这种东西自然是不合逻辑的。我想去相信她，并不是相信什么海啸中的鬼魂传说——这是荒谬的——而是相信那个事实，即我妹妹正坐在我旁边。

我想念她。

"你觉得我们前世就是一家人吗？"我问她。

"什么？"

"我们前世就是姐妹吗？嗯，在另一个家庭就是姐妹？"

"大概吧，我们是兄妹也说不定，可能我是个男孩。"

"男孩？"她怎么会觉得做个男孩很吸引人呢？我不知道。

我能感到那个"我们"正在悄悄隐没。所以我问道："那么接下来我们应该怎么做？"

景的眼睛放着光："应该让海浪带走我们，当这一切结束后，我们就会重新转世、回来，就像那些在大海啸一年后诞生的愚人节宝宝一样，我们就会成为应该成为的人。"

不——我必须说——我不相信她。我这样一个连用狗刨式都不能在水中坚持五分钟的人，对被吸到海里淹死，然后一年后重生这件事也没有任何兴趣。可我辩解说，我不相信海啸会来。当然，在1946年曾发生过一次大海啸，但人人都知道夏威夷一直都有各种小型海啸，还会传播些错误的警报。我们是安全的。妈妈总是担心世界末日的到来，但事实是，我们住在一个生活节奏慢得连汽车都撞不到的小镇上，妈妈的恐惧和我们的安全使我们更难想象会发生什么危险。那儿没有纽约城中那些令人恐惧的毒品、小偷和阴暗的小巷。在我们那太阳升起得很早的小镇里，几乎所有屋子在晚上十点钟就关灯了。

我能允许景继续她愚蠢的幻想。我们可以在冷饮店逛上一个小时，或许还可以买些冰淇淋。当没有大浪来时，她会记得我站在她身边。那时我想，我们在一起才是最重要的。

我们就这样又在沙滩上待了几个小时，后来就去克雷斯的店打电话给妈妈，我们报个平安，她就不会担心。景让她的老师托雷斯先生带些晚餐来海滩，迟些的时候，他就会开车把吃的东西带来。虽然我在这边听不到妈妈在话筒另一头说的话，但我觉得她不会同意。尽管妈妈对海啸一无所知，可她此前从未放任我们这样无人看管地在外溜达。亚尼和他的卡车在岛的另一边，那天他也基本不会来接我们。

景挂了电话，四处翻找她的零钱。"我们可以……去搞点酸柠檬，"她一边说，一边查看着她兜里还剩几个硬币，"要来点吗？"

"她说了什么？"

景朝我竖起了大拇指："你喜欢，对吗？"

我自动忽略了她说话时带的一点洋泾浜语口音。我们两人沿着前街走着，走到了那家食品店，店面的台阶上正放着几个腌着酸盐柠檬的蛋黄酱罐子，在阳光下曝晒。景付了几分钱，我们就从液体中挑出几个柠檬，扯下它那硬硬的棕色外皮，开始大快朵颐起来，一边舔着手指，一边朝海湾边的乐队演奏台走去。那时候已接近黄昏了。当我正用牙齿把柠檬皮剥下来时——我从来不吃里面的果肉，因为那儿有柠檬籽，但柠檬皮却是软软的，带着淡淡甜味——我想知道为什么妈妈就这样把我们丢在外头，是不是景打的那通电话有问题，我断定妈妈肯定只想尽快挂断电话。这台电话是亚尼弄来的，有了电话后，我们就不至于生活在与世隔绝的环境中。我还记得妈妈初次拿起话筒，听着话筒中的说话声音时的场景。我们家牵的是公用电话线，所以谈话内容也没有什么隐私可言，当你想打电话时，还得让其他人先把电话挂了。那些从话筒中飞出的字眼，在她的面容上闪过，让她的脸透出通红的颜色，眼神也随着这些淘气的字符奔来跑去，一瞬闪过，那个亡灵徘徊的世界终于找到了她。尽管我们很快就装了私人电话线，但她还是讨厌接电话，所以电话铃响时，她总是慢吞吞地去拿话筒。

陆续驶来的小货运船开始在鱼市停泊卸货。大海像那粼光闪闪的蓝宝石，和往常一样平静。

"那么名字呢？"我问，"我们的新名字是什么？"

我还在两个名字间犹豫不决，当我重生归来时，叫桑德拉呢，还是叫多娜好呢？我两个名字都想要，用不同的名字时，我就以不同的姿态待人，我还想象着对应的发型。景选了玛丽琳做她的新名字。选了名字后，我们又开始讨论是否还会有其他兄弟姐妹，有兄弟的话，他们定是粗俗不堪、满身是汗的，但想象他们的样子却意外地叫人激动，对姐妹我们则没什么兴趣。我们就在那儿等海浪来袭，不知不觉，公园里的棒球比赛也接近尾声，还有一些在太阳下打蔫的男孩在打最后一局。我想去确认街上是否挤着比平时更多的人，他们把车停在那儿，人则逃到高地去了，可景心无旁骛、一心朝海平线望去。

和之前的星期天一样，拍岸的海浪显得很安全，还有些诱人的意味。景失望了，我也厌烦了把那些普通归家的人当成悄声撤离的难民的游戏。而且，我饿了。

"妈妈说我们可以在外面待多久？"我知道景一定会竭力等待海啸的到来，直到最后一秒，因此我必须有足够的说服力才能让她听我的话，好提前结束这场冒险。

"我想……"景叹了口气，又往地平线望去，好像那儿也许就有海浪探出头似的，"我就是盼着……"

我花了一分钟才明白过来，当然，我终于懂了："妈妈究竟怎么说的？"

这时的景不会看着我。

"你撒谎！"

"我没——"

"那她说什么了？"

"她没接电话，她肯定在农园里。"

我急得要疯了。我们的母亲肯定一个人在家为我们担惊受怕，她是不是出来找我们了？就算我们现在回家，家里是不是也是没人的？如果她四处走动，结果倒在地上昏过去了怎么办呢？这些年来，妈妈没再陷入过那漫漫无望的昏厥之中，这都得感谢亚尼分担了她的劳作，让她得到了更多的睡眠，还有他带来的肉食品为她补充了营养。妈妈的病刚要好转，如果这一次她再倒下，可能就永远都醒不过来了。这都是景的错，所有的事都是她乱上加乱造成的。她喜欢嫉妒，又居心不良，而我现在怎么会觉得她是想站在我这边？"我就知道她不会让我们在外面乱晃荡，我就知道！你为什么要把我也拖进你那愚蠢透顶的故事里？"

"我觉得——"

"你这个人是个麻烦精，这就够惹人厌的了。妈妈要是心脏病又发作的话，那准是你害的。"

我这样口不择言，究竟是因为生气还是害怕？接下来的想法又令我惶恐不安：海啸如若真的发生在即，又会有怎样的结果？景会把我俩都给杀死。随即，得知我们死去的妈妈的模样清晰了起来。"您的两个女儿都不幸遇难了，斯旺森夫人，她们被浪潮卷走，甚至都找不到尸体……"我想狠狠摇景的身体，直到我听见她牙齿打战的咯咯颤音。她在学校已惹了那么多麻烦，几乎要被退学了，还有夜里那低声的谈话，难道让她为别人稍稍考虑一下是很难的事吗？"别再对我讲你那些可笑故事了，如果你想去死，就去死吧，我要回家了。"

"花！"

这时的我心里只有妈妈，对景置若罔闻。妈妈根本没接电话，她现在不知道我们在哪，亚尼又不在，她万一陷入危险那就是我们的不是了，而不单是景的责任。"我不在乎。"我说。景在我身后，她的眼泪此时已夺眶而出，一滴滴落下来，我对她的奚落是那样偏执，那样不公。我们失踪了，我看见妈妈绝望地倒下，看见她在一堆碎玻璃里流血，那是我妈妈，我发了狂似的冲了过去。"如果你想，你就死在海里吧。变成个男孩，离开我们，这对妈妈更好，因为她再也不用管你这个麻烦精。"

我们回到家时，妈妈正在厨房里忙碌。我飞奔进屋，嘟囔着解释道，小船上挤满了人，我们上不去只得走路回家。妈妈在那儿，还活着，真好。她甚至好像都没注意到时间。我从身后抱住了她，想给她个惊喜，而景在一旁咕哝托雷斯先生。我想，景肯定会反驳我，所以我把手放到了妈妈背上，把她领到了矮沙发那儿，告诉她我会把晚餐用的所有蔬菜都切好，并把厨房清理干净。从一大清早开始，妈妈就在洗衣服，她的手臂被熨斗烫到了两次，所以她现在很乐意让我代劳。景本可以过来帮我，作为对这整个无聊下午的补偿，但她只是对我怒目而视，说她有个历史课的课题还没完成，我没法反对她，如果我执意要她过来，我俩肯定会吵架。

晚餐过后，我倒很开心景用她的"作业借口"暂时没来打扰我们。妈妈在前厅有一堆针线活要做，帮人们缝补衣裳以使它们能再多穿一年，这可是个好活计——我们缝一小时，一般能挣到一美元——所以我坐下来帮她打下手，我撕开腰带，缝补里面破的地方，或者加长衣袖。

"乖女孩。"妈妈说，在我把我的"杰作"交给她检查时，她拍了拍我的手，我心里十分自豪。景在的时候，妈妈经常缝错线，只得把线拆了重缝。可现在景和亚尼都不在，这半分天地里只有我和妈妈两人，这是我可以回忆起来的我和妈妈第一次单独在一起的时光。

无声之境让我们紧紧相依，沉默宛若真空，它缩小了空间、拉近了所有。钟表走针的滴嗒声，收音机的播报声，孩子在黑暗街道上的嬉闹声……这尘世凡声，统统消失了，只有时不时路经的车辆扬长而过的余音。在某个角落，定有蝉虫窸窣，飞鸟啁啾，它们与织物轻柔的沙沙声互相争鸣，但我什么都听不见。亚尼的长故事也不见踪迹，比如新来了一个小伙子，他在挥舞锤子的时候不小心松了手，锤子就从身后的窗户掉了下去。静谧之夜，妈妈在场，她身侧的我宛如一面镜子，映照出她那安静的轮廓。如果我开口说话，她定会吃惊地看着我，因为她已忘记了我的存在。能够帮上她的忙就足够了，我这样告诉自己，能够为她缝好几件衣裳，就行了。这一夜，妈妈的皮肤上散发着香甜干净的气味，这气味使我相信，妈妈现在无所畏惧，对过去、现在、将来，她什么都不惧怕了。

响起的第一声警报听起来更像是远方传来的一阵轻柔的呜咽，如果是平时的夜晚，我们可能都听不见它。我肯定是恍惚地似听非听着，一旦我真切地听见了它，它就会像一只挥之不去的恼人蚊子。我的第一反应就是把这件事压下去，如果我能让妈妈听不见这个，那这声音就是不存在的。

"嗯，"我突然打开话匣，"你今天过得如何？"

还没等妈妈对这个随意又不合时宜的小闲聊说些什么，景就从我们的卧室里冲了出来。

"你们听见了吗？听啊，是真的！"

妈妈那原本对着我的困惑的脸朝向了景，最后，她听见了警报。我看着那声波进入她的身体。

"空袭。"妈妈喃喃自语，脸色瞬间煞白。

"不，不是——不是空袭，妈妈。"这段时间，我们的确有过空袭和海啸的警报预演，不过我们晚上听见的一般都是宵禁的警报。可这次的声音却不同，它悬于半空。

"只是个预演，"景很快接上嘴，"别担心，我说，没什么好担心的。"

景的保证出乎我的意料，但我也在犹豫。我没忘记我们在下午是怎样编出那些愚蠢名字的，也没忘记那整个下午，我们都在等待死亡的来临。我和景下意识地交换了眼神——我跟你说过的——不过是谁先起头的？比起我对景的抱怨和生气，我更关心的是妈妈那苍白的脸上出现的红斑。

"只是个预演。"我重复道。我的确没有说谎，我只是为了保护妈妈，防止她又那样颓然倒地。如果海啸真的来了，肯定不只有一声警报。事后关于警报的事该如何告诉她，我们可以再做打算。

"原子弹。"妈妈轻声念道。

"不，这是……"我没听懂她说的是什么，"不是空袭，别担心。"我握紧了她的手。

亚尼在哪儿？我心中迫切地询问。与其说这是个问题，不如说是我的希望，我希望他在身边。我们家建在离海平面较高的高地上，又离海滨那么远，根本无须撤离，可此时却是我们有史以来遇到的第一个真正的危险。如果紧急情况突发，我和景真的把妈妈带到黑夜里的某个地方该怎么办？我们该去哪儿？这些，亚尼都知道，可是他却在海岛的另一边。

这些，景也应该知道。

我望着妈妈，刹那间明白了这一点，妈妈是那个亟待拯救的人，我亦是，而景居然是那个能救我们于危难之中的人，我们能依靠的人。我吃惊地反应过来，我居然确信她会救我们。此时我百感交集，不知是抵触嫌恶，还是因为这想法而感到欣慰。

警报戛然而止。夜晚又变得那般宁静，我们几乎都不敢相信刚刚听见了它。

"我要去睡了。"景说。

也许刚才的警报只是一个警诫，我说服自己，也许是某个我不曾注意过的活动的预演吧。我们家离海滨那么远，什么海啸来袭，听起来就像天方夜谭。但不管怎么样，这夜里肯定不会再有什么波动了。亚尼现在不在，妈妈又一副焦虑难安的模样，正是需要他的时候，于是我只能像小时候那样，把她领进房间，服侍她上床躺好。这是个我们曾经玩过的游戏，假装交换身份，我当妈妈你当女儿，现在看起来已不大像一个游戏了，但它依然奏效。

我没有时间去顾及或担心景刚才的离开。过了一会儿，我躺在我和景房间的床上，她已经在我旁边的床上睡着了。我的意识保持清醒，以防妈妈起床，开始在屋内烦躁地打转。我也适应了景那较快的呼吸节奏，我正等着我们的"黑夜悄悄话"环节。

"我们接下来该做什么？"

这是我脑子里唯一的念头。虽然早些时候的吵架还难以忘怀，但夜晚总是不同的。漆黑之中，我们决定不再去"看"白天时的分歧。我们会轻声说着话，不会那样大声交谈，我们就让细腻的音线在彼此间浮游。在夜晚，我们可以毫无顾忌地变得坦诚，可以不受评价地吐露一切心事，可以如释重负。我们是彼此的记录员，虽然我们生活中所经的事都是些没有什么重量的鸡毛蒜皮，微不足道得好似从未发生过，但将这些事记录下来也是一件重要的事。在别人看来，这是一件很奇怪的事，我们生活中的事情没有什么分量，而且某些事可能永远不会发生，直到有人把它们当作一个沉默的见证人。

可那个晚上，景没有回应我的呼唤，我也不再细想她下午是如何捉弄了我，也不再推敲她对海浪那莫名其妙的迷恋。我心里只担心妈妈，相信景的心情和我是一样的，她现在是因为羞愧而不敢回答我。开始，她捶打着身体，嘴里咕哝着什么，好像在做噩梦。接着，她就安静了，她是在确认我是否已入睡。接下来很长一段时间，围绕我和景的只有令人窒息的沉默。可我听见她坐起来了，我肯定她是要去厕所。我背对着她的床，这不是我的错——这就是我后来对自己说的话，我没听见她穿衣服，我那小心闭着的眼睛，也没看见她蹑手蹑脚地溜到门口。

1945 年

莉莲关上外门，在玄关打招呼道：

"我回来了，父亲大人！"

她想象着唐纳德的父亲听见她的脚步声，在床上蜷缩着身子，那些他酝酿了一天的辱骂正准备从他嘴里蹦跶出来。

"没用的丫头，一粒米都带不回来。"

"我儿子怎么能这样不把我放在眼里？居然要我和你这种人共处一室？"

自从唐纳德和小俊逃走了以后，她公公说的话越发尖刻。一个真正的男人，他抱怨道，不会把自己的孩子当作挡箭牌躲避灾难的。他的儿子，应该与美国为敌，与美国对抗，因为这个国家偷走了他的所有，逮捕并折磨了他，还在他被关押时杀死了他的妻子，他没有保护好她。莉莲每天就听着这些重复的故事，同样的话语在立石大人嘴间翻来覆去，就像湍急河流中的石子滚来滚去。她知道他是怎样看待这些经历的，她也知道自己是如何解读这些故事的，可到最后，他们两人的版本并未如她所期望的那样有什么大的差别。

当花子推门而入时，这个老人也会朝花子吐口水吗？或者他会为家里来了个陌生人而吃惊，于是保持沉默。"别告诉他，"花子说，"我想看看这老糊涂蛋发现是我在给他喂食时的表情。"

是花子建议莉莲去农村探望小俊的。唐纳德走了以后，两人便杳无音讯，莉莲思念她的儿子，再也不能忍受这样的骨肉分离。除此之外，医生们说，她的公公已病入膏肓，可能没几日好活了。打从她和立石大人见面的第一天起，他就一直厌恶着她，但莉莲知道唐纳德一定会想对离死不远的父亲表示孝心的。

花子坚持让莉莲去，她会替她的班，然后编些故事，就说莉莲突发重病快死了。"我们换班吧，"花子说，"就一天而已。"莉莲对儿子已想念成疾，她已许久没见儿子了。可花子及时提供的帮助却的确能让这个愿望成真，莉莲的确可以离开那么一天。

"父亲大人？"

她又唤了一声，她知道他还能听见，她也知道，当她踏进玄关走进屋里时，会看到房间正中央的床垫上，卷着一条被单，老人就缩在里面，他已经在这待了好几个月了。当时是唐纳德把他挪过来的，他觉得老人待在这能看着她准备食物、清扫……不至于觉得太寂寞。在唐纳德和小俊离开前，他们三个人是睡在一个小房间里，现在只剩莉莲一人。比起她离开农场后住过的那些地方，这空间已经太大了，她有时会考虑邀请花子过来与她同住，让花子不用再和其他两个女孩挤在狭小的宿舍里，这也能让她俩更好地说说话，不用每次都因害怕别人发现而说得很轻很快。如果她今天见到了唐纳德，他又恰好有个好心情，她也许就会征得他的同意，但这终归还是要问花子的想法才可以。

当她探望完小俊回来后，她准备和花子提这个事。

莉莲第二次呼唤老人时，把声音压低了，如果她公公睡着了，这样便不会惊醒他。老人没有动静，她换上了家用的软拖鞋，轻轻地走了进去。屋内，老人闭着双眼，呼吸虽微弱但连续。最近，他话说到一半时，就会撇下话题睡着，甚至在他想要什么东西时也会不由自主地打瞌睡。老人身上还发出一股淡淡的酸味，莉莲勤快地给他擦洗身子，想要擦去这股味道，但始终徒劳无功，甚至还把那根有些时日的、黄棕相间的长布带弄松了——这根布条是他用来绑妻子的骨灰盒的，装着他妻子骨灰的锡盒依旧束在他胸口。有一次，莉莲想去拿开它，她一碰到这个锡盒，老人就哭了，出于愤怒和悲伤，老人咒骂着她。如果他还记得，当他妻子生病时她是如何悉心照料，她是如何为她擦洗、为她梳头、给她安慰的话，他应该就不会那么愤怒了，这样，莉莲也就敢去碰他了。可是，大概是由于莉莲解开了绑骨灰盒的布条，尽管就那样短短一瞬，那紧接而来的分离就已让他崩溃，空气窜入他与他妻子的骨灰之间。

莉莲又下了番工夫，可酸味还是擦洗不去，它似乎不是从老人的私处和关节处传来的，而是从身体里边。

是该推迟她的计划以防老人死去，还是去把唐纳德找回来，让他见他父亲最后一面呢？

"去吧，"花子说，这是她们早上分离时的最后一句话，她把一小块豆糕塞进莉莲的手中，"为了小俊。"接着，她又紧紧拥抱了她。莉莲盯着手掌中这块圆圆的糕点，好像她从未见过这样奢侈的礼物，她第一次、也是唯一一次见这种豆糕时还是在洛杉矶的"小东京"。只有花子可以弄到这么稀罕的东西。事实上，之前莉莲已从花子那儿收到了最珍贵的礼物：一张她儿子的照片。

她走到哪儿，就把这照片带到哪儿，每天都要拿出来瞧上几百次。这张照片是她开始在城堡工作没几天拍的。那天，有一群记者进来拍摄宣传照片，莉莲和其他做母亲的译员们就被要求带上孩子拍照，拍这些照片是为了证明日本赢得了战争，是为了证明日本是个能保护家庭、充满安全感的地方，天皇非常喜爱孩子，在母亲们工作时，他会让孩子们在城堡的草坪上玩耍，可记者一走，孩子们就被赶到一个角落里等他们的母亲下班。莉莲从未想过能见到这些照片，花子不知用什么方法蛊惑了一位摄影师，让他复制了一张小俊的照片给她。照片上的小俊，穿着为那个场合准备的水手服，正伸着手等着莉莲把他抱起来。

如今，抚摸着照片上儿子的轮廓，莉莲追忆。那时候，小俊是唯一一个长出头发的小男孩，他的头发看起来就像脑袋上停着一架直升机，其余的男孩们光着头，头顶上只有一层弥漫的阴影。小俊的与众不同也证明了她是个十足的美国人，唯有这张照片是她从唐纳德手中赢下的。她想知道花子究竟是如何搞到这照片的，是不是她儿子的照片对他们来说没什么用处？因为天皇只喜欢听话的日本人，这照片会让他尴尬。

莉莲这样问她时，花子只是耸耸肩。她如果现在在这，对着莉莲托付给她照看的老人，她也会同样地耸耸肩。"如果需要的话我可以把死人卷起来，"她这么说，"这样的话你回来时他就不会那么难闻了，该死的。"

花子的声音还在脑海里萦绕不绝，好像是贴着她的耳朵轻声低语，就在她把小俊的照片放进和服的衣褶里，俯身去拿起很久之前母亲给她的那只靛青糖罐时，脑海里还是盘旋着花子的声音。她把公公喝剩的汤倒掉，把碗洗干净，摆回到架子上。屋子里的一切井井有条，今晚花子会来这照料这病重的老人，莉莲也不想给她留下什么坏印象。她走了，再次掩上门，踏上了旅途，8 月的上午燥热难耐，她往火车站走去。

莉莲知道唐纳德把小俊带回了老家，立石一家原本住在城市北边的乡下，也就是他们刚来广岛时住的地方。自从她搬到城里来以后，就没再回去过了，但是这条路清晰如故地印在她心中，它依旧如她初来日本的那几个月一样，还未被这国度的其他景色所掩盖。牵扯着记忆之线，她走出火车站，转了五个弯后，一直向右走，最后来到一个熟悉的地方，或者她以为熟悉的地方。前门有一棵樱桃树，叶子已经掉光了，但她认出了这条布满了石头的小路。

她望见了关着的窗户。暑夏时分，那扇厚重的木门也在夏日的热气中紧闭。为了让空气尽可能地流通，大多数房屋甚至把薄薄的障子都拆下收了起来。她敲了敲门，里面没有声响，甚至连敲门的回音都匿去了，没有人过来应门。她意识到了什么，可她不依不饶，继续抡起拳头重重地敲了几下，嘴里喊着小俊的名字。这大概是个玩笑吧，她突然想，大概他们故意躲着她，正准备给她个惊喜，好让这次团聚更美好，尽管他们并不知道她的到来。莉莲任由自己沉溺在对小俊的想象里，她想着她最后找到他时，他那张稚嫩的脸庞对她展开灿烂的笑容……最后，她发现自己栽倒在门口。一个真相正踮起脚尖、轻手轻脚地靠近她，这是个令她猝不及防的真相。

接着，有个老妪颤巍巍地进入视线，不过她不是从这间房中出来，而是从隔壁门过来的。这是个看着比唐纳德母亲还要老上好多的妇人。她是唐纳德家的一个亲戚吗？现在这世态，每个人看上去都那般苍老。

"婆婆……"

"真丢脸！"

莉莲想开口解释她是谁，结结巴巴地吐着敬语，她知道用词准确才可能得到帮助。可老妪的脸不由分说地拧了起来。

"快走，这儿没人。"

"可，那个，在哪儿？您知道他们在哪儿吗？"

"走，别再来了，快走，蠢丫头。"

这个老妇人在撒谎，他们就在这儿，或的确在这呆过。莉莲开始还觉得是自己找错了地方，但一听这老妪这样叫她，她便笃定了这想法。

"他们是我儿子和丈夫，求您了，我有事要告诉他们。"

老妪不为所动，反倒更显无情。

"你什么都不是。"

"立石大人快死了，他没多少时间了。"

这位所谓的邻居听完她的话后是否会有些让步？老妪这才给了些时间，听她把话给说完。"这儿没人，"她斩钉截铁，她本就一副生气的样子，听罢后愈发暴跳如雷，"快走。"

"不。"

如果他曾来过，如果他们中的一个曾在这儿停留过，如果在这什么都缺的世道里，这栋房子不是被如此奇怪地闲置着，莉莲可能就顺从了老妪，就这样离开，可她必须找到小俊。她用力打开门，走进屋内的每个房间，确认这里没有她儿子的身影，老妪上来阻止她，可她一把把她推到一旁。"这是我家的房子，我的家。"莉莲说道，她表现得就像花子遇事般叛逆。到那时候，她才确信唐纳德肯定又开始了新一轮的逃亡，是逃避军队的征兵，还是决定把小俊从她手中偷走，她并不知道，但这是他为了保命必须选择的，那个一再让她离开的老妪让她更加确信，至少，唐纳德肯定回来过，因此，这儿肯定会有什么线索留下的。

"他在哪儿？我的儿子在哪儿？"

老妪跟在她身后，愤懑地呵斥她，或许是因为她说话太快，又或许是她根本不想听她说了什么，莉莲一个词都没听清楚。她打开了每一个橱柜、拉开了每一个滑动的隔板，很快，她就找遍了所有地方，这里甚至没有床能让他们藏在下面。

屋子里空无一人。

最后，她终于放弃了寻找，走出了屋子。住在附近的人都出门围观她，他们站在自家小小的庭院里，或从窗间张望着，这么多人纷纷点着头，觉得她根本不属于这里，那样就好像他们都清楚她是谁似的。她一步一步地走出屋子，眼神掠过那些伸长着脖子看热闹的人，落到周围那些紧闭的门扉上。唐纳德真的已经离开了吗？还是躲在人群里看热闹，甚至不愿与他的妻子相认？

"小俊！"她无助地喊道，"小俊，是妈妈呀！"话语撕裂咽喉，"唐纳德，是我！你父亲快死了，你听见了吗？没多少时间了，你必须赶紧回去。"

她站在这堆穿着褴褛衣裳的好事者中间，但她不在乎。她是个美国人。她可能就是这么粗鲁，尤其这里还有她儿子会应声回答的一线希望，她更是发了疯。她不是他们，她不属于他们的同类，从来就不是。

周围的房屋以沉默回应她的喊叫。

在莉莲脑海里，她就像立在庭院中央一小块空地上的无声雕像，一动不动地等待她丈夫和儿子归来。可能要等上几个月，她想，又可能要几年。她甚至能成为某位圣女：一位永远守望的母亲，一位从不会做错误的决定、亦从不会失去太多的母亲，她从不激烈抗争，一直知足常乐。莉莲多想成为一棵树、一块石头，融入这片天空、这片大地！在冻结的时间中，停驻在这儿，永远地留在这儿，这件事比起忍受失去儿子的心痛要容易得多。

小俊……她感受到，她正一点一滴地破碎、瓦解。

回到火车站时，她还是依依不舍。不论唐纳德怎样待她，她还是不敢去想，如果他被扔上战场，当成人肉炸弹，正面同坦克硬碰硬……会是什么样？他和小俊一起逃亡，这还算是明智，仅剩的问题就是他们去了哪里，成功溜走了吗？如果没有……一想到她儿子，她就不寒而栗，这样的话，她的儿子就会成了孤儿，如果没和唐纳德的亲戚在一块，而是落入了军方的手中，就再也找不到了。她不在意刚才那个老妇人对她的态度有多差。

唐纳德和小俊必须在一起。如若如此，也许火车站有人会知道他们去了哪儿。在这种日子，一个适龄参军的男子和一个小男孩单独旅行可不是什么常见的光景。

不。

她翻出小俊的照片，给车站的工作人员和几个正在等车的、破落潦倒的旅客看。"你们见过这个小男孩吗？"她问。人们看见她走来时，就会赶紧朝另一个方向走去，刻意避开她。那些日子里有很多衣衫褴褛的乞丐，包括那些在外溜达的、不乞讨的平民百姓，他们也都穿着打补丁的衣裳和仅有的一双鞋。莉莲有时能让他们瞥上照片一眼，因为他们瞥一眼，就当完成任务走开了，有的人则被困在自己的岗位上没法脱身。莉莲并不期望有人能认出小俊，甚至有人能愿意和她说话，但她总不能就坐在木凳子上，连试都不去试。

每每她所见火车的汽笛声，便有一股漫天卷地的疲惫感向她袭来。莉莲望着它们驶进车站，又望着它们离去。这儿也没有多少火车，同一方向的大约只有一到两列。她没有力气再起身登上火车了，除非她能飞上车。

在车站附近的空地，有个上了年纪的小贩在卖一些二手的小玩意儿。她已经给这个老妇看了两次小俊的照片。当今日的最后一班火车驶过，这个小贩也开始收摊走人，她又朝她走了过去。看着这位老妇小心翼翼地把每样东西放进她的木箱里，莉莲恍然地想起了自己的母亲。

"养母，"唐纳德在场的话，他就会这样提醒她，"你需要她时，她永远不会来帮你。"但母亲那缕褪了色的金发，还荡漾在莉莲的记忆之中，是那双手，一针一线地织起了那床棉被。莉莲忆起她们的分别，她永不会忘记那个场面。她没允诺她会回家，她现在明白了。她只允诺自己会记得他们，更多的是，记得他们爱着她。

如今，这份爱存在的可能性让莉莲一蹶不振。

小贩木箱最上面的格子里，放着一个已经包好的木质悠悠球。莉莲抚摸着它，上面粗糙的曲线刺到了她的手指，但这可以用沙和石子打磨。小俊下一次生日的时候，就三岁了。不知是错觉，还是她暗自许诺一定要找到小俊，这个玩具居然让她觉得轻松了些。她用花子给她的豆糕和小贩交换这个悠悠球，莉莲猜想大概老妇会接受它，会愿意留下来和她说说话。可这个小贩只是小心地把食物放到悠悠球原来放着的格子里，与她道了声晚安。

"求您了，"莉莲说，"就看一眼，再看一次吧。"

小贩拿过小俊的照片，莉莲站在她身边，注视着照片里小俊那头野蛮生长的黑头发，以及那抬头看着她时洋溢着笑容的脸蛋。她还记得这套衣服，是白色镶红边的水手服，但在那之前，她还记得他膝弯和手臂处软软的脂肪，但日本早已将它融化。如今，她不抱希望，不觉得这个老妇会奇迹般地记得这个小男孩。她只需要一个证人，证明他是被爱着的。

炎炎夏夜很是漫长。车站的工作人员走空以后，那些等待早班车的旅客们就坐在长凳上，或靠着墙壁休息，莉莲躺在她能看见星星的地方。她不关心自己，更无所谓她现在憔悴的样子，这些并不重要。此时，她彻彻底底孤身一人了。遥挂天际的星辰紧密相伴，她在寻找一颗新的星星，它忽明忽暗、渐隐渐闪，就如她父亲教她的一样：每当一颗新星升起，一个新的灵魂便即将离世。她对星星很熟悉，哪怕在这片尚不熟识的天空下，没有一颗星会呼唤她。但现在，她觉得有些安慰，因为小俊肯定还活着，他还在这大地的某处，可能是在东京，那是大使馆的人首先敦促他们去的地方。

她会找到他的。

"苏琪姊姊和乔叔叔可喜欢孩子了，"花子曾这样说道，"把那些不愉快忘了吧，我来替你的班，我会拖住他们，去把你的孩子接来吧，战争结束后，我们就一起回家。"她朋友的这句话一直支撑着莉莲。

她如何睡得着？

清晨，她听见了第一班火车的声音，那是南下去广岛的火车。暑意漫溢的天空被烟霞染得粉红，更多的旅客挤在了等候区。她考虑留下，接着找，可能下一个人就见过唐纳德，但就算她得到了消息，她又能做什么呢？她已经铤而走险，她要迟到了——她的早班就要开始。很快，士兵就会发现她不在岗。就算她愿意反抗军方，她也不想让花子和立石大人就那样等着。她要承担的责任太多了。

她得回去。她一边说服自己，一边提醒道，小俊现在正和他父亲在一起，不是孤零零一个人，他也不再是个小婴儿了。唐纳德也不在广岛，去别的地方了。她要做好手头的一切，确保他们的安全。当唐纳德不用再流亡时，她就会找到他们。她这样想着，登上了火车，在火车离开站台很久以后，她还朝窗外偷偷看了几眼，聊以慰藉自己的内心。不一会儿，火车那颠簸不断、摇摇晃晃的节奏让倦意领着她进入了梦乡。她一路闭着眼睛，当火车离目的地还有几英里时，一阵爆炸声将她惊醒，她下意识地以为这是附近的一家工厂发生了什么意外。

火车渐慢。最终，停在了轨道上。

景

　　那天，警报声响过后，花用了两个小时才睡着。你躺在卧室里，万籁俱寂，你一边等着她睡去，一边想象着，趁着大海蔚蓝如故、光泽闪耀时，跑向那里。你身后的海水则泛着雪白的泡沫，咆哮着。这些白色的水，倾倒在你的脑袋上，把你压得喘不过气，你则慢慢试着去屏息憋气。去游吧，直到你筋疲力尽，肺部几近爆裂，直到你游到另一端的彼岸，在那儿，你真正的家人正等着你。

　　这一次，你的身旁没有花。

　　也许，离开她是有道理的。花一直很开心做自己，做一个好孩子。花不必成为景。

　　这对妈妈更好，因为她再也不用管你这个麻烦精。

　　她怎么能那样说呢？下午，就在那几个小时，你们还是一对姐妹花，等待着海浪来拯救你们。知道你们能成为任何人，知道任何事都可能发生，这难道不好吗？就那样无所事事地待在海边，看着那些几乎裸体的孩子跑过岩石追来追去，假装自己是他们的妈妈，吃着水果和零食，这难道不是棒极了吗？所以，如果海湾悠然如昔，海水懒怠如常，那会发生什么呢？海水有可能会涨起。并不是所有事情的发生都有前兆的。

　　"你撒谎。"她说。

　　"我没——"

"你没？你没说得真的像在和她打电话那样？"

你当时以为她是愿意和你待在一起的，你以为她和你感同身受，一样能感受到那股冥冥之中的联系与陪伴。她也想你吗？你不是用自己的零花钱请她吃了一个小零食吗？为什么她唯一的乐趣就是看着你把事情搞砸？她难道不想念你吗？

"妈妈要是心脏病发作，那准是你害的。她可能会担心得发疯，你知道吗？亚尼又不在。"

现在，花的呼吸变得平稳了，她在你心中并未激起过多的波澜。你悄悄坐起来，试探她是否真的睡着了。你们本想一起去的，但就像亚尼说的那样，对月祈祷毫无意义。你会把她想要的都给她，她会成为妈妈唯一的孩子，过得更快乐。这样的话，她在下午就已说过很多。

"去死吧。"

"没人在乎你。"

你没想到这么晚路上还有车，车灯的光影在拐弯处和坡路上晃动，一辆接着一辆。不过只要有东西能让你躲藏其后，就很容易闪躲。几缕灯光照到了你，行驶的车辆放慢了速度，但你挥挥手让他们走开。有一辆车经过时停了下来，一个女人扯着嗓子喊着，"丫头！小妹妹！"可她是要朝上坡开去的，与你不是同一个方向。你躲进车道外，好像回到了家中，你在一丛灌木后边等着，真庆幸，没过多久，她就点燃引擎离开了。

接着，一辆卡车出现，当你到达了第一个大十字路口时，它从侧面驶来。你试着表现得很自在。卡车上载了一车男孩。

"要搭便车吗？"

驾驶室里，有几张脸是你曾在海滩和街对面的高中里见过的。但里边没有一个是你学校的混混。你知道那个开着车的人，或者是听说过他，那是埃迪，米茜的哥哥。他终于姗姗来迟，出现在了你的故事里。他是终结的伊始，可你直到整件事尘埃落定之前，都不会意识到这一点。

你本可以做出其他选择，可你点了点头，跳上了车后部。

埃迪载着你一路去了海边的鸣桥，去看这场还未到来的海啸。你一下车，所见的亦并非你想象中那种孤单寂寥的世界末日之景。桥上有许多观潮者，包括几个警察，还有几个人表现得好像大家都必须疏散似的，可埃迪是其中几个人的朋友，或者表亲，他们让你留下了。"如果他们已经警告过你，"埃迪说道，"那你被拖进海里就不是警察的失职了。"

"他们要去干什么呢？要把我们拽回床上吗？这样，他们就会错过这场海浪。"

你是唯一的女孩，埃迪一直留心着你。一个"勇气可嘉"的小姑娘，他这样叫你，他的话语在你的心里回荡。被丢在这儿令人震颤地兴奋，可你并不知道该和这些少年说些什么，其实他们在说什么你也理解不了，他们一直大笑着。"别担心。"当你红着脸，埃迪说道。这些男孩其实并非良善，但在桥上，他们却表现得自由自在。其他居民都熟知这伙人。你望着人们的脸，从他们的神情来看，他们也认识你，也许是通过你现在混的圈子来评判你的吧。你身上穿着花的衣裳，刚刚，在这漆黑一片中，你拿错了花的衣服。

你问埃迪，米茜和他们的父母会来吗？可他轻哼一声："我没有爸妈。"

他的弟兄们看起来很赞同。

我有父母吗？你想知道。

在桥的另一端，几位火山科学家安装了仪器，这样他们就能第一时间知道海啸大约会在几点来临。检测的结果是，要等到午夜。

等待的时间漫长，时间放慢了脚步。埃迪和他的同伴们开始嬉闹，他们互相推搡，直至大笑着一哄而散，他们去"搞事情"，又可能准备去搅点事端。有传言说，人们聚在小镇另一头船港附近的桥上，在那儿，上次的巨浪铺天盖地，杀死了莎琳的外祖母，但去那儿的路程太远，他们不想去了。

自然自有它的时间，亚尼总是这样告诉你，它的生物钟比人类走得更慢。想想侵蚀、进化、大陆板块的漂移，耐心一些。可妈妈的自然世界却移动得很快：晨间还是初绽的花朵，下午就变成成熟的果实。妈妈的时间才是一直以来与你同步的时钟。你在这里等待着海浪的到来，但没有她在你身边，而孤零零地待在这儿有点难熬。

埃迪身边的两个男孩都走开了。他一个人被扔在那儿，扭动着双脚，伸出了超长的手臂，无所适从。从这里，足够远的地方，你望着他，你不用因为他比你高了六英寸而抬头仰视他。你望着他的身形，看得出他比一个成年男人更轻盈一些。他身形瘦削，肘部和膝盖的轮廓凸出，棕色皮肤的身体没有太多赘肉但也并不结实。你想要他来找你，想要他注意到你离开了。一定是你这强烈的情绪，你从角落里窥探他的眼神，吸引了他的注意。

妈妈曾告诉过你有时事情就会这样发生。你还记得吗？两个人仅靠心灵，就能互相联系。

埃迪朝你看来。先向你挥手，接着把窝成杯状的手放在嘴边喊："喂，景子——小景子！"

你想着他会走向你，但你没想到他会在桥的那边叫你的名字，他的叫声是这样响亮，桥上的每个人几乎都听见了。你闷头朝他跑去，脸颊一直朝着水面。他看到你的时候就明白了：你把自己隐藏了起来。他又喊了一声你的名字，不过这次很轻柔，你也跑到了他的身边。他多喊的这声只是为了你。他站在你身边，双膝抵着护栏，远眺大海，你看得出他很喜欢这样，对你似乎也有些别样的情感，可他的笑容表明他永不会吐露心迹。这是个秘密，等待分享。同样，他的笑容正鼓动你去信任他，可你并不习惯去信任他人。他就是那样的人，是那种妈妈让你终生警惕、务必远离的诱惑，是那种经常逃课即使在工作日也会开着车在海滩上下兜风的少年，他的那帮朋友还砸坏了教室的门……

海面扬起的信风让你觉得寒冷，可他靠近你的身躯却很温暖。

"喝啤酒吗，勇敢的小景子？我们车里还有些路奇斯的啤酒。"

"不——"

"他们都走了。我在这儿找你，在这等着，你懂的，我是为了你。"

就像妈妈说的那样，他开始玩把戏，他想让你内疚，给你施压。这些你都知道。你也讨厌啤酒的味道，之前一次，你小啜了一口亚尼的啤酒。此外，你在这儿，是为了等待那场海啸，浪潮席卷，颠覆一切。

可你为什么又想要他陪你留在这儿？让他再叫一次，再一次地哼起调儿来："勇——敢——的——小——景——子。"

"也许……过一会儿吧。"

他抬起脑袋，知晓了你的想法，柔软的嘴唇弯了起来，不过他是觉得应该说些什么。他后退了几步，不过依旧面朝向你，脸上挂着不变的微笑。你们之间隔出了一块空间，它吸引着你，而你唯一能做的就是等着埃迪转身离去。

当你又把注意力转回海浪，转回那近在咫尺的漫天卷地的海浪时，你想起了什么，那是亚尼曾对妈妈说的话。"无所畏惧很好，尤其是对一个女孩来说。至少她永远不会受人摆布。"他这话说的是你，可他是在今夜之前说的还是之后说的？现在你是否能足够勇敢回绝埃迪，并记住你自己是谁？面对海浪时，你是否能如初无畏、心中激满勇气？

是夜，你站在桥上，埃迪走了，你第一次感觉到了孤独。当然了，你和"孤独"根本不沾边。桥上还有其他在等待海浪的人，他们都显得焦急不安。没人料到居然还有这等漫长的等待，也没人知道会发生什么事。例如，你没想到会有这么多人。那其中大概有认识你的人，也有你也许想继续了解的人。

你一个人待着，想到自己无所准备。你是从家里偷溜出来的，比起顺手抓件外套或手电筒出来，你更担心脚步会让地板嘎吱作响，吵醒了她们。科学家们带来了最可靠的光源和收音机。

亚尼会知道该去找些什么，就像他口中的火山：它必须自成自建，从地球的中心拔地而起，伫立在这儿。你永远不会知道它在何时何地，会喷薄而出。

亚尼会知道故事将在何时结束，现在是时候回家了。

"嗨，"一个男人的声音在背后响起，"丫头！你不是……你不是亚尼·斯旺森的那两个小丫头之一吗？嗨，他在这附近？"

完了。他知道你是谁。不过天色昏暗，他大概觉得你是花。你转过身去，他不过是个穿着派拉卡衬衫和百慕大式短裤的普通人。你也不认识他。

"我想他去——"

"啊，在，没去，在，他在——"你环顾四周，假装很惊讶地发现亚尼并不在你刚刚瞧见他的地方，"——这里，他刚刚就在这里。"

"真的吗？"他也四下望望，接着目光又回到你身上来，等着你圆这个谎。

"嗯，我——我最好去找找他。"你待在原地，防止这个人决定跟着你一起去找。如果他真的在找亚尼，他不用花上多少时间就能弄明白了。这座桥很窄，也没有那么长。

"好的。"他见你没动，最后说道，"那告诉他拉尔夫在这，我就在这附近，告诉他，让他来找我。"

这个把戏是你从妈妈那儿学来的，现在派上了用场。只要沉默不言，一动不动，不拒绝，也不试着逃跑，既不抗争，又不逢迎，就会让他人觉得不舒服。他们会迫不及待地想要离开，即便没有达成来时的目的。

你应该回家了，在妈妈和花还没发现你偷溜出家之前。但你脑子里仍心心念念地想着海浪，觉得它会来。你周围所有人也依旧在等待着。就算转世只是一种幼稚的幻想，海浪却是真实的。你突然确定，海浪会来拯救你。

你一直盯着埃迪的车看，可光线甚微，你看不到男孩们是否还在那里。当然，那场海啸也不会按着你的愿望如约而至。它自远方而来，蓄势待发。你心中自是期望它越大越好的。让大自然慢慢来，它会遵守它的时间的。

科学家们在讨论榕树路上的积水是从何而来。不是海浪带来的，也不是你想象中的水管破裂流出的，听上去更像是从浴缸和水坑中一齐漫出来的。你坐在他们的谈话范围边缘，还想听到更多，可收音机说，即便海浪正在前来的路上，但它到达的时间又推迟了。

"海浪在塔希提岛有三英尺高，这是我们测量出的结果。那'五十七'是什么？大约也有三英尺吧？"

如果这数据是全部，如果这是所有海浪的总和，那你就有大麻烦了，你意识到。你就身处在冰冷的现实之中，你悄悄溜出了家，人们看见了你。如今，你又被捉了个正着。

"瞧她在哪儿呢！那个亚尼家的小丫头。亚尼回来没，小娃娃？你到底是哪个呀？"

又是拉尔夫，他这次身边还跟着另一个人。为什么会有这么多人认识亚尼呢？他们又为什么都在找你？

他的问题引起了科学家们的注意。

"我觉得她就是她，"其中一个科学家说道，"他把孩子带到这儿来干什么？他人呢？"

你是哪一个？

如果你没有惹麻烦的话，那你就是花。你本应该料到现在的结果的。这个镇子太小了，为什么你之前就没想到呢？你甚至都没想到带一个手电筒，这东西总是亚尼防身物品的首选。但你没想到的是，这场潮汐到现在居然还如此微弱，你必须还要等上一段时间，是什么结果还尚不可知。

你真是个十足的傻瓜，居然着迷于这样愚蠢的故事！你不能在外面待到太晚，只能待到浪潮来。

你悄悄从灯光中淡去了自己的身影，一声不吭地离开了拉尔夫和那几位科学家。如果现在可以回家，如果能悄悄地溜进屋子而不惊醒妈妈，你大概就能另找一个借口自圆其说，对这个故事闭口不谈。没什么事是确定不移的。也许这些男孩们根本不会提到他们在晚上见过你的事，就算他们这样说，你也可以假装自己毫不知情。

你必须回家了，在其他什么人看到你之前，你必须回家，爬到你的床上。如果你要避开车道不走主路的话，你就要走一个小时的上坡路。你开始抄小路，沿着河边奔走。你是个傻瓜，就像花说的一样，她说的一点没错，一如既往的正确。这是个愚蠢荒谬的故事，它是从一个不谙世事的、同样愚蠢荒谬的女孩嘴里说出来的。如今已是午夜，在这天之前，人们还津津乐道地觉得这天会是海啸来袭的日子，可现在，这只是平淡无奇的一天，什么海啸，统统没有，而你却不声不响地惹了祸。你抬头一望，归路遥遥，路陡山高。

你身后，是方才离开的桥，它凌驾于水面之上，看上去还没有一个人高。下一座你要经过的架在山上的桥是彩虹桥，这是一座混凝土桥，位于树木上空，离水面大约有 50 英尺，甚至 100 英尺高。不管怎样，这就是它给人的感觉。这座桥上也有人，他们漫无目的地闲逛，就与之前和你一起等的那些人一样，无聊又容易上当。

你很确信没人注意到你穿过马路。现在太晚了，你好像根本不可能回到家，你也几乎困得想蜷缩在路边的树下睡去，你多希望你从床上惊醒时，发现这一切都是一场噩梦。午夜都已过去很久，你那转世的梦想却更像一叶缥缈不定的幻梦。你梦想着自己能放慢脚步，去询问、去等待、去信任。

你梦想自己，待大梦初醒，你不用再做"景"。

你一直走着、走着，筋疲力尽的感觉深入骨髓。你应该坐下吗，或者回到主路上拦一辆车？流星划过天际，你听见了尖叫，那是从山下的镇子上传来的，你右边的彩虹桥上也发出了嘘声。你连忙向桥上跑去，就在你踏上桥的那一刻，突然被混凝土的缘石绊倒，你的大腿、手臂和手掌都擦伤了，它们总是被擦伤。

没人过来扶你站起来。人们都在桥的另一侧拥挤骚动着，他们的目光掠过整座城镇，直到那边的海湾。你挤到桥边，在所待的地方，听见了刚刚离开的桥上爆发而出的叫喊。

"怎么回事？"你的眼睛适应着缭乱的光斑，那是手提灯笼、手电筒和路灯的光芒。

桥上还有警察，或者说至少有一个，他正拼着全力把桥上的每个人都赶下去。"我们得疏散了，快点，大家快，快走！"而你身旁人头攒动，大家走来走去，没人离开。这座彩虹桥离水面如此之高，待在这儿很安全。你抵着围栏，弯下膝盖，这样你就不会被身旁拥挤的人们撞到地上去。下边的那座桥看上去和刚才并没有什么区别。

"发生什么了？"

你身旁两个男人一前一后地跳着，回答道："前街被淹了！"

"它到海堤了！"

在这你看不到太多，尤其看不到海堤，海堤建在海湾外很远的地方，海堤很长，由 20 吨巨石筑起，在海面上弯曲。你试着去辨别下午和花一起坐过的音乐台，它就在海滩不远处，如果浪潮袭来，音乐台不免首当其冲。你也无法认出那八角形屋顶的灰色轮廓，也许那周围的地面在粼粼水波的映衬下闪闪发光，又或许那块地方的地势再高些，要不就是水面已经把它们淹没了，你不能确定。大海一如既往地漆黑，在街灯的另一边沉睡。那儿也没有巨大的白色断路器发出海啸来袭的信号。

"呼——"你旁边有人长吁了一声，"瞧那水！"

他说的并非海洋，而是指你下面奔腾的河流。从你现在的位置看去，你所在的桥好像在上升。那座低地上的桥也一样，好似也被提起，离开了水面。接着，你终于明白过来：水位在下降。

那第一位中国兄长气吞大海——这眼前所见，不就如妈妈说的故事那般吗？他所有的弟弟们一哄而散，去拾捡那些鱼。

你撒腿狂奔。你从山坡上飞奔而下，直达海湾。

花

　　有时，在夜里，我能看见自己。周围的风景变幻，一张张面容闪过。有时，我望见自己在和布莉说话，有时候在和林奇警探，还和一位闪动的、穿着白大褂的医生的虚影交谈。唯有我的目标是不变的，我需要一个方向，好像朝着这方向前进，才能让我在这无法忍受的世界中保留一丁点的执念。对景，我绞尽脑汁想让她康复。我已经牺牲了许多。我慢慢剥开保护着自己的沉默外壳，直面那些我从不愿回忆的过去。我为她做了一切，而这一切是我曾经希望能为自己做的。

　　苏醒的回忆包裹着我，一幕幕画面历历在目。我知道，就算这一切从未发生，现在也都栩栩如生起来。它们看上去那么不可思议，但都隐藏着真实。就在我的每一段记忆都鲜活起来时，我发觉了其中的另一种可能性：我对它们之前的解读都错了。而这一切又是谁的错呢？

　　海啸预警的第二天，我被亚尼惊醒，他正慌慌张张地把我身上盖着的毯子拉下来。接着，他拽开了景床上的毯子，又拉开了床单。就在他一把抓过我的肩拉着我站起来时，一阵凉意透过我的睡衣，好像我躺在他正寻找的东西上。

　　然后他就扭头走了，去检查卫生间和厨房。妈妈则不安地站在门口，拼命想把手臂藏进睡袍。等我寻找原先放好的那一堆起床准备穿的衣服时，这才发现，景的那堆衣服还堆在衣柜的抽屉上，我的不见了。

　　景消失了。

　　"她人呢？你妹妹人呢？"

这不是我的错——这是我的第一反应。警报再也没有响过，我也没听见景下床的声音。昨夜不是一直都那样安静吗？桑德拉、多娜、玛丽琳……景那关于归去的幻想。

我想去问到底发生什么事了，可又害怕听到那个答案。或者更确切地说，如今的亚尼就是那个答案，这不是我想要的。他本来要离家三天，可现在突然提前回来了。他说，当他偶尔听收音机时，知道我们遇到了麻烦。他立马有了很不好的预感。

妈妈已经穿着睡袍钻进了亚尼的平板货车。我赶忙抓起景的衣服套好。她穿走了我浅紫色的衬衫和深蓝色的裙子。这时，一个念头突然窜了出来：这就是我们用来认出她的衣帽，我尽力让自己不往这方面想。我是更害怕我们找到她，还是找不到她？我想着她脸朝下、遍体鳞伤，躺在海湾上的样子。

几天后，亚尼告诉我们，当他到达两座火山之间那片海拔高于城镇的鞍路时，那究竟是什么样的一片景象：海啸就像一只巨大的手甩过城镇，它那脏兮兮的手指向下先后伸向不同的马路，然后向南移动，用那平整的掌心将所有一切都扫过。但开车下山时，我们并没有心情交流这些故事，我们脑子里除了景，塞不下什么别的了。

我们驾车沿坡而下，这一路上，我看见了海浪的轮廓。我们离海滨还很远，路在树丛后面蜿蜒曲折，因此除了能时不时瞥见几大片的褐色土地外，其他什么的就几乎都不曾看见。昨天下午我和景坐过的那个乐队演奏台还在那里，但看起来，海浪似乎冲过了它面向观众的舞台，接着转过方向，漫过地势最低的地区，淹没了内陆。直到我们再开近了一点儿，我才开始意识到自己看到了什么。几栋不怎么结实的建筑被拔地而起，缠绕在树上，汽车被水冲得七零八落，扭在那儿，好像是被孩子们当作了玩具，一阵破坏之后，给扔在了那里。

想起了景在我面前的样子：昨天下午，她平静地远眺大海，望向地平线，若有所思，似乎在心里一遍遍勾画着自己死去的细节。我从未觉得妹妹真的动了自杀的念头。她是不是跑下山去玩了呢？和海浪比谁跑得快？如果她真的出了什么事，我会不会有感应？我是她的双胞胎姐姐啊。

我警告过她的，我对自己说，可我当初就算是对的，如今也不能挽回。这个想法几乎让我崩溃：她可能对她自己做什么？她差点害了我们俩。

妈妈也是什么话都说不出来。我们走到前街上设置的路障时，亚尼就把车开到了路边，还没等车停稳，妈妈就下了车。我也跳下车扶住她。她的身体虚弱得不像样子，我都能感觉到她薄薄皮肤下的骨头。亚尼从我们身边跑过，几乎是跳着向拦路的锯木架跑去。也许是因为我们有了相同的预感：我们一定要率先知道出了什么事，这样可以保护妈妈。

警察既要防止看热闹的人和潜在的抢劫犯冲进这片区域，又要用对讲机通话，不厌其烦地报告着废墟中的新发现，他们在这两者之中左右为难。亚尼冲进他们中间，拿出了他一贯的开场白：他可以帮忙。妈妈这时还在路上继续走着。亚尼朝警察们耳语道，她的女儿失踪了，可就算她只有一个人，周围也没有人会跳出来阻止这位当地的穿着睡袍的疯女人。她就这样移动着，我永不会忘记那个场景，眼中空无一物，却又目标坚定笃笃前行。她走路时，你大概会想到那些梦游者，他们飘忽不定地走过梦中的一幕幕。这也是我现在的感受：尽管我们时有争吵，但失去妹妹，我无法独自前行。直到那一刻，我才真正体会到独留我在世间的真实心情。

锯木架的另一边已经开来了拖拉机和推土机。水位一下去，农民们就把它们从种植园里开了过来。和我们之后看到的情况相比，城镇的这一地区虽然幸免于难，可还是被海浪搞得一团糟。海水冲开了海堤，把巨石甩到了路上。巨石砸碎了窗户，把店铺里所有的东西都拖了出来——衣裙、一捆一捆的布料、食物、鞋子、书本、玩具、洋娃娃和家具——它们被扔进海里，又被抛了回来，现在四处滚落，一半露在地面上，一半被埋进厚厚的污泥中。赶回来的店主们在他们那悬挂的招牌和破碎的窗户下把那些破损的商品一堆堆地拉出来，他们的家人则在另一边帮着他们抢救这些货物：把东西从土里弄出来。通过敞开的大门，我可以看到那些被飞石打碎的货品的残骸。地上还散落着些硬币——10块、20块都有——但是没人去捡。

在起先的几个街区中，救援力度还不是很大，范围还仅限于财物。在更远的地方——音乐台依旧在一堆泥泞里矗着，向树丛鞠躬——我们很难相信眼前的所见，换个更确切的说法，我们的眼前已经什么都没有了。有些原本有房屋的地方被夷为平地，有的房屋被海水冲成一排，或打转后撞向了其他建筑。锡片散落得到处都是，还有那些木材也是，就如待捡的树枝一般，人行道上的水泥从地面上剥落下来。

现场的气味很难闻。污泥又滑又软，散发着海腥味，闻起来就像是鱼和各种动物死去后的腐尸味，还夹着一股污水管道或燃气管道破裂的气味。就在我们脚下一滑踩进污泥中时，这样的气味就缠上了我们的小腿。在我的拖鞋里，闪闪发光的玻璃碎片、珊瑚片和零碎的铁片钻了进去——这些铁片就是从破损的房屋上掉下来的铁钉和金属残片——它们划伤了我的脚踝。这些东西嵌在污泥中闪闪发亮，使污泥看上去五颜六色的。我警惕着土里那些毫无生气的锡片和其他碎片，以免踩到它们，陷到泥巴里去。

那天晚些时候，我也意识到，这气味是死亡之气。搜救结束时，统计了有60人遇难。其中一些人费了很久的时间才找出来，因为人们是靠他们身上发出的气味才找到他们的。

但也许以上的这些都是后来才发生的。很难记起第一天最初的时刻到底发生了什么事。

亚尼一直在我们周围奔波，听人们说着自己各自的见闻，也打听着景的下落。可没人见过她，还在这片地区活动的只有参加搜救的居民、救援人员和死者，除此之外，就没别的人了。避难的居民们聚集在教堂和学校里，冰窖和剧院则被当作停尸房。

我们应当分头行动，开始检查教堂，这才是当务之急。但是这里有个关于停尸房的问题——停尸房这个词回响许久——事实上我们也的确需要检查停尸房，而且不只要检查一个。停尸房，我们不会从那里开始，但不管从哪里开始都是一样的，这是一个缓慢的排查过程。可是当我们一旦穷尽了所有的可能性后，该怎么做？

可我们并未这样做。相反地，我们是从脚下的地方开始寻找。就是同样这股认为景不可能失踪的冲动让亚尼掀开景那平平的床单。她不在这里，她怎么可能在这里。而这里，是我们想要她在的地方，是我们需要她出现的地方。这里，我们所在之地，不仅到处都是生者，而且还有救援人员在场。

亚尼一边询问，一边举起东西，抓住那些不得不抓住的碎片之类的物件。有人扔给他一副工作手套，让他帮忙举起那断裂的房梁。我和妈妈则一直在走动着，蹲下来，在污泥中寻找线索。景不可能被埋在这里的，我们当时到底是在找什么？我记得我当时捡起了一个沾满泥沙的、完好无损的可乐罐，它的盖子还好好地盖着。我记得那些没有头的洋娃娃，单只的鞋，开口的钱包。我端详着它们，好像它们带着什么别样的意味，就好像，我只要足够仔细地看，我就能看到时间指针拨回到过去，就能看见深夜里浪潮到达的那一刻，就能知道景到底去了哪里。妈妈一直在四处张望，她多期盼能看着她的小女儿和往常一样在路上慢悠悠地闲逛。而我心里，则对那些话语后悔万分，就算我已知道，如今的悔恨也无法拯救我们其中的一个，不论是说出口还是未说出口的，那些字眼飘浮在我和景之间的空气里。我虽然在听她说话，可我什么都没听进去。我震惊万分，却也空虚得像只空壳。我让自己一直盯着空地上那三辆车堆起的金字塔，心想着我以后可能要在没有妹妹呼吸的空气中活下去。她真的选择离开我们了吗？她要离开我了吗？

亚尼和救援人员正在清理一个走廊——更像是一堵敞开的墙，直入塌毁建筑的厨房。妈妈向大海的方向飘忽而去，等我们看清他们找到了一具尸体时，一群人正聚集在那栋被毁的建筑周围。

后来我们做了什么？真奇怪，我和妈妈都一动不动。我一直告诉自己：那不是我的妹妹，那不会是景。我还不想见到我生命中的第一具尸体，但其实还远不止这些。这是第一次，我开始了解到关于我母亲的某些东西，她为什么能眼睁睁地看着或等待着悲剧发生呢？因为很难有理由去催促令人悲伤的事情快点发生。比起这个，从远处观察救援人员忙碌穿梭其中不是更好吗？首先，人们会为赶来的医务人员开辟一条路。当确认这个人已经丧生以后，救援小组又会再次进来，细心地把遗体上的建筑或船只的残骸碎片清理掉，以免遗体被进一步碰坏，然后把这些残骸碎片放在一边。待到这些工作都完成以后，就等着勇敢的人自告奋勇，愿意把遗体搬到冰窖去，以便救援小组回去工作。

我和妈妈等在一旁，紧张到无法呼吸，直到听说死者是个男性时才松了口气。我不知道在那些从甘蔗种植园里开来的拖拉机、甘蔗抓斗和推耙机间找了景多久，但我们一直站着，直到人们抬着那具遗体经过我们。我望着它，因为我的母亲似乎已无力告诉我别去这样做。这具遗体暴露在外面，柔软而泛着紫色，男人赤身裸体，身上到处是青肿的痕迹。海浪必定将他像球一样狠狠来回抛掷。我还能看见他们为他盖上的毯子下露出的腿和手臂。还有个怪异到令人吃惊的地方：有浸湿的黑色毛发从肿胀的皮肤上长出来。

妈妈跪了下来。她以那样的姿势呆在那儿，好像她不能站又不能坐。

"这是个难熬的早晨，"我对自己说，"她没事，她就是需要休息。"现在一切都由我做主了。我为我们两个人清出一块地方，把玻璃碎片、木渣和金属片从表面发硬的烂泥地里拣出，还拽出了一只深蓝色破损碗碟的边缘。这残留的边缘是靛青色的，像一弯新月，没什么特别的，但妈妈却把它从我手中夺了过去。她小心地把它放在膝上，用她的衬衫擦拭着釉。她抬起头来时，对我露出了一个感激的微笑。

直到擦净了这枚碗的残片，将它放进口袋，她才抬起一只脚，搁在另一只膝盖下边。我站在她身旁，因为太疲倦了而不曾注意到这一幕，因此起先我并未发觉她脚踝上裂开了个口子，鲜血正从其中汩汩而出，流到脚背上。

她光着脚，凉鞋的带子裂开了。虽然她的腿上沾满了棕色的污泥，但血液正在变黑，流到身下的地面上，染黑了些许泥土。

这是我最糟糕的噩梦。妈妈在流血，情况很坏，我也知道要止住她流血有多么难。可她表现得一点都不像自己受了伤的样子，她看着伤口，好像这不是她身体的一部分似的。

"亚尼！"我喊道，可他没有回应，我便跑了过去。我感到我的身体在挣扎，我尽力甩动着我那虚弱的、使不上劲的腿。我清醒地知道我的腿已经累到极限了。实际上在那一刻，我的腿正在透支。再一次地，我看见了尸体上的紫色的手，它肿得像个气球，上面还有汗毛，有发硬的指甲。

我能看见我的母亲，她的生命正随着这汩汩流出的血河，一点一滴地逝去。

"亚尼，"我低声说。我跑到他身边时就已浑身颤抖不停。我知道，如果再次开口，除了止不住的嚎叫，我再也无法说出任何别的东西。

这就是他们那时候的样子：亚尼在妈妈面前俯下身子，他的脸贴着她的。他坐在地上，把她拥到他怀里，他们的头碰在一块，两人都端详着她的脚。医务人员赶到亚尼身边，他们轻柔友善地托起她的脚，互相讨论着，好像在其他病人死去的几个小时里，她的伤也许有那么一点儿可能显得重要些。他们最后只能告诉亚尼，要把她带去医院仔细检查一番。

破伤风疫苗、抗生素。鉴于血流得又急又肆意，这个伤口也许比外表看起来更深。

亚尼试着帮助妈妈站起来，可妈妈挣扎着反抗，好像这样亚尼就会放任她不管，任由她沦陷了。当他用一只有力的胳膊挽起她的身子，让她完全离开地面时，她扭动着，踢着他的腿，如此这般他便不会强迫她离开。没有景同她回去的路途，她不愿接受，更不愿成为被我们保护的那个人。她这是本能，没有犹豫。之前的那个妈妈回来了，在亚尼闯入我们的生活中前，她爱我们直到昏倒的那一刻。鲜血从她的脚上流下，溅到了亚尼的腿，可他的脸颊依旧紧紧地依着她，朝她的脸颊情绪激动地低语着什么。

"景！"她喊道，扭过她的头，"景！景！"她一直高呼着妹妹的名字。可大家都知道，如果海啸来袭时她就在这个地方，那么她绝无可能活下来，当然更无可能躲在这堆残垣断壁里等着人叫她出来。可妈妈周围的人都安静下来，笼罩着一层出奇肃穆的气氛。亚尼用两只手环住她，把她整个身子都按在自己的身上，嘴对着她的耳朵，接着突然间，尽管她依旧在呼喊，他没再竭力让她安静，反倒是将她放下了。她不稳地站着。然后，就在众目睽睽之下，她一瘸一拐地走向大海。如果我们由她去了，她就会径直走进海湾，那儿布满漆黑污泥，却很平静。她在找景，又也许自愿成为那个将她女儿夺走的神明的祭品，让神将她带走以换回她女儿的生命。她没将这种心愿大声呼喊出来，除了景的名字外，她也没有再喊叫什么，但我可以感受到她的这种想法。她展开双臂，向天恳求。她一路跌跌撞撞，几近跌进海中。

我的母亲不会游泳。怎么才能让她在走到那如今平稳的海浪前停下来，放下手臂，然后让亚尼领着她回到那辆等着的小卡车里去呢？也许是我，我紧紧地抓住她，用胳膊搂着她的腿，好让她动弹不得，我不愿让她就这样去了，不愿让她就这样离开我独自去了。我哭着求她去医院。只有我一个人了，仅剩我一个人。如果她想要作为祭品而葬身大海，那就让她把我也拖进海中吧。总之，我不会让她离开我。

求求你。

景

声先于景出现，一声咆哮自黑暗中来。人们会说这听起来像是火车经过的声音。这是一阵轰隆隆的响声，从远处、亦从你脚下的土地深处传来。大地开始震荡。海面上没有可见的水墙，没有高傲的浪头从海湾中升起。虽然你正向海浪冲去，但这一路并没有什么可看的。它来了，声音越来越响，可这声音被其他声音盖住了。

你身旁有汽车疾驰而过，好像是从海滨逃出来的。路上也没有划分好的交通车道，其中一辆车转向人行道，险些撞上一根支撑着一栋建筑的二层雨篷的柱子，当然也险些撞上了人。这些车是从哪儿开来的？你寻找着埃迪，以及他的朋友，还有那些你在桥上认出的人。可你现在经过的这些人并非那些等待着巨浪到来的观众。这儿有孩子，还有几位老妇人。

警察们正尽全力清空街道和桥梁上的人，可房屋里依旧有很多人。

为什么你向那个音乐台跑去？就在你跑到海滨，把那些在黑暗中形成的苍白形状看得更清楚之前，有什么东西爆炸了，就像个炸弹，在你右边的某处爆炸。它点亮了整个夜空，引发了一连串的爆裂，房屋上出现火花，透着绿色且噼啪作响，最后完全变黑。它像一根保险丝般穿过整个城镇。黑暗追逐着光明，最终扑到了它的身上，将它吞噬殆尽。在你的右手边，一阵眩光闪烁，你望见了窗格间的人影。短暂的一瞬后，路灯尽数熄灭。你的眼里尽是爆炸后攒动的阴影。你花了一分钟左右才适应月光，而这一分钟里，耳郭里漫溢着人们的尖叫。如今，人们从你身旁慌张地跑过，嘈杂之中，你听见了那些忠告——"快跑啊！为了活命！是海啸！"除了这个基本的喊叫以外，还有另一种呼喊方式——喊着人们的名字。

"罗伊！罗伊叔叔！"

"埃尔文，你在哪里？埃尔文！"

"悦子？悦子！听到就回一声！我们来找你。"

"埃尔文！埃尔文！"

"爸爸，救命！"

他们所有人都在恳求回音，但却无人应答。

你能听到这些呼唤吗？能清楚地听到吗？还是这些只是你诉说的故事中的其中一个？这喧闹之中都是人们的尖叫或啜泣，以及那水流冲刷的哗哗声和窗户破裂声。水已淹没了道路，正向你袭来，人们都站在这大水洼的边缘。你期待已久的海浪来了，它时涨时落、时快时慢，在它蔓延到门口时，像被施了魔法似的放慢了脚步。它像一只好奇的小狗旋转着，然后水越积越多，重到冲开了门扉。

你以为会有一堵水墙，就像一个巨大的冲浪波。可这更像是河中几口烧着水的水壶，只不过它们变大了。

水在上涨。它们到达第一排建筑，从房屋里面穿过，从破裂的窗户中拖出家具、衣物。这些房屋在呻吟，你能听见噼啪的响声，大的物件撞到更大的物件上。你只能看到，店铺的招牌和门在水面上如一叶竹筏般地漂游。店铺和房屋涌上了大街，可水流并未像你想的那样像个到处重击的锤子。房屋之间的墙壁还立在远处，海浪的边缘则在磋磨着、犹豫着。你站在道路和河流之间的一块小高地上，水漫到了你的脚下。

"别松手！不能松手，乔治，握着她的手，一定要握着！"

在你面前，一位母亲正带着她的三个孩子，他们都穿着睡衣。她站在一个加高的门廊上，试着向海湾外边瞭望。她背着她最小的孩子，那孩子的双腿夹着她的臀部，脑袋埋进了母亲垂下的黑发里，手臂则紧紧环着母亲的脖子，好像要从背后把母亲拉到地上。她家的倚栏已经断了，水波在她的小腿处打着旋儿，但她看起来好像还是不明白究竟发生了什么事。她正催促着另外两个孩子从房屋里出来。

不。

　　在门口，那里有个男孩，他一定就是乔治了。他的个头只够到母亲的胸口，他的任务就是抓住那位在他身旁哭泣的小女孩的手。那个小女孩湿掉的睡裤贴在她的腿上，不愿意离开。她只有哥哥一半高，还很固执。她先紧抓着门栏，再是窗框，而乔治则试图把她的手撬开。哥哥一撬开手，她便又抓上了某样东西，他们就在你面前僵持。水还在上涌，那个母亲还在朝海湾瞭望。

　　你并不是孤单一人。你周围不断有人下来帮助你，有个人带着绳梯，你会用吗？还有一些人在波浪中挣扎。但依然没有其他人看见乔治顺利地把妹妹的手松开了。你看见她在摔倒前浮起来了一点，紧接着就被水流冲出了门廊。

　　这些无辜的人会怎么样呢？你曾想知道。如果这些孩子就这样被海浪偷走了会怎么样呢？可这些都是你之前的想法。如今，你再也无暇顾及。

　　你在水中，慢慢蹚向那个被水冲走的女孩。海水冰凉，其中还掺杂着一些你猜都不想猜的东西。你的裙子由于浮力而被提起，你腿旁的漩涡远比你料想的要厉害得多。那个顺水漂走的小女孩成了个球，在水中打着滚。水流正把她带向你这边，如果你再继续深入就能截住她了。可你和她之间，水流湍急地涌过，你又急于想去捞到这个女孩，她的睡衣里充满了水，已经在背上鼓了起来，水流把她的脑袋摁在了水中，你心里还并未有个清楚的计划。突然，一个浪头打过，女孩的漂流改变了方向，她往你的左边去了。你必须要把她救上来。你跳进了水中。

　　你捞到了她。你的手里抓着她那湿掉的法兰绒布衣裳，可你的脚却不受控制地脱离了地面，如今你也被海浪卷走了。你必须挣扎着让自己浮在水面上，然后把那个女孩翻个身，让她面朝天。你仿佛一个陀螺旋转着，可她却没什么事。她呛了水，努力爬到你身上，你们就这样随波而去。

　　你的眼睛被飞溅的水珠弄得生疼，小女孩的脚擦着你的耳朵。你不清楚哪个方向才是向上的，除了那个女孩也许现在是身体朝上。你可以抓住的一切东西都和你们一起漂流着，你也坚持不住了。你的肺部痉挛，嘴里都是水，你突然觉得，你可能再也回不到水面上了，可这个小女孩需要你，你不想死。

　　你不想死。

　　水流像一只手一般握住了你，将你又旋转起来。在你旁边，浮着一块胶合板，你终于能喘口气了。那个小女孩则正喊着她妈妈，这是个好迹象，可你再也无法去关注其他的声音，即使是直接对着你耳朵尖叫的噪音，你也听不见。你挂在一块木头上，吐出腐臭的水，试着去呼吸。这是你的想象，还是海浪的拉力在减缓？

接着有什么事发生了，你也不知道是怎么回事。当你旋转着漂进树篱时，那块木板又被冲离了。你一手抓着那个小女孩，一手抓着树篱。树篱的树枝并不能截住你，除非你能把自己的整个身体都塞进去。那个小女孩的小手缠在你的发中，拳头握得紧紧的，用力地拉住你，没有别的事能做，这时，你把自己塞进了树篱。

在水势减缓时，你会看到自己的脚，把它们从水波中拉回来。你会听见自己心中低低祷告的声音，噢，天啊，一定要坚持住，虽然在此之前你从未祈祷过。当你终于摸爬滚打到安全地带，踩着脚下的坚实土地，你会和乔治的小妹妹坐在草坪上，两人抽抽噎噎。

你还记得妈妈是怎样告诉你莉莲小时候的梦魇的吗？莉莲梦见自己孤零零地坐在木筏上，漂流在海的中央，她的周围没有一丝亮光。那也是个离家很远的地方。每当她梦到这番情景，她都会害怕地惊醒，呼唤着母亲。最后，在一个夜晚，母亲为她唱了一支歌来安慰她。梦魇再次降临，梦中的夜晚极深极黑，莉莲已明白她是再也找不到回家的路了，一座小岛从地平线上冉冉升起，她四处环顾，望见了太阳。木筏靠近海湾，莉莲看见上面有两个小女孩，她们手牵着手，她们长得和她未来的女儿一模一样。望着她们。你当然能望见她们，她们所站之处是一片美丽的天堂，这个地方会是莉莲的家吗？莉莲别无他法，只能想个办法游向对岸，她唱起歌来，那两个女孩便伸出手，把海洋另一边的莉莲拉了过去。妈妈说到这里，就会唱起那首歌谣，听起来很像是教堂里的音乐，就像她在你们小时候，每晚关灯前都会唱的那般。唱吧，就现在。让它把你从过去的回忆中拉回来。记起你到底是为何来纽约找花的。如果你不快点醒来。人们都会迷路，你并不是唯一。

那儿会有光，那儿会有光，
越过这海洋，光明在等待。
有我深爱的两个女孩，黑夜亦不再，
越过这海洋，光明在等待。

1945 年

　　火车停下的时候，乘客们还在座位上。在关于爆炸的通知传来之前，车厢里的几位旅客先是面面相觑，接着又把目光移开。远望窗外，莉莲发觉，车上的人们正在陆续下车。一个男人和他的妻子，手挽着手，在她的窗下径直走着，他们沿着铁轨朝火车原本会带他们前去的方向走去。其他人也是如此，而她则想去打听：他们到底听到了什么？发生了什么？他们能看到吗？她起先以为是一枚炸弹爆炸了，也许附近的一座工厂里还着了火，可其他人看起来一点儿都不害怕。莉莲还想，是不是铁轨上出了什么事故，甚至是一场自杀，她想知道她是否应该原地等着，是否可以平安地留在座位上，这样就不会看到什么碎片残骸，以及那些支离破碎的生命了。

　　车窗外越来越多的人走过，她周围的旅客也纷纷起身离开，莉莲发现自己也不自觉地起了身。比起一个人在火车上等着，和大伙一齐朝城市走去总要好些。火车外，细细的人流绵延着，持续不断。他们已经沿着铁轨走了好久了，还经过了其他火车站。每个人自顾自地走着，只有在快撞到别人不得不挪开身子时，才发觉此时身边还有他人存在，可没有一个人说话，甚至连孩子也是。没人在低声议论可能发生的什么事故。

　　那时，广岛上空出现的光亮是显而易见的。8 月炎热，但这一天却是不同。焦灼的空气发出嘶嘶的、烘烤的声音，酝酿着不安的情绪。穷尽路途，连望不见的东西都隐隐地骚动着。

　　天空落下黑色的雨滴。只要能燃烧起来的物件，皆被野火焚尽，生者和困在瓦砾废墟之中的伤者，皆无幸免。可莉莲还什么都不知道，事后也没听说那些故事。她就那样踽踽而行，殊不知将走向天真之途的终点。

他们还不知道，他们也无法去想象，甚至在那些漆黑的亡灵靠近他们时，他们还是不敢相信。从远处看，这些亡灵长得和人一样，但他们走近时，人们才发现有什么东西明显的不对劲。比如他们的头发，远看是蓬松而卷曲的，而且颜色也有些奇怪。阳光照着她的眼眸，从她所在的光线较好的角度望去，有一团奇怪的炽芒燃烧在亡灵身后，这些亡灵好像完全笼罩在阴影之中。

他们愈走愈近，莉莲看见了他们的皮肤，那是漆黑的。有些皮肤被烧掉了，外露着森森的白骨。有些皮肤则好像挂在他们的身体上。轮到她清楚地望见他们时，沿铁轨而下的人流似乎又稀薄了些，一些落在人群后边的人，干脆就坐或躺在地面上。那些继续走着的人如梦游者一般手臂悬在身前，或许是为了避免伤口互相摩擦带来的疼痛。或许是出于一位女性的本能，她提起裙摆，以避免裙摆曳擦到他们的皮肤。大部分人都被震惊了，震惊地连感官都失去了。

亡灵们甚至对旅客熟视无睹。没有人出声询问，也没有人提出警告。

真是太可怕了，如果这真的不是一场噩梦的话。

未来的某些时候，她会记起这些尖叫，会记起这些沉默。横河上堆积如山的死尸堵塞了河道，像极了一座会抬高水线的水坝。你能从他们上边走过去，她心想。她明白他们都是死了的。她会记得心中的疑问，答案也已了然于心，但这些却对她没有丝毫帮助。

这里究竟发生了什么？

当她渐渐走近城市，可以绕过市郊时，她没有去找花子。她不能靠近城堡。相反地，她到处寻找立石大人，就算她知道他只可能在两个地方：他们居住的房子，那儿已成一片火海，或者医院。卧床不起的他是她肩上的责任。然而，她却在明知他不可能去的大街小巷间穿行。

她无法思考。

有一个女人的脑袋浸在圆桶里，她的长发浸在浑浊的水中像海藻一般摇摆着。一个孩子无助地依偎在他那已死去的母亲的臂弯下。小俊，她想道，幸亏他不在这个城市。可是城市中又有那样多孩子的尸体，各种各样的人的尸体。走近些，她能看见那些穿着带深色图案的白色衣服的人们，他们被烧焦了，几块还完整的皮肤在遍体的伤口中间，与那碳化了的、曾经还有形状的深色图案相契合。他们的脸颊模糊不辨，好像被什么用力擦掉了。他们没有眼睛，也没有耳朵，也没有鼻子。

根本没有办法去辨认任何人，可莉莲害怕得不敢停下。走进城内，还是出城去呢？方向无关紧要。其他人也做着和她一样的事：麻木不仁地搜寻着，以图有个地方可去。她既不能帮助别人，又不能停下。她看见一个年长些的男子停住了，她望见恐惧分明已侵袭了他。男子抬起双手，向天呼唤，乞求神明将他带走，把他的妻子带回来。她看着他瘫倒在地上，呆在那里。

莉莲一直在走。

在被送去医院以前，她在废墟之城中走了一整天，烧焦的土地和尸体灼伤了她的双手，也灼伤了穿着凉鞋的脚。尸体被摆放在走道上和院子里。在医院外临时搭起的帐篷里，安放着更多伤者和濒死的人，还有那些在震惊中没缓过神来的人，没有食物，也无处可去。他们无处可逃，她发觉。没有人可以从这里逃脱。一枚炸弹就将整座城市化为灰烬。

她的儿子是一盏小灯，浮动在那她所信任的灯之海中，她相信这能保护他。她相信人们都有人权，善行会得到回报，生命是宝贵的，也很公平。可如今，没有人是安全的，在城市这带着腐蚀性的余烬之中，充斥着各式各样的不可能，这个她花了一天时间去逃避的真相终于追赶上了她。她的希望渐渐熄灭。她靠着房屋的墙壁垂下身子，闭上了眼睛。

莉莲一动不动，直到一个年轻女孩叫醒了她。这个陌生人请求她帮忙把她的父亲从木推车上抬下来。莉莲发现她可以站起来了，可以去帮助别人了。接下来几天里，她都这么做了，她尽她所能帮助伤者包扎伤口，这意味着她的脚得在伤者之间挤来挤去，因为伤者实在太多，根本没有站立的地方。她赤脚穿着凉鞋，寻找着稍微空一些可以放脚的地方，有时还要用伤者的身体作为依仗，以免在黑暗潮湿的软泥地上打滑。每一次她触碰到那些伤员，都会轻柔地替他们擦洗，他们竭力尖叫——如果还叫得出声的话。她在新的认知中得到洗礼，这种认知不过是过去无法想象的另一页碎片：有时，活着还不如死去。

她在医院打了两天下手后，才在一大堆躺在地上的伤者中发现了花子。那时，她在帮一个受伤的男孩翻身，手肘不小心碰到了躺在他旁边的女人的身体，接着，她就看到了那枚从她脖颈后面滑落在地上的吊坠。

花子的脸庞被烧成了一片羽毛状的白色灰烬。她的鼻子和一只耳朵也被烧掉了。莉莲不确定花子是否还活着，她的双眼成了凹陷的黑洞，嘴唇也不见了。这看起来好像很残酷，她似乎还有头发，她的衬衫也是白色的，尽管它卷在她身上，还尽是棕色的污渍。她没有被包扎，这表明没人认出她的身份。

"花子。"

她最好的朋友没有回应她的呼唤，没有轻哼也没有喊叫。莉莲试着去帮帮她，去找些药膏和绷带，但一位护士拦住了她。莉莲反应过来，有的人能被救治，而其他人就只能被剩下。花子已无法挽救了，莉莲只要看看她就知道了。

"安息吧。"在护士转身去为一位医生拿绷带之前，她轻声说道。也不清楚她到底是为谁说的。

炸弹落下时，原本待在那里的人应该是莉莲，这就是为什么她从未去找花子的原因。花子如今遭受的所有苦楚，都原应是属于她的。

花子面目全非，她身上的所有皮肤都被烧掉了，然后渐渐硬成木炭，莉莲知道这就是她为什么非得望向窗外、直直地盯向那团闪耀的火光的原因。可是她的身体仍在跳动，这具身躯浑身通红，遍体鳞伤，在没有皮肤覆盖的、外露着肌肉和骨骼的地方则是滑溜溜的，到处流着脓血。莉莲知道最好不要去拥抱她。她所有的神经末梢都露在外边，甚至脆弱得已感知不到支撑着她的土地，以及人被搬动时擦过身侧的气流。没有人可以想象这到底是怎样一副光景，那些呻吟与尖叫——比起被医务人员翻过身子，人们更乞求来个利落的了断。花子死去了吗？莉莲选择从这个方面来想她，而不是觉得她被深深困在了这具失去了所有印记的肉体中。

安息吧。人们做了多大的恶事？上天又对他们做了什么？仅是因为他们外表看起来是什么模样吗？在这场战争中，莉莲已经明白得够多了，一个人的长相决定一个人的命运——看起来像敌人，看起来像朋友——这改变了一切。没有脸孔的话该多好。成为一个"无面之人"，悄悄地溜走吧。

如果没有这块吊坠，她永远都不可能认出花子。这件东西还留着也说明，在经历了这样的灾难以后，几乎没人会有心思来偷这种值钱的东西。链子已经熔化，许多连接处相互融合，最后，这条项链嵌在了她最好的朋友的脖颈上。

应该是她。

安息吧，莉莲心想。她在哭泣。奇怪的是，在这么长的时间里，尽管发生了各种各样的事，她还是不记得上一次哭泣是什么时候了。可这里没有安宁，她连一声告别的机会都没有。

一瞬之间，花子的胸腔停止了起伏，她好像听出了莉莲的哭声。

花子死去了。莉莲还能向她道谢吗？还能向她说对不起吗？如果花子听到了她的哭泣，她也不知道她会说些什么。

"安息吧。"莉莲低语道。这已是个无比美好的祝愿。接着，她抓起吊坠，拉着链子，就算链子勒着自己的手也要把吊坠扯下来。随着链子在花子撕裂的伤口中嵌得更深，她的身躯也跟着一动一动。她的灵魂已经解放了，可她的吊坠还未。莉莲盯着自己手掌中躺着的那一小块玉，又盯向链子，它依旧咬合着那曾经是她最好朋友的脖颈，松垮的链尾掠过地面。

花

　　如果景就那样在床上睡觉，而不是溜出去看海，我们就会像其他小女孩一样，她们在 1960 年大海啸中的最大损失也不过是父亲消失了一个礼拜。在这一周里，父亲们回家只是睡个觉，带着满身的海腥气。成年男子担负起了这份重任，当防毒面具用完后，他们就会抽起雪茄来中和气味，他们操作着起重机，有时会在疏通工作时挖出一具尸体。我们这些女孩应该和母亲们待在一起，让大后方团结一心，为难民们准备食物。如果我的母亲愿意投身大海、以换回我妹妹的生命的话，那就是因为景已在她脑中灌输过，海潮是某种童话。她只管自己沉浸在那一厢情愿的幻想中，从未想过身后的我们会遭到多大的打击。她太专注于建构自己的世界了。

　　我们现在离载我们过来的小卡车已经很远了，受了伤的妈妈又不能走回去，亚尼和他的一个熟人便把妈妈和我安置在了一辆小型载货车上。我那依旧流血不止的母亲坚持要亚尼守在这儿继续找人。尽管医院是最好的搜寻地点，但她还是相信亚尼会在一堆废墟中找到景。我也有了自己的使命：花可以做到，把妈妈带到医院里去，然后告诉他们所需要知道的一切。弄清事情的先后顺序也很简单。自打亚尼看到妈妈受伤后，保护母亲的责任就落到了我身上。他们信任我。

　　镇子上的每个人好像都在医院里。这里的人们要么是受了伤，要么是有家人在此，要么是无家可归，因此，他们就在这儿，地板上，走廊上，建筑周围的草坪上。每个人还带着一段自己的故事。一个男子，在海浪挟着一辆车和一头奶牛朝他卷来时，紧紧地抓住了树干。汽车弹离了树干，可奶牛却挂在上边，把他硬生生地从树干上挤了下来，这时，海浪正好涌上内陆，把他拍在了一座房顶上。比起他们的伤势，妈妈的小伤口对分诊护士来说微不足道，他们便总把她放在候诊名单的最后面，当我试着去解释对她有多么严重时，也没人听得进我的话。除我之外，身旁的每个人都认识几个管理人员，我看着他们和那些人交涉，把自己的名字往前提提，我才发觉亚尼朋友很多，但并不是个怪人，而妈妈和我才是，我们一直是镇上的陌生人。在医院里，我还认出了学校里的许多熟面孔，但我们和镇子遭遇的悲剧并未把我们团聚在一起。因此，我一个人寻找着景。

　　至少，妈妈在这里。护士们看起来也并不担心。这也许就是景成了我现在最为牵挂的人的原因。我朝他们打听着，她之前是否已被医院登记过，当然没有得到什么有用的答案。因此我只能闲逛，时不时地在通向检查室的大厅晃悠晃悠，如果有人寻找景的家人，他可能就会认出我。那些我曾经的口不择言让我不忍回忆。她如今下落不明，我只能倾尽一切去寻找她。我确信，作为她的双胞胎姐姐，我能感知她是否已经死了，可我现在并没有这种感觉。我也感觉不到她还活着。

　　我找到了一个靠墙的地方，这样妈妈就能倚着墙休息了。时间一点点过去，她的脚依旧在流血，有时是鲜红的血液，有时则是暗色的、浓稠的血块。我拿了些纸巾想把伤口旁的血擦干净，可她不让我触碰她的伤口。每当我把纸巾靠得太近，就会刺激更多血液流出来。我拼了命想让护士为她登记，可她穿着泥泞的睡袍，看起来和那些从浪峰下逃命的普通伤者没什么区别，更何况，一个13岁的女孩也无法让那些过度劳累的护士明白她是个特殊案例。我只好坐在她身边，我感觉到她的骨头压向我，仿佛是那柔软的皮肤下隐藏着的书脊和书角。她很疲惫，无精打采。仅是紧握她的手是不够的，我还需要做更多。

　　我一直用湿纸巾轻拍她的脚，纸巾一碰到伤口，很快就成了绚烂的深红色。我无意间瞥到了自己的胳膊，黏稠绯红的血正沿着我的手腕流下来，我吃了一惊。就在我擦拭着这摊血迹的时候，我想到了个好办法。于是，我再次走向分诊值班台，询问关于景的事。

　　那个护士看着我手臂上正滴着的血。血从手肘上落下来，落到了富美家牌的桌子上。

"天哪，姑娘！你怎么了？"

就这样，我把她领到妈妈身边。妈妈立刻就被抬上了小床。那时，她已经虚弱地说不出话了。她无法把经过告诉他们，于是就朝他们挥了挥手，然后指向我。"告诉他们所需要知道的一切。"亚尼之前说过，可我并未想过这句话意味着什么。有两个医生，一个男的一个女的，还有一串连珠炮似的问题：

"这是什么时候的伤口了？"

"她也被海浪缠上了吗？"

"她踩到什么了？"

"还在她的伤口里吗？"

我吸引医生注意的目的已经达到了，现在我的任务就是去救她。可是我回答不了那些关于疫苗、破伤风、血型，还有她的血液为何如此稀薄的问题。"贫血。"我说，这个词是我从亚尼那儿听来的，可我并未想到他们会需要这么多信息。他们不是医生吗？他们看不出她到底哪儿有病吗？接着，他们问了些家族遗传病史方面的问题。

别的还有什么？

于是，所有事都冒出来了：她畏惧伤口。我们幼年时，她长时间昏迷；她身体发热和皮肤上有红疹子。我告诉他们，她在那以后就很口渴，喝水时能喝上个几加仑——这是她生病时唯一想要的东西。我甚至还告诉他们，她出现幻觉时会说什么。"到处都是血，止都止不住。"

我跟他们说，她不该流血。

在那时，我并不了解整个状况，我没说的是，我的母亲身上谜团重重。现在倒很清楚了，妈妈的病不仅是生理上的，在她身上还曾发生过别的什么事，她经历了许多。这就是我在这些记忆中感受到的：苦难。就好像，在我们的现实世界和亡灵世界之间，隔着一层薄纱似的屏障，而她就在离这屏障如此之近的地方。有时，亡灵们会把她拽过去，拽进另一个世界里去。我的结论听起来很荒谬。妈妈被幽魂缠身，如今，景也是。我也一样，我被不应在此的声音和本应存在的回忆纠缠，心中的悔恨与时渐增。我有理由相信是它杀死了她，它不是随机附身的，是先天遗传。

话说回来，我已经 13 岁了，并不信什么神鬼之说。我就告诉了他们她踩到了那些铁片的事。

我在妈妈身旁走来走去。她还是那样苍白虚弱，还未恢复意识，她身上连着各种管子，我想知道她是否能听见我说话。

晚些时候，亚尼来了。景跟他一块儿来的。她还活着。直到他们到我身边时，我才发觉，因为之前我的身边都挤满了伤员和他们的亲人，我没能看到他俩渐渐靠近我。当亚尼一把抱起我，问我事况如何时，我激动地浑身发颤。他问我："你怎么样了？"这是我们都熟悉的本地问候，好像早晨一切如旧、什么事儿都没发生过似的。他身上散发着汗臭和海腥味，可我紧抓着他，好像自己站不住似的。我告诉他我是如何帮上了忙，我已经力所能及做到最好，为此我十分自豪。如果他早一小时过来，他就会发现妈妈还坐在地板上。亚尼的脸颊上挂着笑容，用一只手臂环住了我，另一只则把景揽进了病房，让我俩都面朝着妈妈。

我们在等待吗？我们又在等待什么？亚尼望着一台台机器，似乎受到显示屏上平稳的波浪线和哔哔声鼓舞。我觉得他会表扬我做得好，也许我能这样假设一下。

"我去找医生。"他说着，走出了房间，把我和景留下了。

当然，他们来的时候，我第一眼就看见她了。我俩没有拥抱，因为我们之间不需要。她的存在像我心跳的旋律一般清晰。现在，我们都有了一个台阶，可以各自后退一步，迎接彼此的重逢。

景看上去很疲倦。我那套在她身上的衣服肯定湿了又干。她身上和亚尼一样难闻，就像浸透了海底的气息。她的额头上裂了个口子，创可贴贴了个十字，浮肿的脸颊没有表情，沾着干涸的血迹。她看着我，神色阴郁沉重，和平时的她不一样，我差点问她的名字是不是玛丽琳。我垂下头望向自己，看见我自己的身上也沾着血，血还是鲜红的。我的胳膊上留着鲜红的条状血迹，流进皮肤的褶皱里后就变得像蛛网一样。景朝我伸出手，擦了擦我的脸。我才发觉自己的脸上也有血。她用她的拇指轻轻地把它擦去了。

我等着她开口告诉我到底发生了什么事，等着她说之前去了什么地方，等着她的道歉。我想听她说，听她说她并不想伤害我、伤害妈妈、伤害她自己，听她说她对自己那些疯狂的想法从来没有认真过。最重要的是，我愿倾尽所有，听她告诉我她无论做什么事都想要我和她在一块儿，而她也是，她如果将我撇在一边，她会觉得孤独。

可那时候，她却挪了挪步子，站到了妈妈的身旁。妈妈自入院以来，还从未说过一句话。我当时觉得妈妈还未恢复意识。景轻轻地站到了妈妈的病床边，握住了她的手，这一握，就唤醒了沉睡的妈妈。妈妈醒了。当然她还有些眩晕，起初似乎认不出景是谁。我们每个人，都被污泥和废墟重绘了一遍，我们需要一点时间去辨出那些新的线条和阴影。我关注妈妈重新适应的过程。这时，景开始哭泣。

我，一直待在这里照顾妈妈。景，却是那个用自己的轻率鲁莽将妈妈推向死亡的元凶。可又是景，妈妈突然就将她拥入了怀抱。我为妈妈争取来的那些管子方才为她注入了一点儿力气，因为她终于在我们到医院后第一次开口说了话，她在呼唤景的名字。妈妈抓住景的手臂，手指梳理着景那头乱糟糟的头发。在她跟前的是她的女儿，那个刚刚从死神手中抢回来的、回归了的女儿。

这次，妈妈在病床的时候比之前更久，景依然被允许坐在妈妈床边的位置。那时，真正触动了我的是，这一整天，我在喘不过气的窒息中所感到的孤立无援和芒刺在背，根本不是景能够感受到的。她和妈妈彼此拥有，就如过去在农园里一样，景的眼里沾到了脏东西，就被赋予了我的名字。她们如此相配，都是从不可知的危险中幸存下来。她们是同类。而我应该在哪里？

景声泪俱下，想把话说清楚。妈妈挥了挥手，示意她不必解释那么多。接着，我妹妹的脑袋就放在了我母亲的肩上。我只能退后，就好像我从未待在那里一样。

景，是妈妈选择的女儿。

★★★

已经过去八天了。先是二十四个小时，然后是四十八个小时。景的生物钟被布莉重置，在埃克特创伤中心接受五天的集中治疗。布莉告诉我，我们还需要一周，或者两周，如果我还有时间花在我妹妹身上的话。可是景发起了低烧，布莉很担心。我能感受到事实，我们的时间已经不多了。我也给了景我能想起的一切：更多的故事、气味和感觉。我们几乎赶上了对方，我的记忆匍匐向上，快要接近我们失去对方的那段时间了。或许真相就是，我其实什么都没做，除了跟着时间轴回忆、同自己说话、假装自己能按期望创造一个世界以外，什么都没有做。就像那时的景，也许所有的一切都是一厢情愿。

再一次。

不过这已没什么关系了。这是当然的，一点关系都没有。什么都没有，除了我失去了我的母亲，很早就失去了。我离开了她。不管她做了什么或是没做什么，我都因她选择了景而惩罚她，同时也让我自己备受煎熬。我是那个抛弃了母亲的人，封闭在自己建造的洞穴里这么久。没人找得到我。如今，她的一切，我都再也无法去了解，也无法通过她来认识自己了。

就这样，一段时间过去，就形成了习惯。我筑起了一面墙，没人试图越过这面墙来接近里面的我，这面墙让生活变得古井无波，再也没有会背叛我的朋友。我的大学生活很简单，学年安排得恰到好处，我既能穿得合乎季节，又不引人注目，还不会露出一寸寸留有伤疤的皮肤。这儿没有怪人。走吧，走吧，没人会来看热闹。时光流逝，我不再怨恨任何人侵犯我的隐私。

不过围住我的那面墙，不论我怎么吹嘘它的作用，它都不是一堵高墙。很多时候，一个微笑，一声真诚的问候，一张我母亲手写的便笺就能将其瓦解。这就是我为何从未回复亚尼来信的原因。我在等待，延长对我母亲的宽限期。

我还保存着它们，那些亚尼寄来的小小便条，这几年来，超过了20张。告诉我家里装了新冰箱，景在做珠宝生意，让我回去过圣诞节，絮絮叨叨提醒我写信或打电话给我母亲。这些事，我都清清楚楚地记得。亚尼笔下画出源源不断的波浪，让他的字迹显得脆弱而不确定。圣诞节贺卡和生日贺卡，还有我要去兑现的支票，这些都让他们知道我还在这里，我现在也还在这里。可连这些都是亚尼写的，不是妈妈。

只要我母亲来信，不管是哪一天我都不嫌迟。

"我们都在老去，但跟我的老骨头比起来，你的母亲依然美丽。我们很想见你。"

那一封封信笺，我都倒背如流。每个词，从我收到它们那天起，就在我脑海中一遍遍地打转，就算我刻意不去想都不行。

"无论你想什么时候回来，我们都很愿意为你买回程票。他们给我换了一种降血压的药，可也没什么用，这都是家族遗传。"

"我希望你能为自己的生日买些鲜花来庆祝。你知道我们这儿是什么样子，每天都是那样。你妈妈不能再到农园里去了，现在大部分的除草工作都由我来做。"

"今年秋天，我们做了一点点小改动。我们把床搬进了卧室，这样，你母亲就还能看见她最喜欢的花了。真是个不错的解决方案，你不觉得吗？她真是个斗士。"

"我俩的身体都大不如前了，花。这不是简简单单就能说清楚的。如果你不能回家，请至少给你的母亲打个电话吧，给她个惊喜。如果你来电，她会很高兴的。"

还有，最后一张是："所谓重要的是，没有遗憾，对吗？你母亲过得很开心，这就是你现在需要知道的。当你像我们一样老去时，就会回首你过去的时光，你就会懂得过去的已经过去，再也无法改变。如果你懂这个道理，你就不会是现在的处境。"

这就是他最后的话了。为什么我不曾给家里打过电话呢？

也许是他在信中从未提到癌症一词。亚尼寄来的这些贺卡里，从未有妈妈罹患癌症的只言片语，从未说她得了脑癌、乳腺癌，肺里和骨头里也有扩散的癌细胞。得了一种癌症还可能活下来，这么多癌症缠身想要活下来简直不可能。医生也没见过她这样的病例，尤其她还这么年轻，根本没有治疗的对策。这些都是我在葬礼上听邻居说的。你只有两个选择，要么就是静静地等死，过程还痛苦万分，还要一笔高昂的医疗费用，要么就以自尽结束一切，来一场情侣的雪中约会。雪，脆若缝针，均如涟漪，短暂如斯，眨眼即逝，就像亚尼说过的那样。他们说，体温过低导致的死亡就像服用过量安眠药后迷迷糊糊地睡去。慢慢地，你失去意识。你毫无知觉，不知道身在何处。

一个人最后会怎么做？我会怎么做？事实就是，我是那个抛下母亲、让她独自死去的人，这么长久以来，她没有我。她孤独地度过了这些空虚的年月。我面对这样的事实，又该怎么办？我可以改变事实，就算在妈妈和亚尼死后，我也可以改变，怀有这种想法的我，是多么的愚蠢？我是多么想听到她那轻快的声音、上扬的音调，确信一切都顺利。甚至如今，面对着已在我面前铺开的真相，我想象着，下次电话铃响起时，我会听到她的声音从另一头传来。

我等得太久了。我现在已经意识到这是我的错。我又一次等待，已经如此疲倦。我厌倦了那种失眠，厌倦了那种日夜颠倒、左右逃避的生活。景在那儿做着什么？我禁不住想，我还觉得她是存心的、故意躲着我，在布莉每天用机器监控着她的重要器官时，她的神色也显出她心中越来越动摇，她甚至可能还在什么地方看着我呢。我之前确信我们的童年回忆可以拯救景，可我现在开始欣赏肖医生的那种方法——她完全不过问我那些记忆的空白。谁会愿意重温如此多的背叛？谁会选择面对"谁做了什么"的一遍遍循环追问？

可即便往事拯救不了我们中的任何一个，却也让我得到了收获：一个提醒。这并不关于我是谁或发生了什么，而是关于我能做什么。如果我不能救我的妹妹，不能仅靠自己的意愿将她唤醒，那么有一件事是我肯定能做的：我可以凭自己找到那个伤害她的人，并将他绳之以法。

绳之以法，我从未全力做过这事。但我知道，我必须去做。

影子少女

SHADOW GIRL

景

米茜是你的新姐姐。她最受欢迎，也最美丽。她周围的空气，自带她独有的光环，缓缓流动，这都是你最初对她的印象。如果你呼唤她回来，她会消失吗？在受惊的某刻里，她的灵魂会陷入迷途吗？如果这就是你想象的自己——一个迷失了的灵魂——那米茜就让你想起了莉莲。莉莲，这个不知从哪儿冒出来的女孩，她活在故事之中，然后消失。

你已成了一个会讲故事的英雄：红十字的天使，你是一个跌跌撞撞走进中学的女孩，还从死神般的海啸的魔爪下夺回那个孩子。你为人们分发咖啡和创可贴，为那些消防队送来的难民铺床。《先驱报》上甚至还刊登了一篇关于你的报道。这就是如今的景，你的小镇决定了你应该成为的模样。可你也是个逃跑的家伙，你是偷偷溜出家的女孩，还搭了米茜的哥哥的便车。埃迪会对他妹妹保守这个秘密吗？谁又知道他是怎样诉说那个夜晚的呢？

亚尼带你一起去参加灾后救援工作。海啸过境，留下一地狼藉，在清理善后的起初几天，他举荐你去做了一个女孩可以做的所有工作。当人们看到你时，几乎都对你赞不绝口——好女孩。实践活动之中，你变得不再像原来那般害羞。你为人们带去了笑容，不是因为你那晚的非凡举动，而是因为你如此年轻，让人们相信人人都有成为英雄的潜力。你在河边，帮着清洗纺织品店的布料，这些布料都是为了救灾特价出售的。

今天是属于妇女们的日子：母亲和女儿，姐妹和姑姨。男人们把他们的平板车开到镇北的小山谷里，那儿河海相接。他们把一匹匹陈旧的布料丢进那些探出头来迎接他们的蝴蝶兰花丛。"嘿——咻！嘿——咻！"海腥味中洋溢着欢歌笑语，孩子们跑开了，男人们也一哄而散。

　　妈妈还在医院，离出院还需要几周。她回家时，拄着拐杖，带着药和医院为她制订的新的调理食谱，还有经常要换的绷带。花表现得好像妈妈快死了，不肯离开她身边，因此亚尼把你和岛小姐带到了河边。你的工作很简单：抓住一匹在河水里展开、顺流而下的布料，摊在浅滩上，接着尽你的全力清洗它。女人们都在干这个清洗的活计，时不时二三成群。当你洗完，就把布匹用力拧干，交给孩子们。他们会抓住布匹的末端到处跑。他们的这道工序是最有趣的，把扬起的一卷卷花布当作降落伞，待它们落下，覆压在草地的小花上面。这时，母亲们就会快跑过去，帮他们一起把下一卷彩绸放在草地上晾干。

　　孩子们跑开时，你望见了在那里的米茜。她蹲在溪流的一处浅滩上，拖曳着一匹紫色的、带着缅栀花图案的布，看起来就像一条有花纹的长鳗鱼。她离海洋很近，你比她更近，你们俩都挨着连接山谷两侧的高桥。她正想着什么遥远的事。

　　她没有注意到你，可是布从米茜手中滑了出来，被水流带走了。它随着水波、朝着你漂来时，你伸出手去攫住了它。但它又往回漂，像拽住了你的胳膊，你不得不在水里涉得更深些。

　　换作别的女孩，一定飞快地跨过水流去拿回自己的布。可米茜只是待在原地，朝你丢来一个挥之不去的、意味深长的悲伤表情。她玛瑙般的双眸紧盯着你，这时，你想知道，她是否记起了那些你无意中听见的、关于莎琳外祖母的过往，她的外祖母在现在被称为"第一次"海啸中遇难的故事。如果她不在想这些，起码她感受到了——她正在感受——那些成了小镇谈资的、迷失的灵魂。

　　米茜的身躯一动不动，你亦感到了她的安静。过了好一会儿，她才反应过来，好像俗世的涟漪需要花一些时间才能扩散到她的近旁。你可以看出她那受欢迎的外表下，有一些别的什么东西。你看着她，她非常孤独。在这份认知之中，有一点儿温柔的成分，也伴着神秘感、可能性和惘然若失的意味。她能看见你的内心，除了花以外，没有人曾窥探过。她朝你走来，在水中迈开大步。这个女孩的美丽之处，不仅是她丽质天成，更是那超绝尘世的神秘。她微微启唇，在那第一个令你吃惊的问题中，她证实了你所感受到的一切，还有你那撕心裂肺的孤独：

"你死以后，你觉得，还会是孤单一人吗？"

鹓波之中有点点花絮。花朵在空中和草坪上四散。高中毕业后，当你开始制作属于自己的珠宝首饰时，你会想起这些浮动的布片，看它们是否可能和你的灵感形成绝妙的组合。可妈妈坚持道，你只需要做那些最简单的花朵样式，清一色是镶着金边的白花。她想你做缅栀花，这是花最喜欢的花，还有茉莉，它的香气是花最爱的。妈妈帮你选好了花朵样式，也帮你把店铺名取好了："花的孩子"。妈妈并不知道那些高喊着"爱与和平"的嬉皮士们已经用了这个名词代表你们这一代，可这没什么关系。这个名字简单又愉悦，它燃起的神秘小火花照亮了妈妈那张憔悴的脸。

你和米茜的友谊由此而始。像克雷斯小店这样的混混经常出没的地方，大多被海浪毁了，因此你们在她家见面。她和她的姨妈姨父住在一起，很早的时候，埃迪也住在这儿。

一开始，你并不想见她的哥哥，可你又不想承认。她可能会觉得你迷恋上他了，但你真正害怕的是他奚落你、让你看起来像个小孩子。不知怎么的，在镇子不再散发着海腥味之前，你设法避开了他，或者也许你们都已经习惯了。你沿着海滨走过，也不再为那空旷的地带惊异。接着，在一个周六，你去探望米茜，正巧碰见埃迪在车库里和朋友们打台球。

你沿着车道上那长满青草的车辙，侧着身子往前走。当足够靠近时，你听见他在吹牛，关于他在那晚是如何被叫到海边巡逻的。

"首先，你得知道，警察委托我把人都疏散了。然后，消防队来了，我负责跑到那些大楼去救出受困的人。噢，我还帮那些研究火山的人把装备都搬了出来。海浪来的时候，我们飞快地跑到山上去……"

他的洋泾浜口音比你记忆中的更重。他正夸大其词地给他的朋友们表演。他一边说话，一边用球杆击球。你忘了你已走出多远，只为了不被他们发现。他在撒谎，还一副洋洋得意的样子。如今，你希望他看见你在这里，听着他的谎言。

当然了，他已经看见你了。他丝毫不觉得尴尬，反而还悄悄地把你拉进了他的故事。

"那晚上有几个人都被委以重任，不只是我。反正就是那么个晚上吧。你大概听说了一个小女孩，行吧，也不是那么小，但是……"他说到这时，瞥了你一眼，"就在科学家们说海啸来了的时候，我们一起下了桥，我们开始大叫着提醒人们，敲打着房屋。起床！起床！快离开这里。"

有两个围绕在桌前的男孩是那夜和他一起在车里的，可没人反驳他。米茜也听得很入迷。你发觉她之前已经听过这些故事了。不过你也不知道她到底相不相信。又或者是，故事的真假对她也没多么重要。

她哥哥在场时，米茜就显得不一样了，她变得脆弱而又充满渴望。你也有这种感觉，他在的时候，你会注意自己的皮肤、身侧和悸动带来的血流涌动。你为什么不正视这一点，关于她和你的不同？你为什么不了解这意味着什么呢？她在微笑，你也是。你和她哥哥一起卷入了这场你迄今为止生命中发生的最大的事件，你想到的是……不过打断他是很不礼貌的。也许更真实的情况是：他现在是个高中三年级的学生，是篮球队的队员，有篮球比赛时，全校人都要排着队去阿默里看比赛。他那张脸依然稚气，但嘴唇上已长出了柔软的胡须。他正看着你，他的眼光流掠之处，包括了你。

如若你能预见自己的未来，会拯救自己吗？你会转过身子立刻离开吗？可你流连得太久了，那个从埃迪的故事中溜之大吉的机会消失了。

起先，埃迪大多数时间都不在，和他高中里结交的女朋友们在外边乱晃荡，那些女孩对你和米茜就像对待小女孩似的，尽管你们只比她们小三岁。当他们待在家里时，米茜又不能离开，她就像一块磁铁，会被埃迪在的任何一个房间吸入。女朋友们叫她滚开，她就回敬她们道，见鬼去吧。无论哪个女孩在那天成了埃迪的心头好，她都会朝埃迪心照不宣地扬起眉毛，于是他就依旧歪着身子，重重拍拍米茜——你喜欢，嗯，妹妹？埃迪和他的姨夫吵架后搬走反而是个解脱。接下来的几年，米茜的家中都很平静。

开始，你和米茜一起躺在她的床上，编造着关于她那失踪母亲的故事。你扮演她那被送去疗养院的母亲，怀着一颗破碎的心杀死了她的父亲。米茜是个神奇的故事讲述者，她也把埃迪的一切告诉你。在他们更年少时，他是那么亲切和蔼，每每夜晚临睡前，他都会为她带点吃的，在她吃的时候就坐在她身边。通常，是一颗从口袋里拿出的糖果，拿来时也没付钱，不过要点在于，他在照顾她。那是她梦中的埃迪，也是你梦里的埃迪，你几乎可以感觉到他朝她弯下腰，轻抚她的头发，一边在她耳边轻道晚安。你从没告诉她你和花的故事，关于两个女孩和妈妈在一起度过的时光。在最初的几个月后，只要你提到花，一想到你的另一个"姐姐"，米茜就会大发雷霆。再说了，那个世界似乎已经消失很久了。

你教米茜做饭。作为回报，她教你跳草裙舞。一开始，你要看她示范：她深深地弯下膝盖，翘起臀部，优雅地摆动，行云流水，舞姿夺走了你的呼吸。你可没什么希望了，米茜尽了力，她如摆弄着一个洋娃娃般摆弄你的身体：按下你的肩膀，轻轻举起你的手指，最后甚至站在你面前，两只手挤着你的臀部。你在长大，已出落得皮肤光滑又身材高大，因为游泳，肩膀又变得很宽。对于教你抽烟这件事，她显得更为成功。那段日子显得危机四伏，你的喉咙总缠绕着她从埃迪那儿偷来的陈年烟草的呛鼻味。她朝着抽水马桶呕吐时，你抓着她的头发。你在摸索自己的界限，测试你对世界的影响，也测试你在世间的形象，自从你开始变得像亚尼时，你就这么做了，镇上的每个人都接受了你。

你们两个人成了一个整体。就是那么快。虽然你也经常和莎琳闲逛，但你和米茜使彼此完整。你找到了当你决定投身浪中时，梦寐以求、追寻已久的新家。

在你、米茜、花成为高中生的那一年，埃迪又回到了你的生活中。

你和孩子们一起在泳池边做集体跳绳游戏。每轮到一个人，就要越过跳绳跳入水中。那里是淡水汇入的地方。夏日炎炎时，你还可以冲个凉。你不记得那天米茜去哪里了，也许是去跳草裙舞了，要么就是和莎琳在沙滩上抽烟。在三年敞开心扉的相处之后，你和米茜的关系却遇到了瓶颈。你现在是学校游泳队的队长，米茜为此嫉妒不已。去年，她还并不在乎，那时你是学校的新星，一直保持着优胜的记录。可成为队长后，活动占用了你太多的时间，你需要承担太多的责任和保持完美的形象。和花一样，她有时也会对你恶言恶语。就好像，在泳池里游泳和作为学生代表在毕业典礼上致辞是完完全全的一回事。

轮到你了。接着，你望见了埃迪。你已太久不见他了，花了点时间才认出是他。他戴着墨镜，下巴上留着细细的山羊胡。认出他的时候，你起跳时还特意来了个空翻。

他鼓起掌来。

你假装这时才发现他："你试试。"

"不。"

"怕了？"

你在水里讥诮着他，一边遮着眼睛躲避阳光的直射。他盯着你，好像你是新来的，这是唯一能解释的理由。突然，你觉得新鲜。那是你初次见到他、见到米茜时的感觉：他们能够望穿你的内心，并为看到的所有一切都感到高兴。但在埃迪眼中，你能察觉你 T 恤下的内衣轮廓，在那黏糊糊的棉絮下、盖着乳房的蕾丝花边。你能感到心脏在薄薄的衣衫下怦怦直跳，血流涌向皮肤表面，回应他的目光。你寻找着合适的词去转移他的注意力："米茜说你是个跳水运动员。"

埃迪对你的挑衅挑了挑眉。他放松身体，站了起来，摘掉了帽子和眼镜。他做这些时，嘴角一直挂着微笑。轮到他了，他走到绳前，一跃而上，在抛物线的最顶端，用浑身的力量把身体向前推，可起跳太随意了，没达到他预想的高度，又或者是动作太过懒散以致身体无法紧密团起：他肚皮朝上掉进水里。你笑了。他猛地扑腾了几下，把头发上的水珠甩掉，像一条落水狗，水花溅落，他在水里蹚了两大步，抓住你的双肩。

"太低了。"他一边喘气，一边自嘲。

你赢了，可他一点儿也不觉得尴尬。他紧紧抓着你的手，他身体的温热融化了你皮肤表层的坚冰。他在你身上看到了什么感兴趣的东西，就好像打开一个生日礼物？为什么你的脸颊会不自觉地烫若火烧，配合着他的热度？

燃烧之中，你所知所想的所有埃迪们都混合在一起了。你那原本有着各式各样可能性的未来，也就此中断。

"你喜欢跳吗，勇敢的小景子？跟我来。"

花

翌日早晨，我坐在家中，坐在一个能沐浴到从前窗透进的阳光的位置，一本没用过的速写本摊在膝上。在我离家去上大学时，亚尼送了我一套五本速写本，我把它们放在衣橱里，藏在我的冬装后面。速写本太大了，寄托着过多的希望。我当然也有彩色铅笔、蜡笔和炭笔。

图画拥有力量，待我意识到这股力量的存在时，已经太迟，我早已否定自己了。不知何时起，我不再去描画母亲的鬼魂，只是开始努力完成学校布置的作业，我失去了灵感的火花。我还是个孩子的时候，喷涌的情绪流泻于纸上，那些掠过全身的震颤与恐惧，我能懂得。可小学里，老师们总是更关心画的真实感和绘画角度。在初中，技法则是美术课的核心，布置的作业更是一直在变化，虽然每一次作业都能给我们传递一点点暗示——我们可以融入自己的想法，但上交作业的时间紧迫，总是来不及让我们完善自己的作品。上高中后，我明白过来了，如果没有个人的紧迫感，我的创作便无法与自己的期许相符，更何况还要迎合老师的各种要求。我足以完成学校和老师的要求，可对是否完成我又不感兴趣，根本没想画出我真正想要的，因此我便没再画画了。

欲逮凶手，必得再燃起那灵感之火。我又不是神探南茜，没有勇气蹑手蹑脚地走街串巷抓坏人，更别说将他们轻易擒拿了。如果童年时的故事对景来说没什么吸引力，那就一定得是安全感才能唤醒她了吧？如果我能告诉她我们抓住了坏蛋……我感觉腹部在隐隐作痛，急不可耐地想要传递着什么。

正义与安全，也许这就是我需要的东西。近段时间来，外界的声音叨扰着我，缺乏睡眠又让我备感折磨。袭击景的凶手会回来报复我吗？在他再次作恶之前，我能找出他吗？如今这阵腹痛提醒着我：我是唯一一个见过他面容的人。

我可以凭自己画出他的样子，我从不需要一个素描专家帮我绘出一张我想要的肖像。我想我早就知道这人长什么样。我是仅有的目击者，同时又是个天赋异禀的画家，我的童年回忆让我对此深信不疑。但我的创作危险丛生，又不那么可靠。如果我打算这样做，一定要万无一失，以免警方抓错了人，可绘画的精确度又一直是我无法跨越的障碍。

我拿起了铅笔。首先，我要捕捉他脸颊的轮廓，接着是鼻子。我的铅笔踌躇犹豫，我的喉咙就如同被扼住一般。我尝试着，笔尖跳跃，试走捷径，想着我想看到的东西，而不是去复制那已经不在的东西。这更多的是对我的铅笔头和橡皮的练习，我不断地擦擦画画，它们俩的工作量也随之增加。橡皮有着不错的触感，它模糊了线条，打开了新的可能性。可他还是溜走了，我没能抓住他。每画错一个地方，他就逃脱出我的控制范围一点。八天，好像是好久之前的事了，我可能再也画不出他的样子了。

不，花，你可以。高中时，我找到一种方法，可以追溯那比八天更长更久远的画面，那时，我正为高中美术展准备一幅画。我不仅记起了那些几乎记不得的图案，也望见了我从未见过的陌生脸庞。

那时，我们的家庭经济学老师对肉饼面包的食谱失去了兴趣，于是给我们布置了一些水彩画的作业，并宣布最好的画将在年底展出，这是艺术部正在组织的展览。通常这是美术课优秀作品的展示，但今年，他们把它作为一项竞赛，还为高中生设置了一、二、三等奖。获奖作品将在隔壁的公共图书馆展出。

我对比赛并无兴趣，但是我完成了作业。我草草地速写出了对小镇的印象。沿着海滨，我画了建筑物的黑色轮廓，在轮廓之上，我的笔刷营造出一层笼罩着海湾的、浓浓的黄色雾霭。这是一幅灵感流动的即兴作品，多么有趣。在那我自己从未能融入的家的上方，我画了一个浮在空中的孤独幽灵。可这并不是一幅好的作品。当然也没什么能打动我的美术老师基罗哈先生。一天，他拦住我，让我去画室和他谈谈。我的预感是对的。他让我坐下，建议我去参加画展，此时放在他面前的并不是那幅水彩画，而是从我那堆久远的怪物日记中撕下的一页。

这是景交上去的，上面写的不是她的名字，而是我的。开始，我很吃惊，紧接着便是疑惑。她在想什么呢？基罗哈先生说，画的表现力和天真的感觉非常棒，但是这些需要有更大、更有张力的东西去表现，而不是用蜡笔去渲染。油彩，他提议道，或蜡画法。我对不同的作画方式又熟悉多少呢？如果我没有工具，他欢迎我用学校的在画室里画。而且，如果他能提些建议就好了，比如建议附带些许故事性的画面能更有吸引力，图画和人物之间应有一些联系，形成一个故事。

天真？起先，我很生气，接着觉得尴尬。我已经很多年对这堆怪物日记不管不顾了。当然，这的确是带着孩子气的作品。我是在大概五六岁，反正不超过八岁时画的。是景想羞辱我吗？她怎么会觉得从我的旧速写本中撕下一页，画些怪物并在学校里到处宣扬是件好事呢？或者她是试着在帮我？也许她觉得我需要什么帮助，但我不这样觉得。

在那段日子里，我几乎快不认识我的妹妹了。就好像海啸卷起了我们一家，将我们甩来甩去，最后把我们放逐在不同的海岸上。我们看起来仍旧是一家人，但实际上貌合神离。妈妈出院后，身体好多了，比起以前显得健壮而有活力了。我在她附近转来转去，她依旧夸我是"好样的，聪明的女孩"，可她并不需要我。她倚靠在亚尼身上时，他们俩就会进入一种奇怪的、不言而喻的状态里去，而我被孤零零地扔在一旁。

景呢，在那次海啸之后就重生了。那次灾难刚过时，她成了名人，没过多久，她就有了自己的朋友，她有了一个小圈子。大家也接受了她，即使是米茜，那位班上高傲的女王。景自由了，她不再是那个疯了的美夜·斯旺森的女儿。她现在做的事和她想转生投胎差远了。不管她做对做错，她都很高兴让别人知道。她成绩平平，却很招男孩喜欢，这让我明白了成绩好不好和有没有魅力没什么关系。但尽管她一直接受着自己作为"影之孩子"的身份，真正生活在我妹妹阴影之中的人却是我。我渴望被人注意，渴望有所成就。我计划去上大学，远离这个一眼就将我看穿的小镇，远离那些似乎不再在乎我在哪里的人。

可突然之间，不管出于什么理由，景把我的画单独挑了出来。

我不得不承认她挑的画并不差。讽刺的是，她撕下来的那张画，画面是关于三个人的：两个个子稍小一点的人站在两侧，中间是个个头几乎是其他两个人两倍的人。他们站着，每个人的姿势都一模一样：双腿微微分开，好像在迈步，但他们并没有脚。背脊也是一样地耸起，都在缓缓地朝前伸出胳膊，因为看不见，只能摸索着前方的路。每个人的头也向前垂着，角度都是一样的：脖颈支撑着如同大理石般的圆圆脑袋，一撮头发直直地从头顶上垂下来。他们本应该像僵尸那般向前看，可他们的脸颊转了过来，从纸面上直盯盯看着画者，他们那简单的五官扭曲成一坨深渊般的黑洞。我当时是用红色和黄色的蜡笔画的这些人物，还用黑墨水笔画了几行线条，画的是血、皮肤和撕碎的衣服。

并非画上的三个人组吸引了我的目光，而是这画中所绘的是妈妈心中的怪物，不是我们。在这原本干净的纸张上，我并未画出一个清晰的人形并加以着色。我也记得妈妈在幻觉中遇到这些行尸走肉时，是如何说的：他们的皮肤宛若破布一般耷拉在手臂上。从蜡笔的线条里，我认不出他们是否赤裸，红色是否就代表到处飞溅的肌肉，或从撕裂的伤口里涌流的血液。尽管他们在姿势和用色上别无二致，可他们并不是一家人。即使在现在，我亦能感受到画上每个人完全孤立的状态。

在还未意识到我得开始作画时，我就听见了自己在说，行。这一页画深深地触动了我的心，尽管那张描绘滨海之景的悠闲水彩画也激起了我创作的灵感。当我接受了基罗哈先生的提议，借用学校的画室作画时，我就像一个艺术家那样开始思索，而非作为某人的女儿。但我不希望这事被别人知道，以免我中途改变主意或者失败。庆幸的是，在这个活动期间，我还有别的课程安排，因此他便同意我放学后再来画室，那时候画室已经没什么人了。至于景么，我也不知道该和她说什么，所以我决定什么都不和她说。

我支起画架和画布，却不知道如何开始。他说的故事性是什么意思？尽管我画中的三个人是彼此呼应的，但妈妈的鬼魂却从未真实出现过。我试着用铅笔轻轻描画，把不同的元素安放在纸张上，接着探索它们该如何交织融合，可我碰到了自中学起就存在的控制力问题。一开始，我决定从小处画起。我先试着把心中的一些想法诉诸速写本上，可事实证明，我把大部分时间都花在了撕碎我刚刚才动笔的画纸上。一周多的时间，我所有的努力几乎都白费了，除了回答亚尼问我下午到底在干吗的几个尖锐问题外，一点成果都没有。当时我也并不认为自己在做什么危险的事。时间过得飞快，日期就要截止，可我依然挣扎着寻找自己内心的声音。除了回到原点，我别无选择。如果我要画些不那么重要的东西，我只需要从藏在床底下的纸板箱里拿出一本怪物日记并细细地研究它就可以了。故事性是什么？曾经的我是如何把妈妈的怪物都画在画纸上的？

我能再次看到妈妈了，夜晚她在农园里。她躺在泥土上，好像死去了一般，她的身躯被漆黑的天幕覆盖，夜空中满是昏昏欲睡、沉寂无言的星辰。我那时候有多大？大概三四岁吧。我能听见自己在喊叫，声浪在黑夜的空气里翻腾。不一会儿，景也出现了，她的身影在绿洋葱、西红柿、旱金莲这些植物中若隐若现，跳下梯田朝妈妈跑去。妈妈惊讶地爬了起来，一看见她绝望的女儿，她的身子就奇怪地僵住了。

我跑到她们身边时，景在啜泣，似乎仍旧被一种不知名的恐惧束缚着。但妈妈朝屋子看去，想看看怪物会不会出现，她的脸上没有任何疑问。怪物也许是在她那段时间的梦中频频出现的暴力，也许是一辆车开过家门时她眼中的恐惧，可我知道我母亲是个逃亡者。关于她在逃避什么，我们不得而知。

这就是我需要的东西，恐惧。稚嫩的恐惧在血管里奔腾，我拣起了我能找到的最大号的笔刷，并蘸上了黑色的颜料。我画上一笔，又不假思索地添上另一笔。我一笔一笔地画，这样的举动让我吃了一惊，这时画笔又改变了方向。画布的一些地方被漆黑的颜料划破，可在其他部分，我开始意识到有某种东西开始显现。身体，裸露的身体。我用手肘把它们涂灰，把画面弄脏，这样它们便看起来像滚滚浓烟。有个人站在画中，是别的女人，还是母亲？但其他人都乱七八糟地躺着。死人。不一会儿，那儿有堆积如山的尸体，接着是一条河。我最初画上的那笔变成了一座桥。我又抓起另一张画布，把它放在第一张的旁边继续画，又接着画了第三张。桥上桥下有很多人，他们在呼救，在求水，他们很渴，不断向前爬着，最后掉进了那满是死者的河流。

这太可怕了，即使只有我粗略画出的仰着的头和那不可思议地弯曲着的肢体，但这也还不够。我拿起一只小一些的笔刷，尺寸就如一支写字的钢笔，准备开始往里填充。河中的人脸恍如铺开的梦魇般扭曲，就像速写日记中那种行尸走肉，但我要让他们的脸都变得具体起来。那些行尸走肉都有一种别具一格的残忍之美，那就是他们的脸。我需要让他们看起来是真实的。

就这样，我把三块画板拼凑成一个阴冷的尸体花园：有的绽放，有的蔓生，有的枯萎。厚重的笔刷和细腻的线条相互交织，引人注目，你的眼睛并不清楚是被冒犯了还是被吸引了。可这幅画依旧看起来少了什么东西，显得很单调。我花了两天时间盯着我的画作，才打定主意该做什么。最终，在定稿前的那个下午，我把几管红色和黄色的颜料挤到了调色板的浅口上，用我的手指轻轻地把它们搅在一块儿。每当这两种色彩在我指尖碰撞出什么可能的组合时，我就伸出手去，为画添上火焰。我用指腹在画上抹，用指甲刮来刮去，有时还会刮过河里的鬼魂，直到整张画布都浸满了血与火。一切都完成了，我往后站了站，开始哭泣。

旁人说这张画是一个反战的宣言，也有人说这是海啸过后带来的景象。我把这张画取名为《亡灵之河》，它获得了一等奖。美术老师说我应该放弃去读大学的念头，而去申请进一个艺术院校深造。每个人都在谈论这幅画，每个人，除了我的母亲。

我本想给她一个惊喜。艺术展在图书馆开幕的那晚，她还不知道我参加了这个比赛，更不知道我获了奖，我挽着她的手，把她带到了我的画前，我带她从画的旁边走过，好让她立刻看到画的全部效果。现在回想起来，我也不知道我当时究竟在想什么。妈妈已经很长时间没有晕过了，在我的心中，盘踞在我母亲心里的恶魔一直在纠缠着她，我们对它们已经很熟悉了，因此我觉得它们不会让她心烦的。更重要的是，我们需要直面它们，需要把它们释放出来，让它们显形，这样我们就可以收服这些鬼怪了。毕竟，这也是我画那些怪物日记的目的，这是我和景为妈妈驱魔的方式。我想让她看见的也不是这些画中的魔鬼，而是我：我是那样地听话，那样地和她感同身受。当我指着那块写着作品描述和作者署名的小饰板时，我的心怦怦直跳。然后，我看见了她的表情，那种悸动的心情成了虚无的气泡，气泡互相吞没直到消失不见，一股无形的压力重压在胸口，让我喘不过气来。

"你为什么缠着我？"这是我们小时候，她对缠着她的鬼魂说的话，在那时，这个声音在我脑海中清清楚楚地回响。倏忽而至的乌云盖住了她的眼眸，她瞠目结舌，身体也猛地一顿。她摇摇晃晃地走向那幅画，接着又走开了。她看起来很震惊，她望着我，又好像希望透过我望向其他地方，好像有个她期待见到的人在那儿似的。是我缠着她吗？她在我身上看到了什么？

我俩都喘不过气来。在她脸上，我能感受到我渲染的每一个细节都给她的内脏带来了冲击，可这不是我的目的吗？我感受到了她所有的感受，我也把这些感受全部倾泻在画作里。能看见这些鬼魂的能力给了我一种控制力，这种控制力是那些无形的鬼魂本身不能赋予的，这是解脱的另一种方式。我从未想过她的情况会正好相反。在我等待着她脸颊间划过的那抹红晕消失时，我感到周围的整个房间都开始滑动。如果她即将倒地晕厥，那我就等着扶住她。可这一切都没有发生，相反地，她脸上的阴霾驱散了，她的情绪从怀疑过渡到了恐惧。我那老去的母亲，她就站在这儿，而我因悔恨而感到万箭穿心。接着，我看到一个新的幽灵从我母亲的眼中升起，那是我以前从未见过的。

厌恶。

她转身离开了我，双臂搂住自己，转了个身，寻找着出口。我正试着让自己的心重新跳动起来时，亚尼作出了反应，他快速地跨着大步冲到她身边，把她揽入怀中。我看见他对着她的头发窃窃私语，她则像一个浮标一样贴在他身上，可她没有昏倒。过了很久，她才从她站的地方回过头来，看向我和我的画。虽然只有几秒钟，但感觉漫长得就像我的一生。

她没有动，这也意味着她没有离开会场。她在房间中央，躲在亚尼的怀抱里，脸颊扭曲，不停地擦着自己的手臂，好像上面沾了什么东西，她一定要弄下来似的。其他观众从我们之间穿行而过，但亚尼不让她走。她一直在我和画之间来来回回地看，就好像我是什么她再也不想见到的人或东西似的。

然后，基罗哈先生叫住了我，颁奖典礼开始了。当他宣布我获得了一等奖时，我没有望向观众席，没有看妈妈是否还在。我不忍看到她的脸，也不忍看到她的离去。基罗哈先生滔滔不绝讲了很久，我却一个字都没听进去。我回到家后，亚尼也对我赞不绝口，大多都是美术老师在颁奖时对我的绘画风格和手指画技巧的夸赞。妈妈什么都没说，这样倒也好。

这幅画轰动一时，我必须抓住我的艺术天赋。艺术能撼动人心，能欺骗世人，能让人们犯下恶行，也能让人坠入爱河。这些都是基罗哈先生说的，事实也的确如此。《亡灵之河》让我母亲直犯恶心，她想要把她身体内的所有都排出体外，她必须让下巴紧紧地收缩着，她的肠子才不会掉到地上。在那可怕的时刻，我成了一个真正的艺术家。我有证据证明，我可以从虚无中提炼出一些东西，从历史和记忆中萃取出一些东西，我可以让它变得栩栩如生，以至于可能让看到它的人作呕。

我的画是这般真实，我因此发誓，再也不描摹和绘画了。

可现在，妹妹昏迷不醒，我已别无他法。我放下铅笔，拿起蜡笔。心智正常的人，大抵没人会用指画颜料去画出一幅想要的人像，但我仍有我最喜欢的绘画工具。用确定无误的单线条组成笔画，我开始画出脸颊的轮廓。每当我画错时，我就撕掉重新开始。每当接近成功时，我都感到有一种自我意识生机勃勃地来回涌动——我的自信和创造力。

袭击景的凶手渐渐露出了真容。

1945 年

火车从高错低落的风景中穿行而过。广岛有很长时间没有受到过战争的波及，却在这一瞬间灰飞烟灭。多年来，日本的其他地区都在零星坠落的炸弹中燃烧着。莉莲之前在城堡里监听电报时就已听说了这些爆炸事件。工作的原因，她比大多数人都知道得更多。但这些从密封的通讯室中发出的、以静态的短波广播形式发送的新闻缺乏可视效果，使她从未想过在去东京的路上会看见大团大团的黑色。

她本不打算去东京的，但是 8 月 6 日这天改变了一切。

花子去世了。她看着他们把她最好的朋友的尸体扔进火中。他们每次尽可能多地燃烧尸体，但只有那些幸运的人才能被火化，如果在他们完全烧光之前火还未熄灭就是更幸运的了。焚烧尸体的气味她不能忍受，这就是她没有走上去认领花子骨灰的原因，但屋里也好不到哪去。

屋里的人都在腐烂。他们没有了皮肤，浑身流着脓液，爬满了蛆虫。莉莲无处可去，只得在医院待了一阵子，每日都浑浑噩噩，用碘酒不断地擦拭着那些将死之人的身体，最后，碘酒也没有了，只有水和一些盐。

她累坏了，随即生起了病。她不断地呕吐，内脏搅得像一团明胶。这里的食物并不充足，她也吐不出什么东西，每当腹胃空空，她就无法保持清醒。莉莲昏厥在地板上，一蹶不振。她的身体表面在燃烧，和所有的尸体一样，但尽管她高烧时发出的疹子像针刺一样疼，时时想要破体而出，而体内却是彻骨的寒冷。她的粪便里带着血，过去的一年，她瘦骨嶙峋，月经也停了。而现在，她的月经又回来了，经血太多，持续了好几周，又糊又黑，护士都以为她活不成了。

炸弹落下时，他们并不在场，却得了这种神秘的病，那就是天罚。她并非唯一生病的人。也没人知道炸弹里到底装了什么，一开始，他们以为里面是一种新型的毒药。然后，便是大范围的传染病，这场神秘的瘟疫不仅降临在那些在原子弹落下时身处这座城市的人身上，也传染了那些几日后、几周后前来援救的人。几船几船的人逃到了内海的岛屿上，希望新鲜空气能缓解病情。但对大多数人而言，已经太晚了。

他们不该受此罪过，莉莲明白，可这却是她自己活该。想想自己一步步走到现在的境地，记得每一个自己的选择，我想回家——这个声音依旧回荡在心中。莉莲没有家，这些年来她都没和自己的母亲说过话，也找不到自己的亲生骨肉，但也没有理由让她绝望。她想被人抬出去，到那些安全的地方去，可这大概也是种惩罚，因为她在奢望那些不可能得到的东西。她想去抱抱一个死去的小男孩，也许是一个濒死的男孩。她永远找不到小俊了。而要承认这个事实，也许就像心脏停止跳动那般痛苦。可她对这废墟般的世界看得太多了，这就是现实，她已放弃了。

莉莲的意识四处游荡，既由于疾病，又因为时间。她知道，时光在流逝，因为她看见地上的尸体越来越少。她在医院，在那条河里，和花子在一起；她和小俊又重逢了。当她退烧时，她可以仰起自己昏沉的脑袋，通过医院那破裂的墙的缝隙向外望，她知道，不仅是自己周围房间里的人变少了，整个城市也是空空荡荡的。对幸存者来说，这座城市里他们最珍爱的一切已经被洗劫一空——他们已经死去，或失去正徘徊在死亡线上的亲人，还有他们失联的爱人被找到的希望。这座城市现在只是一座荒芜哀愁的坟墓。原子弹受害者中，那些仍有地方可去、仍有家人可以投靠的人，都离开了这里。

她病得很重，没听到关于第二颗原子弹爆炸的新闻，也没听见天皇在广播中宣布投降。后来，她发现了人们的不安，尽管这声音是那么微弱，那么渺小，那么发自内心深处。归国的士兵回到了这座城市，他们身上背负着奇耻大辱，也许还有些许的如释重负。他们一定希望这是他们与家人团聚时最糟糕也是最美好的感觉。待到莉莲的身体慢慢恢复的时候，人们已经达成了共识。如果某人家中还有一半的家庭成员活着，那他就算是个幸运儿了。而那些一败涂地的归国士兵，一个个都变成了掠夺者，在火车站周围的黑市上贩卖起赃物和狗肉。

她本可以就待在这座城市，留在医院里帮助那些伤者，可她没有。这些人一心求死，莉莲也觉得他们死了比较好，在这儿徘徊有什么意义呢？这是她所在的世界：当孩子们穿过横亘在几幢摇摇欲坠的建筑之间突然出现的田野时，他们会踢开挡着路的骨头甚至是骷髅。那些被送出城外、饥肠辘辘的孩子是孤儿中幸运的那一批，仅因为他们的衣服还没有破成碎片。在去广岛车站的路上，她心如死灰，一如她经过的那两具尸体。她看见那两具尸体仍坐在早餐桌旁，在他们被毁的房子里，被从天而降的炸弹烧得又黑又硬，仍摆着他们生前坐着的姿势。她羡慕他们，活着比那样死去要艰难得多。

她无处可去、无处容身，也无物可吃。她只身去了广岛站，只因为那儿是少数几个人群聚集的地方之一。她到后发现火车又开始运行了。人们传言说东京有工作需要一些会说英语的人。占领军已经到了。她不知道他们是否会带她走，但她转身要走的时候，一切又回到了老样子——仿佛她要回家、要回家收拾东西，然后确认火车时刻表，挑一个最好的时间离开——可她想起她没有家了。除了她的小手提箱外，她没有"东西"。她身上也穿着她所有的衣服。

世界如此之大又如此破碎。就算小俊和唐纳德幸存下来了，她也永不可能再找到他们了。他们也不会来找她，她的丈夫绝对不会，因为他为了苟且偷生两次抛弃了自己的父亲。这也是她自己必须要做的。别在那个曾是他们公寓的地方——如今已变成一堆树枝和瓦砾——继续游荡了。她必须继续前行，不管用什么方式，她必须继续她的生命之途。

她不知道自己是怎样挤上火车的，但她记得在火车上度过的那20个小时。车厢里拥挤得水泄不通，连睡着时都不会摔到地上，她感到窒息。火车在大阪站暂停时，她好不容易挤到两节车厢之间喘口气，结果就被困在了那里。她的手指勾在窗台上，她的整个身体，甚至脸颊上，全都沾满煤灰。她在那儿困了几个小时，直到另一个女人把她推了出来。莉莲挣扎着想回到车厢里去，但就算一个小小的姿势调整，也把两个女人之间的空间给占满了，似乎也没人为她挪挪位置。后来，另一个女人像推瓶塞一样把莉莲推了进去，她才终于回到车厢里，把车门关上。

　　他们到东京了，莉莲发现，新宿站也一样到处都是乞丐和无家可归的人，但市中心在她面前矗立着，高大而宽阔，有行驶的电车和拱廊。同盟国接管了这里，人们熙熙攘攘地在高大的百货商店里进进出出，好像要买什么似的。过不了多久，她就会弄清楚哪儿是福利社，哪些建筑将被征用作住房。她会知道这座城市的新地图，会知道哪些地方是留给美国人的、哪些地方是留给日本人的。但那一天，气氛反倒像狂欢节一般。

　　吉普车外挤满了讨要巧克力的孩子，那些士兵们气志昂扬，抓起一把巧克力就向街上撒去，一边还用日语高喊着"早上好"，好像这是一种问候，他们甚至不等别人把糖果从地上捡起来。人行道上到处排着长队：找工作、买报纸、买口粮。任何一个会说英语的人，或那些能和说英语的人攀上关系的人，都在追着一个又一个美国大兵跑。这种露骨的巴结和讨好，着实让她震惊。这些年来，莉莲都小心翼翼，因为她美国人的身份，让她被人当吐唾沫，让她不得不删去每一个外来词，每一个与美国有关的词，甚至像"棒球"这个词，这种日本人喜爱的消遣方式，亦要极力避免。

　　那些美国人看起来那样身材魁梧，那么闪闪发光。

　　从那些排着长队的人们来看，她不大可能找得到一份工作。要宣称自己是美国人，她需要文件证明。但即便如此，她的技能也仅限于更换便盆和绷带。有个美国士兵好奇地打量着她，看她在这座陌生的城市里不辨东西，盲目地摸索着方向。他试着帮她在头脑中勾勒一幅城市地图。他对她指了指南边，让她去驻地的军医院。

　　"你从哪里来？"

　　即使那时，人们还没听说辐射中毒这个词，莉莲就已经知道"广岛"并不是这个问题合适的答案。但她又想不出更好的了，只得含糊地指了指相反的方向。

　　"好——吧。"他拖长声音回答道，接着又重复了一遍他说的方向，他用宽阔的手臂比画着，用那种对傻瓜说话的慢吞吞的语气说着，"从宫殿过去，到水边，你不会错过的。"

　　她走着走着，已经到半路了。她从数不清的摩天大楼，走到了木质房屋更多、更破旧的街区。这里的节奏是缓慢的，也没多少汽车，没多少穿着西式服装的人。可它依旧是个生活的地方。

在她面前，有个仅穿着一件打满了补丁的破旧和服的老人，正拖着沉重的脚步穿过街道。她几乎就要超过他了。就在这时，一辆满载着大大咧咧的美国士兵的卡车斜斜地冲过了这个转角。卡车车尾在十字路口甩过，刹车发出刺耳的响声。出于本能，她跳到前面，把那个老人推开，自己的手提箱滑过人行道，落到了远处。他俩都摔倒了。卡车挨得很近，她几乎能感觉到那股引擎发出的热气在脑袋上空飘荡，几个穿着制服的男子像小狗一般跳下车来。

"你还好吗？"

莉莲点点头，一边帮着扶起那个老人，可很明显那个老人情况不好。他惊慌失措，挣扎着要爬起来，可他的腿连最轻的东西都支撑不了，她低头看了看，老人腿上的骨头都凸出来了，他的腿摔断了。她试着让他平静下来，躺在地上保持不动，那伙美国士兵见状也后退了几步。可老人却哭天抢地喊了起来，紧抓着自己的腿，号啕着向所有的人求助，除了这个推开他的女孩。一伙过路的行人聚在士兵们的身后，看热闹。

莉莲自己也害怕了起来。这个老人不会接受她的帮助的，她的手提箱也滑到了路边，她够不着。"那是我的。"她一边用手指着，一边尖着嗓子用日语警告道，希望那些街头的小混混就此打住，大概也盼着有人能帮她把手提箱拿过来。她的腿受了伤——她笨拙地摔了一跤，痛感直往上蹿。她对这群士兵感到愤怒。

"你们为什么不开慢一点？为什么不看路？"

"嘿！"其中一个士兵嚷道，他并未为此激怒，"你在哪儿学的英语？"

老人听到他们说话时就退缩了，接着正当莉莲抬头望着士兵，想着该说什么的时候，他开始滔滔不绝地讲述自己两个死去的儿子，还有正在等着他的妻子，家里一点吃的都没有……他坚持让莉莲帮他翻译，帮他向那些士兵讨要伤腿的赔偿费。她欠他的。但她知道如果她开始帮他翻译的话，士兵们就会怀疑这是个骗局。可假如这些士兵就那么走了，她更无法只凭自己的力气把他带到医院去。

其中一个士兵替她捡回了箱子，看着她对那个受伤的老人嘀嘀着。这个士兵的头发像一顶金色的、带着尖顶的皇冠，鼻子和突出的下巴尖上有一点粉色的晒伤。不多久，她又发现他军服上的那枚小叶子是中士勋章。他不年轻了，但年纪也不是很大，看上去既不善良也不显邪恶，可她现在心烦意乱，并未注意到更多。她的注意力只在老人的强烈恳求和她全部家当的命运间摇摆，她的手提箱正悬挂在士兵那弯曲的手指上。然后，他蹲了下来，和她一样高，打量着她。

"美夜？"他开口问道，把手提箱递给了她。

"什么？"

"美夜，对吧？我昨晚刚见过你。美夜，美夜，美夜，我不会忘记这张脸。"

他说话时，像哼着一首奇怪的小曲，她几乎要出声纠正他了，可是这个老人能从中士的话语中听出来，他俩认识，这又让他愤懑不平了。他确定她是那些在不能见人的地方工作的酒吧女郎，那个中士也肯定光顾过。突然，他们的判断让莉莲奇怪地觉得解脱了。她不欠他们的，尤其是那些士兵，他们总觉得所有日本女人都长得一个样。她摩挲着箱子的一角，想用手指把一个新的擦痕给抹掉。她想象着自己扭头就走，把他们留在原处，任由他们不知所以地喊叫、比画着手势，脸上会露出怎样惊讶的表情。恍然间，一个想法窜进她的脑海：在这个破落的国度里，她说她是谁她就是谁，美国人或日本人，都无关紧要，没人能证明这有何不同。她能自己决定自己是谁。

"这个老人得送去医院。"她说。

"好的，好的。你和他在一块儿很好，你知道吧，你说话和以前一样冷静。你是个美国人，对吧？这是你告诉我的。就像那天晚上我说的，我们肯定需要你这样的人。"

任何一个旁观者都可能以为她马上就回答了。可这短短时间里，无数的想法涌上她的心头。她想起那些街上排着的长队，里面从不缺碰过打字机的女人。事实上她在这两天里粒米未进，如果不找火车站或地铁站，和那些无家可归者睡在一起的话，今晚她将无处可去。

接着，对美夜的疑问又出现了：一切围绕这位素未谋面的美国女人的种种可能性和陷阱。美夜是谁？莉莲接触过她吗？

"我没有任何身份文件。"

"你真是多想了，美夜。别怕，这儿有很多档案管理员。嘿，还押

韵了 [19]。"

他找到她时，脸上有种纯粹的快乐。他看上去是这样简单又温柔。也许这种感觉是他提到的档案管理员带来的。

"你为什么哭呢？不不，别哭！别担心，小美夜，我会帮你的。等我们把这堆烂摊子收拾了，我们就能回家了。"

19　fear 和 here 读音相近。

景

　　你渐渐找到了节奏。踢腿、呼吸、拉伸，直到你的手臂从关节间舒展开来。在休赛季，亚尼和你一起训练呼吸，深呼吸，然后把气沉到腹部。可比赛时，呼吸并非什么平静的冥想，你只是费劲地大口吸着气，尽你所能。所有的动作都是同步进行的，是的，但并不轻松。手臂在水中划着圈儿，双腿费力摆动，就像现在。你能感觉到吗？越游越快，你是为了生命奔游。

　　亚尼每次都来探望你，表演展示时也不例外。他是那些极早来接孩子的家长之一，他们站在泳池边指导。但有他的陪伴是件好事，现在你才明白他在你生命中的重要意义。他是妈妈的救星，也是妈妈的代言人。

　　你刚进高中第一次代表游泳队出战时，你并不知道对手是谁。在你了解到一场游泳比赛比单程跑还要费时之前，女孩们还在蜷着身子睡觉呢。在那之前，你从未落败过，因此你觉得自己落后时，就会停下来，这样便无人能打破你的最佳纪录。可亚尼在那儿，他很耐心地细细开导你。"你会用不同的方式做一件事吗，小景？"他问道，好像你换一种方式，就一定能赢。

　　"去做你爱做的事，剩下的就别考虑了，"亚尼总是这样说，"你什么都能做，什么都能试。"

　　他对1960年的看法是对的。那是个转折点。

　　你朝人群瞥望，有时你还是会看到米茜。你正在和一个劲敌比赛，大家都在见证你即将获得胜利，米茜也激动难耐。自从你俩成了无话不谈的闺蜜后，就算她因为你当了游泳队队长而赌气，还是会为你凯旋而感到喜悦。有时，她也会让你感到烦恼，比如她会强迫你给她某些东西，或做一些你不想做的事情。但每次比赛你取得胜利之后，她还是会来祝贺你。

你和她的关系终于缓和了，因为你和埃迪在一起了，你和她哥哥的关系重新点燃了你们之间友谊的火苗。三年来，你们俩成了姐妹，多次化干戈为玉帛。你们在彼此身上看到了自己，直到今年，你们步入高中，你才发觉这种感情是多么让人局促。你想要打破米茜强加于你的条条框框，而这时埃迪卷入了你们中间，他才是打破条条框框的人。如今，你是使她完整的一多半原因，但可能更少：你创造了你们之间的三角关系，你是其中的一个角。但你也是把米茜深爱的哥哥送回她身边的人。

妈妈来探望你的时间比米茜还多。这段时间，她经常不在家。海啸过后，那一切可以折磨她的东西都随着海浪卷入了海底，她在出院后身体便恢复了。你童年时的紧张感也已经退去，而妈妈的脸上亦洋溢着青春的活力，她比你之前注意到的任何时候都漂亮。她来看你训练时，穿着一件绿白相间的上衣，束着腰带，圆润的脖颈挺立在锁骨上，身上喷了她最喜欢的茉莉香水。她的头发披在肩上。这是她最有生机活力的时候，也是你后来紧紧抓住的回忆。

妈妈的脸在水中。你就是这样看见她的。这不奇怪吗？她的头发在我们上边浮动，长长的，随着水波荡漾。我们是不是躲在她下面的水池底？

抑或……你在上浮？她周身的水面闪着银色的光，如今有个黯淡的灵魂藏在其中。还有她周围的声音，低沉地回响着。你听得见吗？你不知道是谁在讲话，花吧，也许是她。你应该好好听清楚，那些声音就像过去的她在说话。

花是唯一一个从没来游泳训练队探望你的人。你也并不需要更多的鼓励——在高二时的 200 米自由泳比赛中，你可从没输给过其他高年级的对手——可是你很想念你的姐姐。她一心要离开这个岛去读大学，尽管她的大学申请已经提交，但她还是书不离身。她觉得她比周遭的所有人都要优秀，事实上她也许是。你也不要求她来看你，你就让她按她喜欢的方式安排时间，就像她学"二年级生[20]"这个单词的希腊词根的时候那样。

花要走了。虽然录取通知书还没到，但你知道。她会去任何地方，被人邀

---

20 原文"sophomore"，为"大学二年级学生，（美式英语）有二年经验的人"。

请到你想象不了的城市，然后她就会离开。这件事她已经挂在嘴边说了几个月了，她在图书馆里看小册子和地图，和校友们交换信件。唯有现在你才发现，每当想到花将离开这个岛屿去别处生活，你的胸口就隐隐作痛。

你不愿就这样留下来，留下来教幼儿园的孩子或者结婚。你不愿把你的余生花在商店里打工。这就是你为什么突然想去见那些认为你不聪明的老师们的原因。你第一次在多项选择题考试中做出了漂亮的解答，你想看看自己每次大概需要付出多少努力，才能得到一个完美的 C- 的成绩，而如今，这已经过去多少个月，甚至多少年了？你把正确的答案填写在错误的位置，好把你那睿智又简洁的文章弄得一团糟。

晚上，你如饥似渴地消化着那些逝去的哲学家的思想，以及多年前你就应该掌握的历史知识点。你已经来不及申请大学了，但你能不能借一个上大学的机会？花只能上一所学校，因此再有其他学校邀请她也没什么意义，还不如把多余的邀请让给你。你知道上大学对你来说可能只是一种想象，但你仍然愿意做好准备。一切都明朗起来了，你意识到解决这个问题其实很容易，那就是让自己成为花。

那天，你看见了艺术展览的宣传海报，你开始效仿花。过去几年，你从未注意过这种海报，为什么恰巧在那天你会注意到呢？海报上说这是一个高级奖项。对花而言，真是再适合不过的了。那些她在你们还是 Koko 的时候画的妖魔鬼怪简直令你战栗。你知道花绝不可能再翻出那堆东西来，所以你帮她搭一把手会如何呢？她床底下藏着好几沓画过画的笔记本。

你希望自己扰乱花去读大学的计划，甚至鼓动她留在家里吗？又或者，你只是希望人们注意到她，就像注意到你一样？你不知道，甚至想都没想过这些。可这感觉很不错，不是吗？

这感觉不错。

妈妈死后，你常常梦见莉莲最后的故事，就是莉莲最后不得不离开的那段故事。妈妈给你讲故事那会儿，你已发觉，妈妈的故事情节一直在变化。当时，你想知道，你是否对妈妈的故事有更深的理解。时光的洪流滚滚向前，她改变了整个故事中的世界。

你读高中时，莉莲的生命中发生了一场战争。妈妈也感觉到你和花之间有什么矛盾正在酝酿，也许当然，你们只是在谈论越南战争。亚尼反对国家派军队去越南，他曾在晚餐时谈到这件事。妈妈却从未发表过自己对战争的感受。

你记得她最后一次讲这个故事，讲莉莲离去的情景，她的离去带来的感觉是这般令你身临其境，其中有那么多的细节和对话，都是你先前不曾听过的。妈妈反复诉说着她和父母挥手告别的瞬间：她轻装上阵，只带了一只手提袋和一只硬面行李箱，里面是她的全部财产。在她行走时，行李箱还时不时地撞到她的小腿。通常，讲到这里时，妈妈会停下来，警告你们说这个世界广袤无垠，一句道别即成永诀，可这时，你问起了那个前来拯救莉莲的年轻人。

"她爱他，是因为他是个日本人吗？"

那天下午，妈妈的回答是：莉莲认为那个年轻人可以认出她。并不是因为他知道她的父母是谁，也并不是因为他从故事中凭空而来让这个孤女得到了真实的生活，而是因为他能认出她的本来面目。你听着妈妈的话，试着去理解它，去搞清其中的区别：并非仅仅因为他认识她，而是能认出她——他能赐予她自己原本应有的色彩。这是个激动人心的想法。妈妈停了一会儿，说道："这里暗藏危险。"

这就是她说的全部。不过你没听见。尽管你爱极了莉莲的故事，但你并不知道自己领悟到多少。那天，你以为妈妈谈论的是恋爱的激情，不过很快，你就会明白妈妈究竟想说什么了。

上个学期，你住在埃迪和米茜家。埃迪坚持要你在游泳训练前偷偷溜走，因为他需要你。不到几个月的共同生活后，你发现他所谓的"需要"就是让你在水槽里洗几个盘子，这样他第二天就能直接用它们来吃东西，或者就是从房间的另一边把他的夹克拿过来，但你不论如何还是去了。米茜也在家。曾经有段时间，你和米茜有一层超越友谊的特殊关系，接着是你和埃迪。可现在，她总是在你们身边，在你们中间，在你和埃迪周围阴魂不散。她在沙发上伸开四肢，问你她该去引诱哪个男孩。

米茜不相信爱情。她的家族里没几位白马王子，镇上也没有。男人们得养家糊口。他们不会骑着白马，握着闪亮亮的缰绳，他们只会给奶牛套上绳索，然后大口喝着啤酒。这好像很讽刺，你和埃迪似乎是米茜构想的伟大浪漫爱情中的例外。但后来你想，这浪漫爱情里，也有她的一部分。

现在，埃迪又一次把自己的香烟都抽完了，于是便在你的健身包里翻找着。这天，美术老师也最终将花的速写本归还给你了，那是你之前借给他的，因为当时他想看更多的怪物涂鸦。而后，你就把它塞进了你的包里，放在那堆衣服上。埃迪认为他有权把它翻出来，他有权控制你的一切。

"这是什么？"还没等你反应过来，他就拿起速写本翻起来，一页画着妈妈脑中的无脸鬼魂的涂鸦露了出来。

"还给我！"太晚了，你意识到自己应该假装一点也不在乎这个速写本。现在他反倒不肯放手了。

"这是什么鬼东西？就像小孩的画一样！你智力倒退回学前班水平了吗？"

你望向米茜，她才是你担心的那个人。上周，你无意中说漏了嘴，把在高中没上过一节美术课的花被邀请去参加艺术展的事说了出来，米茜当然嫉妒万分。你也知道，最好别说花的绘画获奖的事情是由你和这本日记推动的。

"这些是什么？"米茜问道，她捻动着书页，"真吓人。"她一开始说的话反而显得很体贴。

"这是……嗯……"该怎么形容它们呢？你不能说这些都是纠缠你母亲的鬼魂。在亚尼出现之前，是这些幻想中的鬼怪将你们三个人团结在一起。你的母亲，站在你们和这些前来骚扰的鬼魂中间，仿佛一个英雄。即便这些鬼怪从未现形，只是她的虚构之物，缠身妈妈的鬼魂依旧是她会在魔鬼手下保护你们的证据。她不会就那样让你们消失。"这些都是花的。"

在你解释这到底是怎么回事之前，米茜的表情并不显得凌厉。听你一说完，她啪地一下合上了速写本，把它扔到了桌上："哇哦，她连参加比赛这事都要你操心，大概她真的是个小鬼头。"

"一个弱智小鬼。"埃迪补充道。

"瞎说什么，埃迪！长不大的是你！"

尽管埃迪愈发恼羞成怒，不过就算你不说话，他都似乎知道你在想什么："你妈一直是个疯婆子，对不？你的孪生姐姐大概也疯了吧？疯丫头，你呢？"

"闭嘴！"

你男朋友的声音里有一种尖酸刻薄的味道。自从他因为私吞现金被加油站开除后，你就经常听到他用这种语气说话。埃迪说那是胡扯，是那个老头编的，就因为他嫉妒埃迪换正时皮带的技术比他更好。不过自打那天开始，埃迪就在打着什么主意。他在停车棚的池塘边骗他的朋友，打发你去厨房帮他拿啤酒，在你拿来时却又故意拿你打趣，说你年龄太小还不能喝酒。

"啊，你生气时可真可爱！"埃迪一把抓住花的速写本，快速地翻阅着，"画的都是些畸形的鬼。"

这些速写上封印着妈妈的鬼，这其实是妈妈的抓鬼师，这是你记得的。你和花一起制造出了它们。你给她讲述这些故事，你回忆细节，把鬼怪放在合适的故事情节中，花负责画画。接着，它们在花的笔下显形，就相当于被抓住了，它们在纸张上变得无害，你们就能成为保护妈妈的斗士，而不是妈妈保护你们。这就是你一直捍卫花的理由吗？"只是妈妈随便说说的东西，"你一边说，一边跑到他俩中间，来不及细想，"都是故事，你们的妈妈难道从来没给你们讲过故事吗？"

米茜一直在等你亲口宣布你将和花还有妈妈脱离关系。不，她觉得你会的，并为你迟迟未开口感到困惑。可现在，她退缩了，你也想起来：米茜的母亲从未给她讲过任何故事。也许就是这句话让她的话语里带着激烈的愤怒感。"你怎么能觉得这些愚蠢的画都是一个正常人画的呢？它们哪儿好？就像幼儿园的小鬼画的。"

它们就是幼儿园的小鬼画的，不过你没说这个。"他们还是让她参赛了，不是吗？是基罗哈先生让她交画的，它们肯定有价值，不过你们看不到而已。"

"噢，那你看到了？"埃迪问道，一边看向米茜想寻求支持。他这时的眼睛里潜伏着什么黑暗的东西，一些需要抚慰的东西，"如果你问我，我就说是精神艺术，是一个疯妈妈生的疯女儿画的……"

"闭嘴，埃迪。"你知道你该让步，可还是忍不住，"别管什么疯妈妈了。那些住在玻璃房子里的人……"这是妈妈过去讲过的一个《圣经》里的故事，她讲了开头的谚语后就不再说下去了，埃迪不知道剩下的内容是怎样的。尽管你知道，他会因为你让他觉得自己愚蠢而对你进行反击，但你太生气了，根本不在乎。

可埃迪看到你发脾气的模样似乎还是很幸灾乐祸。他高举着花的速写本，想让你跳着去抢。可他长得太高，你们都知道，如果你不把他打倒在地或者顺着他的身体爬上去，你根本够不着本子，这恰恰就是他想要你做的。如果你用身体冲撞他，他就会用另一只手臂抓住你，把你拉到他身边，然后把本子扔给米茜，这样他就能用两只手臂环住你。"不，我错了，你生气的时候还真有点性感。你怎么看我们勇敢的小老虎，米茜小姐？"他问他妹妹。

你扭着身体试着摆脱埃迪的怀抱，可他更用力了，他的嘴唇凑到你的耳朵上。"别这样，埃迪，求你了。"

埃迪那不怀好意的微笑慢慢在脸上展开，好像一只蜘蛛，他喜欢这样彻底地打败你。"你求我的次数太少了。"他咆哮道，神色愉悦，他开始咬你的耳垂。

"我说别这样！"你用力地一把推开他。你一定让他吃了一惊，因为你撞到了他的肋骨，他一下就弹开了，"让我一个人待着。"

"你，一个人？"你们之间的空间振动着。埃迪的脸扭曲了，这不是他所期待的结果，"你，一直像只哈巴狗一样待在这，现在你说你只想一个人？"

他在强迫你做选择，在他和妈妈、米茜和花之间。他自信满满地觉得你会按照他的意愿做出选择，可他如今发觉，你要让他失望了。

"拿上这东西，米茜。"他兀自朝他妹妹说道，也没看向她。他的语气里暴露着什么东西，也带着一种决绝的意味。有那么一刻，你觉得他大概会朝你走来，可他没有，他觉得今天惹的风波足够了。米茜看起来很沮丧，你俩看起来都筋疲力尽、浑身发抖，等着看他打算做什么。可他只是抓起他的棒球帽，朝门口走去。

他头也不回地对他妹妹下了最后指令："在我们想出怎么捉弄这个小老虎之前，别还给她。"

他走了，只剩下你俩，在这儿面面相觑。米茜面无表情地瞥了你一眼，好似溺水般麻木，接着把速写本紧紧抱在胸前。你不能怪她。常言道，血浓于水。

在你自己家之外的地方，血液是稀薄且充满背叛意味的，但这恰恰给了你希望。

花

    我画了一整天画，这好似一种治疗。一笔、一画，我能在速写本上画满凶手的那张脸。我随意地撕下几页，把它们揉成团，把这些带有一点点他的痕迹的东西扔在我周围的地上。他在那里，在那成堆的废纸中——鼻子的轮廓，凹陷的脸颊——用一种肢解的方式，撕扯着我的思绪。

    不过我还是稍微有了那么一点进展。尤其是从他的眼中，我可以辨别出一种表情，这个发现驱使我继续画下去。我用黑色的铅笔在纸上画出小点，接着换上了炭笔。此时，我思绪飞扬，可以随心所欲地为他添上阴影，画出他的发际线。我那时看到他的耳朵了吗？我最终捕捉到的，是他那难以置信的表情。

    他在这里。终究，他跃然纸上。虽不是百分百的相像，可足够了，我都能感受到他那溢出纸面的恶意，我知道他认出了我，就像我清楚地认出了他一样。当我看着他的画像时，压抑感在我眼中凝聚。我不知该感到庆幸，还是觉得眩晕，在这所有一切结束之后，我却感到分外的空虚。我的声音恢复了，我也在记忆的洪流中幸存了下来。我想和景分享我的成果。她是那个一直深谙我心的人。她会认出这个人吗？

    当然，景现在还看不到。

    我还能做什么？我忽略了什么？我精力充沛，终于采取了行动。我的神经在身体内聒噪，我想要更多线索。为了把妹妹带回我身边，我肯定还有什么别的事要做。

    我在妈妈的小皮盒里翻找着。之前，景的行李已经被我翻过一遍。她就带了些衣服、口香糖。她戴着的那块玉坠，大约拇指大小，是深橄榄绿色的方尖形，串在一根打了结的绳子上。她甚至都没带袜子，她走得多匆忙啊，真算得上是轻装上阵了。

那么，我的注意力再一次地转到那个小皮盒里的东西上。我已经开始试着去理解一些东西了。它们中的一些，已慢慢地开始吐露自己的过往，剩下的只能永远成谜。大概由于昨夜我对画出袭击景的凶手绞尽了脑汁，太执着于想拼凑出他的外貌来的原因，我把它们一样一样地取出来，铺在了床上。这是生命的循环，是妈妈的生命。那两张标着"广岛"的照片吸引了我。第一张上面是空寂无人的混凝土大桥，没有炸弹的碎片，也没有其他景致，可为什么会没有人在桥上呢？第二张，是那灰色的水塔，上面蚀刻着梯子无言的阴影。

妈妈在这水塔的照片里看到了什么？在梯子的阴影里，我能看见那损坏了的第三个横挡木。这梯子肯定是用竹子手工制作的，把竹节处那污渍斑斑的凸起部分连接在一起。梯子顶端，那绑合处似乎要散架了似的，磨损的边缘嵌进了发白的金属。

可是，照片里并没有梯子。我顿在那里，得仔细想想才能明白我在看什么。世界上几乎没什么东西能把像一根磨损的绳子那样脆弱的东西的影子印在钢铁上。我看到的是原子弹爆炸时刺眼的闪光。我之前怎么没注意到呢？

影之孩子。

当我知道景名字的含义时，我还很小，当时我有一种莫名的兴致，可现在我不能再把自己的不懂事当借口了。重要的是，我之前曾故意拿这事取笑过她，可景装出一副无所谓的样子，还觉得这是最适合她的名字，这让我很无趣。妈妈出面把这事制止了。一天，她听见我管景叫影子，她显得很安静。"噢，花子，"她叫住了我，没继续说话，我以为她不会再开口时，她又接着说道，"影子是灵魂存在的证明。"

她没让我再拿我妹妹打趣，我也不知道她究竟是什么意思。影子是灵魂存在的证明。她是在说景有灵魂而我没有吗？她看起来很严肃，我就知道了这事的严重性，而且，她喊了我的全名，她几乎很少叫我的全名，这事使我不安起来。

"花的孩子。"我说道，告诉她我已经知道我名字的由来了。"花的孩子。花。"她若有所思地盯了我一会儿，好像想要费劲地了解我到底在说什么。

这时，一缕阳光恰到好处地打在她的脸上，她笑了起来。这个微笑足以证明我并未完全失去我的母亲，我的名字简单又直接。从那以后，我再也没提过什么影子。

直到我上了大学，才知道了另一种可能。在我大三时，我认识了一个叫惠子[21]的女孩，我不假思索地告诉了她我的全名。她为我解释了我的名字，"花的孩子"，如我期许的一样，然后她指着自己说，"神的孩子，"说罢，她又细细想了想，补充道，"受祝福的孩子。"

是我给了景错误的名字吗？这个女孩接着对我解释道，"Keiko"的真实含义取决于日本汉字的写法。影子……我告诉了她之后，她又想了想。这并不是最常见的用法，但她后来承认也能这么用。直到那时候，一切似乎都无关紧要了。我那时确信我是再也不会看见景并把这事告诉她的了。可在妈妈的照片中，我发现了一种对景的名字更深的理解。第二张照片里，桥上也有阴影，那是栏杆的阴影映在混凝土的桥面上。更重要的是，那些第一眼看起来像是旧照片附带的斑点实际上却是形状奇特的阴影，它们在整个桥面上到处游荡。影子是灵魂存在的证明，母亲曾这样说。这提醒着我们，生活中四处点缀着我们也许从未留心的线索，还有那些我们必须凭一己之力要破译的蛛丝马迹。这些妈妈留下的照片中的阴影，皆为印记，在辐射将一切焚尽之前的一瞬，将来往的生者正驻于桥上的情景化为了印记，化成了影子。

人们连续不断的足迹。行走的脚。

从前，有个叫莉莲的小女孩——在我尚处青春期的一个下午，妈妈对我说起这个故事。我在家里的农园里碰见她，她的面前有一个小火堆。我以为她在烧垃圾，实则不然，她正朝火苗上扔纸张，一张接着一张。她的脸颊映照在火光中，透亮温暖。就在她为自己小声地念出每张纸上的每行字时，垂下的眼睛沾染上闷热的熏烟。她把纸丢进火中，等着每一页都被点燃，纸灰像一只热情的小精灵在上升的热气流中翻转。甚至我在她身旁坐下来时，她都不断地重复着读与烧的动作，一直都没停下来。

---

21 "惠子"这个名字，在日语假名中也写作"けいこ"，罗马音发音也为"Keiko"，"惠"有"受照顾的、受恩泽的"之意。

这些都是心愿，妈妈告诉我。就在莉莲和我一般大的时候，她的母亲告诉她，在袅袅升起的烟雾中祈祷，她便能把愿望都送到天堂。

"这世界很大，很大，"她说，"有时你注定会失去一些人。可失去并不代表他们不在了。"

我知道这是个拙劣的解释。基督教的牧师都是在教堂里或跪在床边祈祷的，祈祷活动从不会在农园的火堆前进行。倒是我们学校的一些女孩每在新年之际都会跟着家人去庙里烧香，在木板上写祈祷文，可那是一个日本神庙。但我没说话。

每张纸上都密密麻麻地写满了妈妈的心愿。有些看起来就像是写好了地址的信件。我想读它们，可我隔着一段距离，一个字都看不清楚。

"你许了什么愿，妈妈？"

她起先并没有回答。过了一会儿她才说："有时候，我会很想和我母亲说说话。"

这些信啊，我看着它们闪耀着火花，辗转飘零，随风而逝，大多数都成了灰烬。草地上也有一些地方烧焦了。我记得，莉莲离开了她的父母，再也没有回去，我一想到一个母亲要和她的孩子分开，心里便很不安。大抵是因为母亲眼中那满溢的悲伤吧，不过我还是什么都没说。我们无言地坐着，看着熏烟摇摆，散尽凋零，渐渐同那远走的灵魂一起去了。我们一起看着，看着她的这堆信，慢慢地，成了这很大、很大的世界的一部分，最终一切尽数燃尽。

我如今知道了我想知道的关于母亲的一切。她的谜团将永远成为一个谜，这就够了。如果我躺在地上，就像妈妈曾经那样，就能感受到她当时的感受——地板将你撑起的感觉。你已经跌落至底端，已无法再往下跌落。这便是我母亲试着传递给我的感受——已临深渊、一无所有，唯有鼓起勇气，向死而生。我此前从不明白，可现在只有我独自一人，不再是从前三个人相依为命的时候了。没有人会给我递一些水，没有人会握住我的手。这些都是很久之前的事了，回想起来，我都不确定是否真正发生过。

不过，有件事我现在醒悟了：那时的我不应该轻率地离开。就是那么简单。至少，我不会没有机会再和妈妈见上一面。亚尼之前说，我们做的一个选择会改变未来的轨迹，要是给我个机会从头再来，我绝不会在医院对亚尼大喊大叫，我也不会再责备景或妈妈。我可以自己冷静下来，而不是依靠打镇静剂。相反，我会回家看看他们为什么不来医院看我，其中肯定有什么隐情。我也会重新选择一所离家近的大学，就像我同罗塞尔许诺的那样。尽管我和他已经分手了，但他没错，离开太远会想念家人，会想念我的妈妈，会想念那赤足在海边无忧无虑漫步的日子，以及海面吹来的略带咸味的信风。夏威夷是我的家乡，它告诫我，一旦离开这个地方，便只能成为原本的自己的影子。

那是个早春，在我们高中四年级的那年，我注意到罗塞尔在偷偷看着我。

在图书馆的颁奖仪式结束后，那些画被移到了学校的走廊里，《亡灵之河》自然是最引人注意的。当然，一些人对我有偏见，有人还议论我内心究竟有多阴暗呢。就像，你外表看起来人还不错，可这种阴暗的心理是从哪儿来的？还有其他许多类似的话题。我知道我的这种阴暗从何而来，也在妈妈的脸上真切地看到了它。我想让观众震撼，就像我们大家都被震撼过一样，我听见的每一条评论实际上都证明我成功了。

所以罗塞尔朝我走来的时候，我并不觉得有什么好惊讶的。我之前也知道他的一些基本情况——我们镇子又不大，大家都是一起长大的。现在夏威夷成了一个州了，他不是那种带着史密斯或菲利普这样名字的、定期搬来住的夏威夷白人。尽管如此，每当他和他的弟兄们在走廊上出现时，我还是会注意到他，这种情况几乎发生在每节课下课。他只是个普通平凡的男孩：一般的棕色头发，一般的身材，一般的智商。家里既不富裕又不贫穷。不过他的打扮风格更像一个冲浪选手，经常穿着一件宽条纹的衬衫，顶着一头在太阳下发红的头发。他既不在周边的礼堂和那些小混混晃悠，也不是我所知道的任何球队的队长。他的学习成绩中等偏上，稍微会打打篮球，还是家中独子。他就是这样一个平淡温和的人，像亚尼一样安分守己。罗塞尔看上去也很和善，如果他不是这样，我也坚决不会让他靠近我，更不会让他问我是否愿意和他共舞。

我记得，那天放学铃响后，同学们冲出教学楼，跑下宽阔的台阶，飞奔到草坪上去。在草地上，他们放慢脚步，将脚下的土地踩得一片狼藉。我从未注意过他人，直到现在，我带着我的画一起出现在同学中，我才发现，我也必须注视着他们，这样才能中和那让我受伤的落寞情绪。在这群人之中，有爱好冲浪的人，也有喜欢搞破坏的人，还有来自不同香蕉营地的孩子。他们通常和住在自家附近的孩子结伴玩耍，要么就和喜欢相同运动或有相同爱好的伙伴聚在一起。教学楼到处都有通向室外的通道，走出去后，便是露天的四方形院落。我倚靠在一个大拱门的一侧，感受着微风的吹拂，这时罗塞尔走到我身后，也斜靠着拱门，我两肩并着肩，一齐朝远处眺望。

"那么，"他说，脸庞依旧朝外，"你准备去舞会吗？"

确切来说，这并不是个邀请，可这个问题却是我一直翘首以盼的，每晚睡觉前，我都会在脑子里排演上好几遍。如今，却真正地如愿以偿了，我激动地一句话都说不出来。我一直盯着同学们，那些沿着通道跑下来的孩子，他们的队列零散又弯曲，还有那些特立独行的怪人们喜好单独出动。我喜欢走小路，其他大部分孩子似乎也喜欢，尽管那些穿过草地的孩子会走得更快。

我该说什么？

我走开了，要和他拉开一些距离，以防被别人看见。他已经这样来找我搭话几个星期了，可如果这些都只是恶作剧该怎么办呢？

"你知道我是谁，对吗？"我故意让我的语调听起来很轻松，就像开玩笑那样。我已经想好怎么应付他了，就说我不会跳舞之类的。可我必须要知道的一点是：他到这儿来并不是因为对那幅《亡灵之河》有什么意外的兴趣。更重要的，我希望他没把我当作景。

罗塞尔肯定觉得我和他之间的距离在扩大。他推开窗台，直起身子，四下望了望。他似乎有点受打击。我把一切都搞砸了。他准备离开。

"我会。"我几乎喘着气。

"什么？"

"我会去。我是说，如果你去的话。"

他快活地回到我身边。"真好，"他说，"这真是太好了。"

看上去他好像还想说什么，于是有那么一会儿，我们四目相对。他那浓密的头发闪着光，像一枚旧硬币似的，有一缕软软的松卷的刘海从发际线上垂下来，使人注意到他那双金灿灿的眼睛。可我看着他的脖颈，或者更确切地说是他锁骨间的凹陷处。他刚要开口，我就点了点头，别过了目光，他的眼神也闪避而过。

"我想认识你，花，"他说，"更多地认识你。"

在目送他离开时，我的手指也不自觉地朝我脖颈下方探去，我想试试能否感受到自己的心跳。当手指触到皮肤，我竟发觉那里是如此柔软。

他喜欢我，谁又能知道有什么样的后果在等着我呢？我们能成为舞池中那衣袂飞扬的一对，彼此紧挨着，老师们只能拿一根筷子丈量我们之间的距离。一想到这个，我便脸颊滚烫。它在我的四肢上增加了一种不熟悉的重量，让我觉得软绵绵的。

如今，我再次回想到此事，我发觉我还是不知道他当时究竟在做什么。如果他只是对我感兴趣，这不是很好吗？如果时光倒流，为那个比起现在更勇敢、更值得信任的女孩留下一丁点幸福的可能性，将会是什么样子？那女孩是一位天赋异禀的画家，是之前的 Koko。那个女孩曾经相信，有人会爱自己？

突然之间，这是我最想知道的事。

景

　　米茜的脸上挂着神秘的微笑，却是那样凌厉尖刻，比以前更为锋芒毕露。如果你想把姐姐的速写本拿回来，你必须抚平她的锋芒。不过花对这本不见了的速写本没提起一个字，她不对你道谢，也不承认是你的推动才让她获得了一等奖。你别自欺欺人了，她知道你交给老师的画是哪本本子里的，大概连页码都一清二楚。可她回以沉默，给了你足够的空间和时间。于是，你在这个周六的早晨，坐在沙滩的树下，望着埃迪和他的朋友们冲浪。

　　你在等那些冲浪者玩累了，这时米茜提起了罗塞尔："花恋爱了。"

　　"不可能，"你摇摇头，眯起眼看远处浪花形成的白线上跳动的黑点，你认不出哪一个是埃迪，"花？她从不让别人靠近她。"

　　"你又弄错了！"

　　或许这时，你那曾经最好的闺蜜只对你满怀恶意。又或许，你是那个最后知后觉的人。周一放学的铃声响起时，你知道花一向拖拖拉拉的，她会在教室记好课程的笔记和细节，而不像其他同学一样贪于呼吸室外的新鲜空气。她的这套不近人情的做事风格是你已经很熟悉的了。可最近花成了第一批从教学楼离开的人，你当然也注意到了这个变化。自从她的画获奖后，她就变了。你也见过她和这个走到她身旁的男孩聊天，男孩一边对班上的见闻翻着白眼，一边同她分享一些新鲜而又无伤大雅的蠢事。

　　罗塞尔·罗贝洛，米茜说的没错。他总站在离花较远的地方，但你也看见他们很快就聊得热络起来了，尽管她胸前还抱着书。

你注意到米茜的微笑。她最喜欢的消遣就是挫败别人的恋情，最快的纪录是 30 秒，毕竟她是学校里最漂亮的女孩。罗塞尔很快崩溃是件很难看的事，不过你也做不了什么。埃迪的自尊心受到了打击，可米茜的猎物还是花。

花会心碎，你想。可你无能为力。不过好在她很快就要离开学校去上大学了，这会给她些许安慰。

可花看起来很开心，不管米茜正对她打什么主意，你都不能否认这是因你而起的。是你使她引起了基罗哈先生的注意，又向米茜——你最好的朋友撒了谎。如果你能为花争取一些时间，你又怎么能站在他们中间，眼睁睁地看着花心碎呢？你知道米茜想怎么样，她想让你选择她而把花抛弃。你朝米茜转过头："行吧！够了！我怎么做才能补偿你？"

跳水时，身躯感受到的先是气流，再是水。你面前有一股好似套在袖管里的气流旋涡正对你张开虎口，等着你投身而入，你站的悬崖越高，这个袖管就越长。你要感受从脚趾蔓延到耳朵的刺痛，就必须从最高的岩石上一跃而下。这很棘手，因为岩石并不朝水面倾斜。你不得不往外跳，像一个田径明星那样使出你浑身的气力，即便没有起跑的枪响。你要尽力摆动你的双腿，使自己的身体在凌空时飞过浅滩，脚先入水。

从 30 英尺高的地方落下，仅需一秒。

如果从旧火车桥上跳下，你便可以在水中深潜。手和头朝下，扎进那水面下幽暗深沉的安全地带。那是一种深埋之美。

清冽冰冷的河水，质感宛如冰湖。这和头先入水时所感受的寒冷是不同的，它灌进你的耳朵和喉咙。水流漫遍你的全身，会在你腹部纠成一团，又随即释放，接着侵袭你的大腿内侧，然后向下。渐渐地，水的冲击力减弱，整个身体会恢复到平衡状态。可如果没有冲击力怎么办？如果这股冲击力没有散去，水流的寒意侵袭着你的肌肤，愈来愈热，热过晴天里脚背上附着的热砂，热过滚烫的岩浆。这些你就不知道了，但你那躺在雪地上死去的妈妈知道，她会告诉你，你是如何一睡成永眠的。

当你死的时候你会觉得孤独吗？这是多年前米茜对你说的第一句话。她最害怕的就是孤独，这让你想起了妈妈和亚尼的葬礼。花在岩穴里遭遇了"意外"后，亚尼和你一起去找你的朋友，米茜哭着否认了这一切，自打这事儿以后你们就再也没怎么见过面。她在妈妈和亚尼的葬礼上给了她能给的最大安慰，至少他们并不孤单。

从那以后，这句话时时来侵扰你。

妈妈安眠在亚尼的臂弯里，这是他们找到她时发现的。验尸官说道——也许他对所有哭泣的孩子都说同样的话——她或许还是先走的，因为她身体本就已十分虚弱了，在她死去时，亚尼或许还一直朝着她的耳朵低语。你想象着亚尼的神智在那会儿还比较清醒，他本可以站起来的，本可以和你生活得更久，本可以去纽约把你姐姐带回来。但这不是你一直梦见妈妈和亚尼躺在雪地里的原因。妈妈总是告诫你，人都会消失，可是亚尼，是她最终找到的一个不会弃她而去的归宿，她找到了这样一个信守承诺的男人，就像带走莉莲的陌生人同她母亲许诺的那样：

他说他会永远照顾好她——这也是妈妈曾经告诉你的。

莉莲的母亲到这时才终于放手。

"勇敢的小景子"，那是埃迪给你取的绰号。这也和你很相称，对跳水这种事你毫无畏惧。

自称是"四人组"的这伙男孩毫无预警地在你放学时截住了你。他们说找了个新的据点。这一次是一个水潭，就在镇外，算是河流的上游处，这条河流经孩子们主要玩耍的那几个天然游泳洞。米茜今天会和你一起去，她从不跳水，对此又没有兴趣，这才是你今天得到的第一个消息。她和你们一起翻过栏杆，爬到瀑布上边。瀑泉飞流直下，汇入底端那深翠奇圆的潭底，比你之前试过的任何"跳水台"都要高。大约四英尺高的悬崖上嵌着一个小小的平台，可这减不了多少高度。

有人之前试过从这儿跳下去，这是他们在车上告诉你的。

你当然会一如既往地做好。起跳，脚掌朝下，尖叫着挥动手臂，你是一枚射出炮管的快活的炮弹。俯首而望，水潭闪耀着深浅不一的绿松石色。耳畔尽是从飞溅的水花中升起的激越之声，缠绕着你久久不散。你是苍穹之顶的女神，甚至那四季云雨都在你的掌控之下。

你纵身一跃。

包裹身躯的是那呼啸而过的气流。你亦有足够的时间调整你的身体，先是把姿势调整成双脚垂直朝下，就像支箭，接着在最后一刻抱紧身躯，做出最安全的姿势，宛如一枚炮弹。落水的姿势很重要，你牢记于心。那些男孩都是一群精力过剩的傻大个罢了。

克莱德跟着你，再是比利、埃迪和戴蒙。

对男孩来说，这都是起跳前的热身，他们舒展身体，放松肌肉，起哄着击掌。他们都跳进来时，你已经缓过气来了。你把他们领回了米茜在观望的地方。大多数时候，这些男孩都爱吹嘘自己有多勇敢。你走上瀑布的最顶端时，埃迪朝克莱德转过头去，后者是学校里水平最高的跳水选手，埃迪怂恿他跳。

"不。"

"你上啊。"

"你觉得我是傻子吗？"

"不啊，就是废物而已。"

"景能跳。"

在这两个家伙推推搡搡时，埃迪突然把你的名字加了进去。你保持着最好的纪录：跳水高度最高，旋转和空翻的姿势完美。你无所畏惧，正如亚尼说的。你的勇气使埃迪着迷。

可这一次是前所未有的。大概需要两秒，可能有 50 英尺高。

埃迪又说话了，他也没有看着你，"你们这帮家伙连一个小女孩都不如。"如果此时他给你一个和煦温暖的笑容——那个曾经捕获你心灵的笑容；如果此时，他对你说，你的成功就是他的成功，可以救赎他的灵魂，那么你也许会毫不犹豫地跳下去。可他已经不是几个月前和你交往的那个男人了。埃迪和米茜一齐看向你，好像你已兴致高昂，蓄势待发，可埃迪看上去更兴奋，因为他能完全将你控制。

"不，"比利说，"克莱德可以试试，他可是校园明星呢。"

克莱德看着你，他也不喜欢这个挑战。

埃迪接过话茬："景能跳啊，对吗，米茜？景第一个。"

事情就这么决定了，这事关花的速写本。米茜正看着你呢，眼神充满希望又犹豫不决，一阵寒意遍布你的身躯。

埃迪在你和米茜之间张望，好像他不知道你会跳下去还是会退缩，他也无法决定他更倾向哪一个。这就是他脸上那玩味十足的表情，就好像一个操纵傀儡的木偶师。

你想夺回主动权。

那个水潭泛着奇妙的蓝绿，潭周围绕着岩石，树枝在半空中高悬。你望着它，就如望着一只眼睛。临瀑而立，你曲下膝盖，不知道该直接把自己的整个身体推下去，还是按照往常一样先起跑后跳水，或是相信你的双腿有足以将你的身躯带到水潭中央最深之处的力量。第一名总是你的，因为你轻盈无比，一往无前，无人能比肩。

你是影。

你倾尽全身之力，将身体带离悬崖。你跳了下去。

30英尺仅需一秒，思绪飞奔只是咫尺之间。你的脚趾脱离了地面，轻盈的身体飞入半空。你这时才想起达蒙，他是这群人中最强壮高大的，他在潭底呐喊，声音穿透云霄："我碰到地面了！"在距他五英尺上空的地方，他的话能听得一清二楚。

水潭是多么浅，而你在空中。

1946 年

　　老板娘拉开滑门，她的脸先露了出来，然后弯腰，鞠躬。她上上下下地打量着他们，眼神快速掠过每个人。在这个女人身后，美夜看见了一个铺着榻榻米的四方形小房间，台子上摆着一只高高的绿色花瓶，就像搁在角落里的一本包了书皮的书，孤高自矜，却没有插着花。

　　"早上好！"中士一边把鞋子蹬掉，一边兴高采烈地和她打招呼。他把鞋蹬在了玄关的石板地上，穿着袜子站着。

　　他很高兴来这里，因为这地方就是属于他的。在美夜脱鞋时，他扶住她的胳膊，这样她站稳后，就能走向室内那破旧但擦洗得闪闪发光的地板，而不是和他一样站在入口的石板地上。她分明见到了老板娘脸上的不悦，这不悦不是因为中士乱蹬鞋子，甚至也不是他那脏污的脚让她皱起了眉头，他把鞋子捡起来了，挂在手指上。而是因为美夜，老板娘根本不想见到她。也许是她在福利社买的西式衬衫和裙子看起来是那样不得体，她还一点儿都不像个白人。她不是个体面的女孩。她被那沦肌浃髓的绝望裹挟，来到这儿。

　　老板娘的和服并不像美夜原先想的那样柔软或破旧。她的和服底色是深蓝的，裙边绣着浅红色的鹤，露出的里衣领子则是洁白无瑕的丝质。她想知道这样的颜色搭配是否有意为之，还有他们是否是这里仅有的客人。这个女人一个人站着，看年纪可以做她母亲了。她也认真仔细地化了妆：粉底遮住了脸颊上的皱纹，炭笔画出了眉毛的轮廓。

　　"欢迎光临，泰勒先生。"女人一边说，一边对中士的来到表现出一副极为关心的样子。

美夜一直知道有这样的地方，是专门为了取悦美国士兵而设立的，他们厌倦了日式烧肉的聚会和宾戈游戏之后，就会想要更多，他们想尝尝真正的日本女孩的味道。他经常光顾这家酒吧，深知它可以在不事先通知的情况下安排这顿晚餐，这就意味着，人们经常在城里某个声名狼藉的地段看到他和某个酒吧女郎混在一起，这样的闲话和评论是有一定道理的。美夜在驻地的诊所打工，在她上床很久之后，那里的同事和室友才完成各自的活计回来，大家偷偷取笑她失去了和"她的中士"相处的机会，就因为她不懂行情。

"你不知道那些日本女孩为了丝袜和香烟会做什么吗？"她们问，"别再装清高了。"

他之前经过放射科研究者的工作室时，会给她带去《读者文摘》和《艾雷·奎恩的神秘杂志》，但她不愿和他出去，就算他苦苦哀求——卑躬屈膝，眼睛发光——只是去吃"纯洁的午餐"，她也不愿。直到她把他给她的这些英文杂志读完两遍之后，她才意识到室友是对的，美夜已记不得他上次路过是什么时候了。

她原本以为她不会介意，她所经历的比那些来这里扮成胜利者的愚蠢的红十字女孩要多得多。其他女孩和她年龄相仿，但在饱经沧桑这方面，谁也比不上她。美夜累了，她早就被毁了，她一直保守着那将她摧毁的秘密，她知道就算说了别人也不可能理解。

如今，这座城市正在清散它原本的居民。8月15日是对日战争胜利纪念日，这天将会庆祝联军的胜利。16号就什么也不是了，只是东京这落寞之城中孤单的一天。即使这里有原子弹的幸存者，他们也藏起来了，甚至那些对广岛感兴趣的人也离开了。一周年之际，驻军占领的区域正相应地缩小，但蔓延到全国各地。在两个被轰炸的城市中，也成立了一个新的委员会以研究受灾情况。她知道诊所里有几个女孩被派去收集辐射中毒的受害者的数据了。

宿舍里只有不到一半女孩留在东京。其他的都去旅行了，在回家之前享受一次小小的观光。

美夜从未想过她居然被安排留在东京，这样她就会在日本终结余生。她每次申请回美国时，他们都告诉她这不可能，永远不可能，有没有记录都一样，她还是放弃回家这个念想比较好。

家？她的家到底在哪里？美国不想她回去。那她属于何处？每个国家都差不多，并无好坏之分，可她并不喜欢这种选择，等在这里，找一个伴侣，这个人会觉得她是三生有幸才怀上他的孩子，虽然他骨子里还充斥着对这孩子的蔑视。她会在酒吧工作。

此时，她的未来还未改变，可时光已送来了契机。面对事实，她下定决心去找她的中士。他还认得出她，她松了一口气。那天，在离所谓的"妓女巷"不远的街上"偶遇"到他时，他似乎很开心，她也很高兴，因为他独自一人。那天，她最大的负罪感是，在如此复杂的世界里，他却保有一颗简单的心，这似乎是他的某种财富。她记得她喜欢他什么，他从未杀过人。

她已习惯了强颜欢笑，不过当他们在包厢内的小桌前坐下，饭菜开始上桌时，幸福就来得简单多了。老板娘在忙活着端上菜肴，都是一碟碟小菜，但味道很讲究，服务也很及时，老板娘可能一直在滑门外等候。主菜是一条灰色的全鱼，很小，肉质润滑鲜美，在开口品尝之前，她就能预见这道菜的滋味。入口时，她又因美味而发出了微弱的赞叹，甚至老板娘都似乎被她打动了。清酒和酱油的可口香味飘向她时，她感觉大地都在她身下滑动。她想，自己应该为第一次约会就这么随便而感到羞耻，但她并不在意。她为那么多人做了那么多事，以致她自己都认不出自己了。她不再是母亲、妻子，甚至都不再是女儿。坐在她面前的男人已经在日本待了快一年，每次和人打招呼时，还是用那种阴阳怪气的、美国大兵式的"早上好"问候语，这又有什么关系呢？如果他能送她回家，她什么都能忍受。

她恨这些美国士兵，因为他们手握特权。他们能随心所欲地拿走一切东西，甚至包括未成年少女的贞操。如果你是个白人，又是个美国人，那富丽堂皇的福利社就有你想要的一切东西，而此时的日本家庭都在排队买豆子，因为配给的大米都吃完了，没有别的口粮。她也恨那些日本士兵，听到那些人肉盾牌或者年轻的少年飞行员驾驶着小小的飞机，自杀式地撞向航空母舰之类的小道新闻，她便心生憎恶。可她也讨厌看见退伍的老兵擦皮鞋，或在黑市中贩卖旧金属，或拖着用破布遮掩的残臂瘸腿沿街乞讨，因为他们曾为这个国家的人豁出性命，而这些人如今都对他们唯恐避之不及。

这些想法如影相随，不论她走路、睡觉，它们都幽灵似的缠着她，紧紧裹住了她。今夜，在轰炸广岛一周年的纪念日里，一顿丰盛的大餐摆在眼前，她已对愤怒这种情绪感到厌倦了。

"我们没资格去恨，"她父亲曾说，"没资格去评判，去宽恕。"

在此之前，她还不谙世事，不能理解这句话。现在她觉得不去评判对这世间万物是种巨大的解脱。

她的中士即将回国。他还未接到命令，不过他俩都知道这只是时间问题。她不禁想起他那幸福的未来：回到他的家乡南达科他州去，一位金发未婚妻的热情怀抱正等着他。尽管他总是矢口否认，说这样的女孩并不存在。可他如果撒谎又该怎么办呢？她的宿舍里已经有女孩被这些美国士兵的甜言蜜语所哄骗，但他们并不打算信守承诺。如果在她委身之后，他却抛弃了她？这是她承受不起的。

她让他唱那首初见时赋予她名字的小曲："美夜，美夜，美夜。"她没吃完的时候，她也让他挑逗她。桌下，他的脚趾碰了一下她的脚趾，这些触碰可能是不小心，但她也并没有移动。接下来就是他的手了，会擦着她的大腿。她不是个什么都不懂的女孩。

就在那时，她提起了广岛。尽管他对广岛一无所知，但他还是觉得，一颗炸弹就能解决一场僵持不下的战争，拯救美国由于不得已的地面进攻而失去的生命，是多么棒的一件事。美夜无话可说，因为她之前告诉他，她从未去过广岛，也不支持任何一方。在那个一周年纪念日的晚上，她唯一能想到的仅是花子，她那烧焦了的脸庞，身躯上曾是皮肤的地方，也尽露出鲜红肿胀的肌肉。

她又提起了那枚炸弹，这样她便觉得地名和炸弹之间有一种紧密的联系，可转瞬之间，她又觉得疲惫不堪。那颗原子弹依旧在她心里、在她身体内爆炸。它在她的肠胃里搅动，在她最意想不到的时候，一股热流依旧在她身上引起了一层细密的冷汗。原子弹在她体内留下的余毒从没消失，相反地，它钻得很深，就像条蛇缠绕着她的脊柱。每当她终于觉得自己要痊愈的时候，它就又朝她探出尖牙，将那火热又冰冷的蛇毒注入她的躯体。她的胃部紧绞着，她想象着，意识几乎飘忽，她的内脏大概会倒吐一地，在他面前，她只是一个没有灵魂的躯壳，她体内已经什么都没有了，都被抹消了。最让美夜烦心的是，当她痛苦地、意识半模糊地辗转反侧时，就算努力使自己保持专注，也听不见心中那个花子的声音了。一直以来，她幻想着听见夏威夷的轻歌曼舞，并将其作为寄托，可如今这和谐温暖的声音已不见，唯有驻军七嘴八舌时夹杂着多种口音的噪声淹没了她。

这份思念钝重而强烈，她渴望听到她的声音，渴望那唯一的朋友花子给她带来的知心陪伴。她也同样地想念小俊，觉得他好像每天都陪在她身旁。

她的中士还在说话，不过他说的是欧洲的战争，他说起他们在德军的集中营里发现了什么。他高中时的一个好哥们也在那里，他们一直在交换照片。战争已经结束，审查也慢慢松懈下来了，或许是他们忙着检查即将发出的邮件，以致没有时间搜索一个医疗包的内衬。她的中士递了几张他拿到的广岛照片给她，一些照片拍得还颇有艺术性，都是爆炸下的阴影。不过他那好哥们拍的照片，就显得阴郁得多，那些从集中营里解救出来的人都瘦得皮包骨头，他告诉她，看样子他们似乎现在不可能还活着。他试着同她描绘那些他们身体上的凹痕，那些凹痕就是皮肤包裹着关节的地方。

他没有说这是对还是错，可她懂他的意思吗？即使这些人从生理上来说还算活人，但想想那些发生在他们身上的一切，他们怎么可能还活着呢？

如果一个人万念俱灰，灵魂已死，那他还有可能幸存下来吗？她想知道。她眼前的这位，她觉得心智简单又天真的男人，在考虑这样的事情吗？她在想象，当他的头发长出来，穿着便服的时候，他会是什么样？如果她想和他共度更多的夜晚，就是时候告诉他真相了，可她又该从何处开始？

"我有过一个……"她声泪俱下，这样简单的开头后面可以接上太多可能的结尾。"儿子，朋友，家庭，生活……儿子。"就算他能听懂这些断断续续的词句，他却无法承载她失去的一切。

"噢，美夜，美夜。"他说着，身体贴向她，手臂搂住了她，她已经不知道上一次别人碰她是什么时候了。这个他赋予她的名字轻轻地震撼了她。真相会随之而来的，食物也一样。她想，这个夜晚，她应该把世界关在门外。只需一夜，她就能知道死者是否能够复活。

景

　　那天晚上你回到家时，妈妈的手已经放在了门把上。你浑身发冷，又受了风寒，妈妈立刻就察觉到了，你那疯妈妈已经上了年纪了。"怎么回事？我的天……"她的手指抚摸着你，掠过你的头发，你的衣服，她把你转来转去，看你身上伤得最重的地方。

　　你怎么可能还活着呢？你怎么可能没有受伤呢？在她的眼泪里，她的步伐里——她无法阻止自己从窗口朝你奔来，但又回到了窗口，好像她在等另一个你从百叶窗间飞回家。也许她在踱步，来回打转，因为亚尼出去找你了。该怎么找到他？怎么把他叫回来？

　　你不能告诉她你跳水的事，关于你是如何在半空中改变主意，直击水面的，你试着180度翻转你的身体，从头朝下转换成脚先入水。可你只做了一半便结束了，当你撞向水面时，你的脑袋感到一阵后撞的力道，空气也从你身体里抽走了。你昏了过去，可这过程不会超过几秒钟。你落入水中，离潭底很近，可你找不到方向，哪个方向才是向上的，能让你游到水面上。

　　你的身体托起了你，将你带向了有光的地方。那帮人的呼喊从悬崖上传来，如果他们现在跳的话，就会撞到你身上，你还在水潭的中间。在冰凉的水中，你漂浮着，脸颊几乎露出了水面。其他部位依旧浸在水中，宛如水中招摇的海藻，幸好水的寒冷让你保持清醒，让你觉得自己的脖颈和皮肤不再那么疼痛，你也记得腹部胀满的那种感觉。一阵酸水翻涌而上，你开始呕吐，你吐在水里，难受得直呛，有一股溺水般的感觉。

克莱德跑下来救你，在你的呕吐物中间游来游去，像救生员一样把你拖到岸边。而瀑布顶上的埃迪嗤了一声："呃，真恶心。"

你不知该如何把这些告诉妈妈。你想和她说你还活着，能活下来真是太幸运了，可是你不能。

你的头一阵阵地疼痛，你真幸运，你的头还在。

妈妈急得在你身旁晃来晃去。"谢天谢地。你去哪儿了？你没去游泳接力的预赛，亚尼很担心，我也很担心，谢天谢地……"

你没想到会这样。这竟是场灾难，你之前并未认真考虑过。你总有足够的运气逃脱惩罚，你成绩差也没人责怪，不做家务也没人在意，甚至你多年之前悄悄溜出家去看海啸也没被责罚。可话说回来，妈妈自打海啸过后就再也没有昏倒过了。你忘了吗？你连想都没想——

"这就是你的缺点，景，你做事不过脑子。"如果亚尼在，他就会这样说你，你无话反驳。

你能看见亚尼，他在路上驱车。他开得比一般的车都要慢，看见与你年龄相仿的孩子就会停下，就算年纪不一样，他也可能会停下。天色渐暗。又过了好一会儿你才能直起身子，更不用说走到车里了。然而当太阳落山时，他们还没找到你。

街上也不再有人出没，亚尼便在警局门口停下，接着他去了朋友家。他们一齐跳上他们的卡车，在镇子里穿梭，沿着河岸寻找，而这时他们的妻子则把头探出来，钻进你同学那已关了灯的卧室，问是否有人知道你在哪儿。时间已经这样晚了吗？各种各样的讯息汇聚而来，根据之前你没有回家的夜晚会去的地方，孩子们推断你大概会在哪里——在电影院，要么在埃迪和他那伙人的车上，准备去海滩夜跑——这些讯息让亚尼的朋友明白，亚尼根本不知道他的女儿如今在做什么。但他一直奔波着、寻找着，因此他们也不能落下。

★ ★ ★

翌日醒来，你依旧头昏眼花，头还是阵阵疼痛。就算这股疼痛消失了，你还是很难从床上爬起来。你发现自己在哭，毫无理由地啜泣着。妈妈重重地叹了一口气，她一定觉得你是想逃学，对啊，你一直是个调皮叛逆的孩子，可在你真正生病的时候，她能看得出来吗？她是你的母亲，在过去你就算脸红或鼻塞，她都会关心不已。你的妈妈，她还害怕陌生人、害怕血、害怕那些行尸走肉。人们都会消失，这是她曾经说的，这句话意味着对一个人来说，什么事都可能会发生，不论是突然得了重病，还是被烈火吞噬，都是不可预料的。可医生告诉她，你扭伤了，你必须在光线昏暗处休息以防头部肿胀，她表现出的只是平常的关心罢了。你坚持不愿告诉亚尼发生了什么事，他则坚定地不让你出门。

你在床上休养完后才回到学校。就在你重新开始上学的第一周，你在楼下看到了亚尼，他正在换排水管。你看着他换，也没说话，他也不理你。自那晚过后，他大概就和你说了十句话，所以你看到他闷声不响也并不觉得奇怪。你站在那里，为你没去游泳接力的预赛道歉，你也知道现在该主动和他说话，你应该说出来。可是盯着他的后脑勺，你觉得很紧张，你试着找话说的时候，心中思绪复杂。

你看着他把细长的胶带贴在水管的螺纹口，就如用一块皮肤填补缝隙。"还记得我之前帮你做过这个吗？"

他现在才转过头来看着你，好像你突然疯了一样。

"我当时，我们……记得吗？"你试着回想最后那次帮亚尼打下手的情形，"我们一起装好了门廊的灯？"你回想起自己帮亚尼剥去了电线两端的橡胶，但那时，你比现在小多了。

"你想要什么，景？"

"我想，我们周六可以一起去泳池。我可以浮潜，或只是踢踢腿，你能帮我……"

"你到底想要什么？"

亚尼已经干完了活，现在他没精打采地坐在一块大石头上，双腿分开，手臂放在膝上，身子向前倾。他望着你，好像这个问题十分重要，可你并不知道他问的是什么，虽然这个问题让你想哭。

"我不知道——"

"你到底知道什么，景？你为什么如此作践自己，为什么？天哪，一个人怎么能如此伤害自己？如果是有别的什么人这样对你，我发誓我会把他的脑袋拧下来，可那个作践你的人正是你自己。"

你的大脑一片空白，不知道他为什么突然对你发火，他到底在说些什么。你本该去参加游泳选拔赛的，可你却去悬崖跳水了。他是因为你没去比赛而生气吗，还是他知道了你差点把小命给丢了？大概他听说到什么了吧。花肯定什么都知道了。克莱德在满是你呕吐物的水里游泳的故事一定在学校里传得沸沸扬扬。

如果你能想办法告诉他这一切，他也许会理解吧。但你做不到。何况，他现在说的不是这个。

你为什么如此作践自己？

就在那时，你觉得自己像个犯人，被当场抓住。无可否认，无法解释，无处推脱。甚至你自己都无法知道这一切都是为什么。零乱的思绪在你脑海中打转，耳边又响起了埃迪的声音："呃，真恶心。"埃迪管你叫小女孩，也从未问过你想要什么。

你到底想要什么。亚尼一直这么问你。

"我忘了。"

"你一连忘了三次，三个周六。这你都不知道的，对吧？"

三次。你失踪了这么久吗？为什么没有人告诉你？

亚尼脸上的神情告诉你，他已经受够了。也是第一次，你觉得自己那么不堪。

"你并不傻，景。可我就不明白了，你为什么一次次地把这些唾手可得的机会给白白浪费掉呢？以致忘记重要的游泳赛事。我知道你脑子里在想什么，你总是追根究底，凡事一查究竟。你怎能和这么一群狐朋狗友出去混呢？你一定是太寂寞了。"

虽然字字句句你都听得真切，可他到底在说什么，你一头雾水，感觉他在说外语。你不知该说些什么。你到他面前，带着深深的歉意。你希望他能安慰你，让你觉得好受些。可事与愿违。他的话语，字字铿锵，有如醍醐灌顶，让你幡然醒悟。"你什么时候才能像你母亲和我爱你一样，去爱自己呢？天哪，景，我退出。"

你感到窒息。霎时，一阵疲惫感袭来。他怎会比你更了解你自己？他怎能说他爱你，妈妈也爱你，而在你还没来得及接受这份爱时，又早早地收了回去？

这时，你开口了，嘴里喃喃着："我不知道，不知道……"这是唯一你能想起的话语，但和你的本意有一定的偏差。

这是你对他的恳求，你恳求他别再说了。给你多少留一点勇气，让生活继续，或至少留一个苟延残喘的机会，让你们尽弃前嫌。

有很长一段时间都是你和妈妈单独待在家，但你仍记得，你和 Koko 过去一起照顾妈妈时度过的那一个个闷热的下午。你意识到你想要的，就是待在家中，跟在妈妈后头，从一个房间走进另一个房间。"我来拿，"她去屋外洗衣服时，你说。"不用搬凳子，我比你高，够得着。"你朝她笑道。你觉得这是对妈妈的补偿。假如你头先入水，不幸命丧水潭，她又该如何承受这巨大的打击？但更多时候，你做这一切完全是自己高兴，因为你和她在一起——真正地在一起时，你感受到包裹你的外壳层层剥落，露出柔软的内心来。你从不知道你身上覆盖着硬壳和皮肤。追溯过去，真实的你的轮廓若隐若现，它们在时间的彼岸等待着你。你想起了自己究竟是谁。

你没有注意到花应该也在场。原本，你们应该在下午互相争抢着去烫熨衣服，可事实是，你包揽了花的家务活，而花却偷偷溜出了家。实际上，你已经很久没注意过花了，你也没发现她出门了，因为自打上了高中，你俩就没一起待在家里过。既然花的速写本已经被塞回了你的健身包里，那么再把它放回她床底下也就很简单了。就像花从未对你提起这东西不见了一样，她也没告诉她速写本回来了。

你想起来了，当你意识模糊地躺在水潭岸边时，米茜看起来焦急万分。晚上在车里，她把花的速写本还给了你，对吗？你已想不起来了。黑暗中，你脑子一片混沌，但这肯定是错不了的。可埃迪又是另一回事，对于做他的"勇敢的小景子"，你已厌倦无比。18 岁生日即将来临，你以后也不再会被禁足了。埃迪一直等着这个生日，"等你成人了，小妹妹，"他经常说，"他们不会告诉你该怎么做。"

你要你想要的，去学着怎样爱惜自己。你写信和他分手了，让你的想象有点儿失控。

"我们再也不会见面了，"你写道，在写到"i"这个字母时，你的心怦怦地打着鼓。你告诉他，亚尼已经知道了跳水事件的始末，知道是他怂恿了你，气得想把他的头拧下来。毕竟，他是个成年人，而你还未成年，虽然你也勉强算个大人。你差一点就死了，亚尼说埃迪最好离你和花都远一点，否则他会让警察来逮捕他，因为他让一个孩子陷入险境。

别去想埃迪有亲戚是做警察的，也别去想镇上几乎没人被逮捕过。如果有另一个世界存在，如果有办法将时间回拨，能让你重新去写这封信，你都会感激得双膝跪地。可在你回学校的第一天，把封好的信交给米茜时，你依旧庆幸你和花依然在亚尼的保护下。

做梦时，你的声音变了。不是轻快的洋泾浜语，不是你时常夹杂着的几个日语和夏威夷单词，但也不是你和朋友们交流时习以为常的俏皮话。而现在这个梦境，与以前完全不同。是你，是你自己的声音，层层叠叠，延绵不绝，像一颗不安定的水珠，一下滑到了这儿，一下又跳出了思维之外，它提醒着你来这儿的初衷。真实的你开始汇聚，力量开始恢复，但你准备好醒来面对你的姐姐了吗？你准备好告诉她你所知道的所有，并为你的所为道歉了吗？

★ ★ ★

你记得妈妈为花做的那床被子吗？

起先，花不在家的时候，妈妈都是在她自己的房间做的。一天下午，你走进家，在妈妈房间门口探了探头，就看见了她。你想这大概是生日礼物，就准备走开了，但妈妈把你叫了回去。

这是花临行前的礼物。妈妈在上面缝了她最喜欢的缅栀花和茉莉。花总爱选择那些脆弱的花朵。她要走了，比我们任何人走得都要远，这床被子是让她记得，让她能找回回家的路。你当时理解不了，你也注意到这听起来是多么奇怪。你望着这些轮廓鲜明的花，层层叠叠。妈妈才刚开始做，她觉得需要一整个夏天才可以完成。妈妈也不知道将会发生什么，当然你也不知道。

花离开后很长一段时间，妈妈甚至连坐着的力气都没有了。当她再次拾起这份活计的时候，你很惊讶。她在这缝缝绣绣中度过了好几年，试图把她完美的女儿寄托在更为坚韧挺拔的植物身上。在花上大学时，妈妈的针线活的创作灵感似乎又恢复了。亚尼定期从花的心理医生那儿取花的病例报告，花正在好转，她甚至再次开始画画了。

又过了很久，亚尼收到了来自花的大学的通知，信中说她没有得到最后的学分。妈妈听了后，又把被子扔在了一旁。那时，她已经大限将至，她嘴上没说，但你看得出来。

后来，亚尼说，花已经在异乡崭露头角，至少他是这么说的。她在艺术团体展上展出了一幅画，接着又在自己的画廊里办了展览，所以她一直没空回家。你想去纽约把她带回来，把她拖回来见母亲最后一面，但妈妈不让你这么做。孩子长大了总归是要离开的，她这样告诉你，这是花自己的选择。

这一床被子，是为那个在毕业典礼上发言的，那个令父母骄傲的孩子做的。而她的双胞胎妹妹是没有份的。她妹妹被困在这毫无希望的小岛上，苦苦地追寻着爱自己的方式，依靠父母维持生计。你永远不会离开。直到原田太太去世，她在遗嘱中把自己的那颗吊坠留给了花，这时你才登上了飞机。

妈妈和亚尼都去世后，原田家是你仅剩的亲人，虽然你从没有把他们当作亲人。花崩溃后，你们坐在一起，试图忘记她是如何拖着已经支离破碎的身心走进葬礼，接着又来了一场歇斯底里的爆发。为了分散你的注意力，原田太太开始叙述她记得的那些关于你母亲的故事。渐渐地，莉莲的模样浮出了水面：那个在儿童合唱团里纵声歌唱的女孩，还有那床命运多舛的被子。接着，原田太太告诉了你她在流动营地的故事，还有她那荆棘丛生的广岛之行，你才意识到这位老妇人并没有把故事和现实混淆在一起。而这点是你到最后才醒悟的。

你一直觉得妈妈是个谜。起初，你觉得她只是生了病，那时不时地发作的高烧缠住了她。后来，你知道她伤过心，受过伤，她经历过无可名状的恐惧，可不论原田太太告诉你的事实多么可怖，她也都是莉莲。即使她改名换姓，却永远改变不了真正的她。

妈妈就是莉莲。她从小在农场里长大，和她的母亲玩过撒花朵的游戏，她唱起歌，把人们带进了教堂。莉莲是妈妈赠予你的礼物：那份和父母之间血浓于水的深情和幸运。你从母亲讲述的故事中继承了这份礼物，当然，还有母亲讲述的她童年时期的故事。这就是你来到纽约的原因，不，只是其中的原因之一。花需要知道这些故事，她不知道的事太多了。

你回学校后，米茜又把你拉回到她的圈子里，就好像跳水这件事从未发生过似的。你也默许了，你又能做什么呢？你和原来那群女孩们一起吃饭，抱怨那些煮过的蔬菜，对彼此带的饭团垂涎不已。米茜还是会给你递纸条，坚持说埃迪依旧爱你。你摇摇头，转手就把纸条塞进了垃圾箱，好像读一读内容就会让你损失些什么似的。她的哥哥就是个一无是处的废物，离开了他你很开心，你不能把这些告诉她。所有你们曾经交谈过的话题——埃迪在干什么，谁在揽着他的背，这周末你们准备一起去干什么——都在一夜之间消失了，再无话可说。米茜的梦想依旧是有一栋房子，在那里面你们和埃迪可以并排地挂起吊床。还有一个探险计划，他们打算驱车到位于岛屿另一端的岩穴，据说那里有个秘密的水下坑洞，里面的空气可供呼吸。你的梦想比他们更高更远，但你没有告诉他们。你们互相博弈着，而你努力维持着自家的那方阵地。

亚尼每天护送你上学放学，而你再没见过埃迪，甚至都不曾远远地见过，这让你很吃惊。事实是，你俩已经不可能了。当米茜发现她不能让你嫉妒洛娜时——她是埃迪的新女友，和他一样大——她改变了口径，说洛娜正试着怀上埃迪的孩子，好像这事会对你有所触动似的。可你知道这些故事都是她编的，她才是你们三个人中最不愿放手的那个。

回到学校几天后，你有一次在校园里看见米茜拦住了罗塞尔。你呆愣在那里，不知他们在搞什么鬼。好一会儿你才回过神来，朝他们跑了过去。

"嗨——罗塞尔，"米茜说着，一边故意拖了尾音，一边把头发从肩上将过去，放在手中捻一捻，让它再绕着脸蛋滑回来，"我们周六打算去'四英里'，你为什么不邀请她呢？"

罗塞尔看起来和你一样惊讶，"谁？"

"你知道的，花，我看见你俩在一起过。"

米茜讨厌花，如今比以往更甚，她为什么现在想要邀请花一起去？

罗塞尔脸红了，他没想到这个学校最美丽的女孩居然关注起他来，但是他愉快地接受了这个邀请。"当然，我们能……我能……"他犹豫了一下，慌慌张张地望了望你，担心你知道些他不知情的事，一阵纠结后，他打算冒个险，"好的。"

米茜在谋划什么？你知道这肯定不是什么好事。

你向四周望了望，你看见花也在张望，她正伸长脖子寻找罗塞尔。可当她看见你时，她的眼光不再移动了。你必须在你姐姐听说这件事前把这个计划给打消，因此你把自己的手塞进了罗塞尔的手里，把他带离了她的视线。

"不，"你开口道，好像你还在思考着这件事，好像这件事还在讨论中，好像有人来问你的看法，有人在咨询你什么事，"花……你知道的，她甚至不会游泳。"

从罗塞尔的另一侧传来米茜的哼声，她微笑地看着你，无视你的反对，就如无视一阵轻风："谁不会游泳？"

"好吧，你知道的，"你挤出字眼。罗塞尔一副蒙在鼓里的样子，他搞不懂你为什么要凑上来讨论这个，为什么在还没计划好之前就把他拉进来。"我们不想被拖后腿。"

"花？她是个累赘吗？"米茜反问道，迟钝的罗塞尔一点都没听出来她话音中那明显的嘲笑。她拍了拍他的手臂，"我们会让她觉得很开心的，对吧，罗塞尔？埃迪也会来，他会教她游泳，那天肯定棒极了。"

她提到了埃迪，你终于懂了。你又想起那个可怜的女孩，艾米丽。他们邀请她一同去沙滩，在水里扒掉了她的短裤，然后就把只穿着内衣的她丢在那儿。这都是埃迪的主意，你当时看见是他把她带出去的。你看见他在水里靠近她，脸上挂着笑，用胳膊搂住她的腰。你不清楚是怎么回事，直到她的头被摁进了水中，脚在水里扑腾起来，而这时埃迪跳出水面，手上挥着她的短裤。你不想和他们的恶作剧扯上关系，也不想当面看见那个以为抢走了你男朋友并朝你炫耀的女孩，可当时的你留了下来，以确保他们会把脱下来的短裤还给她。等他的一个朋友终于把短裤扔在了石灰水里，你瞥见了那女孩爬着去抓短裤时露出的内裤。然后，你就离开了。

这个时候，离艺术展过去很久了，米茜为什么又找上了花？

然后你恍然大悟。你才是那个一直把花推向风口浪尖的人。米茜肯定觉得是花把跳水事件告诉了亚尼，否则还有什么原因能把她也列入玩弄对象呢？虽然也有可能是米茜对你们的分手火冒三丈，遂决定惩罚某人，她打算用花来将你一军。

对，你是远离了埃迪，可取而代之的，你把你的姐姐送进了虎穴。你不能让花一个人和他们待在一起，就算这意味着你还是会遇上埃迪。他是否喜欢你，米茜是否喜欢你，这些都不重要了。在你所有需要告诉自己的事情中，这个才是当务之急。你把花推进了危险的境地，她如今还未脱险。

　　只有你能帮到她。这是在你即将启程纽约时，原田先生在机场和你说的，你也明白他的意思。你在妈妈的葬礼上与她重逢，她仍然还没能从那次岩穴事件的阴影中走出来。你来纽约，是为了告诉她真相，可你如今却昏迷不醒，你在逃避她。你早已失去了童年的安逸，也侥幸逃脱了太多次的惩罚。别再自言自语了，景，所有你需要知道的一切还留在你的记忆中，你无须感到内疚，亦无人会惩罚你。负罪和惩罚的时光已经结束。你还要把花所继承的东西给她呢。

　　醒来吧，去告诉你姐姐这一切。

花

　　天空像刨冰一样——又脆又甜，刺得舌头生疼——这是一种自然界找不到的糖果蓝，只不过它现在就在我的头顶。阳光灿烂，万里无云。我在笑。我在笑吗？我的脸颊感受到了愉悦，使我的眼角上扬。

　　我和罗塞尔沿路边走着。

　　时不时地，他的手臂会撞到我的。我们的肩膀太宽阔，在脖颈下呈扇形展开，它们需要活动空间。我们的前臂、手背伸开来甚至比肩膀还要宽。他的皮肤比我暖和，散发着一股肥皂的香味。

　　今天是周六的早晨，空气的最后一丝凉意正在散尽，它绕着我的手肘，吹动着我的裙摆。我们走路时，一些尘土沾到了我的脚上。罗塞尔在说着一些篮球赛后的恶作剧，不过我更喜欢看着他说话时鼻尖轻微跳动的模样。有几天我们都是傻乎乎地待在一起，就像此刻，有时我们还会讨论越战的征兵问题，讨论他们是否会从我们岛上调走男孩。我想征兵大概就像场风暴，就如一场渐渐跨过大洲的雷雨，它在某地的上空徘徊，等到这座城市中只剩下妇女和孩子，它才会离开。它从美国东部的纽约和波士顿这些城市开始，缓慢地向西而行。在下一代人出生之前，这个世界的年轻人就会耗尽，这看起来并不是很遥远的事。

　　对我而言，这段时间仍然平淡无奇，只是一连几个周六的早晨，我都在克雷斯小店外面遇到罗塞尔，我们两人也都正巧无所事事，便沿着前街散散步，朝着不太常去的水滨走去。在一起消磨时间已不知不觉地成了一种习惯，尽管我们俩都假装不在意。有时我们还会大老远地跑到椰子岛去看孩子们在水里嬉戏，有时则会跟着传至耳畔的水球和球拍的声音向前走。这是我俩都期盼的时刻——两个人在一块，挤出那么一点什么事都不做的时间，一起懒散地闲逛、什么事都不做。有时我们挨得那么近，我都感觉到他胳膊上的汗毛。

"哎哟，对不起。"

"哎哟，不，不好意思撞到你了。"

"不，是我不好。"

然后我们就会笑起来，故意把我们的错误夸大，在我们把错误揽到自己身上时，身体又会不自觉地往对方身上靠去。这时我们的手臂就又贴在一起，臀部贴着臀部，手臂贴着手臂。

"嗨，罗塞尔！"

正在罗塞尔刚抓住我的手，以防我摔倒时，有人喊了他的名字。是一艘舢板，它沿着海滨驶来，停到了街对面，他的一些朋友坐在上面喊他。

"嗨，罗塞尔！景！快点！"

他们叫我景，我不知道罗塞尔是否听到了。我想离开，可他抓住了我的手，同我十指相扣。这可是公共场合。

"等等，等等！"就在舢板驾驶员打算启动时，一个男孩叫起来，"要走了，快点过来！"

罗塞尔看向我，表情像是在问我们应该一起去吗？我也没有表现出明显的异议，于是我们就朝舢板走去。

我和罗塞尔跑了过去，他的手掌抵着我的掌心。

"嘿，怎么样？"

"你说呢。"

"那我们——"

"喂，我们可在等你……"

我们越过驾驶员，钻到了后座。坐在马蹄形长椅上的全是景的朋友，这儿坐着米茜，那儿坐着莎琳。大家挤在一起为我们腾出位置，可罗塞尔和我却被卡在了两边。罗塞尔耸了耸肩，似乎想说，好了，搞定了。我无法知道，他是不是针对我一个人的，他是想对我俩的分开进行解释，还是对这些朋友的等待做出回应。这艘舢板驶出小镇，向小镇外的海滩开去。那是我们要去的地方。这都是他们计划好的，我发觉，他们就等着在街上碰到我和罗塞尔。他肯定和他们有约。

我被夹在莎琳和一个不认识的大个女孩中间，她皮肤黝黑，闪闪发光。高个子女孩转向我：

"嘿，你最近在忙什么呢？我都没怎么见过你了。"

景，他们在座舱里这么叫我。我穿着一件时常会和我妹妹换着穿的花衬衫，和一条棉质的裙子，可这伙人都是景的朋友，他们肯定知道我和景的区别。他们难道不知道景已经在家禁足几周了吗？他们又为什么期盼着在街上看到我妹妹和罗塞尔手拉着手呢？

"噢，天哪，你在篮球赛上看到 R 小姐了吗？"莎琳问道，好像还没有人注意到我的惴惴不安。

"可真有意思，啊，那条裙子？"

他们在说话，也不需要我参与。我现在只是微笑，点头，保持安静就可以了，即便话题转到了罗塞尔和他在最后一场比赛上半场的那个带球上篮。说到这里，那个我不认识的女孩问我有没有看到。

我想象着罗塞尔带着球冲过防线，往篮筐奔去，一个俯冲后，一跃而上，用手臂带动球，把球塞进了篮筐里。"棒得很。"我带着一种轻快的洋泾浜语调说。我模仿着这个高个子女孩说话的语调。

罗塞尔听到了，他若有所思，不过还是在微笑。没人把我说的话当作是我对这个女孩的嘲弄，似乎也没人真正注意到我，大概我说什么都不会有人听。只有在教室里，老师才会要求我们用标准英语。又或者，她们真的把我当成了景——可是怎么会呢？

我所知的是，如今在我的内心深处，我是用着景的声音在说话。我踮起脚尖，想看看如果融入景的生活圈会带来怎样的感受。唯一比在内心深处假装是他人更荒谬的就是同时扮演两个人。你要回应两个名字，又希望没人注意到你。但我仍想知道，如果继续把这出戏演下去，我是否会受到伤害。

我不会受伤，我这样想道，这只是个轻微改变，一个角色交换罢了。就算我希望罗塞尔能喊出我的名字，让我从尴尬的局面中解脱，我也沉浸在一个新身份带来的喜悦中。

我们到海滩时，有几个人让小船停下。他们大多数的腿上都缠着毛巾，可我和罗塞尔都穿着不适合游泳的衣服。这帮人离开了，我们这群剩下的人很快被抛在一边。我们穿过一些灌木丛，想找个好地方。我们走得很慢，罗塞尔走在前面，为我拨开些树枝。

大多数潮汐池周围都住着人家，我们这伙人来到了这么个地方：海平面开阔无垠，被错落有致的岩石分成好几块。海湾外有一座生长着硬木和棕榈树的小岛。冬季的涌浪已经过去，海洋也变得平静了，但岩石周围和海洋一侧的岛屿外侧仍有一些浪涌，浪下岩石多，脚容易打滑。

我仍在赞叹这一天的绚烂斑斓，每一抹色彩都受了阳光的浸润而变得耀眼炫目：熔岩是漆黑的，海洋和天空是洁净清透的蓝。那帮少年们已经在水里了，一个人在水中倏忽停了下来，当其他人探出水面换气时，他朝其他人脸上泼起一串水花。

我和罗塞尔坐在一旁一边聊天，一边对米茜挥手，她老像一只流浪狗一样跑过来。尽管她是景最好的朋友，但她从未和我说过很多话，而她今天在鼓动我们下水去玩时，手臂一直环着我的脖子。我希望她能喊我的名字，这样我便能确定这个下午是特意为我准备的。她想把我们拉过去和埃迪打个招呼，埃迪是她的哥哥，也是景的男友。我们过去的时候，他正像个小皇帝似的坐在一棵铁树下。埃迪有点像那种花花公子，景不在的时候他很快就找了另一个女孩来填补空缺。那个跟着我们的舢板一起来的女孩靠着他的胳膊，依偎在他身边。罗塞尔没打算走得更近。

"过来啊，太热了，罗塞尔，萨米给你带了几条游泳裤。"

就像米茜说的一样，天气越来越热了。除了埃迪和那个女孩以外，就我和罗塞尔没下过水。刚到时，我隐隐地看见白色的浪花，现在在岛的另一边出现了一个小裂缝。如果我会游泳，游过这片中间地带应该很容易。

"你很爱游泳吧！"米茜看向我。

"嗯……对的。"这是个拙劣的谎言。可米茜看起来很开心。

"你想游？"罗塞尔问道。

我可以吗？我想知道。我很想试试。孩子们在水中，虽然他们都在下水的阶梯那边。连孩子都敢玩水。

我指指衣服表示不行。

他点点头，接着说："天哪，不过天气很热。"

他可以穿上他们为他准备的游泳裤，或者我们能和埃迪他们待在树荫下，可我俩都一动不动。米茜脚步轻快地跑到岸边，又跑了回来，接着又跑过去，她的脚踝浸在水中，喊我们一起去玩。尽管我想过我也许会喜欢有这么一帮朋友，但我更想和罗塞尔两个人单独在一块儿，就我们两个人，感受着我们必须远离彼此以免坠入爱河的吸引力。可是我妹妹的朋友们都在看着我们，就好像我们是舞台上的两个演员。我不知道他们为什么这样，除非他们真的把我当成了景，也许他们想知道为什么我和我姐姐的男朋友走得那么近。我不解其意，但不管出于什么样的原因，我都能感受到他们身上那种强烈的兴趣，虽然每当我抬起头时，他们都会看向别处。

"我能教你游泳，"他说，"或者……我们也不用去太远的地方，就把脚弄湿就行了。"

"我是说……"他怎么知道我不会游泳的？就算这是事实，我也不想让他这么觉得。我之前从没对他撒过谎，可我现在做得太过火了，"我当然会游泳了，你以为我是谁呢？只是……我的衣服不方便。"

"噢，衣服啊，会干的。"

"我和你比试比试！"米茜又跑回来了，她浑身上下湿淋淋的。她在向罗塞尔发出挑战。

"不要。"

"噢，罗塞尔，你可真无聊。你们两个黏在一起也够无聊的。"这女孩真的是光芒四射。在此之前，我从不想成为她圈子里的一员，可如今我体会到了她拥有的这股魅力，我也知道为什么景会被她吸引了。

米茜娇俏地推了罗塞尔，在我身后扑通一声坐下来，双腿屈在我身体两侧。我还没反应过来时，她就开始用手指梳理我的头发。我感觉到了我们之间不同的体温，我们坐在熔岩上，里面夹杂了很多珠光白的小贝壳，我能感受到她泳衣上的水珠滴落到这些贝壳上并将熔岩冷却。我不知道该怎么办。她离我很近，环绕着我，气息停留在我肩膀上。她已经把几撮头发分开，编成一个皇冠似的小髻。母亲在镜前替我梳头已经是很久之前的事了，从发梢到发根，用皮筋扎成一个马尾辫，以免我和景在室外玩耍时头发打结。我忘了这感觉有多好。

"这样，"米茜说，"这样头发就不会沾到水了，你妈妈也不会知道。"

这个说法有点牵强。景会这样扎起头发吗？她每次闯祸后是如何逃脱惩罚的？她担心妈妈会怎样对她吗？我好像暴露了自己的软肋，是那样脆弱。我不能摆脱这样的想法——这些他人对我突如其来的亲密都是因为他们把我当作了景。我骗了他们，一切就这么发生了，假装自己就是我的妹妹。可在这场化装舞会中，在说与不说的晕头转向里，我感觉自己是活着的。这么多年来，终于有人看着我、爱着我了。

"走吧，我向你保证，我们走。"

我很惊讶她竟对我表达出了这样的友善，我也对自己的陶醉其中和欣然接受吃惊不已。可当看见景时，我愣住了。她穿着短裤和红衬衫，就在沙滩上，然后朝埃迪走去，看起来就像是另一个我。两个月前，埃迪身边的位置是属于她的，而我和妈妈则待在家里，但如今一切都不同了。景不是应该被禁足待在家里吗？她已被禁足了一个月，我都不大记得上次在学校以外看见她是什么时候了。这似乎不可能——在我生命中的某一天，我和她的朋友在沙滩上玩耍，而她就在这里。可我们都在这儿：两个女孩，同时同地，两个女孩都在。

坦白说我当时只希望她赶紧离开，我愿意不惜一切代价让她消失，就为了这样的日子可以再多一天。我想留在这儿，感受着阳光照耀肩头的温暖、米茜穿过我头发的柔软手指和罗塞尔的微笑。景朝埃迪走去，那时我才知道，那个和我们一起搭舢板来的女孩叫洛娜。没几秒钟，大家都望见了她。

这不是属于我的地方，我该离开了。我想站起身，可米茜的手摁在我的肩膀上，把我按了下去，接着又环上了我的脖子，这样她的上臂就搁在我的锁骨上。与此同时，她朝她哥哥和景的方向瞥了一眼。米茜似乎没有反应，没有停下，也没有恍然大悟认错人的表现。她反而还望着我微笑。

"景！"她喊道，"过来，景！"

那么她一直都是知情的吗？这所有的亲密动作都是为了我？我妹妹听见有人叫她，便转过头来，她看见她最好的朋友抱着我，似乎有点不大高兴。我被抓了个正着。景眯起眼睛，看起来怒火中烧，而米茜紧抓着我。景会把我带走吗？她会因为我在这儿假装她而羞辱我吗？可她转向埃迪，并没有理会我。

米茜站起来，握住我的双手，把我揽到她身边。"和你比比。"她说，好像我已经同意下水了。我不知道该怎么办。

罗塞尔和我们一同站起来。"你真的打算去吗？"他之前也见过景，当然知道我是谁。其他人也没有任何惊讶的反应。我让自己沉溺在一个愚蠢的幻想中，可我妹妹站在那儿，我发现我是唯一一个搞不清状况的糊涂人，而我妹妹则是那个唯一发火的人。

看到我犹豫不决，米茜便开始助跑起跳。她扑通一声跳进水中，接着平稳地潜了下去。

我朝景走了一步，却又停住了。我想到了什么别的东西。如果我不把这些还给她，不把她朋友的友谊还给她，会怎么样呢？如果我执意要留下来会如何？

那时我所有的一切，所有的感觉，都那么真实。

我朝罗塞尔笑笑，朝我的衣服打手势："嗯，至少到脚踝处，或者到膝盖也可以。"

他拉起我的手——这正变为习惯——我们一起走到了岸边。水总是比看上去更凉，它刺痛了我的小腿。米茜在五英尺外，蹦蹦跳跳，大喊大叫，吸引我们的注意力。罗塞尔和我都走在膝盖深的海水里，我的双手提着裙子。这水对我来说已经太深了——我也不能再把裙子往上提了，否则会显得很不得体。我们当时看起来肯定很可笑，我想，简直就像海难现场。

我想知道景是否这么觉得。罗塞尔穿着一条薄棉质的短裤，短裤的下摆在水中浮动，看起来就像他的大腿中间镶上了一条边。可他在取笑我，说我就像是个看见蟑螂的电影明星。他甚至可能都没想起景，也没想我和景两人同时在这儿的事。他眼中的人只有我。

我回望岸边，能看见景面露不快。她正问着埃迪什么事，但他并不理会她。我猜大概和洛娜有关，但是这女孩似乎对他们两人之间的谈话感到厌烦，并没有觉得自己的地位受到威胁。直到埃迪转过身去，景抓住了埃迪的二头肌，他回头盯着她的脸，她才松了手。

"过来，景！埃迪！来和我们一起玩！"

米茜又在喊我们，她好像完全没注意到岸上的紧张气氛。我转过头看她时，她正在一边踩水，一边朝景挥手。埃迪转了个身离开了。景则耸耸肩，也不理睬米茜的邀请，她清楚地表示不想和我有任何关系。

那时的她看起来和我是那样相像，我肯定有很多次假装什么都没发生过，我很好，只不过是在思考，权衡自己的选择罢了。就像我选择一个人吃饭，一个人学习，成为教室中仅有的一个没有实验伙伴的人。现在，景是这个圈子外的人。就那么一小会儿，我希望她能待在外面。这很糟糕吗？我想享受这一刻的"合群"，一分钟也好。

我感觉到肾上腺激素猛增。"最后一个下水的是臭鸡蛋。"我朝罗塞尔喊道。我的胆子已经够大的了。在他还没来得及反应过来时，我已经穿着衣服，一头扎进了水里。屏住呼吸，只是一口气。我回想着托雷斯先生给过我的一些指导。在你的鼻子探出水面之前，不要用鼻子吸气。我的脚几乎一抬起来就搅和起水底的沙子，紧接着我惊慌失措地站了起来，在齐腰高的水里喘着气。

"你呀！"他说。罗塞尔也扎进水中，现在他一边笑着，一边像其他男孩一样把湿漉漉的头发甩到一边去。我才发觉，我刚才肯定像只淹水的猫一样，后脑勺露在了水面上——要不是米茜之前替我扎了辫子，肯定糟透了。海水上下涌动，可我待的地方水很浅。罗塞尔朝我游过来，脸颊的边缘和身体浸透在水中，活像个海怪，或是鲨鱼。他在我身边冲出水面，他挨得那么近，水花在他身上四溅。

"可真有你的，花。"

的确，我可是唯一那个在水里穿短裙的人，也是唯一一个没穿泳装就跳到海里的女孩。这都是罗塞尔和我一起做的，衣服在这样的天气下一会儿就干了，别人也看不出来，即便它在开始的一小时内会有点咸味，但这无关紧要。重要的是，我做到了。

米茜朝我竖起大拇指。罗塞尔绕着我转，轻轻地朝我身上泼水，让我不自觉地缩了缩脖子，这或许就是他同我戏水的方式。我安定下来，拥抱着我的水流都变暖和了，它们和我的皮肤无缝贴合，在我几乎觉得要融进海水时，水又会搅动起来。我抬起我的脚，保持蜷缩的姿势，竟然能稍稍浮起。

我妹妹伸着双腿坐在沙滩上，聚精会神地望着我，手指扒着沙子。我知道她和埃迪的谈话并不愉快，可我想告诉她，有比男孩更重要的事情。

我还不知道景在那里做什么，可我想把我的微笑贴在她脸上。我想告诉她，这世界上会有个地方能容纳我们两个人，肯定会有。我想溜进她的内心，就像我们的母亲曾经在幽灵世界的帷帐内进进出出一样，这样透过我的眼睛，她就能看见那个美丽的自己。我想把这完美的一天展示给她，这是一个完全属于我们的日子，我们的未来无可限量，我们与世界依旧紧密相连。就算我知道他们在打什么主意——就算这天已经结束，我的岩穴遭遇前能记得的最后一天——它依然熠熠生辉，在我的过去闪着光，我不觉得这天已经是终点了。我就是我，我真的很棒。就不能有一个世界允许我所希望的这一切存在吗？

曾经，在成为景或花之前，我们是密不可分的Koko，我们是两个女孩，从不分开。在我未曾经历过的生活中，这是我心中最向往的：成为那个在水中朝我妹妹挥手的女孩，不怕引人注意，能勇敢地将她从埃迪的手中救出。那时的我高声呼唤，夹杂着最轻快的洋泾浜语调，那是属于我的、全新的声音。

"来吧，景！"我朝我妹妹喊道，"过来和我们一起，这水好极了。"

花

　　我毫发无损地穿过警局的大厅，提包中放着我的速写本。这是个阳光明媚的下午，心无所惧是个好兆头。也许高中时代的花又回来了，纵然那时的她，自信一闪而过，但也比现在受欢迎多了。

　　那位科尔警佐坐在桌前，他长得很英俊，戴着圆圆的眼镜，比其他警察更显年轻。"麻烦你，我想找林奇警探，或者塔珀警官？"我和他说，"是关于景子·斯旺森……花子·斯旺森的……那个案子？在克莱蒙特大街？一周之前发生的？"

　　他听见这两个名字后，一点都没发牢骚，就拿起电话拨通了号码，接着他让我等一分钟，我便坐在走廊边的木椅子上等待。实际上可比一分钟长多了，我都开始怀疑是否该提前预约一下。他回来时告诉我，林奇警探会在大概20分钟后回来，在这期间，她让他给我看一组相册。

　　我想象着自己站在一个只有电影里才有的特殊玻璃后边，挑出我在大厅里见到的那个人。这时，我从包里拿出速写本给科尔警看，向他展示我是这样精确地抓住了那个人的特征。可他不以为意。他又把我领回到一张桌子前，递给我六个文件夹，每个文件夹里都是男人的照片。

　　"我记得你说这是相册吧？"

　　"嗯，这就是我们的工作。"他的声音和他那温和的面貌很相配，他解释说，我应该翻翻这些相册，如果认出了什么人，就告诉他。

　　于是我又开始在这看这些人像照片了，这次的照片尺寸比上次的要大一些。

和上次一样，照片里没有白人。为什么警察总是不把我的描述当回事？

"不，"我快速翻阅着，"这些都不对。"

科尔警佐已经走开了，走出了我的视线。他试着让自己看起来很积极，以此来激励我："我知道这很难，但如果你把他放回当时出事的那个地方，大概就能认出他了。"

我之前从未见过这些人。就算照片上的每个人都能用"黝黑"这个词一语概之，他们还是各具特征：形状怪异又扭曲的鼻子，带伤疤的，驼背的，有大肚腩的。我的素描人像使我心中某根紧绷的弦松开了，我觉得这事基本已有了眉目，没有什么比在焦油池中游泳更令人窒息的了。

警察难道掌握了一些我不知道的线索？会不会是这样呢？我在大厅里见到的那个人难道只是个陌生人？就在我翻找钥匙时，他是不是正准备问我是否需要帮助？

如今给他们看我的素描只会显得我更疯癫。我又知道些什么呢？袭击景的凶手可能真的进了屋子，又从窗户离开了。我努力地把他画出来，可这些可能都是无中生有，哪有什么灵光一现？

我感受到了这样的可能性，这种想法就像爬上了我的后背。为什么我会有这样不祥的预感？

我又瞄了瞄这些人像相册。如果警察是对的，凶手就在其中，我会有什么特殊的感觉吗？至少我身边还有科尔警佐，他给了我些许安全感。"好的，可以。"在我请求了两遍，希望能多给我一点时间之后，他答应了。他是在安慰我，因此说了些也许他不该说的话："我们会搞定的。"

起先，我以为他是说这个人已经被抓住拘留了，他不可能会伤害我了。后来我才反应过来，他说的是证据。

"我的公寓里有什么发现吗？"

"你在这儿呢！"林奇警探打断了我们。她正穿过桌子朝我们走来，身上飘着一股不新鲜的油炸和中国菜的气味。她走到我们身边时，顺手拉了一把椅子："终于联系上你了啊，我还不知道呢。对了，我记得你上次离开这儿的时候好像出了点事，是鞋子破了还是怎么了？"

她这是傲慢无礼，还是拿我取笑？"我没事，谢谢你，我听说你抓住那个犯人了？”

林奇警探白了科尔警佐一眼："我们抓住了另一个案件里的犯人，你大概是听到了这件事。对了，我们在其他建筑里找到了一些目击者。"

"其他建筑？"

"他行凶时被另一个女孩瞧见了，"林奇警探一边说，一边打量我，"他是个小偷，盯上了你妹妹所在的那片地方，这个袭击完全是个意外——他随便挑了个有人住又不至于引人注目的地方，"她耸了耸肩，"碰上这种倒霉事，运气不好而已。"

碰上这种倒霉事。我该怎么想呢？是这个选错公寓的可怜小偷碰上倒霉事了，还是我妹妹？

"那个女孩怎么样了？"

"他撞倒了她，她假装晕了过去，在他下楼前就报了警。"

如果景够聪明会假装晕过去就好了，这种想法取代了"她如果当时呼救就好了"以及"她如果想到锁门就好了"。我这样想着，似乎自己的自责感就能减轻一些。如果我去机场接她，或者在家等她，那么她就不会被人袭击。

可如今，我又听到了另一种可能性。碰上了倒霉事，这是景对世界的一贯看法，但却是我最糟糕的噩梦。我们是如何生存在这样一个人与人之间无理由地互相伤害甚至互相残杀的世界里呢？如果一个人不幸地出生在了错误的地点和时间，那她将如何保护自己？

而且……如果他是去偷东西的，为什么没偷走那个玉坠子呢？为什么连妈妈的小皮盒都没打开？"他没勒住另一个女孩的脖子吗？"

"每次入室盗窃的情况都不一样，斯旺森小姐，就像电影里发生的那样。"

从一开始，在我的笔录里，就没对警察提起过那个玉坠和皮盒，所以我现在也不能提起。但对一个窃贼而言，他怎么会放过这两样东西？

我不能再这么异想天开了，我告诉自己。不管他是谁，警方都会逮住他的。我不能再放任自己那虚妄的直觉，一厢情愿地觉得我能帮景渡过这个难关。我们现在都很安全，景和我都一样，这是值得庆幸的事。那种作为目击者给我带来的恐惧一扫而空，我终于能站在客厅里，毫无畏惧地望向窗外的夜空了。在我的幻觉中，真相不再躲躲藏藏，也不再需要我灵光一现，已经完全没我什么事了。

只是碰上了倒霉事。事情就是这样。

我几乎把自己说服了，这时警探接着说："我们在窗口下的巷子里找到了你妹妹的驾照，你可以去写个申请表把它拿回去。"

"真的吗，没人和我说过。"

"你还没告诉我们你的电话号码呢。"

现在我很不确定，我无法接受她的说法："你们在巷子里找到了她的钱包？嫌疑犯会不把钱包拿走？"

"没有，只是驾照而已，有时小偷会把驾照扔掉。"

我又开始心烦意乱。我要去把她的驾照取回来。那个窗口是关键信息。这些情况又让我再次陷入凌乱如麻的思绪。林奇警探并不信任我，她为什么要相信我？我和她说我在餐馆工作，又告诉她我没有工作。可她确认了我的不在场证明啊，我应该还能帮上什么忙的。

"我画了这个，我记得那人长什么样。"这是我纠正自己的最后机会了，当时我在公寓现场被吓到了，才犯下这些错误。我拿出速写本递给了她。

她以一种不耐烦而恼怒的表情看着我，表情中还有更多其他意味。从她的神情中，我似乎又看到了亚尼的样子：他换了台洗衣机，换上了新的胶带，拧紧了所有接口，也翻遍了工具箱试图寻找解决方法，甚至还换下了完好的零部件，可一切都做完后，水龙头还是漏水，他皱起了眉头。这个表情告诉我，他已经束手无策，他在继续摆弄和用锤子砸烂这些水管间挣扎。可林奇警探还是接过速写本看了。

我也朝自己的作品看过去。此时，就在此时，在我倒着看我画的这个人的时候，我认出了他。

我画的是埃迪。

我感到自己一阵眩晕，虚弱易碎，心力交瘁。警察们往我脑中塞满了入室抢夺者的形象，而我决心证明他们的结论是错的。可是我画的这个魔鬼，只有我知道。

我只想帮上忙，只想做个尽职的目击证人，只想做个好姐姐。做一个好人，我觉得，这可以保护我。这样，他们就会喜欢我，不管他们是谁。他们就不会伤害我了。

做一个好人，我就会安然无恙。

可我就是个笑话，因为我迄今为止的生活都是这样度过的，我以成为一个"好人"为标准，却从来没有收到他人对我的回报。我还是很害怕，害怕陌生人，害怕被抢劫，害怕被谁勒住脖子，然后把我丢在自家的浴缸里慢慢死去。我害怕被误解，害怕成为受害者。我害怕失去我的妹妹，害怕失去我的母亲。我害怕被淹死，我还对黑暗十分恐惧。可我的这些恐惧不会保护我，而是把我活生生地吞噬了，让我全身淬染上它的毒液。可问题是，我不愿意承认这一点，这已经多久了？

时间朝各个方向流动。我们那原本空缺的过去也几近被填满，而我不得不面对的现实就是：我并不好。

"我们可不是你的朋友。"埃迪对我说，他说的没错。不是你的朋友，不是你的朋友，我在心中反复念叨这句话——停不下来——那是自我从岩穴中脱身以来，一直在我耳畔重复的、唱歌似的语调。

那是我被最后一击击中的时候。我反应过来，我现在听见了什么。

景的声音。

我脑海中回荡着的是景的声音。我心中升起这歌声般的语调是为了让自己保持清醒，可现在却无止境地纠缠着我，成了一个嘲弄的圆环。我之前怎么可能不了解呢？我一直以为自己在康复，可事实上，我再次被击倒了，被那个声音所袭，那个我一直以为是自己的声音。

突然，我拔腿就跑。我从警局飞奔而出，穿过四个街区，跑回了家里，路人大概觉得有什么魔鬼跟在这个脸色煞白的女孩身后，可我当时并不在乎这些。我穿过公寓的大厅，跑了三层楼，都没等电梯。可公寓并不是我寻找的避难所。我还是听见景的声音，如同诅咒一般呢喃着："就是个玩笑，就是个玩笑，就是个玩笑。"

怎么会一直是她呢？那不断重复的歌声证明我是个疯子，是景把我逼疯的，是她把我引诱到那个岩穴中，就像她曾试着说服我去海啸中迎接死亡那样。过去六年里，她一直不依不饶地纠缠着我，随心所欲地摆弄我，好像我是个纸娃娃。

她造成了我现在的样子。我有东西要让她看看。

我走进那最初发现我妹妹的卫生间，脱下了衣服，把身体暴露在寒冷的日光下。我把胶带从镜子上一条条地扯下来。我看见了自己，自从离家后，我第一次正视着全身赤裸的自己，从镜子上看那些残留的道道伤痕。它们都在，我的伤疤，每一条都好像是自己画上去的。粉色的长条瘢痕，紧紧拥抱着我的小腿。那个弯曲畸形的小瘤，曾是我的膝盖。甚至我后背的上半部分都有交错的伤痕，就像块沾了铁锈的格子织毯，可这些我看不见。

或更确切地说，这是我身上该有伤疤的地方。

破裂的镜子中，我的身体也是残破不堪的。我肩膀上有个肿块，使两边的肩膀显得稍稍不对称，但不仔细看的话也看不出来。我的三头肌上有一道伤疤，本应像极了红色的蛇，如今却竖起了一道道珠白条纹，就如糖霜般厚实，在我的手指轻轻划过皮肤时，我能感受到它。那并不是镜子上的旧胶带粘痕或者距离使然，我的前臂和手掌看起来肌理丰富，并不是因为愤怒。膝盖凹凸不平，迟钝又麻木，却不是那样引人注目。大腿上，有几块光滑却褪了色的皮肤，就如纹理精致的大理石，并不那样惹人讨厌，一双又轻又薄的长袜能尽数遮住。

我一点儿都不像我自己。我想象中那个憔悴、痛苦的母亲并没有在镜中看着我，我也没有看见我上次见到的那个柔弱又吃惊的17岁女孩的脸。我的脸颊因为痛苦而发红、浮肿，但这并不是什么令我吃惊的事。

我曾经认识的那个自己去哪儿了？

我抓起提包，拿出了景的浮石。我必须要看见自己，要成为自己。我在哭，断断续续地啜泣着，可我不会任由流逝的时间和治愈的伤痛带走那个真正的我。我用手抓住了石头，在左手的伤疤上摩挲，这块增生的皮肤也一样摩擦着浮石，于是我更用力了。我在寻找痛苦。我一边寻找着自己，一边又竭力回避。可没什么用，这块石头太过圆滑，并未造成什么伤痕。我把它握在手里，在水槽的角落把它砸了个粉碎。我知道自己成了某种怪物，我必须要认出她来。我拿起一块锯齿状的碎片，狠狠划过我的前臂。

皮肤裂开的瞬间，鲜红的血珠流了下来。血，我在镜中看见了它。我突然有了感觉，一股温热感逆流而上，似熔浆亲吻伤口，晶莹的纺锤状岩石片割裂了无辜的皮肤。我闭上眼睛，用石块从手肘内侧划到手腕。

一束炽热明亮的生命之光照亮了我的手臂内侧。

看着我，景。

我还在这儿，就在你上次弃我而去的原地，我在等你。

流年易逝，我亦徜徉在时光的波涛中。我身后，阵雨退去。身前，却是岩穴中的无尽黑暗。视线的边缘，那让我窒息的噩梦、让我想远远逃开的记忆正等待着我。这就是肖医生一直想要让我知道的。我原是个思维极度混乱的人——畏首畏尾、幻觉缠身，可我的心灵在这一刻却感到前所未有的清晰。

我回来了，又回到了那个岩穴之中。

1947 年

轮船驶进太平洋已经好多天了，抬起头，璀璨密集的群星悬挂在遥远的天幕，又似乎离大地很近，闪烁如停电时的点点手电光。在这里，星座看起来是不同的。夜里，只要海面上的风不把浪花刮到甲板上，美夜都会经过吊索、起重机和塔楼，向货运船的船尾走去。在存放救生衣的长凳和用油布捆扎起来的一堆堆货物之间，她找到了一个避风港。微风拂面的夜里，她抬起头，试着回忆这群星的队列。她可以找到那个守护者：猎户座；可以找到北斗七星和昴宿星团，可其他的名字她已经不记得了。在她的人生向全新的世界起航时，这模糊变幻的，是她的记忆，还是这片天空本身呢？

她喜欢这样的黑夜，喜欢它千变万化的、正在消失的阴影。轮船的灯光点缀着大海，在变暗之前，它们将那翻滚的小小波浪排成长流。水波被船头分成两半，彼此无助地分开，再会，接着被广袤的大海吞噬。她的头顶，银河是一条明亮的云带，似要追逐满月而去，可其间的距离实在太远了。她的过去像星空一样深不可测。她爱看星星，星芒指引她回到过去，回到时间开始的地方。

她再也见不到那个过去的她，那个在成为一个可爱男孩的母亲之前的、不谙世事的少女，除了照片；也看不见那个再婚且二度怀孕之前的、无依无靠的女子。

那天，美夜都待在她的房间里，伴有轻微的呕吐。她和另外五个陌生女人住在一起。每面墙有三个铺位，中间则是一条宽度勉强容纳一人的通道。还有一扇没有打开的小舷窗。从这里，从那玻璃上结着的模糊盐壳，她能看见阳光下的大海，几乎和月下的一般漆黑。站在甲板上，会觉得天气炎酷，噪声喧闹。燥热使燃油的气味更加强烈，炙热曝晒的太阳让她觉得比平时更恶心。

她把大部分食物都放在铺位上。

货运船宛如一个大村庄，或者说小城镇，它把士兵们载回家乡。船上的几千人里，只有少数日裔美籍人，其中的女性也很少。她一出现，这些女人们就会围上来，叫她亲爱的，对她咯咯笑着。可怜的家伙，一个弱女子，这些将军们是怎么想的，居然让她在没有丈夫陪伴的情况下回家。她们会告诉她该吃什么、不该吃什么，她们会讨论她是否应该多注意眼下的黑眼圈和灰黄的皮肤，还有她过于贪睡的症状。她们也不知道医生私下给了她什么建议：她的身体很虚弱，还可能有并发症和出血，这都是因为——他说得很微妙——她在广岛的那段时间，可能中了原子弹的什么毒。当她们以为她听不见的时候，就会议论她，说她浑身上下全是皮包骨头，简直就像具死人骨架。除了她那妊娠的腹部，像个上升热气球一样，把她小小的乳房推向下巴。

四只小手，四只眼睛，两颗心脏。她没告诉她的中士，医生说她肚里有两个宝宝。有趣的是，她仍对她的新婚丈夫保持警惕。

她的手指抚摸着口袋里的那块玉坠子。拇指那么大的、长长的翠绿玉坠，这是她回"家"的凭证，她去的夏威夷，是个她从未见过的地方。有棕榈和热砂，花子曾说过，小小的河流蜿蜒着流进海中。当她最好的朋友谈起她美丽的家乡时，所有人仿佛都正咬着那成熟香甜的、汁水从手指间滴落的杧果，或者看着每日的阵雨浇得青草鲜翠油亮，雨滴重重缀在树木和花朵上。那是个安全之地，对任何人都倒屣而迎。花子之前许诺过的，战争结束后，她们就带着小俊一起去。

花子走了，小俊也不在了。莉莲也一样，成为一道过去的幻影。如今，这世界上只有孤零零前往夏威夷的美夜。不过她告诉自己，这是花子的希望：把这块玉坠还给她的苏琪婶婶，苏琪婶婶一定会很欢迎她。如果她能为自己最好的朋友花子祈愿些什么，她就会想到，要是死去的是她，而现在归家的是花子，那才是她最想要的结局。自从美夜离开父母的农场，就一直在战争的夹缝里生存，在一个个不同的地方漂泊流离。夏威夷是她的选择，那里将会是她终结此生的安全之地。

　　她会有一个家，她想，她的手放在腹部。一个真正的家，一个任何人、任何国家都无法从她手中夺走的家。

　　明天，轮船就会在火奴鲁鲁停靠，在前往旧金山的最后一段漫长航程之前，装载更多的燃料和物资。美夜透过舷窗那模糊氤氲的玻璃张望了一天，可都没看见陆地。她的中士不会想到去夏威夷找她的，就算并不允许乘客下船登岸，她的计划也肯定要付诸行动，必须要付诸行动。她有理由这么做——牛奶和新鲜的水果，她需要这些易腐的食物来补充营养。她已经瘦得皮包骨头了，就算他们发现了她，他们也必须让她下船。

　　她是个自由身，也再次恢复了公民的身份，这点她必须记住。

　　腹中的宝宝在踢她，她们现在长大了，会时常踢她的肚子。她累极了，血液就像水一般稀薄。美夜知道，一旦他们靠了岸，她就没有多少时间去找乔叔叔和苏琪婶婶住的那个小岛了。之前，她想过先给他们发一通电报，可她现在知道，她没有时间等他们回信，这对双胞胎来得太快，以至于让她感到措手不及。可现在的美夜不能冒着生病的危险，拖着怀孕的身躯在火奴鲁鲁的医院里逗留上几个月，因为她的丈夫最终可能会过来找她。

　　她还记得第一眼看到苏琪婶婶的样子。苏琪·原田，她长得很面熟：跨过鼻梁间的细纹，下巴尖上的厚厚褶皱，眼下挂着的柔软眼袋应该是最近新长的，其他就和花子照片中别无二致。她手中的玉坠是唯一的信物，它告诉他们，美夜是唯一最终抵达夏威夷的人，这事实沉重得令人难以启齿。听说花子没有一起回来，苏琪婶婶那满脸的期盼逐渐消失，这叫她悲恸难忍，可至少她告诉了他们花子的下落，这样他们也就再不用不安地猜疑了。她可以告诉他们，花子是多么爱他们，她那关于他们和岛屿的故事是多么缤纷绚烂，这编织的幻梦，让她的朋友在动荡的战争中艰难地维持着自己的生命。

　　她在脑海里，模拟着自己挺着大肚子，拿着手提箱走下踏板的样子，在两只脚一起够到滑溜的地面时，尽量不让自己摔倒。她已经用一把金色的丝面扇子收买了她同住的室友——一个满脸雀斑的女孩，这女孩还傻傻地相信了她那恶毒婆婆的故事，美夜告诉她，她一到旧金山，这个老妇人就会冲出来打她。这个室友会替船上的检查人员担保，美夜一定会回到船上。等到他们意识到美夜这个女人是真的失踪时，船已经在大海上了，这样，船上的人就会认为她肯定垂头丧气地扎进海里去了。

一个头脑清醒的人是不会逃走的，她不会丢下那四个装满丝绸和服、挂画卷轴、蕾丝花边和漆碗的箱子。她的中士觉得他收集来的这些东西令人眼花缭乱，还有一笔价值不菲的抚恤金——一笔嫁妆，他这样说，足以让她顺利地被他那个南达科他州的家庭接纳。他本想把每一样东西都给她看，但当他拿起那些长长的、有光泽的头发——他母亲可以将这缕头发编进那些带有异国气息的假发中——她就再也受不了了。她曾穿过广岛和东京的许多黑市，在那儿，人们把不知从哪里淘来的垃圾骄傲地陈列在锡片或布块上，而那些更值钱的传家宝只会在老板和客户的私人谈话或更远的秘密会面时出现。美国人不关心他们曾经夺走的生命吗？美夜想知道。她的中士比大部分士兵好多了，那么他，还有他们中的任何一人，是不是都不知道自己到底在做些什么。为什么要在这些被征服的尸骨中，把他们仅剩的一点点值钱的东西都捡走？

可她已经嫁给他了。潜藏在爱情的表象后、默不作声的共识里，人们都知道，军队正被快速地用轮船调回美国，那曾经看似不可能的事也变得轻而易举：她有证件可以回国了。这时，驻军兵士们考虑把手头的东西都甩卖掉——所有的东西都得卖了，彻底清空，所有人都得带上他们能带的东西离开，美夜什么都做不了，只是告诉她的中士说她害怕。她害怕自己在旅途中分娩，害怕他接受命令离开，不得不一个人留下来生孩子。要消除她这些恐惧对他来说不是什么难事。每天，都有一艘艘轮船从码头离开。他让她先搭一艘走，她可以和朋友们在一块——都是他的朋友，他的一个哥们已经回到了旧金山的家里，他家有许多空房间，可以供她暂住，他则会尽快跟上。孩子平安诞生时，他们就能一起跨过各州回到南达科他州的家里。他会向她展示那个比想象中更为浩瀚无边的美国大地，广袤的草原，高耸的山川。路途中，他们还可以停下来看大峡谷。

这都是他的梦想。在他们相遇的这短短时光里，至少他守住了他的承诺。她其实有点儿担心：他知道她失踪后会怎么样？他会怀疑这是分娩过程中出了什么可怕的问题而做出的掩饰吗？她想象着他猛敲着所有的舱门，然后使劲拉开舱门找她的身影，可当然，船靠岸时，他不会在，他还在日本。自她从火奴鲁鲁下船，到他接到她失踪的消息，其中还会有几天的过程。安全地藏在另一个小岛上，她和她的孩子过着隐居的生活，她选择的这条路会十分艰辛难走。她的登船牌会记录她在横滨登船，最后，她杳无音讯，也许只能在人们的道听途说和他人零散的记忆中拼凑出她身上可能发生的事。她所有的行李都要被清点。

离开吧，她想，当你有地方可去时，总不会那样令人沮丧。

最后两个夜晚，天空阴云密布，只有几丝微弱的星芒从厚厚的云层中洒落，可在她消失前的那个夜里，清风涤荡苍穹，星辰又明亮如初。

就在那一刻，无数星星忽闪，大多数星星挨得如此之近，好像触手可及。这时，美夜想起了她小时候靠在父亲身上取暖，他们轮流给星星取名字。在他们心里，昴星团，也就是七姊妹星团，成了一朵云，成了金蛋和圣子。就像一个被放在台阶上的、襁褓中的婴儿，她父亲这样说道。就这样，父女俩一起仰望着星座，将那小小的喜悦描绘出轮廓。她那时候还很小，但不会忘记那个夜晚，他们一起把昴星团的名字改成了"受祝福的孩子"。这是她父亲的主意，是为了纪念那个被放在台阶上的、小小的她。

他把她培养得足够坚强，足够独立，没有他也能过得很好。当她永远地放弃了小俊时，她也相信小俊能够一样独立坚强。爱与存在无关。她可以不顾失去、不顾死亡地去爱，她也知道她对小俊已付出了自己的所有。所以，他一定还活着，他会在那个大病初愈的国家健康地长大，在那里，大家的眉眼都和他相像。也因为他，她也会好好活着。如果那天她没出去找他，她就会在炸弹爆炸中丧生。他们都活下来了，即使身处不同的世界，幸福的可能性依旧存在着。现在，小俊有了未出生的兄弟姐妹，这就是证明——在这对孩子中，她能看见他的影子——这也取决于她，她要为她们创造美好的生活。如今也一样，当她抬头望向昴星团时，滑落眼角的泪水模糊了视线，使它看起来就像有两个星座，在融进彼此之前相互依偎。腹中有两个宝宝，她一直在想她们的名字，如今，她有了主意。

在太阳升起的短短几小时内，美夜就会看到海平面那座露出的火山峰，它会随着距离的拉近越升越高。轮船会为补充物资而在此中转，她则会晃晃悠悠地踩着踏板走到岸上，混在那些活动身子的乘客中间，没有人会注意她。在那里，她会找到一个身材高大、皮肤黝黑的男人，他大笑着说他让她搭船。她的下腹隐隐作痛，腰间绑着一根紧绷的腰带。在她登上空空的运牛车之前，她没有时间给乔叔叔和苏琪婶婶发电报了。汽车的引擎已经启动，将要驶出码头。坐在车上，她要为花子给她提供的新生活做准备。

　　这一次，她确信，没有人再能夺走她的孩子，能阻止她回家。

花

我醒来时，觉得自己就像具死尸，手脚沉重，东倒西歪又虚弱绵软。我试着摸索方向时，首先注意到的就是我那混沌空洞的脑袋。我躺在地上，一丝不挂，裹在一张干了的褐色床单里，四肢僵硬，血迹斑斑。我移动时，血液干涸结成的硬痂就会破裂，从皮肤上掉落下来。

那个岩穴里的景象又在我心里复苏了，它成了一层黑影包裹着我。我想起来了。这段记忆让我反胃作呕。在我脑中那片空白中，隐藏着各式各样的可能性，真相是我从未怀疑过的。真是不可思议。

然而，我知道。

我必须要告诉景，必须去见她。如果我能组织好语言，那她听了这个故事后一定会醒来。我想着自己坐在她床边，握住她的手，就像小时候那样，可这次不一样。我面前的这个女孩没有知觉又茫然无措，没有任何理解能力。她这么虚弱，不可能找到她的姐姐。

我坐起来，把床单丢进了厨房的水槽，然后准备去处理伤口。臂上的这些新伤是过去那岩穴遭遇的回音。第一道伤口，处于左臂下方，它的尾端是参差不齐的褶皱，可能需要缝一到两针，但其余部分只有在我移动的时候才会有一些体液从裂开的痂中渗出来。我找到一些旧纱布，它们被闲置了好多年，我把旧纱布夹在衣服和皮肤之间，觉得很舒服。不过我必须用透明胶带把它们贴上，这使我走起路来有些不自然，皮肤上还会出现可见的皱纹。我知道埃克特创伤中心会有医用胶带和别的一些我需要的东西，到了那里之后肯定会有足够时间来处理我的伤口。我们之间已僵持了六年，我这失而复得的记忆已等不及了。

我独自一人来到景所在的楼层，最不需要的就是布莉那例行的活泼问候，"你好呀，可可·香奈儿，"我几乎都能听见她在说，"你看起来就像要热死了，我还以为你今天不来了呢。"不会再需要什么刺激疗法，只要我把这件事告诉景，她就能醒来了。她听得见——这不是布莉说的吗？我的记忆会让我俩都重获自由。

"景？"

走廊静悄悄的，病房里只有她一个人，看起来很平静。我还以为，她也和我一样在夜里受到了什么点悟，醒过来了，她也知道我还没想好怎么和她说，可这些都是我单方面的希望。我叫了她一声，她与之前一样没有回应。左臂的疼痛感传来，于是我便卷起袖口问医务人员要了一小块药膏搽在上面，这时布莉出现在门口。她瞥了一眼我的胳膊，一副欲言又止的样子，好像有什么其他事要办似的。我的脑海中则闪过第一次在埃克特见到她时的身影，她那时正朝别的房间走去。现在，她来到了景的床前。

"骑车不小心弄的。"我一边说，一边马上把袖口放下来。衣服碰到了涂在伤口的药膏，这个借口很容易蒙混过去。在日光下，这道伤口看起来就像在人行道上滑倒时，很容易刮到的一处擦伤。

布莉看起来很疲倦。我刚刚才经历地狱，现在看起来也一团糟，不过她没问我怎么了。

相反地，她站在景的旁边："为什么你叫她'K'？"

"噢，"我进房间时，她藏在走廊里听见了吗？我卧倒在病床的床角，因为太累而想不出一个恰当的回答，"就是个昵称，小时候就有的。"

"有什么含义？"

"嗯，"我想着，"我们的名字里都有K这个字母……"这不是个好理由，还有听上去更貌似可信的解释。接下来几分钟，我和她都没说话。

"你怎么认为你会侥幸逃脱呢？"

我们都盯着我妹妹的身体，这时，我尝试着把我所有希望逃脱的东西——至少我不愿面对的东西——都过滤出来。当她态度缓和下来时，我还是没有回答她："如果我们至少能一直用同一个名字喊她，也许会有什么帮助。"

布莉叹了口气，好像想坐下来。可她没坐，她直了直身子，摆出一副专业的样子，显然是对这个话题有什么话要说："她的保险拒绝付款，好像和警方的报告有出入。"

要是之前听到这个消息，我还会显得惊慌失措，可我太累了，谎言被揭穿都几乎成了一件好事。"真的吗？"这听起来不像个问题。

"明天她就会被转出病房。"

"可是……"景看起来和之前没有任何不同，"转去哪里？我不懂。"

"她对我们的治疗没有任何反应，我们也担心她会发烧，继而可能出现什么感染。如果她在测试中表现不佳，只要病人未感染，就会被送去一个长期的护理机构，那边的病例评价小组会根据我的记录对她进行看护。"

"你们放弃她了？"布莉说景的情况并不常见，这是多久之前的事情了？她说了多少次她并无重大的损伤？景一直昏睡不醒并无医学上的因素。"我想，是否可以再缓缓？再多待一天，或者一周？我可以帮助你们的。你之前不是说她并不是处于真正的昏迷吗？你们怎么能做出这样的决定？"

"对不起，"布莉小心地挤出几个字，"看她的保险单，Koko——我是说，如果这是你的名字。没有这份保险单，她就会死在这座城市，这肯定不是你希望看到的。"

布莉是在因为我谎报景的名字而发火，这见鬼的名字，我们叫什么真的有这么重要吗？不管用哪个名字呼唤景，她都会回应的，就像我们还是Koko、各自的名字都还未落定时那样。或者，她是在生气我昨天没来？都是因为我没来才使情况变成这样的？"你说过她并不是真正的昏迷。"

布莉并没有点明，这个问题我已经问过了："我是说过，但你这名为'K'的妹妹并不同意我的看法。"

"可是……"我刚拿回景的驾照没多久，怎么会发生这种事呢？当然，昨天我从警局飞奔而出时，也并未拿回驾照，可重点是，现在的我能搞清楚状况了，我只需要一点点时间。布莉一直坚持不让我们浪费时间，可现在她怎么丢下我们不管了？"肯定还有什么别的测试要做，我会付钱的。"

布莉一直说景的情况让人摸不着头脑，我也意识到她的看法和我相反：景就是被人袭击了，她就是这样昏迷不醒着，而不是因为过去的家庭悲剧缚住了她。如果她是对的我该怎么办？如果景的身上发生了什么不愿让人看到的事该怎么办？比如得了谁都不希望得的癌症，保险、人像照片，如果这些东西都不曾重要会怎么样？

如果事态超出了我的承受范围，我该怎么办？

可景一直是个勇敢的斗士，没有东西能伤她分毫。她一直运气很好，能从任何混乱中抽身而退。现在，我需要她振作，需要她无所畏惧，就像在大海啸、在每一次的游泳比赛、在校园里表现的那样。我需要她勇敢，需要她奋不顾身，不仅是为了她自己，也是为了我。我现在比以往任何时候都知道，我不能再忍受孤独。

我还没来得及开口，就又听到了布莉的声音，她一锤定音的语气把我所有的希望都浇灭了，"回家去吧，Koko，或者回你前两天待着的地方去，你在这儿干不了任何事，为你的'K'找个地方去吧。"

希望不会就此结束。我有话必须要在现在说。真相必须被整理和修正。我突然觉得一阵空虚，这整周时间我都守在景的身边，可我甚至都没听到她说话，而现在，我可能再也听不到她的声音了。

"接下来半小时内他们会给她做测试。如果我是你，在把答案弄清楚之前，不会在现场逗留，因为这样的话会对他们的测试过程产生干扰。"

布莉是在赶我走吗？这怎么可能？"求你了，我想和她待一会儿。"布莉摇摇头，我又说道，"能不能给我一点时间？求你了，你之前让我给她讲故事，现在我有个故事想讲给她听，这个故事她一定会听的。"

景的左手腕上，套着写着我的名字的橡胶圈。可她的右手手掌上，却是她只是她自己的证据。坐在景的床边，我拿起她的手，一遍遍地描摹着她手掌上那道疤痕的纹路和起伏，这是她那无畏的勇气和斗志的证明，是她曾如翱翔天际的凤凰的印记，她，能燃烧周围的所有，从灰烬间一飞冲天。

可无论对我还是对她，我都没有这样重生的本领。如今，我终于跌到了谷底：一个没有鲜血、没有放逐的地方，一个什么都没有的地方，虚无之处。尽管我才和布莉保证过，我要给她讲故事，她会听我的故事。可在这谷底，没有故事。故事中，时常潜藏着一个人的生命线，一条能引领人走出迷途的路。但在这个故事里，无人能逃。

　　布莉在门口徘徊，我晃了晃双腿，躺倒在景的床上，在她身边蜷缩着。我把她的头靠在我的肩上，这样她的脸颊就贴着我的锁骨。她的身体是温热的，却没什么回应。我的手指扒开她的头发，深入她那长长的头发里，触到她的头皮。接着，我拥抱了她。这是我的错，我失去了我的妹妹，就什么也不是了。

　　该说什么呢？该从哪儿开始？布莉在门口准备听我接下来说的话，这是我迄今为止想表达的最重要的东西。我没有时间了，也没有任何借口。

　　"都怪我不好，景，"我对着她低下头耳语，就像我们还是 Koko 时妈妈做的那样，"我很抱歉，都是我的错。"

化蛹成蝶

PUPA INTO BUTTERFLY

景

　　我看见了，另一侧有光。

　　月光浮动，月亮呈半圆形。蜿蜒的道路上，一切都黯然失色，唯有黑白。我能看见，枝干多瘤的桃金娘树，凹凸不平，甚至在白天也呈现出灰色。石化树映衬着石化的风景，它们那绯红的花朵，在岩石丛间消失不见。

　　这条道路弯弯曲曲，一路上天气不断变化。雨滴飘落，雾气穿过树木，仿佛一支行进着的怪异军队。它轻快地飘摇着，从路的这边掠到那边。在人行道上空逗留盘旋，没有留下什么颜色更深的脚印。天空中星光灿烂。

　　这些，我都能看见，在这月下，我还能看见更多。

　　花，你和我坐在小卡车的后面。所有人都挤在驾驶室里避风。我不知道这个驾驶员叫什么名字，虽然我以前肯定见过他。他是那帮因砸坏门而被停学的男孩中的一个。他是个大块头，留着长度尴尬的山羊胡和圆寸头。他在附近晃悠时，米茜会更频繁地甩头发。米茜和洛娜坐在埃迪的车里，莎琳也和我们坐在一块，对了，还有罗塞尔。直到今晚，我才发觉他看上去居然这么温和，加之他那头卷发和瘦削的手臂，是这样温柔。

　　你和我是一起离开家的，但你对我的警告却置若罔闻。自打我上次去沙滩上救了你，你就一点不愿意和我独处。我知道这都是个计划，虽然米茜嘲笑我这样的怀疑，但她那总挂在脸上的笑容，我是再熟悉不过的了。可我又没有太多证据，其他人也不会太在意，因此我就没再说什么，你也不太给我机会说什么。我只得这样告诫你：他们不是你的朋友。

　　我跟着你去了沙滩，看着你在水中玩耍。我确保自己站在你面前的岸上，万一有人抓着你的裙子跑回海滩，我就能抓住他。我不确定米茜还是罗塞尔会这样做，他们都在你身边嬉闹，但我确定我能跑得比他们两个都快。我看得出来，你因为米茜对你的热情而不知所措，对罗塞尔则没有一点怀疑。我看见他靠近时你会脸红，我能感受到。我看见你是如何让自己的身体保持在水面下的，这样就没人看得见你在水下触摸着什么。

　　什么事都没发生，我猜错了。可今晚有个舞会。

　　亚尼开车载着妈妈，他们一起把我们送到剧院门口。这是我们高中的毕业舞会，也是我们第一次一起去跳舞，妈妈说想送我们过去。亚尼取笑着她，告诉她不要担心，"她会和花一起去的，花不会让任何事发生。"我们下车时，妈妈笑着拍了拍你的手，"乖女孩，"她说，接着她又说道，"玩得开心。"

　　甚至那时你还跑去找罗塞尔，你不让我和你说话。大家都到齐了之后，我们坐着车往镇外驶去。我们又开过山坡，经过自家的门口，我们都躺在小卡车后面的车厢上。这条路穿过两座火山之间，假如沿着它走上数小时，就能到达岛屿的另一边。路上有雨林、熔岩地和军营，有时深冬时节，还能在山顶上看见积雪。

　　可我们并未驶上这条路。埃迪的车在开过我们家一英里不到的地方停了下来，然后我们沿着草地和砾石颠簸而行。从我们停车的地方过条马路，就是一个岩穴。

　　这个岩穴原本是个处于地下的熔岩通道，后来顶端塌陷了，就成了地面上的一个坑，坑的底部有两个深洞，大约位于距离地面 30 英尺以下的地方。岩穴的一边仿佛一张巨大的、张开的嘴巴，露出蕨类植物的尖牙，长长的根轻轻悬垂在布满苔藓的石头上。另一边的出口则更狭窄更隐蔽了。我之前和亚尼来过这里，也进过这个岩穴，但走着走着，我们觉得里面毛骨悚然，就出来了，这股感觉不知道是凄清的环境还是游荡的幽魂所致。我们坐下来，望着延伸至出口的、发着光的小径和洞外的盎然绿意，他告诉我说，这个岩穴蜿蜒几英里呢，它一点一点地挤过地面的小坑往地下钻去，不知绵延到何处。

　　我和亚尼来的时候，什么都没准备。就算这样，他还是从车座底下摸出一支一直放在那儿备用的手电筒，这东西在车里滚来滚去、东撞西撞的，几乎从没被用过。它投射出一缕浅棕色的光，四周被同心圆似的光圈包裹着，表示已电量不足。

亚尼经常把这句话挂在嘴边：不论去哪儿，车里都要放一把备用的手电筒，否则就别去。千万别在没有照明工具、扳手和千斤顶的时候上车。我们之前坐他的车来，的确就是这样一应俱全。

可当你需要他时，亚尼在哪儿？

我知道你讨厌岩穴这样的地方，你总是讨厌幽闭的空间，比起这个，黑暗更是让你恐惧。当我们还是两个一起长大的小女孩时，你就不能在窗帘关着的时候睡觉。你要看见窗外屋檐下的光亮才安心，这样你才不会把一件衣服错认为是一个蓬头垢面的妖怪，突然出现在你的床角。看见这岩穴，我松了口气，因为我确定你这辈子都不会愿意进这样的地方。

除了岩穴，就是海洋。

别过马路，花。我们可以安然无恙地待在这儿。你和我，我们可以一起回家。这地方离家并不远。如果他们不把我们带回舞会，我们可以一起找点乐子消磨时间。

可是米茜和其他人接纳了你，你很高兴。

你穿了条黄色的连衣裙，那是你自己做的。一小圈手缝的白色蕾丝花边绣在了圆领上。那就是我的姐姐，可比罗塞尔别在你胸前的花美丽多了。你赤裸的胳膊从盖袖下伸出来。我想把我的毛衣给你穿，因为毛衣袖子更长，但我想你宁愿想要有个理由在罗塞尔的臂膀下颤抖。

在海滩之行前，我曾在学校叫住过他，不过他好像忘了，这件事你不会知道。我告诉他说："你最好小心照看花，如果她发生了什么事，我会在你身上讨回来。"

如今，我们小心地沿着陡峭的台阶，往坑洞里走去，米茜叽叽喳喳地说着这地方是"我们的隐秘据点"，可我甚至都不知道"我们"是谁。之前她可从来没对我提起过这个岩穴。这帮人里，我认识谁呢？莎琳、米茜、埃迪——可我真正知道他们是什么样的人吗？这里没有一个人是我可以信任的，也没什么东西能被称得上安全，可我还是敢质疑："什么叫'我们'？"

"被排除在外可没什么意思吧？"米茜问我。

你几乎点头了，好像米茜的话千真万确，可你接下来只是更拉紧了罗塞尔。你不知道在所有其他人都能听懂的表面意思之外，米茜和我说的根本就是两码事。

"我们朝那条路走吧，"我们走到岩穴底部时，我指着一条更小的通道，提议道。这一边刚好够高，不屈着腿就能走进去，但它是向下延伸的。我想你会拒绝坐在潮湿的岩石上滑进去。"害怕吗？"

"不。"埃迪说，一边喷喷嘴，好像我也是个想拉什么东西的人。他领着我们走进一个挂着树根的、教堂大小的空间，那就是我曾和亚尼坐着的地方。我们抱膝坐着，朝洞外望去。

这坑底比上面凉快多了，空气则带着黏腻感。两只手电筒的光照不了多久，也照不到岩穴底部，更照不到更远的地方。我们这伙人里只有埃迪和他的朋友带了手电筒，其他人都穿着舞会的衣服，没为这次探险做一点儿准备。拜他们所赐，我们到了这些疯狂的、形状像张开的大嘴一样的地方。

起初，光线足够明亮，它随意地划破了黑暗，照亮我们四周的岩壁和头顶的岩石——有的漆黑，有的洁白，有的破损杂乱——还有我们脚下的地面，在高低不平地颤抖着，好像砖红色的山脊。一边是一叠松动的岩石，可在右边的岩壁上有条自然形成的小路，它就像一张舌头压在下方的嘴巴上，两边弯曲形成一个凸起，如果我们不多加小心，岩石就会划破我们的小腿。刚才我们所有七嘴八舌的谈话，都被这岩穴默默地吸收了。我听得见呼吸声，听得见某人偶尔的话音，可我们都不自觉地压低了声音。我们愈走愈深，发现一些凸出的岩石上有光滑的红条带，上面还刻着名字。岩石很粗糙，布满气孔，以及植物的芽和黑色透明晶体的纤维。

手电筒的光一直在我前方亮着，让我不得不紧跟上去。我小心翼翼地踮着脚，往前走，我试着让我那双脆弱的凉鞋沿着地面滑动，我的脚趾撞上了岩石，也撞到了突如其来的、别人的脚上。路面越来越陡峭不平，我也越来越难操控自己的身体。这时，我们正打算拐弯。

可是，我找不到你了。

"请拿个手电筒给我们，好吗？"我不想让自己显得很大声，也不喜欢在伸手不见五指的黑暗里显得很紧张。

　　"当心你的脑袋！"

　　我在的地方洞顶很高，他肯定在提醒我们前面的洞顶变矮了，有许多高低错落的、垂下的岩石。可这声音是埃迪发出的，我听到时，就知道哪一束光是来自他的手电筒了。在灯光不断移动的情况下很难判断距离，但他比我想象的要近。我的眼睛直勾勾地盯着他的手电光，以我最快的速度移动着，手则笔直地向前伸去。他关掉手电筒的时候，我已经赶上了他一点儿。光芒一下闪在这儿，一下闪在那儿，我的视网膜上都印上了些许绿色的影子。这时我看见他了，他用手电筒抵着下巴，正在笑，对自己做的事觉得很满意。

　　灯光又灭了。这样一会儿开一会儿关的，我似乎失去了视觉，或者说视线内只有一块镶着黄边的阴影在浮动。"喂，别这样！"我想让自己的语气听上去很轻松，就像在开玩笑。我也听见别人的笑声，看来大家都不怎么担心。我前进时，手必须伸在前面。埃迪还在打趣，他没走。

　　"把手电筒给我！"

　　"拿自己的去！"他没想到我会去抓他，可他还是比我强壮许多，我的手指还没牢牢抓住他时就滑下来了。

　　"我们后面的人得要一个！"我没碰到他的手臂，黑暗又涌进了我们中间。

　　"把两个手电筒都关了。"埃迪命令道。我确信他在我右边时，他的声音却从我左边传来。声音和光在这个我无法掌控的空间内弹动，有时我还觉得自己恢复了方向感，可还是被搞得团团转。

　　我们还在前进。两只手电筒随意地开开关关，只给他们身边的人照路。

　　"小心！"花，希望你能听见我说话，"走路时把手伸到前面！"

　　我就像个傻瓜。如果他们觉得我害怕了，他们就会更幸灾乐祸。可我知道你肯定吓坏了，我非得找到你的位置不可："大家都找找苔藓看，它们会在黑暗中发光。"

　　"噢……苔藓！"埃迪蔑笑着，"可别被苔藓吃了！"他的声音听起来离我很远。

　　我又喊了一声，努力表现得很轻松，"都没事吧？"我希望听到你的回答，可只有埃迪响亮的大笑声，回荡在四周的岩壁上，其他什么声音都听不见。这是我的想象，还是他正来回转弯想甩掉我们？这里漆黑一片，如果他这样做的话，无疑有什么阴谋，可我现在已经明显跟不上他了。他在往上爬，还举着他那时开时关的手电筒？"最后一个来舞会的是臭鸡蛋。"

这儿没有什么舞会，花。没有人会来这里闲逛。这下你肯定清楚了。

我鼓起勇气最后一次朝埃迪走去，却不小心撞伤了我的脚趾，我能感受到我脚趾的末端割开了个口子，有火辣辣的灼烧感。埃迪之前并没假装离我们很远，他的确不在我们周围。我的脚则撞到了一块尖利的岩石。我知道这个山洞还在延伸，因为在我的前方和头顶，手电光依旧一闪一闪，这样来说，周围肯定没有别的路。我一直前进着，我是用四肢在石堆上爬行，小心地探索着每一块石头。我爬得很慢，我也不知道自己怎样才能和他们会合。可笑的是，我还在试着往岩穴的更深处前进，继续向前总比一个人在黑暗里待着好。

这时，我的手抓住了一只脚踝。我还没意识到这是什么，只是将它牢牢抓住，然后把她整个身体都拉向我。

这个身体很柔软，蜷缩在我前面。我的一只手滑过她的头发，另一只手在我阻止自己向前倾时撞到她的后背。

"花？"

"景？噢，景，太好了！"

这个声音在颤抖，我和她都在黑暗中窸窸窣窣地低语着。我花了些时间才反应过来。

"莎琳？你还好吗？"

"不，我是说……不。"莎琳的声音很轻，之前我从未听过她这样带着哭腔的声音，"我们到底在这里做什么？"

"你不知道？"

"不知道，这不是我的主意，我的膝盖刚撞到了石头，好疼！"

"你没有手电筒吗？"我也不知道我问这个做什么，"来，我们必须往前走，我们不能把前面的光跟丢了。"

姐姐还在这个洞里，莎琳。这是我没有说出口的。她和他们在一块不安全。

"他们要抛下我们了。"

"我不行，我太……我害怕，景，我觉得整个人都要着火了，感觉头要炸开了。"

我伸出手掌，摸索着碰到她的额头。她身上很热，虚汗直冒。

"我必须得离开这儿，求你了。"

我们俩都压低了声音在说话。我也失去了方向。我能听到岩石的撞击声，这群人还在前面的某处继续前进，但现在已经走得很远了，我很难确定声音的真正方向。

"他们如果要回来，这条路是必经之地，"最后，我只好这样说，"我们就在这儿等等，他们来的时候我们会听见动静的，他们会被我们绊倒的。"

"求你了，景，带我出去。"莎琳大哭起来，可她还是忍住眼泪，压低哽咽声。周围没有我们这帮所谓的朋友的回应，就算他们现在听见她说话也没有动静。"我受不了了，我要出去。"

"嗯，我们会出去的。"

没别的事可做了，也寻不着光的痕迹，可我从岩石滑落的痕迹里知道了哪条是出去的路。我们在原地坐着，面朝我们认为该前进的方向，接着，两人开始像螃蟹一样爬行。先是脚，再是屁股，接着是手。岩石在我们脚下斜着滚落，砸伤了我的手指。可与我们要走的距离相比，每一步都显得微不足道。莎琳呜咽不止，我不得不时常停下，握住她的手去安慰她，这样她就知道我在她身边。我们靠得很近，听得见彼此的呼吸，可即便如此，我们依旧害怕。她紧紧捏着我颤动的手指，这比一个人独处要好得多。

最后，我感觉到了进来时凸出的岩石，以及通向出口的小径。在这儿，我们终于可以站起来，也终于能够看到什么东西。纵使黑夜深沉，夜的黑和洞里的黑暗也完全是不同的。

"我们到了！"

天空中，一轮明月高悬。我们走出洞口时，莎琳张开双臂搂住了我，把整个身体压在了我身上。她真娇小，脸蛋才能够到我的肩膀。我也拥抱了她，这个拥抱比我之前拥抱别人的时间更长。我们的肾上腺激素在体内流动，两人都浑身颤抖、疲惫不已。

我们过了许久才分开，莎琳倒在一块大圆石上，她的右膝都是黑色和红色的血斑，边缘肿得就如亚尼说的"像个草莓"。我们身上都挂了彩，她右膝伤得最严重，可她还是用拇指和食指绕着伤口摸了一圈，好像这样就能把它按进膝盖里止住疼痛。

"谢谢你，景。我全身发热，甚至都不能思考。"

她的体温降下来了。有点冷，但不再发热："我不知道发生了什么事。就那么一下，我脑袋发昏，动都动不了。"

"你现在没事了，"我向她保证，"你很好。"

可我不好，虽然我无法说出来。花还在那个洞里。我跟来是想救我姐姐的，可我却救了别人。

叫她的名字，把她带回来。

妈妈这样说过，可花从未听进去。

叫 Koko，一直叫，直到她回答。查一下她的地址，让她回来。

又过了很久，他们五个出现了。首先是埃迪的保镖朋友，我不想记得他的名字。他们大笑着，推推搡搡，摇晃着灭了的手电筒。接着回来的是米茜和罗塞尔。

罗塞尔看起来很困惑，因为他发现他握着的是米茜的手。这时，他停下脚步，身体猛地往回一缩。他看看她的周围，又看向她，好像她会变成你一样。米茜温声软语，说着"噢，你可真勇敢"这样的话来分散他的注意力，但好像没人注意到你姐姐不见了。

"花在哪儿？"我先问埃迪，因为我能确定，今晚发生的一切都是他的计划。可他极其潇洒地甩了甩头、耸了耸肩。

"花——在——哪儿？"我一字一字地问。准确无误。我不再对埃迪抱有希望，直接转向了我最好的朋友，那个我在过去四年为之付出一切的女孩——她在众目睽睽之下，没有罗塞尔握住她的手保护她，她费了好大力气寻找，想把视线落在安全的地方，"米茜？"

她没回答。

"她算什么？你的保姆？"埃迪走进我和他妹妹之间那脆弱的空间，"现在谁才是那个要被照顾的小鬼头？"

"我想……"罗塞尔四下望望，试着把他看到的东西拼凑起来，"我们当时是在那个转弯处不小心换的位置……"我很清楚他在想什么。他真蠢，这么容易就上了套。

"你说什么？你换了什么？你对她做了什么？"我大声质问，盼着有人会因为羞耻心而对我坦白，"我姐姐在哪儿？"

米茜一看到莎琳便冲了过去，好像擦伤膝盖是世界上最严重的事。"我们应该带她去看医生。"她说话时，眼睛盯着膝盖与埃迪之间紧绷的线。

看着我，米茜，我想。告诉我你做了什么。我记得米茜第一次直直地看着我时，她那对缟玛瑙的双眸。我记得当时我有多羡慕她，她是超凡绝世的，拥有那么多别人不知道的秘密。

可现在，米茜的目光从未落到我的身上。她的脸颊空洞得像个美丽的人偶。

"花在哪儿？"我不断地问，就好像我一遍一遍地问过后，就会有人回答。

"我们怎么知道？"在我过去和埃迪相处的所有时间中，他从未如此决绝地去保护过他的妹妹，"里面乌漆墨黑的，她等下就会出来了。"

"把手电筒给我。"

"不可能，别再缠着我，别跟个小孩似的。她可能就在里面，还听着我们说话呢。"

我的前男友冲我傻笑，可我却突然忍受不了了。"埃迪，你真是个混蛋。如果你被我甩了就这么生气，干吗不冲着我来？嗯？为什么去找那些连自己都保护不了的可怜女孩呢？是你不敢面对我吧，对吗？你真是个孬种。"

他突然站在我面前，抓住我的头发，猛拽我的头。我敢肯定他要打我，我倒想让他试试。如果他胆敢伤害了我姐姐，我会杀了他。

罗塞尔插进了我和他中间："手电筒不能用了，景。"

我的脑袋在埃迪的拳下一动不动。我的目光不可置信地转向罗塞尔。

"手电筒……我是说，你说的就是手电筒吧，对吗？"罗塞尔的眼神挨个扫过眼前的众人，他们手中拿着手电筒，他终于慢慢搞得清事态了，"埃迪的没电了，这样就只剩一个能用了，我们不得不靠轮流摇晃它才取得了联系。你说的就是这件事吧？这就是我们能从黑暗里走出来的原因，对吧？"他真可怜，被捉弄了还不知道。这帮人都一个德性。

埃迪松开了我的头发。"我们走，"他说，"我们可不能在这浪费一整夜。"

"你什么意思？'我们走'？我不能丢下我姐姐一个人。"

"那你就待着。我们把车开走，雷伊，你把莎琳背到车上。"

"天啊，埃迪，至少给我留个手电筒吧！"

"它们用不了，景子。"等莎琳爬上了她最新的救星的背，他笑着说。

罗塞尔站在我身边，看着他们驾车离去："她大概很快就会出来了，你不觉得吗？我们就在这儿等她，她会没事的，我是说——"

"你把她和别人换了位置，你和我说的。"

"她会出来的，不久就会，你不觉得吗？我是说，我们当时都在一起，不是吗？我们那会肯定都在一起。"

我简直不敢相信我竟然会和这样一个废物多费口舌，不敢相信我居然指望他能保护你。除了我自己，我本不该指望任何人。

"花！"我朝着岩穴大声呼唤，"花！你在哪个地方？"

只有水滴的声音。我的呼喊声又被岩石吞没了，可一点儿回应都没。

"再这样下去你会有麻烦的，"罗塞尔担心地说，"很晚了，你应该和他们一起回去，我能——"

"你算什么，傻瓜？除了我们甚至都没人注意到她不见了，我们现在只知道她在那个洞里！"

刚刚离开的那伙人，他们的车驶到了山丘的高峰。"车要开走了！"埃迪又喊了一声。

罗塞尔朝他们的方向抬起脚步："也许……"

"你有什么毛病？你也想逃跑了？"

他反驳我，可我听不进去。莎琳在呼喊，不让埃迪的朋友就这样把车开走："景，求你了，和我们走吧，我们会让人来帮忙的，你也不想这样被丢在这里吧。"

不，我想。对他们，我厌恶至极。我巴不得他们全部滚蛋。

"花！我来找你了！"

回答我，求你了，我来救你了。

我在岩穴的入口处一遍又一遍地呼喊你的名字，告诉你我就在这等着你。我希望你也在这，我无时无刻不希望看见你从那幽深的阴影中走出来。也许这些都是故意拿我开的玩笑，也许是你的玩笑也说不定，这不是一个转机吗？只要你没事，我会和你一起笑，为你做任何事。

快吓吓我，花，让我付出点代价，出来吧。

我听见了上面有汽车发动的声音。罗塞尔也听见了。

"等等我！"他下定决心，往车跑去，"等等我！"

我在岩穴中寻找我的姐姐，我什么都看不见。你也不可能离得太远。

"花！求你了！我在这里！你在哪里？"

没有回答。

"回答我，嗯，花？我知道你听得见，对不起，花！"

我数着步子，已经走了50步。这里面漆黑一片，是云层遮住了月亮吗？我现在知道该如何走了——一只手贴着墙壁，一只手往前探着，脚缓慢地向前移动，用右脚去保护我的左脚脚趾。我就这样走了进去，转过第一个弯，去向岩层开始堆积的地方。

过了一会儿，我又摸索到当初找到莎琳的地方。我不能再往里走了。前面的路是未知的，我也不知道如果迷路了该怎么办。这个洞穴有岔路，我也可能从地上的某个洞掉下去，这样就没人能救花了，也没人会知道我们两个还在这个山洞里。洞里太黑了，是那种深沉顽固、没有一点希望的黑暗，我几乎不能呼吸了。

"花！"你为什么不回答？你到底在多远的地方？"噢，天哪，求你了，求你好好的。"

妈妈说，叫她的名字，把她带回来。这是妈妈说的吗？可我现在也不知道我在哪里，我该怎么救我的姐姐呢？

亚尼会来的，就算要花一晚上时间，就算还没到明天别人去告诉他我们在哪。他会带着手电筒和毯子，会带着急救箱。这次也许他还会带食物来，如果他到天亮才来找我们的话。流落到荒岛上的人可以活上几个星期，亚尼告诉过我。到明天早晨，我们就会获救。

他多久才会来呢？

这就是个玩笑，我有时会这样想。如果有人打开了手电筒，我就会看见自己把一块石头扔到洞口。如果我可以做到的话，我也许还会用侧投球的姿势把球滑出去，或者让它沿着岩壁跳动。这都是你的玩笑，对吧，花？还能是什么呢？你怎么能和你的男朋友走散了呢？你怎么能安静地坐下来，而不跟着别人一起走呢？如果我能指望你一件事，那就是别去相信任何人。如果他们告诉了你什么荒谬的故事，别听他们的。

可如果你一直在走，走到岩穴深处去了怎么办？我的手指和脚趾都擦破了，你肯定也一样。你肯定也受了伤，动也动不了。如果你撞到了头昏过去了怎么办？如果，我的天，他们对你做了什么坏事该怎么办？埃迪，或雷伊，他那帮大个子朋友，会做什么呢？如果你在捉弄我，躲在某个地方任由我从你身边经过，我该怎么办？那我就是落在这洞里的唯——一个人了。不，你不会对我这样做，对吧？

"你能听见我说话吗，花？就是个玩笑？"

我来找你了。

花

　　这儿真黑。罗塞尔在哪儿？他许诺过不会放开我的手的，可他的手却不知何时滑落了，取代了他位置的是景的男朋友埃迪，他鬼使神差地插了进来。他在我身后，脑袋先探了过来，再是身子。然后，当他的脸离我只有几英寸时，他忽然打开了手电筒大声喊道："嘭！"

　　埃迪的脸闪着可怕的绿光——他的脑袋刹那间映入了我的视网膜。当他用手臂环着我的脖子时，我在他的笑声里变得什么都看不见了。他的嘴唇擦着我的耳朵。他会咬我，还是会亲我？可他只是朝我耳中低语："你以为你逃得掉，对吗？景说的没错，我们可不是你的朋友。如果你不想加入你画的那堆河里的恶心鬼魂，你最好乖乖照我的话去做。周围没声音时，待在原地别动。"

　　我按他说的做了——我一动不动——现在，这伙人已经走远了。这是个玩笑吗？埃迪觉得我在逃避什么？我一个人，孤零零地待在地下，呼吸着这从未有人呼吸过的、古老的空气。我信任我的妹妹，我信任罗塞尔，可他们都离开了我。事情怎么会这样呢？我就是一个人被留在了洞里。

　　景？她能感受到我的想法吗？你在哪里，景？

　　我又在哪里？

　　我现在肯定在这个岩穴非常深的一个角落里。四周的黑暗严实厚重，什么影子都没有，也没有色彩的变化。它无法消散，无法被分开，也无法变得稀薄。就是这样太过幽深可怖的黑暗，让我都失去了对身体的感知。我看不见自己的手，我也同样无法感觉到。当我把手朝脸颊抬起时，我不知道它到底在哪个位置，直到它撞到了我的鼻子。如果让手指沿着腿滑动，直至脚趾，我就能感觉到我的身体，可这种感觉仅持续一瞬就消失了。然后，我的感官退化，连我的腿都消失了。

怎么会消失得这样快呢？我又怎么会消失呢？

我没法利用什么东西恢复方向感——我也没法说话，这就是我现在的境地，甚至这就是我啊。我成了自己的影子，在这沉郁的黑暗里——怎么可能呢？我丢了我的身体。

我消失了。

该加入你那堆恶心的鬼魂了。

别喊叫，别哭，他说待在原地别动。他们肯定藏在哪个角落里，对吧？如果我出声喊叫了他们就会跳出来嘲笑我，他们会回来的。

景会回来的。

从一数到一百，我告诉自己，可我做不到。我喘息着，黑暗在我喉咙里膨胀。我不知道时间过去了多久，但肯定还不到几个小时或几天，可这种结果不是没有可能。我正在崩溃。只有我一个人，我被硬生生地活埋了，我要在黑暗里消失了。

过了一会儿，根本没有人走回来。我应该看到这些迹象的，不是吗？我看到景和罗塞尔在放学后散步，她的手臂环着他的，米茜也和他们在一起，他们以为我看不到，可是我看到了。我当时在海边时就应该反应过来的，那时的景坐在沙滩上，对我怒目圆睁。随着这一火花般清晰闪现的迹象，我突然明白这一件件事是如何在上周开始串联，并将我们引入如今这个境地的。

我伸出手臂，可在黑暗中我感受不到任何东西。哪儿是这个岩穴的岩壁？我又小心地伸出了手掌，但摸不到周围有任何东西，也无法恢复方向感。很快，我也不再小心翼翼，把手臂伸进黑暗，可就是什么都没有。我的脚朝前滑出一步，一面挥动着我的手，可就是没有什么岩壁，没有方向，没有出口。只有更深、更深的黑暗。

只有虚无遍布各处，我也成了虚无。

我的胸口好似被什么东西压住了，并且还被扯动着，我不能呼吸。我强迫自己往前走却失去了平衡感。我的身体散了架，脚掌在松动的岩石上打滑。这些石块哗啦一下从我身下滚落，山洞终在这突然之间露出它的面容。我的头猛地一仰，砰的一声巨响在脑袋里炸开，还没来得及有什么感觉，我的头就狠狠地摔到地面上。

接着就是痛，先是皮肤撞到火山岩时那种锐痛，然后变成钝痛，接着变得更为强烈，随着每一次心跳在我耳膜里鼓动作响，疼痛感蔓延了我整个前额。我知道我在流血，尽管几乎感觉不到我手上那种火辣辣的热度。我把手指伸进头皮，想象抓着头发就能撕开我的皮肤。我能感觉到我的头——我的整个头——跟着心跳一下一下地抽动着。这种抽动的疼痛就是一种声音，一种感觉：我在这里，我在这里，我在这里。

耳后那道划开的伤口在我绷紧的手掌上突突地疼痛着。是，那儿受伤了，可我能感觉到。我能感觉到我自己，也能感觉到挥之不去的疼痛感。我的小腿肚也是，那一定是我跌落在岩穴地面上时擦伤的。我更用力地把它们挤进岩石里，在岩石粗糙的外壁上使劲摩擦，让那火辣辣的、微小又尖利的碎片摩挲我的皮肤。我的皮肤回应了，我不再是那被遗落的人了，它对着我尖叫：我在这里。

我半跪着爬行，任由小腿和脚尖拖过地面，这样它们也会被火山岩点亮。我现在记起来了，我向前一扑，前臂着地，然后一个接一个地，身体各个部位又回来了，我欢迎它们。我的手肘撞到一块岩石上，胳膊里融进了炽热的生命之火。我的脚尖被点亮了，针刺般地疼痛，我的脚趾在它周围跳着舞。我仰面躺下，四肢大大地张开，大幅度地挥动着它们，让疼痛在我的每一寸皮肤游走。我放任自己的行为——不是去逃离，而是从每一个动作所带的疼痛中找回自己。我是在试着走出去吗？都到了这个地步了，我真的觉得自己可能出去吗？还是说，我只是想找一个方法，来感受我的身体在糟透了的黑暗里能支撑的极限？或是身体会有什么样的反应？

最后，我把我身体的每个部分都唤醒了。就算我看不见岩壁，我的身体也撞到了它。我把背靠在洞穴的一侧，感到心满意足，因为带刺的火山岩抚摸着我，我的身体也在发光发热。过了一会儿，在远处的山洞里也发出了亮光，一束庆幸的光芒在我心中亮起。

自从景离开我后，我第一次听见了自己的呼吸声。我拯救了我自己，在这受祝福的时刻，我发现自己还活着。我能听到火山岩落下的声音。起先是回响，再是微弱的人声。

你在哪里，你在哪里，你在哪里，花？

有人低声喊着我的名字。

景

"小景！花！"

我的眼睛，是闭着，还是睁着？我在这岩穴里已待了多久了？我睡着了吗？我好像在飘浮，身体化作了无形，在黑暗的上方游荡。

在我的意识内，有个声音响起了，也有个边缘出现，它闪闪发亮，在呼唤着我。岩穴的入口不仅仅是通道尽头，而且有忽明忽暗的夜之微光。

"景！花！女孩们，你们在里面吗？"

女孩们。这个岩穴都认识我们了呢，它还用亚尼的声音同我说话。亚尼？我的脑袋出了什么问题，以致都不能思考了？也许这就是你不回应我的原因吗，花？沉沉黑暗里，你睡着了。亚尼在这儿。时间已经过了多久了？

"亚尼！爸爸！我在这里，在这！"

我站起来，磕磕碰碰，从石头上跌了下来，掉进了亚尼的怀抱里。他抱着我，我想告诉他，我已经找了这么远。我把这块地方找遍了。我在哭。我几乎看不见其他那些和他在一起的人。我也几乎听不见罗塞尔说着他是怎么在红灯前跳上车的，我警告他要保护花，而他只是去寻求帮助。可他的声音在亚尼的怀抱前显得微不足道。

他在这里。

你的母亲和我都爱着你，这是他曾告诉我的。

"你还好吧，景？"

我点点头。一堆声音含糊不清，我并没有都听清楚。亚尼把手放在我的肩上，就好像领着我穿过一个拥挤的房间。可我们走错方向了，是朝着出口走去的，有几个人和他在一块，还拿了至少三台探照灯。"查克，你能把她带出去吗？"

"不，我们不能走！花还在里面！"

"你在流血，宝贝，你得先出去。"

"只是我的脚趾受了伤，只是——"我看见了我手上的血珠，快速抖掉了它，"只是个擦伤，别让我走。"

我想找到你。我不可能救那么多人——那个海啸中的小女孩，莎琳——可我没有救你。亚尼也不再强求了，也许他理解了我。他钳住我的手臂，"你能走路吗？"

莎琳的父亲，周查克，正拿着一个手电筒在前面带路，我们走在队伍中间，打开了每一盏探照灯，明亮得足够让人看清通道。在灯光下，通道看起来这样狭窄，这样容易掌控。在它后面，在很远的地方，我可以看到一个小洞，要穿过那个洞才能进入岩穴的另一部分。

为了通过这里，我们必须蜷着身子，使自己尽量缩小。可几个身材高大的男人不可能把自己缩得这样小，他们几乎平躺着移动自己的身子，滑过参差不齐的岩石。一条长长的圆形通道连着另一边的岩穴，墙壁几乎呈粉红色，看起来我们就好像在龙的肚子里。与之前那个空间相比，这个岩穴很窄，在一个角落处弯曲，但壁顶很高，通道的中间出奇地平滑。

我们知道要去哪里，我们移动得很快。亚尼几乎把我从地上举起来才能使我勉强站着。

快叫你的景子，她在这里，她在挣扎着出来。

"噢，我的天哪，这是血迹？"

我们找到你时，你爬得比大家料想的都要深。你倚着岩壁，看起来就像个被人放在枕头上的洋娃娃，身上被抹上了红色的污泥。你胸前那朵花已破碎得不成形，花瓣散落在你周围。脸颊是你浑身上下仅有的干净部分。你睁着眼睛，眼神却空洞茫然。你看着我们，却对光，对我掏心掏肺的喊叫没有一点反应。亚尼放开了我，大伙儿都聚在一块，当务之急就是把你弄出去。

我的天，花——Koko——他们对你做了什么？你看起来就像被埃迪扔到墙壁上似的。被扔进洗衣机里搅动过似的，这是我脑中不自觉产生的第一印象。

你的新裙子卷起来了，四处是裂口。除了你的脸，其他地方都在流血。他们怎么能这样对你呢？他们走出去时，身上可连一点刮伤都没有。你肯定挣扎了，肯定苦苦哀求罗塞尔来救你。这怎么可能呢？他怎么能看着我的眼睛，假装什么都不知道？我——你的双胞胎妹妹，为什么明明离你这么近却没听到你的喊叫声？

我是第一个试着去触碰你的人，可我的手一触到你的鲜血，你就尖叫起来，就好像你刚从一个漫无边际的噩梦里苏醒。我一碰你，你就僵住了，你蜷起身子，从我身边挣脱。你的尖叫声贯穿了整个岩穴，一遍遍地，音波就如受困的鸟儿，扇动着翅膀撞上玻璃的囚笼。这个洞里，是你，全是你。我的呼吸里也都是你。我的手上沾满了你的血。

"别让她动。"

"把我的毛衣拿去，把她包起来，小心些！"

我们放下手中的照明物，在你身边急得团团转，不知道到底该如何是好。这些光线在我们的身上投上了拉长的影子。我们的灵魂，漆黑的灵魂，畏缩不前，试图逃跑。

"别光站在那儿，把她的头抬起来，我把她弄出去。谁去扶着她的头。"

我的感觉还是很糟糕。光线反射到岩壁上，反射到地上的血迹，亦反射到你的身体上。你一直在尖叫，即使安静了一会儿，也还不停地低声咕哝着，要么就在亚尼的怀抱里扭动。每当你发出一点儿动静，光线就会摇曳到你的身上，它们随着你的每个动作变幻。起初，我们尽量让自己不要挤到你的身体，只碰那些没有受伤的地方——你的膝盖、你的脖子、你背上的一小块，可每走一步，你就会颤抖一下。最后亚尼没办法了，他不得不以接近奔跑的方式大步向前，只求可以尽快把你送出去。我们必须要把你弄出那个狭小的出口，我个头不大，于是我就先出去在外面接应。我从外面扶着你，以免你又磕碰到什么石头。我不知道什么东西会让你觉得更糟糕，是我们的手还是地面。你在尖叫，一直尖叫着，我们很快就把你送了出来。亚尼背起你滑下岩石堆。有一束光线在我们面前跳动，还有一束则照着你的身体。光线变幻旋转，把一切弄得乱七八糟，让人想象不出岩穴里竟然发生了这样的事情。

景，没事了，我在这里，我是花。

别唠叨了。每个人都在同一时间开口说话，我又怎么知道你到底在说些什么呢？

她动了，看！她动了。

你动了吗？我的眼里被一片光芒填满。把这光芒移开。

我们出来时，明亮的月光朗照大地。不，这不是月亮，而是第三台探照灯。莎琳的爸爸先探出洞口，他告诉在外等候的妈妈，她的女儿被找到了。

我们靠近妈妈时，她没有动。她等着我们完全从黑暗里脱身。她的表情木然，不带什么疑问的神色，就好像她知道最坏的事已经发生了，除了等待公布消息什么都做不了。

在通过岩穴的最后一段，我们系在你身上的绳结松了，束缚着你身体的拉力没有了，你的头便朝后垂下来，可亚尼又不能换手调整，害怕会弄疼你。

"托住她的头。"他喊了一句，没有指定谁。

我上前托住了你的头。花，现在我们的妈妈就等在这儿。

罗塞尔一直在我们身旁，期盼他能派上什么用场。他想捧住你的头，我把他的手甩到一边。

我在妈妈身边挥舞着手臂。在这帮人里，她的个头显得这样小，甚至比莎琳还要小还要轻。她的肩膀怎么就这样埋进我的腋窝？她身体曾提供过的安全感在哪里？

面对我的冲撞，妈妈的身体屈服了，她完全承受了我的这股冲击。她条件反射地伸出手臂避免自己摔倒，我却把它当作了一个拥抱。我想要她和我一起哭泣，我想要她移动、尖叫，试着把事态调整地稍微好一些。可她什么都没做，只是望着我姐姐那失去意识的身躯愈靠愈近，她只是接受了这个不可改变的事实。

妈妈，你也在这儿吧？去她身边，叫她的名字。花子。

景！

你的营救者慢慢走上来，排开站着，每个人都沉默不言。最后，妈妈靠在我身上，一动不动。你在亚尼臂弯里，就像一卷红色的脏衣服，罗塞尔还在你身边上蹿下跳，想去托住你的头。走开！我厉声说道，都是这个男孩把事情搞砸了的。走开！亚尼怎么能一声不吭地转身朝路上走去呢？妈妈追着你小跑着，似乎要把你那散落一地的碎片都捡起来，她怎么能碰都没试着碰你一下就摔倒在地上呢？

当亚尼走到了坑顶时，你霎时间看到了遥挂的月亮。于是你又开始尖叫。在周围那湿漉漉的、弯曲着的树木之间，你的叫声显得那般绵弱无力。这时，场景变了：我们背着你跑步时，周围的情景嘈杂又混乱，你依旧尖叫不止。我们终于来到车旁，正盘算接下来该怎么办。亚尼说："把车门打开，美夜，你先进去，我把她放在你身上，这样你就能抱着她。"

"花，别动，尽量别动，我们会尽量不碰你的。别这样叫了，求你了！"

妈妈走上小卡车，亚尼便小心地把你放在她身上。你每次不小心磕碰一下，伤口边上便会徒增一条新的刮伤，你还在叫。妈妈把你抱得紧紧的，她的手臂在你的血污里滑来滑去，但她不会放开你。你投入她的怀抱。也许你已经麻木了，可你没再挣扎反抗。

我能看见妈妈抱着你的头，她的脸颊贴着你的脸颊，额头贴着你的额头。她想让你别再扭动。你的血沾到她的脸上。她亲吻你的额头，一遍遍地喊着你的全名。我在你身边，站在开着的车门外。

"真抱歉离开了你，"我听见妈妈这样朝你低语着，"静静地睡吧，花子，静静地睡吧。"

亚尼的目光和我相撞，眼中尽是无助和哀愁。我和他的身上四处都沾着你的血。车里已经坐不下我了。我轻轻关上车门时，妈妈还是贴着你的额头悄声说话，她不厌其烦地说着：安静，静静地睡吧。亚尼上了车，慢慢地，车驶出了我的视线，你们都走了。

罗塞尔站在我身边，他还在说话，嘴唇还在动。他需要说些什么，可我不会再理会他。他坐了下来，用手抱住了头。我想知道，他先是托住了你的脑袋，再用碰过你的手去抱自己的头，这究竟是什么感觉。

"你之前警告过我，让我保护好她的。"他之前和亚尼回来时这样说过。他没错，错的是我。我知道肯定会有什么事要发生，却没有防患于未然。

现在，我什么事都做不了，我只能带着那几道擦伤和瘀青回家。这儿还停着两部车，莎琳的父亲把探照灯收拾好。我想知道莎琳在哪儿，她父亲又是怎么听说这个事的。他来这儿，是为了弥补他女儿犯的错还是来帮亚尼的忙的？

不久之后，他会去警局报案，把埃迪和他那伙人抓起来吗？忏悔和惩罚，我一下想到了这两个词。周先生会把我安全送到原田家的，可他没法直视我。

医院里，他们让你镇定下来。把你固定在病床上，注射了大量镇痛药，你终于睡着了，妈妈爬到你的病床上，尽力在床沿坐稳。病房里已没有多少空间了，可她个头小，几乎可以在不碰到包扎部位的情况下待在你身边。她能把脸颊埋在你的脖颈处，就算你不会回应，她也依旧对你的耳朵说着悄悄话。就算他们都说你没有意识，她也还是坚守在那里。她明白，明白你的意识还在你的身体里。身心分开，彼此自由——她也不是第一次见这样的情景了，她相信自己的女儿会渡过难关。就算这些事你都不记得了。

我不知道这些事都是从哪儿得知的，也许是原田太太后来告诉我的吧。但这就是我现在的感觉。

如果妈妈能够在他们要求的时候起身，他们也许会允许妈妈待在那里。或者她如果答应回去换一身干净的衣裳也行。但事实是，当护士们告诉她别躺在床上时，她什么也不听。她接触到你的每一秒都会在你身上留下印记，花。她在那儿，你会知道的。

他们大概就在身后悄悄地议论着她。她就是人们常说的那个疯子啊？那个母牛？她就是富贵花夫人吗？

亚尼没有干预，他让妈妈做自己想做的，这让护士们不知怎么办才好，直到医生们一齐走进了病房，说她必须离开。妈妈留在家里会更好些——那是段令人神经紧张的日子，但对你来说更是如此，花，她在那儿表现得如此疯癫，这种举动只会伤害你。他们允许她待了一整天，可她不断爬到你的病床上，语无伦次，抚摸着你的头发。这些人不知道的是，都是因为你在，妈妈才没有陷入昏迷。不久她回到家里后，便一蹶不振，再也没从床上爬下来过，也再也没能出门。待到亚尼让步，把妈妈带回家时，我已经在原田家等了一天多了，望眼欲穿，非常想知道人们都在哪里，事情的进展如何了。让我这么等着，也许是个合适的安排。我渴望听见门廊上响起脚步声，终于有什么人站在了门的外侧。

我思念我的姐姐，可医院不许人探望。这个是亚尼告诉我的，他说话时，眼睛转向别处。我不能，妈妈不能——直到我毕业典礼时，妈妈才稍微康复下床——甚至连罗塞尔也不能，他每天都往医院里跑。甚至连罗塞尔都不能，亚尼是这样说的。我对此感到很奇怪，因为他那段时间话语不多，每次说到这个男孩时，他总是显得比我还重要。我是你的妹妹，你的另一半。我可以触及你心中那些亚尼口中的最深的伤痕——我们不能冒险把它们变得更鲜血淋漓。我能治愈你的创伤，给你讲故事，Koko，这就是我现在做的。

我能解释。

除了这个，我就什么都做不了了，没人能做些什么。亚尼开始为逮捕这次事件的涉案人员而奔波，可警察只抓了埃迪和雷伊，他们被拘留了一个晚上就放出来了。我们没有证据，其他人都多多少少地受了点伤，可他俩身上连一丝血迹都没有，这是多么蹊跷。埃迪不承认自己伤害了你，他俩的口供也严丝合缝。对于这点，尽管亚尼说，他和雷伊花了一整夜在一个小屋子里商量这件事，可警察也没有采信。你就是迷路了，同大家离群走散了而已，警察就这样轻描淡写地说，你摔倒了。我们在岩穴里找到你之前，他们没看见过你，所以他们什么都不知道。如果你能一五一十地把发生了什么事告诉警察，这对我们也许有帮助……可你什么都没说。

你离开夏威夷的那天，也没人敢告诉我。

亚尼从未放弃让这两个男孩受到法律的惩罚，因为如此，他的一些朋友对他都变得冷淡了，他们都已厌倦了站边。对我而言，我宁愿过马路被车撞都不愿意和以前的这群朋友说话，包括莎琳。可我还是无法宽恕自己，就算妈妈原谅了我。我把所有的事都告诉了她，我和她说我是如何让你成为这帮恶棍的眼中钉，可妈妈总是云淡风轻地转移了话题。这些都是我预想不到的，她对我说，我不能单独把某一块时间拎出来，从最糟糕的时段来评判它，你永远意料不到你以后会如何时来运转、否极泰来。

人们会做出自己的决定，这是妈妈信奉的一句话。至于花……说到这里，她停住了，好像是知道了什么事，可不论她想到了什么，都没再说下去。对于这件事，她留下的最后一句话就是那句常对我们说的：我们每个人，都必须在这广袤无垠的世界中，闯荡出一条自己的路。

景？

我记得这些光。纽约的这些溢彩流光，在我从机场出来搭乘的出租车车窗外闪耀。可直到我走进了你的公寓，我才发现亚尼编织的谎言。他那些关于你在画廊中和朋友们在一起的谎话，都是编出来保护妈妈的，就像我在读中学时，亚尼每天放学都会来接我回家，可他对妈妈隐瞒了校园斗殴的事，怕她担心。你的公寓里，没有那种"大城市的成功人士"的感觉，也没有画挂着。你只有一只盘子，一个杯子和一套用具。你只有三本图书馆借来的书，可没有一本放在书架上，你没有任何值钱的财产。难怪你不想我来。

墙壁也光秃秃的。我那时才知道，我这趟旅行，大概也会无功而返。这些失去的岁月，都是我的错。你一直藏在一个属于你的角落。岩穴事件过后，你就不再"生活"，不论是属于你的玉坠项链，还是妈妈的过去，都不能拯救那时的你。这时，我的耳畔响起了你在妈妈葬礼上的尖叫声，那声音和我离开你时一模一样。我救不了你。你也永远不会回家。

我想抽根烟。

我把行李拿进你的房间，接着打开了收音机。我在粗呢包里找出香烟盒，里面放着库尔烟，以备不时之需。你讨厌烟味，因此我使劲推开了窗户，打开防盗栏，这样我就能在点燃香烟之前，把脑袋探到外面的新鲜空气里。

我倚在窗台上，想让吐出的烟随风而去。我在计划接下来该怎么做。我本指望着你在纽约取得成功，指望你对妈妈的秘密感点儿兴趣。我指望着有一个能让我们重新开始的承诺，指望着你我之间有相同的感受。如果你和我一样每天都想念着对方，那就好办多了。我到这儿来，是要把你继承的遗产给你。

你的名字。

是花子，她把你的妈妈送到了夏威夷。在原田太太所述的最后一个故事里，她这样告诉了我。她要去世了——说话断断续续，听上去更像是低低的私语。她用颤抖又脆弱的手指把这块吊坠塞进我的手里，这已用尽了她最后仅有的力气，一边又说着她那故侄女的故事。也许在我们很小的时候，我曾听过花子的故事，可我从来没有真正理解过。一直以来，我都觉得是我的名字守护了这些隐秘的过去，可我现在却觉得这个世界并没有我想象的那样辽阔，我也尽可以飞到纽约去找我的姐姐。如果你不知道这些过往，你无法自己做决定。曾几何时，你把我的名字赋予了我。如今，我要回报这份恩惠。

你从来就不是什么"花的孩子"。妈妈给你取这个名字，是为了纪念她最好的朋友、那个救了她生命的女孩。我现在身在纽约，知道了你到底过着怎样的生活，这个名字能否将你救赎，我也没有把握。

夜晚的空气真冷。我抽完烟，就把妈妈的被子从你床上抽了出来，环在自己的肩膀上。这时，我听见走廊那边有门摔上的声音。这不是你，可当我在房间里兜兜转转时，发硬的被角却不小心将我的香烟盒甩到窗外，掉落在两栋四层楼高的建筑之间的窄巷子里。我感受到它的下坠。可我没想到我把现金和驾照都放在了里面，可能那时我也脚下一软摔倒了吧——就在我转身时，我的脚踝终于耗尽力气，失去了平衡——都是长时间的飞机行程、一瞬的尼古丁刺激和没有进食所致。我的肋骨重重地砸向你的床沿，嘴里呜咽着。

接下来我该做什么呢？我摇摇晃晃地走进厨房，喝了几口你留的果汁，往我的身体里补充了些糖分，还咽下几口你的剩菜。我好累，可我还在等你，因此我决定冲个澡让脑袋清醒清醒。我没带浴袍，也没在你的卧室里找到浴袍。我只得在脱下衣服后用你的被子裹住身子，在我进去冲澡前，我把它放在了马桶盖上。

我冲完澡正要关掉淋浴，把身体擦干时，却又发现你没有毛巾。看来你对让自己过得舒服些真是一点兴趣也没有。我浑身上下滴着水，一边拧着自己的头发，一边朝水槽上面的镜子瞥了一眼，那时，我的大脑才最终留意到这些胶带。

当你死的时候你会觉得孤独吗？这是米茜初见我时问的问题。一个人孑然一身是她最大的恐惧，她让我想到了妈妈和亚尼的葬礼。岩穴事件过后，那是她第一次、也是仅有一次对我说的话，同时也是她能给我的最大安慰：至少他们不会孤独了。这句话在之后时常来侵扰我。如今，你的纽约生活在我眼前铺开，你在这浩瀚的霓彩之城里，竟然孤独如此，我终于理解了。

脑海中的记忆再次浮现。我又看见了你，那个葬礼上的你，你穿着一套奇异的、纽约买的套装，坐在礼堂后面。你的再次出现就像你的消失那样突然，镇上也没人知道你希望我们以怎样的方式来接近你。你周围环绕着一种排他又令人窒息的气氛。即使是我们当中那些永远不会停止重温那个夜晚的人也不知道该做什么。你的经历成了闲言碎语，接着就是谣言，过了一阵就被彻底遗忘了。然后，你又回来了，你以一个黑衣幽灵的模样复活，一言不发地坐在木头长靠背椅上，那样绝望，那样鲜活。沉默、孤独。

成长吧，就像我们的曾经，像 Koko 那样，我明白了让我们俩分开是谁也无法忍受的事。镜子上的胶带告诉我，你是我一直在寻找的那片拼图。有一件事，比那晚在岩穴中被我以前的朋友欺负更可怕。

那就是被孤独地抛弃在黑暗之中。

在这块被遮掩的碎镜里，我看见了你，你被密不透风的黑暗裹挟，花。你依旧被你不能面对的鬼怪缠身。我也清楚地看见了这些幽魂可怖的面貌，这是你作为一个完美女儿的孤独感以及你对黑暗的恐惧。可我也看见了别的什么东西：你在沙滩上，米茜正在帮你编头发；你熠熠生辉，热爱着自己的生活，对未来有无限期望。我希望你能记住那样的自己。

我走出浴缸，裹起你的被子，我还是一丝不挂、身体湿湿的，我直直地走到镜前。我没有碰那些贴在上面的胶带，我就那样看着自己。在我用手指分开那头潮湿的头发并准备将它编成法式辫时，我哭出了声。那就是你的美丽之处，花，你克服恐惧时的那种不顾一切的快乐。那天，我却是手足无措的——糖果色的蓝天，孩子们在潮汐池中的嬉笑，还有站在水中的你，海水浸湿了你的裙子——这时，有人打开了卫生间的门。收音机的声音涌了进来，我头晕目眩。你回来了，你站在这儿，我真实的姐姐。

你看上去憔悴不堪，又一脸警惕。你还是这样苍白，和之前葬礼上见面时一样，穿着黑色的衣服。你肯定是听见了水声，听见了我关掉淋浴的声音，但你却以出乎意料的眼神看着我，好像既料到、又没料到我会来。

你走进了小小的卫生间，关上门。这么久，你第一次离我这么近，只有一只手臂的距离，我们之间终于有了什么联系。就在我们不假思索地在对方面前调整姿势时，过去的记忆又栩栩如生。你的眼睛离我这么近，它能直直地看透我的内心，却又显得这样遥远。我的眼睛肯定也流露惊讶，因为哭泣而红肿着。在这渐渐散去的水雾中，时间和记忆缚住了我，湿润又满怀希望，只编了一半的头发贴在头上。我想听你说话，看看你是否——不管过去发生了什么——会欢迎我。

那一切都来得这样快。你朝我走来。能和你在一起，能和你靠得这么近，真叫我开心。可直到我的喉咙传来一阵压迫感，我才发觉你脸颊上漫起了迷雾。妈妈的世界也曾以同样的方式滑落。她虽然和我们一起生活，却也同时住在莉莲的世界中，更住在她不愿意我们见到的鬼魂中间。她曾分不清这三个世界的区别，就像现在你也不行。

你的手指，嵌进了我的脖子，我听见喉咙里传来一阵呜咽，不要。

生生地发疼。你在乞求。你是在乞求吗？

我们之间发生了各种各样的事，美好的和不美好的，令人害怕的，已知或未知，可我确信一件事：我姐姐绝不可能伤害我。

我想喊出你的名字，可你环住我脖颈的手一直未松开。我俩都摔下去时，我撞到了淋浴房的一角。我没有挣扎，因为我知道你看见的不是我。

你想惩罚的那个孩子是你自己。

妈妈睡前常给我们唱的那首歌是什么来着？我的脑中一直回放着那旋律。两个小女孩。莉莲的光芒一直和两个女孩在一起。

这是对我的惩罚。我在这里，在你的岩穴中，花。我失去了你，难以脱身。但我也成了那个讲故事的人，现在轮到我了。如果我愿意，我可以任意修改这个故事：不是我，而是你我两个人，一起在这个岩穴中。你一直在等我，我的姐姐。

故事在一片黑暗中开始。

亚尼，把你的手电筒给我。

一束微弱的光划破黑暗，甚至说不上是一束光。它只是一个黄色的小点，有着褐色的边缘。光影浮动。你把它往远处照，就能看到空气中的灰尘和小虫。"政府的工作真不错。"亚尼说。他总喜欢把一句话挂在嘴边不断地重复。真不错，你把它往下照就能看见自己的脚。

"往下照，景，"他说，"这样你就不会绊倒，你的脚趾也不会受伤了。把它点亮，它就能捕捉到墙壁上那些标识高度的记号。一定有岩浆曾溅落到这里，看到了吗？小岩浆流的边缘已经冷却，但它的中心还是热的。"

目睹它有多美了吗？

慢慢来，亚尼对我说。好好欣赏你的周围，它是自然的神迹，我们能这样感受这个世界真是莫大的喜悦。快找找有没有蟋蟀，你知道这里有一种很罕见的蟋蟀吗？小心垂下来的岩浆柱，那些大的岩浆像鲨鱼的牙齿。不，这些岩石并不是被雕刻成这样，它们是自然形成的，以一条条直线的样子下坠，又红得像砖块一样。看到墙壁上的那团白色东西了吗？它闻起来像金属。用你的所有感官去感受，孩子。

这就是关于生活的东西，花。这就是亚尼在岩穴里想给我看的东西。我们被给予了太多无法欣赏的东西。细微之处自有美的显现，这只是因为我们不知道该看哪里。

在这里，花。

我能感觉到你在。

我能听到你那天在沙滩上与罗塞尔一起发出的响亮笑声。你的头发编起来就像一顶王冠。几缕发丝飘荡在你的脸庞上。你是一个水中的精灵，那个不喜欢大海的你，却在我面前变了。你无畏地面对世界，将它尽收眼底。你拥抱万物。你衣衫湿透，你根本不知道自己有多美。

这是妈妈拼尽一生给我们的生活。这乐园专属我们两人。

当我在岩穴里发现你时，亚尼手电筒的光已经因电量不足变成褐色，但你在那里，你在向我招手。你穿着一条淡黄色的裙子，有点脏但没有血迹，没有惊惶不安的尖叫。你站在那里，看到我时，露出喜悦的神情。这时，手电筒没电了，灯光熄灭，一切回归黑暗。

四周漆黑一片，伸手不见五指。如果我们的手不摸自己的脸，就看不见自己的手，但我们找到了彼此。我们可以互相说悄悄话——手指相握，在黑暗中依偎，给彼此安全感，相互加油打气。我们坐下吧。小心——地面很不平整，找一块平整点的地方，坐下吧。

还记得过去妈妈装扮我们的模样吗？纯白的棉裤套在纤细的大腿上，足袋套在脚上，还有手套——如果我们不在花坛里把它扔来扔去弄丢了的话。我们小的时候总是丢东西，对吧？谁在乎呢？那时我们一起爬树、一起在小溪里冲凉。那是已经消逝再也回不去的纯真年代，那是我们拥有彼此的美好时光。

像如今，我们可以一起等待，不会太久的。还记得我们过去是怎样跑下山的吗？妈妈种的那棵高大的黄槿树下有心形的树叶和甜甜的花瓣，它们形成了花叶之伞，我们在这伞的荫蔽下爬行，这是我们最爱去的地方。

可这儿真冷啊。我脖子和脸上渗出了汗。抓紧我的手，他们会找到我们的，瞧着吧。你听不见他们的动静吗？到这来，这里的黑暗在退去，越来越明亮。

听，有人来了，你几乎可以听到他们在说什么。

她来了。看，她就要醒了！

噢，天哪，景子，你能听到吗？我是花。我和你在一起。睁开眼看看吧。

我也来了吗？我们最终在一起了吗？

我现在能看到光了。让我们朝光走去吧！不论你做什么都不要放开我的手。现在我们可以睁开眼睛了，花。

两个女孩，重新团圆吧。漫漫长夜，终将驱尽，两个女孩，沐浴在一片灿烂的阳光之中。

致 谢

　　本书灵感来自一起强奸事件。虽然那次事件并没有与我有直接关系，但那个可怕的夜晚一直萦绕着我。正是这种时隐时现的后怕感觉让这个故事在我脑海中酝酿了近20年。在这段时间里，我用了很多不同的形式呈现《影子少女》：先是写成两本书，后来合并为一本；又把它变成一本历史性的小说、一部安静的家族戏剧、一部失败的惊悚片。我改变了整个故事的设定，很快又修改了攻击行为本身，杀死了角色，然后又将他们复活。在2000年时，我写了本小说的前100页，接着前往日本去研究莉莲这个人物的性格，这让我把它变成了一部回忆录。长时间的坚持让我有了一辈子都要感谢的人，包括那些曾经帮助我处理错误开端、走出死胡同以及对待废稿的人，还有那些仅是微笑着支持我的人。

　　我首先要感谢在夏威夷接受我采访的各位，包括比利·伯金博士、帕特里夏·伯金、安德森·布莱克、拉尔夫·布莱克、文米·邦克、罗伯特·周、蒂姆·德席尔瓦、沃特·达德利、列宁格拉德·艾拉恩诺夫、道格·艾斯佩乔、艾丝特·藤冈、塞缪尔·金里奇博士、克劳迪特·哈加尔、平野泉、上川美代子、川本千鹤子、克劳迪娅·小林、艾特·麦卡洛，三保文枝、杉原进、基恩·山中、卡伦·山乡等人。感谢时田花江及迈克尔·中出对日语和风俗方面的早期指导。在加州，我要感谢多萝茜·斯特鲁普和仓本汉司，以及一个名为"被爆者之友"的组织，该组织同广岛及长崎的幸存者一起编纂了大量的口述历史，其中包括朱迪·艾亚（美苑）·燕石，凯·吉冈和千惠子·弗拉维不可或缺的证词。我和维奥莱特·卡祖·德·克里斯托福罗在一起的时光也起到了帮助。当然，还有我的姑姑玛丽·哈马吉，所有的工作都源于她。

　　我非常感谢美日委员会、国家艺术基金会和日本文化厅通过美日创意艺术家联谊为我在广岛的这段时间带来足以改变人生的礼物。我在回忆录中感谢了他们，如果没有许多日本人和在日组织的支持、时间精力的慷慨付出，这本书是不可能完成的。其中包括不知疲倦的小仓惠子，她是我的导师和灵感来源；以及志茂惠，在多年以后他仍然阅读我的作品并修改我的日语；还有荒谷功、克里斯托弗·布拉斯德、大黑小平博士、榎亚和子、富士初日、皮尔斯·福原、浜野广江博士、滨崎守、桥本信惠、井上静雄、胜子·凯玛奇、金冈先生、片柳观教授、加藤八千代、茅野文子博士、小野千绪子、松柳正和和松柳须磨子、水户健治、宫本京子、森下弘、村上敬子、中野明、中山武子博士、迪克西·濑户、穴户虎介、袖井凛二郎教授、苏西·砂本、雷夫·龙雅·诹访、田端千惠子、高林真澄、武田安彦、帕·哈克·泰、时田彦、时田南希、冢本初、玛丽·鹤田、上本靖子、上野信子、山本光子、山根美智子、山根时生、山冈美智子、安井达子、吉田美香和其他选择匿名的人士。我也得到了广岛和平口译员协会、广岛基督教青年会、广岛和平纪念馆、《中国新闻》、日本国际之家、美国驻日本使领馆、世界友谊中心和辐射效应研究基金会的大力支持。非常感谢。

　　我将永远感谢赫奇布鲁克，因为它给了我一个地方，让我能把本故事的碎片装进怀里。真的，你已经成了我写作的家。感谢艾米·惠勒和维托·津加雷利让我成为这个家庭的一员。感谢伊维·威尔逊·林布卢姆，他发现了我不知道的文件，还有雪莉·L.史密斯，在我第一次住院期间，她成了我的书友。赫奇布鲁克也让我认识了诸位不可思议的天才，你们的友谊和支持就是一切。还有我的坡德凯格写作小组，其中的成员阅读了本书的早期版本。亚裔美国作家研讨会仍然是我的一部分。我很感谢戈达德美术学院创意写作课程的每一位成员。在过去的15年里，他们听我读过这本书，并鼓励我不要删减那些我曾打算删减的情节。特别感谢戈达德的凯瑟琳·卡伦杜邦、约翰·麦克马纳斯、维多利亚·纳尔逊、雷切尔·波拉克和她的光辉部落，以及简·沃尔。

　　我所有作品的出版事务是一直由苏珊·贝尔霍尔茨处理的，她是我亲爱的朋友，也是本书的忠实支持者。我也感谢埃伦·莱文。令我激动不已的是萨曼莎·谢伊在平安夜爱上了这本书。以及非凡的米利森特·班纳特，她不放过任何一个字眼，也从不放过任何疯狂又绝妙的想法。在大中出版社有个自己的团队一直是我的梦想，我深深感谢他们瞬间就对本书寄予了希望，以及他们的热情、远见及专业知识。本·塞维尔、卡伦·科斯托利克、布莱恩·麦克伦登、安迪·多德、安德鲁·邓肯、卡伦·托雷斯、阿里·库特罗内、西林·希尔雷克、安妮·托梅、梅里亚姆·梅托伊、埃里卡·斯卡维利，每个人的才华和冒险都为世界带来了一部更好的作品。

对露丝·奥泽基、维多利亚·雷德尔、丹尼·夏皮罗和汉娜·丁蒂的支持和慷慨，以及你们的友好之辞，表示我永恒的感谢。

还有一些人阅读过我无数的手稿，并加以思索，教给我一些我不曾用到的绘画知识。他们耐心地倾听，并在整个过程中一直爱着我。他们是我珍爱的家人：凯瑟琳·比斯查克、凯瑟琳·伯格尔、卡罗尔·德桑蒂、琳达·达金斯、埃洛伊斯·福勒、肯尼·弗莱斯、珍妮弗·琼斯、埃琳娜·乔治欧、K·J·格鲁、贝斯·克哈特、凯特·摩斯、蒂娜·阮、比诺·芮欧、凯·里祖托、艾米·施尔德、阿利克斯·凯特·舒尔曼、玛吉·提诺可、卡莱·图曼、伊丽莎白·伍德豪斯和明·元莎。我非常感激你们每一个人。

本书也献给我的父母，他们是我的第一任老师，忠实的支持者，我的指路灯。

关于地方和历史的笔记

虽然本书中的人物和事件完全是我想象的产物，但它是以非常具体的历史事件为背景的，对此我做了广泛的研究，以确保这些尽可能准确。历史是莉莲人生的一部分，是真实发生的事件造就了她的身份，就像它们永远改变了现实生活中人的人生一样，我希望这部小说能够帮助我们展示这些事在过去和现在是多么重要。

但真实的夏威夷故事却并非如此，是一个小镇激发了我的灵感，在那里我做了大量的采访和研究，以捕捉特定生活和时间的细微差别。然而，与莉莲的故事不同的是，这对双胞胎的故事并不能代表那个特殊城镇或在那里生活的人们。夏威夷是一个丰富多样的地方，它需要多重声音来展现它的生命力。就像我在采访中听到的关于海啸的相互矛盾的叙述一样，夏威夷的美丽之处在于任何故事都是不同的。我鼓励你去阅读那些夏威夷的本土作家的作品，他们从夏威夷的本土元素、多元文化及不同经历中写作。如果你想知道这些年来影响夏威夷的海啸到底发生了什么，我推荐沃尔特·C.杜德利和明·李的《海啸！》（夏威夷大学出版社，1998年）。你还可以参观希洛的太平洋海啸博物馆，那里提供了广泛的口述历史、档案、学术及科研材料。

经过20年的写作和修改，我无疑犯了错误，又忘记了细节。对于事实，我要列出我最倚重的一些资料来源：《为所有人伸张正义：日裔美国人拘留营口述史》（约翰·塔泰希，兰登书屋，1984年）、《亲爱的米耶：来自日本的家书，1939—1949》（玛丽·富田，斯坦福大学出版社，1995 年）、《"被爆者"：广岛和长崎的幸存者》（盖诺·关守主编，狐圣出版社，1986 年）、《广岛日记：日本医生行医记，1945 年 8 月 6 日—9 月 30 日》（钵屋道彦，北卡罗来纳大学出版社，1995）、《我的家塌了：二战时期的七个日裔美国家庭》（富美·贝泽·卡耐佛，夏威夷大学出版社，1991 年）、《个人正义在何处？战时安置和拘留平民委员会的报告》（华盛顿大学出版社，1997 年）、《未经审判的囚犯：二战中的日裔美国人》（罗杰·丹尼尔斯，希尔和王出版社，1993 年）、《难忘的火：原子弹幸存者群像》（日本广播公司编，万神殿出版社，1977 年）、《我们是敌人吗？广岛的美裔幸存者》（袖井凛二郎，西方视角出版社，1998 年）、《臭名昭著的岁月：美国集中营的不为人知的故事》（美智子·西村·韦林，明日出版社，1976 年）。我也感谢日美国家博物馆收集的资料和档案，加州大学洛杉矶分校亚裔美国人研究中心及其出版物《美亚混血儿杂志》，伯克利加利福尼亚大学的班克罗夫特图书馆。